回想のシャーロック・ホームズ

アーサー・コナン・ドイル

レースの本命と目されていた名馬が失踪し，調教師の死体が発見された。犯人は事件当夜に厩舎情報をさぐりにきた男なのか？　錯綜した情報のなかから絶対的な事実のみを取りだし，推理を重ねていくシャーロック・ホームズの手法が光る「〈シルヴァー・ブレーズ〉号の失踪」。ホームズが最初に手がけ，探偵業のきっかけとなった「〈グロリア・スコット〉号の悲劇」，発表時イギリスに一大センセーションを巻き起こした，宿敵モリアーティー教授登場の「最後の事件」など，11の逸品を収録するシリーズ第２短編集。

回想のシャーロック・ホームズ

アーサー・コナン・ドイル
深 町 眞 理 子 訳

創元推理文庫

THE MEMOIRS OF SHERLOCK HOLMES

by

Sir Arthur Conan Doyle

1893

目次

回想のシャーロック・ホームズ

〈シルヴァー・ブレーズ〉号の失踪

「ねえワトスン、いよいよ出かけなきゃいけなくなったようだよ」シャーロック・ホームズがそう言ったのは、ある朝、そろって朝食の席についたときだった。

「出かけるって？　どこへ？」

「ダートムアへさ――キングズ・パイランドだよ」

私は驚かなかった。いや、それどころか、目下イギリスじゅうがそのうわさで持ち切りになっているこのたびのなみなみならぬ事件、それにホームズがかかわってゆこうとしないのを、むしろ不思議にさえ思っていた矢先なのだ。これまでまる一日、わが相棒は深く胸にあごをうずめ、眉間《みけん》には縦皺《たてじわ》を刻んで、つぎからつぎへと強い黒煙草をパイプに詰めなおしながら、私のどんな質問も呼びかけも耳にはいらぬふぜいで、ただひたすら室内を歩きまわっているばかりだった。新聞という新聞の最新版が、出るたびに販売店から届けられてくるのだが、それにもちらっと目を通すだけで、すぐに部屋の隅に投げ捨ててしまう。とはいえ、本人はなにひとつ口にはせぬものの、なにが彼をそこまで深く考えこませているのかは、私から見ればしごく明白。現在、世間に取り沙汰されている事件で、わが友人の卓越した推理能力にとって多少なりとも歯ごたえを感じさせるものといえば、ひとつしかない。近く開催される予定の〈ウェセックス・カップ〉、その本命馬の不可解な失踪と、同馬の調教師の惨死という事件だ。というわけで、いま唐突にその惨劇の現場へおもむくつもりだと聞かされても、私にとってそれは、たんに予期されたことであり、またひそかに期待していたことでしかないのだった。

「お邪魔でなければ、ぼくもぜひ同行させてほしいんだがね」私はそう言った。

「おいおいワトスン、きみがきてくれれば百人力だということぐらい、いまさら言うまでもないだろう。それにね、けっして時間の無駄になることもないはずだよ。二、三の点が示しているとおり、これはきわめて特異な事件になりそうだからね。いまから行けば、パディントン駅でちょうどいい列車がつかまるはずだ。事件に関する詳細なら、車中でぼくが話して聞かせよう。きみはもし面倒でなければ、ご自慢のあのすばらしく性能のいい双眼鏡、あれを持ってきてくれるとありがたい」

といった次第で、それから一時間ばかりのちには、私は早くもエクセターへむかってひた走る列車に乗りこみ、その一等車の片隅に身を預けていた。いっぽう、シャーロック・ホームズはといえば、耳おおいのついた旅行帽の下で、けわしく顔をひきしめ、パディントン駅で新たに調達した新聞の山をつぎからつぎへと読破していたが、レディングを過ぎてだいぶたってから、ようやくその最後の一枚を座席の下に押しこむと、私に葉巻入れをさしだしてきた。

「順調に走っているようだね」そう言って、窓の外へ目をやっていたが、やがて懐中時計をちらりと見て、「目下のところ、時速は五十三マイル半というところだ」

「四分の一マイル標なんて、ずっと見かけなかったけどね」私は言った。

「ぼくだって見ちゃいないさ。しかし、線路ぞいの電信柱は六十ヤードおきに立ってるんだから、あとは単純な計算で答えが出る。ところできみ、きみもこの事件のこと――ジョン・ストレーカー殺しと、〈シルヴァー・ブレーズ〉号の行方不明事件だが――これの経過は、いちおう追ってはみてるんだろう?」

「《テレグラフ》と《クロニクル》の記事を欠かさず読んでるくらいのものだけどね」

「じつをいうとね、これは新たな証拠をつかむことよりも、むしろ、すでに知られている事実をいかに取捨し、選択してゆくか、その点にこそ推理という技術を生かすべきだという、そういう事件なんだ。なにしろ、事件そのものがあまりにも異常で、あまりにも完璧に行なわれ、しかも、あまりにも多くのひとびとにたいし、あまりにも大きな個人的利害をもたらすものだから、おかげで、ありとあらゆる揣摩臆測《しまおくそく》や仮説が入り乱れ、収拾がつかなくなっている。むずかしいのは、そういった諸説紛々のご託宣やら報道やらの山から、事実という骨組みを――否定すべからざる絶対的な事実という骨組みだけを――抜きだすことなんだ。そのうえで、その強固な基盤の上に立って、そこからどんな推論がひきだせるか、事件の謎全体がその一点にかかっている特別なポイントとはどこなのか、それを見きわめるのがわれわれの務めというわけさ。ところでぼくは、火曜の夜に電報を受け取った。問題の馬の馬主《うまぬし》であるロス大佐と、この事件を担当しているグレゴリー警部との両方からだけどね――捜査への協力をお願いしたいというんだ」

「火曜の夜だって？」私は思わず叫んだ。「もう木曜の朝じゃないか。どうしてきのうのうちに出かけなかったんだ！」

「ぼくがへまをやったんだよ、ワトスン――恥ずかしながら、ぼくがへまをやるというのは、きみの発表する事件記録だけからぼくを知ってるみんなの考えてるよりも、ずっと頻繁に起きてることなのさ。まあ、ありていに言えば、ぼくはたかをくくっていたわけだ――わがイングランドでも随一という名馬を、そんなに長いこと隠しておけるものじゃない、とりわけ、ダートムア北部のような過疎の土地では、無理だ、とね。だから、きのうは一日じゅう、馬が無事に見つかった、ジョン・ストレーカーを殺したのも、その馬泥棒だとわかった、そういう知らせがくるのを、いまかいまかと待っていたわけだ。ところが、夜になって、さらにまたけさになっても、なんの知らせもこないし、しかもフィッツロイ・シンプスンとかいう若い男がつかまったということ以外に、なんの動きもないらしい。そこで、いよいよぼくが腰をあげなきゃいけないという気になったわけだ。もっとも、ある意味では、きのう一日をまるきり無駄に過ごしてたわけじゃない、とは思っているがね」

「すると、もう多少の目星はついてるんだね？」

「すくなくとも、事件の基本的事実はつかんだつもりだ。それをこれから話して聞かせよう。問題点をはっきりさせるのには、他人にそれを語って聞かせるのがいちばんだし、そもそも、ぼくらがどこから出発するのか、そのへんをきみに示しておかないかぎり、きみの協力を期待するもへったくれもないだろうからね」

私は葉巻をふかしながら、座席の背に深々と身を預け、逆にホームズは身をのりだして、話の要点ごとに、長く細い人差し指で左の手のひらをつつきながら、私たちをこの旅行にひっぱりだすもとになった事件のあらまし、それを順を追って物語った。

「〈シルヴァー・ブレーズ〉号というのは、名馬〈アイソノミー〉号の血をひく良血馬《りょうけつば》で、高名な先祖に劣らない戦績を誇っている。いま五歳だが、これがレースに出走するたびに、高額の賞金を稼いでくるから、馬主のロス大佐にとっては、まさに福の神といった存在だ。事件が起きるまでは、〈ウェセックス・カップ〉でも、当然、いちばんの本命馬に挙げられていて、オッズは三対一。とはいえ、これまでどんなレースでも本命に挙げられ、一度も競馬ファンの期待を裏切ったことがないのだから、たとえ配当率のうえではさほど妙味がなくても、毎度この馬には多額の金が賭けられてきたわけだ。したがって、つぎの火曜日にスタートの旗がふりおろされるとき、この〈シルヴァー・ブレーズ〉号がその場にいあわさないようにたくらむこと、これは非常に多くの人間にとって、強力な利害関係を持つことになる。

こういう事情は、言うまでもなく、大佐が調教厩舎《きゅうしゃ》を置いているキングズ・パイランドでも十二分にわかっていることだから、この名馬の警備には万全の手が打たれていた。調教師のジョン・ストレーカーは、かつて騎手としてロス大佐の持ち馬に乗っていたが、だんだん体重がふえて、勝ち星に恵まれなくなったので、引退して調教師になった。騎手として五年、調教師として七年、大佐の下にいるわけだが、そのかんつねに仕事熱心な、正直一途《いちず》のしもべとして働いてきた。彼の下には、若手の厩務員《きゅうむいん》が三人いるだけで、管理馬《かんりば》もぜんぶで四頭という、まあこぢんまりした厩舎だ。毎晩、三人の厩務員のうちのひとりが厩舎で不寝番を務め、ほかのふたりは厩舎のロフトで寝る。三人とも、人柄は申し分なし。ジョン・ストレーカー自身は、所帯持ちだから、厩舎からは二百ヤードほど離れた小住宅で寝起きしている。細君とのあいだに子供はなく、小女《こおんな》をひとり置いているだけの気楽な暮らしぶり。周辺は、いたって寂しい土地柄だが、それでも半マイルほど北に、タヴィストックのさる開発業者が建てた、小さな別荘村がある――まあ病人とか、ダートムアの新鮮な空気を楽しみたいといった連中をあてこんだものだね。タヴィストックの町そのものは、西へ二マイルばかり行ったところにあるが、それとはべつに、荒れ地《ムーア》をへだててやはり二マイルほどの距離に、もうすこし規模の大きなケープルトンという厩舎がある。こちらはバックウォーター卿の所有で、管理調教師はサイラス・ブラウン。ほかは、どっちの方角を見ても、無人の荒野がどこまでもひろがっていて、住むものといっては、ほんのわずかな放浪のロマ族だけだ。とまあこういったところが、問題の事件が起きた月曜の夜の、ごくおおざっぱな状況だね。

　さて、事件当夜だが、いつものように馬たちを運動させて、水を与えたあと、九時には厩舎の戸締まりをした。厩務員のうちのふたりは、調教師の住まいまで歩いていって、キッチンで夕食をとり、三人めのネッド・ハンターだけが、用心のため、厩舎に残った。九時を数分まわってから、小女のイーディス・バクスターがハンターの食事を厩舎まで運んでいったが、その夜の献立は、マトンのカレー煮で、飲み物はなし。厩舎には水栓があるし、勤務ちゅうは水以外のものはいっさい飲んではならない決まりだ。暗い夜だったし、厩舎までは荒れ地のまんなかをつっきってゆくことになるから、イーディス・バクスターは角灯をたずさえていた。

厩舎まであと三十ヤードのところまできたとき、いきなり暗がりからひとりの男があらわれて、彼女を呼びとめた。角灯の黄色い光のなかにその男が歩み入ってきたのを見ると、風体《ふうてい》は紳士ふうで、グレイのツイードの背広に、布製のキャップ。脚にはゲートル、手には、握りの部分が丸く玉になった太いステッキを持っている。とはいえ、なにより強い印象を彼女に与えたのは、無気味なほどに青ざめた男の顔色と、そわそわと落ち着かない態度だ。年のころは、彼女の見たところ、三十をいくらか出たくらいだろうという。

『ちょっと訊きたいんだが、ここはなんというところかね？』そう問いかけてくる。『このぶんだと、今夜は荒れ地のまんなかで野宿かと覚悟を決めかけていたんだが、ふと見ると、あんたの角灯の光が目にはいったものだから』

『キングズ・パイランド厩舎のすぐそばですよ』彼女は答えた。

『ああ、そうなのか！　そいつは運がよかった！』男は叫んだ。『たしか厩舎には、毎晩、厩務員のひとりが泊まりこむはずだね？　すると、あんたがいま運んでいこうとしてるのは、その男の夕食ってわけか。ところで、ものは相談だが、あんた、ここでひとつ楽な小遣い稼ぎをして、ドレスの一枚も買おうっていう気はないか？』そう言って、チョッキのポケットから、小さく折り畳んだ白い紙をとりだす。『これを今夜のうちにその厩務員に渡してやってくれ。そうすればあんたの手にも、とびきりすてきなドレスが買えるだけの金が手にはいるんだ』

そう言う男のようすがひどく不穏で、せっぱつまった感じなので、彼女は恐ろしくなってきて、男のそばをすりぬけるなり、いつも食事の受け渡しをする窓のところへ駆け寄った。窓はすでにあけてあり、ハンターも窓の内側の小テーブルの前で待っていた。彼女がこれこれだといまのいきさつを説明しはじめたところへ、問題の見知らぬ男があとを追ってきた。

『こんばんは。ちょっと話したいことがあるんだがね』男は窓の奥をのぞきこみながら言ったが、そのとき、男の握ったこぶしから、小さな紙包みの端がのぞいているのがたしかに見えたと、これは小女があとで証言したことだ。

『話したいとはどういうご用で？』ハンターがたずねる。

『なに、あんたのふところに、多少のものがころがりこもうかという用向きさ』怪しい男は言った。『いまここには、〈ウェセックス・カップ〉に出走予定の馬が二頭いるね――〈シルヴァー・ブレーズ〉と〈ベアード〉だ。ひとつあんたの口から、確実な厩舎情報ってやつを聞かせてくれないか。損はさせないから。なんでも、負担重量の軽い〈ベアード〉は、五ハロンで百ヤードは〈シルヴァー・ブレーズ〉に先着できるというんだが、ほんとうか？ それだから、厩舎関係者は、そろって〈ベアード〉のほうに有り金をつぎこんでる[1]とも聞いてるが、この話はどうだ？』

『さてはきさま、薄汚い情報屋だな？』ハンターは叫んだ。『くそっ、見てろよ、このキングズ・パイランドでは、きさまのようなスパイをどうするか、思い知らせてくれる』そしてぱっと立ちあがるなり、厩舎の奥につながれている犬を放そうと、そのほうへ駆けていった。小女も家にむかって駆けだしたが、駆けだしざまにふりかえってみると、怪しい男が身をのりだして、窓のなかまで首をつっこんでいるのが見えたそうだ。ところが、一分後にハンターが犬といっしょにとびだしていったときには、もう男の姿はなく、厩舎のまわりをぐるぐる駆けまわってみたものの、すでに侵入者の影も形もなかった」

「ちょっと待った！」私は言った。「その厩務員は犬を連れてとびだしたあと、厩舎の入り口に鍵はかけなかったのか？」

「いいところに目をつけたじゃないか、ワトスン。すばらしい！」私の連れはつぶやくように言った。「その点は大事だとぼくも強く感じたから、きのう、とくにダートムアに電報を打って、確かめておいた。外に出たあと、すぐに扉には錠をおろしたそうだ。ついでに言えば、あけてあった窓は、人間が出入りできるほど大きくはない。

ハンターはほかの厩務員たちが食事からもどってくるのを待って、調教師に事の次第を報告しにいかせた。ストレーカーはそれを聞いてたいそう驚いたが、そのこと自体の持つ真の重要性には思いいたらなかったようだ。それでも、なにか漠然とした不安は感じたらしく、夜中の一時ごろ、細君がふと目をさましてみると、夫が着替えをしている。不審に思って細君がたずねてみると、どうも馬たちのことが心配でよく眠れないから、厩舎までようすを見にいってくると答えた。雨が窓を打つ音も聞こえたし、なにもいまごろ出かけなくても、と細君は躍起になってひきとめたが、夫はかさばった防水外套《マッキントッシュ》をはおると、そのまま家を出ていった。

朝七時にめざめたストレーカー夫人は、夫がまだもどってきていないのに気づいた。そこで、急いで身じまいをすませ、小女を呼ぶと、連れだって厩舎へおもむいた。厩舎の入り口はあけっぱなしになっていて、なかではハンターが椅子にかけたまま体を丸め、正体なく眠りこけている。大事な本命馬の馬房《ばぼう》は裳抜《もぬ》けの殻、しかも調教師の姿はどこにも見えない。

　ほかのふたりの厩務員は、馬具室の階上の藁切り部屋で寝ていたが、これがただちにたたき起こされた。どちらも熟睡するたちなので、夜中にはなにも物音は聞いていない。ハンターは明らかになんらかの強い薬物で眠らされていて、起こそうとしても、まともな応対ひとつできない。やむなく、薬が切れるまでそのまま寝かせておくことにして、ふたりの厩務員と女たちは、行方の知れない調教師と本命馬を探しにとびだした。このときはまだ、調教師がなにかの理由で早朝の調教に馬を連れだしたのだという望みをいだいていたが、家の近くの小丘――そこから周辺の荒れ地が一望のもとに見わたせる場所――にのぼってみても、依然として本命馬の影も形も見えないばかりか、むしろ逆に、彼らがなにかただならぬ状況に陥っているという予感のようなものを感じるばかりなのだ。

　厩舎から四分の一マイルばかり離れた、とあるハリエニシダの茂みに、ジョン・ストレーカーのマッキントッシュがひっかかっていた。さらにそのすぐ先に、荒れ地が碗形にくぼんだ箇所があって、その窪地の底に、不運な調教師の遺体が横たわっていた。ある種の重い物体による強烈な一撃で、頭蓋が粉砕されているうえ、大腿部《だいたいぶ》にも、明らかになにかきわめて鋭利な刃物で切りつけられたとおぼしい傷がある。それでも、ストレーカーが襲撃者たちにたいして必死の抵抗を試みたことは確かで、それというのも、右手に小さなナイフを握りしめ、そのナイフは柄のところまでべっとり血にまみれているうえ、左手には、赤と黒のシルクのスカーフをつかんでいて、これが、小女の証言によって、前夜、厩舎にあらわれた、怪しい男の着用していたものだと確認されたからだ。

やがてようやく昏睡からさめたハンターも、そのスカーフの主については、小女同様、はっきりと証言した。さらに、そのおなじ怪しい男が、厩舎から不寝番を排除する目的で、窓の外に立っているあいだに、自分の食べるはずのマトンのカレー煮に薬物を仕込んだのだという推測、これもやはり確信をもって主張した。

姿を消した名馬については、現場となった窪地の土におびただしい蹄《ひづめ》の跡が残っていて、争闘のあいだ、馬がその場にいたことを物語っていた。とはいえ、肝心のその行方は、事件の朝以来、たえて不明のままだ。莫大な懸賞金もかかっていることだし、ダートムア一帯のロマたちが、こぞって鵜《う》の目鷹の目で探しているようだが、いままでのところ、なんの情報もない。もうひとつ、眠らされた厩務員の食事の残りを分析したところ、すくなからぬ量の阿片末《あへんまつ》が混入していることが判明したが、おなじ夜に家のほうでおなじ料理を食べた連中のほうは、なんら異状を感じていない。

まあざっとこういったところが、あらゆる臆測を排し、できるだけ単刀直入に語った事件の概要だ。つぎに、警察がこの問題をどう扱っているか、要点だけをかいつまんで説明しよう。

捜査をまかされているグレゴリー警部は、すこぶる有能な警察官だ。もうすこし想像力を持ちあわせていさえすれば、この道でかなりのところまで出世できると思う。捜査の現場に乗りこんでくるや、すぐさま、嫌疑のかかって然《しか》るべき当の男を逮捕した。その人物を見つけるのは造作もなかった——近隣一帯ではよく知られた男だったからね。名前はフィッツロイ・シンプスンというらしいが、生まれもいいし、いい教育も受けているのに、競馬で家産を使い果たして、いまじゃロンドンのあちこちのクラブで、上流人士を相手に、ひっそりとささやかな私《ブッ》設馬券屋《クメーカー》を営んで、生計をたてている。持っていた賭け帳を調べてみると、〈シルヴァー・ブレーズ〉号の対抗馬に、なんと自分の金を五千ポンドも賭けていることがわかった。

逮捕されたシンプスンは、すすんで供述した——ダートムアへ出かけていったのは、キングズ・パイランドの馬たちについて、なにか内輪の情報がつかめないかと考えたからだし、ついでに、ケープルトン厩舎でサイラス・ブラウンが管理している二番人気の馬、〈デズバラ〉号についても、できればなにかさぐりだしたかったからだ、とね。事件前夜、いまきみに聞かせてあげたような行動をとったということも否定しなかったが、それもべつに邪悪な意図あってのことではなく、たんに厩舎関係者からの生の情報がほしかったからにほかならない、そう説明した。だが、スカーフをつきつけられると、にわかに顔色を失い、それが殺された調教師の手に握られていた理由についても、まったく筋の通った申しひらきはできなかった。着衣も濡れていて、それが前夜の雨のなかで戸外にいたことを物語っているし、彼のステッキ——頭に鉛の仕込まれたこぶのあるステッキ——は、それでくりかえし打撃を加えれば、被害者が頭部に受けているような無残な傷を与えるのに、ちょうどぴったりの凶器となりそうだ。

だがその反面、ストレーカーの握っていたナイフが示すように、加害者がかりに複数だとしても、そのうちすくなくともひとりはそのナイフで傷を負っているはずなのに、シンプスンの体には一カ所の傷もないという事実もある。とまあ、以上が警察の観点から見た事件の概略だが、どうだいワトスン、もしもなにか参考になりそうな意見でもあれば、喜んでうけたまわるよ」

ここまでホームズが持ち前の明快さで語ってくれた物語に、私は多大の関心をもって耳を傾けていた。語られた事柄の大部分は、私もすでに承知していることだったが、ホームズの話を聞くまでは、それらの事柄がたがいにどう関連していて、そのうちのどれが比較的重要であるのか、その点をじゅうぶんに認識してはいなかったのだ。

「もしやこういうことは考えられないかな？」ひとまずそう言ってみた。「つまり、ストレーカーの大腿部に残る切り傷というのは、頭をやられたあとの断末魔の痙攣《けいれん》のなかで、自分の手にしたナイフで自ら負ったものだ、とは？」

「それは考えられないじゃない。どころか、じゅうぶんありうると言えるね」ホームズは言った。「もしそうだとすれば、被疑者にとって有利な点のうち、大きなものがひとつ消えることになるわけだ」

「だがそれにしても」と、私は重ねて言った。「ぼくにはいまだにぴんとこないな――警察の見込みというのが、いったいどんなところにあるのか」

「警察の見込みなんて、どうせわれわれの観点とはとんでもなくかけはなれたものに決まってるさ」わが相棒は答えた。「どうやら連中は、こんなふうに考えているようだ――フィッツロイ・シンプスンは、厩務員に薬を盛ったあと、どういう方法でか合い鍵を手に入れて、厩舎のドアをあけ、おそらくは拉致《らち》する目的でだろう、馬を連れだした。馬勒《ばろく》が紛失していたが、それもシンプスンが馬につけたからにちがいない。それから、ドアをあけはなしたまま、厩舎を出て、馬を荒れ地まで連れてゆこうとしたが、その途中で調教師と出あったか、追いつかれるかした。当然そこで揉みあいになり、シンプスンは重いステッキで調教師の頭をたたきつぶすが、自分のほうは、ストレーカーが身を護るために用いた小さなナイフから、なんの損傷も受けずにすんだ。そのあと、馬泥棒はどこか秘密の隠し場所まで馬を連れてゆく。でなければひょっとすると、馬は揉みあいのあいだに逃げだしてしまい、いまもまだ荒れ地のどこかをさまよっているのかもしれない。警察の見かたは、まあだいたいこういったところのようだ。とうていありそうもない解釈だが、これ以外の見かたとなると、さらに説得力が乏しくなる。いずれにしろぼくとしては、現場に着きしだい、すぐにでもこちらの仮説をためしてみるつもりでいるが、それまでは、いま現在の立ち位置からどうやって先へ進めばいいのか、かいもく見当もつかないといったところなのさ」

小さなタヴィストックの町に着いたのは、もう夕方になってからだった。ダートムアという巨大な円の中央に、ちょうど楯の中心の星飾りのように位置しているのがこの町である。駅頭には、ふたりの紳士が出迎えてくれていた。ひとりは、背の高い色白の男で、ライオンのたてがみに似た髪とあごひげ、妙にひとを射るような薄水色の目をしている。いまひとりは、小柄できびきびしていて、服装も黒のフロックコートにスパッツ、小さく刈りこんだ頬髯《ほおひげ》に片眼鏡という、とびきり身ぎれいで、小粋《こいき》な感じの人物。この後者のほうが、競走馬の世界ではそのひとありとして知られる、馬主のロス大佐、もうひとりがグレゴリー警部で、イングランドの警察組織のなかで、このところめきめき名を挙げてきている捜査官である。

「ホームズさん、わざわざご足労いただいて恐縮です」と、大佐が言った。「ここにおられる警部さんが、すでに考えうるかぎりの手は打ってくださっておいでだが、わたしとしては、かわいそうなストレーカーのかたきをとり、かつまた、大事な馬をとりもどすためにも、あらんかぎりの手を尽くして、悔恨の根を残すことなきようにしておきたいわけです」

「その後、捜査になにか新たな進展はありましたか?」ホームズがたずねた。

「あいにく、ほとんど進展が見られない、といったところです」答えたのは警部だった。「外に馬車を用意させてありますし、当然ホームズさんとしても、日が暮れないうちに現場をごらんになっておきたいでしょうから、話はそこまでの道すがら、ということにしましょう」

一分後には、一行は打ちそろって幌をおろした快適な四輪馬車《ランドー》に乗りこみ、古趣豊かなデヴォンシャーの田舎町を、蹄の音も高らかに駆け抜けていた。どうやらグレゴリー警部は事件のことで頭がいっぱいらしく、さっそく堰《せき》を切ったように話を始めたが、ホームズは、聞きながらときおりそれに質問や合いの手をさしはさむだけだった。ロス大佐は、腕組みをして、帽子を目の上までずりさげ、黙然と座席の背にもたれているし、私は私で、公《こう》と私《し》と、ふたりの探偵の対話に、興味をもって聞き入っていた。グレゴリーが披露しているのは、これまでにつくりあげた彼なりの仮説だったが、それは汽車のなかでホームズが予測していたのと、ほとんど一字一句ちがわない内容だった。

「捜査の網は、完全にフィッツロイ・シンプスンを中心にして絞られてきています」そう力説する。「ですからわたしとしても、やつこそがわれわれの標的にちがいないという確信はあるのですが、同時に、証拠がまったくの状況証拠でしかないということもわかっているし、ここでなにか新たな展開があれば、それが一挙にひっくりかえるおそれもないではない、と」

「ストレーカーのナイフについてはどう見ていますか？」

「その点は、本人が倒れるはずみに自らそのナイフで傷を負ったもの、そういう結論に達しています」

「ここにいるぼくの友人ワトスン博士も、くる途中でおなじことを指摘してくれましたよ。ただしもしそうだとすると、被疑者のシンプスンにとっては不利な材料になるわけだ」

「そのとおりです。やつはナイフも持っていないし、体にも傷ひとつ負っていない。それだけに、やつに不利な証拠は、そのことでますます強力なものになるわけです。さらに、やつは本命馬の失踪に多大の利害関係を持っているし、厩務員に薬を盛ったという疑いもある。大雨のなかで戸外にいたことは確かだし、凶器になる重いステッキも持っていた。被害者の手に握られていたスカーフの主でもある。陪審員の前に持ちだすのに、じゅうぶんすぎるほどの証拠がそろっていると思うのですがね」

ホームズはかぶりをふった。「腕のいい弁護士にかかったら、そんなのはたちまちずたずたにされてしまいますよ。そもそもいったいどういうわけで、わざわざ厩舎から馬を連れだす必要があったのか。傷を負わせるのが目的なら、その場でやればすむことでしょう。厩舎の合い鍵は、彼の持ち物のなかから見つかったのか。どこの薬局が阿片末を彼に売ったのか。そしてなによりも、この土地の地理に疎《うと》い人間が、いったいどこに馬を隠すことができるのか――それもただの馬じゃない、あれほどの名馬をですよ。彼が小女を通じて厩務員に渡そうとした紙切れとやらについても、本人はそれをどう説明しているのです？」

「十ポンド札だったと言ってますよ。本人の財布のなかからも、一枚見つかっています。しかし、いま挙げられたそれ以外の問題点なら、べつにさほど重大視するようなものでもない。やつはけっしてこの土地に不案内じゃありません。夏に二度ほどタヴィストックに滞在してるんです。阿片はおそらくロンドンから持ってきたんでしょう。合い鍵は、目的を達してしまった以上、もはや用なしだから捨ててしまう。馬は、荒れ地のどこかの窪地の底とか、あるいは廃坑の奥にでも突き落とされているのかもしれない」

「スカーフについては、どう言っているんです？」

「自分のものだということは認めていますし、紛失したものだとも言っている。しかし、やつが厩舎から盗みだした馬をどこへ連れていったか、その点については、ひとつ新たな要素が見つかっています」

ホームズは耳をそばだてた。

「月曜の夜に、殺人現場から一マイルと離れていない地点で、ロマの一群がキャンプを張っていたという痕跡を発見したのです。ところが、翌火曜日には、すでにその群れはどこかへ立ち去っていた。そこでです、こう考えてみてはどうでしょう――シンプスンとそのロマたちとのあいだには、ある種の了解があって、ストレーカーに追いつかれたとき、やつはそこへ馬を連れてゆく途中だった、そしていまもその群れの連中が馬をかくまっている、と？」

「たしかにありえないことじゃないですね」

「その群れの行方を追って、目下、一帯の荒れ地を徹底的に捜索ちゅうです。さらに、タヴィストックの町を中心に、半径十マイル以内の土地で、すべての厩舎という厩舎、屋外の小屋という小屋、これらもしらみつぶしに調べさせています」

「たしか、すぐ近くにもうひとつ厩舎があるとかいうことだったが」

「あります。当然それも見のがしてはならない要素のひとつです。なにしろ、その厩舎の管理馬である〈デズバラ〉号は、今度のレースの対抗馬ですし、したがって本命馬の失踪は、彼らにも大きな利害関係を持ってくる。管理調教師のサイラス・ブラウンは、そのレースに大金を賭けているといううわさもあり、しかもストレーカーとは折り合いがよくなかった。むろん、そちらの厩舎も徹底的に捜索しましたが、ブラウンと事件とを結びつけるものは、なにも出てこなかったというわけです」

「では、問題のシンプスンという男と、そのケープルトン厩舎の利害とを結びつけるような材料、それもまったく出てこなかった？」

「まったく出ていません」

ホームズはそれきり無言で座席の背にもたれ、対話はそこでとだえた。数分後に、御者が馬車を停めたのは、道路に面して建っている瀟洒《しょうしゃ》な別荘ふうの、ひさしの長くつきでた、こぢんまりした赤煉瓦の建物の前だった。そこからすこし離れて、囲いのある放牧場兼運動場があって、その向こうに、一棟の灰色の瓦葺《かわらぶ》きの、長い別棟が見えている。それ以外は、周囲どちらを見ても、枯れ羊歯《しだ》でブロンズ色に変わった荒れ地が、ゆるやかに起伏しつつはるか地平線まで一望のもとに連なり、あいだをさえぎるものといっては、タヴィストックの教会の尖塔と、西のほうに見えるひとかたまりの建物群だけ——これが話に聞くケープルトン厩舎らしい。

馬車が停まったので、私たちはそろってとびおりたが、ひとりホームズだけは、座席に背を預けたまま、視線はまっすぐ正面の空中に据え、身じろぎもせずになにやら物思いにふけっている。私が軽くその腕に触れると、そこではじめて、ぎくっとしたようにわれにかえり、馬車から降りたった。

「いや、失礼しました。ちょっと白昼夢というやつを見ていたものですから」と、少々あっけにとられた面持ちで見まもっていたロス大佐にむかって弁解したが、その目は一種異様な輝きを帯び、物腰からは押し殺した興奮が発散していて、私ほどに彼という人間をよく知っているものには、さてはなにか手がかりをつかんだな、ということがぴんときた。もっとも、なにをつかんだのか、そのへんまではわかりかねたが。

「ホームズさん、さだめしすぐにでも犯罪現場に向かわれたいことでしょうな？」と、グレゴリーが言った。

「いや、その前に、いましばらくここで、ひとつふたつ詰めておきたい点があります。ストレーカーの遺体は、もうここにもどってきているのでしょうね？」

「はあ、二階に安置してあります。あすが検死審問になりますので」

「ロス大佐、ストレーカーはかなりの期間、あなたのもとで勤めてきたわけですね？」

「そのかんずっと忠勤に励んでくれたと思っとります」

「警部さん、ストレーカーが死んだときにポケットに持っていた所持品、それは検《あらた》めてみたんでしょうね？」

「ごらんになりたければ、居間のほうにまとめてありますよ」

「ぜひ見たいですね」

　私たちはぞろぞろと家の表側の部屋にはいってゆき、中央のテーブルをかこんですわった。そのあいだに、警部はとりだした正方形のブリキの箱の鍵をあけ、中身を小さな山にして一同の前に並べた。一箱の蠟《ろう》マッチ、長さ二インチばかりの獣脂蠟燭《じゅうしろうそく》、〝A.D.P.〟と刻印されたブライヤーのパイプ、シールスキンの巾着《きんちゃく》に入れたロングカットの黒パイプ煙草《キャヴェンディッシュ》半オンス、金鎖つきの銀時計、ソヴリン金貨五枚、アルミ製の鉛筆入れ、数枚の書類、象牙の柄のついたとびきり薄くて剛直な、鋭利そのもののナイフ——これは刃に〝ロンドン、ワイス社製〟と銘打ってある。

「これは特異なナイフだな」そう言ってホームズはそれを目の前に持ちあげると、仔細に検分した。「血痕がこびりついているところを見ると、これが問題の、被害者が握りしめていたというナイフらしい。どうだいワトスン、これはきみの専門領域じゃないかね？」

「たしかに。いわゆる〝白内障メス〟と呼ばれているものだ」私は答えた。

「だろうと思った。きわめてデリケートな手術のためにつくられた、きわめてデリケートな造りの刃物。妙じゃないか——馬を相手の荒っぽい作業のために出ていった男が、よりにもよってこういうしろものを所持しているなんて。折り畳んでポケットに入れられるものでもないとなれば、なおさらのことだ」

「遺体のそばに、切っ先を保護する円いコルクが落ちていましたよ」警部が言った。「細君の話によれば、このナイフは数日前から化粧台の上に置かれていて、その晩、夫が部屋を出てゆきしなに、それをとりあげて持っていったとか。武器としては貧弱なものですが、そのとき手もとにあったなかでは、これがいちばんましだとでも考えたのかも」

「あるいはね。書類のほうは調べてみたのですか？」

「うち三通は、干し草商人からの勘定書きで、全額受け取りずみになっています。一通は、ロス大佐からの指示の手紙。残る一通は、婦人用服飾品店からの勘定書きで、額面は三十七ポンド十五シリング、ボンド街のマダム・ルジュリエから、ウィリアム・ダービーシャーに宛てたもの。ストレーカーの細君によれば、ダービーシャーというのは夫の友達で、ときおり彼宛ての手紙がここへ送られてくることがあるとか」

「マダム・ダービーシャーなる女性、ずいぶん贅沢な趣味の持ち主と見える」ホームズが勘定書きにざっと目を通しながら言った。「たった一着のドレスに二十二ギニーというのは、どうして相当の金額だ。とはいえ、ここではこれ以上つきとめられることもなさそうだから、そろそろ犯罪現場にむかって出発進行といきますか」

一同が居間から出てゆくと、そこの廊下にひとりの女性が待ち構えていて、一歩進みでるなり、警部の袖に手をかけた。痩せて、やつれきった顔には、焦燥の色が濃く、さらにそこに、先ごろの事件へのおびえの色が、ありありと刻印されている。

「もうつかまりましたか？　あのロマの群れは、もうつかまえたんですか？」せきこんでそう問いかける。

「いや、まだです、奥さん。しかし、こうしてロンドンからホームズさんもきてくださいましたし、このかたのお力を借りて、われわれもできるだけのことはしますから」

「たしか先日、プリマスでお目にかかりましたね、奥さん」ホームズがいきなりそう言いだした。「ついこのあいだ、あるガーデンパーティーでのことでした」

「いいえ、そんなことありません。なにかのおまちがいです」

「はて、そうかな？　たしかにお会いしたはずだと思うんだが。奥さんは鳩羽色のシルクに、オーストリッチの羽毛で縁どりしたドレスを着ておられた」

「そういうドレス、わたくしは持っておりません」

「そうですか、それじゃぼくのまちがいでしょう」ホームズは言い、謝罪の言葉を口にしてから、警部を追って家の外に出た。荒れ地を横切ってしばらく歩くと、遺体の発見された窪地に達する。その窪地のふちに、一群れのハリエニシダの茂みがあり、被害者のマッキントッシュがひっかかっていたというのは、そこだった。

「たしか、当夜は風がなかったはずですね？」ホームズが言った。

「ありません。ですが、雨は土砂降りでした」

「風がなかったとすると、マッキントッシュは吹き飛ばされて茂みにひっかかったわけじゃなく、上に置かれたのだということになる」

「そのとおりです。茂みの上に横たえるように置かれていました」

「それは耳寄りな話です。見たところ、周辺の地面はだいぶひどく踏み荒らされているようだが、さだめし月曜の夜以来、相当数の人間が出入りしたことでしょうね？」

「それを慮《おもんぱか》って、そばに筵《むしろ》を一枚敷き、全員その上を歩くようにしています」

「それはよかった」

「このバッグに、ストレーカーの履いていたブーツの片方、おなじくシンプスンの靴の片方、ついでに〈シルヴァー・ブレーズ〉号の蹄鉄《ていてつ》もひとつはいっています」

「ほう、たいした先見の明だ、警部さん！」

ホームズはさしだされたバッグを受け取ると、窪地の底へ降りてゆき、敷かれた筵をいますこし中央寄りにずらした。それから、いきなりその上に腹這いになり、両手にあごをのせて、目の前の踏み荒らされた地面を入念に観察しはじめた。

「そうらあったぞ！」と、とつぜん歓声をあげる。「ごらんなさい、なんです、これは？」

一本の蠟マッチの燃えさしだった——すっかり泥にまみれているので、ちょっと見には木切れとしか見えないのだ。

「これはしたり、どうしていままで見のがしていたんだろう」警部はいささか当惑の面持ちで

言った。

「見えなかったのですよ、泥に埋もれていて。ぼくが見つけたのは、はじめからこれを探していたからです」

「なんですって？　こういうものが見つかると予想しておられた、と？」

「あってもいいはずだと思っていたまでです」そう言ってホームズはバッグからブーツと靴をとりだすと、それらを地面に残された靴跡ひとつひとつとくらべてみた。それから、腹這いのまま窪地のふちまで寄ってゆくと、羊歯や灌木の茂みのなかをあちこち這いまわった。

「もうそのへんには足跡は見あたりませんよ」警部が声をかけた。「周辺百ヤード以内の地面は、わたしがしらみつぶしに調べましたから」

「なるほど、そうですか！」ホームズは立ちあがりながら言った。「警部さんがそう言われるからには、これ以上念を押すのは野暮というものですね。そのかわり、暗くならないうちに、もうちょっとこのへんの荒れ地を歩きまわってみることにします。そうすれば、地理が頭にはいって、あすの調査にも役だちますから。ついでですが、この蹄鉄は、お守りがわりにこうしてポケットに入れてゆきますよ」

ロス大佐は、さいぜんから私の相棒の落ち着きはらった、組織的な仕事の進めかたに、多少の苛立《いらだ》ちを隠せぬようすでいたが、いまここで懐中時計をとりだすと、ちらとながめた。

「警部さん、きみはわたしといっしょにもどってくださらんか」と言う。「いくつか相談したい点もあるし、とりわけ、うちの馬の名を今度のレースの出走予定表から削除してもらうかどうか――いや、削除するのが馬券を買ってくれるファンへの義務ではないかと思うのだが」

「いや、その必要はぜんぜんありませんよ」とつぜんホームズが声をあげ、きっぱりとそう言いきった。「出馬登録は、そのままでだいじょうぶです。ぼくが責任を持ちますから」

それを聞くと、大佐は軽く一礼して、言った。「そううかがって、まことに欣快《きんかい》のいたりです。ではホームズさん、そちらの散歩がおすみになったら、死んだストレーカーの住まいのほうでお待ちしとりますから。そのあとごいっしょに馬車でタヴィストックへ帰りましょう」

大佐は警部と連れだってもどっていったが、ホームズと私は、そのままゆっくりと荒れ地を横切って歩いていった。夕日はケープルトン厩舎の向こうに沈みかけていて、ゆるやかに連なる前方の平原は、一面の金色に染まり、そのあちこちで、点在する枯れ羊歯や茨《いばら》の茂みが、傾いた日ざしを浴びて、その金色をもっと濃い、赤みがかった金茶色に変えていた。けれども、こうした神々《こうごう》しいばかりの光景も、深く物思いに沈潜しているわが友にとっては、およそあってなきがごときもの、宝の持ち腐れにも等しかった。

やがてようやく彼が口を切った。「こうしよう、ワトスン。ここはひとまずジョン・ストレーカー殺しの犯人はだれかという問題は脇に置いて、馬の行方をつきとめることに専念することにする。そこでだよ、かりに凶行の行なわれているさいちゅう、あるいはその直後に馬が逃げだしたのだとすると、そこからいったいどこへ向かったと考えられるだろう。馬というのは、きわめて群居性の強い動物だ。ほうっておけば、本能的にキングズ・パイランドへもどるか、でなくばケープルトンへ向かったにちがいない。どうしてやみくもに荒れ地へ逃げこんだりするものか。それならとっくに発見されてるはずだしね。また、ロマについて言えば、彼らに馬を拉致する理由がどこにある？　あの連中は、いつの場合も警察とのいざこざに巻きこまれるのを嫌うから、なにか問題が起きたと知れば、すぐさまキャンプを引き払ってしまうんだ。そもそもあんな有名な馬ともなれば、売れる見込みなんかあるわけもない。だから、馬を盗むなんてこと、彼らにとってはリスクのみ大きく、なんら益のない行動なのさ。これだけははっきりしている」

「だったら、いまどこにいるんだ？」

「はじめに言ったとおり、キングズ・パイランドにもどったか、ケープルトンへ向かったはずだ。だがキングズ・パイランドにはいないんだから、ケープルトンにいるということになる。これを作業仮説として、ここからどこへたどりつけるかを見ることにしよう。警部も言うように、荒れ地のこのあたりはとくべつ地面がかたく、乾燥している。だが、こうして向こうを見ればわかるように、土地はケープルトンにむかって下り斜面になっていて、あそこには長い窪地もある。月曜の夜には、あのへんの地面はさぞかしぐちゃぐちゃだったことだろう。われわれの当初の推定が正しいとすれば、馬はあの窪地を横切っていったに相違ないんだから、その足跡を探すのなら、当然あの地点こそ狙い目だということになる」

こういう話のあいだも、私たちは足早に歩きつづけていて、数分後には、問題の窪地に到達していた。ホームズの頼みで、私は斜面の右側をくだってゆき、友人は左側をくだることになったが、こちらがものの五十歩と進まないうちに、向こうでおおっと声があがり、彼が手招きしているのが見えた。彼の目の前のやわらかな土に、馬の蹄の跡が一列、くっきりと刻まれていて、彼がポケットからとりだした蹄鉄を当ててみると、その跡にぴたりと合致した。

「わかっただろう、想像力の値打ちってものが」ホームズは言った。「気の毒だがグレゴリーのせんせいに欠けてるのは、その想像力なのさ。われわれはまずなにがあったかを想像し、その想定にもとづいて行動し、そしてそれが正しかったことを確認した。というところで、先へ進もうか」

　じめじめした窪地の底を横切り、乾燥した、かたい芝土の上を四分の一マイルほど歩いた。ここでまたしても地面は下り坂になり、そこでまたしても馬の蹄の跡が見つかった。その先では、さらに半マイルほどのあいだ痕跡を見失ったが、やがて、ケープルトンのすぐ近くで、いま一度それにぶつかった。先に見つけたのはホームズで、そこに立ってそれをゆびさしている表情には、いかにも得意げなものがうかがわれる。なんとそこには馬の蹄の跡と並んで、人間の靴跡も一列、くっきりとつづいているのだ。

「ここまでは馬だけだったのに」思わず私は叫んだ。

「そのとおりだ。ここまでは、馬は単独だった。いや、待てよ！　なんだ、これは？」

　人間と馬との二列の足跡、それがここで急に方向を転じ、逆方向のキングズ・パイランドのほうへ向かっているのだ。ホームズがひゅっと口笛を吹き、私たちはふたりしてその痕跡を追っていった。彼の視線はもっぱらそれだけにそそがれていたが、ある地点で私がたまたまちょっと脇を見ると、驚くなかれおなじ二列の足跡が、向こうからこちらへともどってきているではないか。

私がそれをさして教えると、ホームズは言った。「すごいぞワトスン、きみに一点進上だ。おかげで無駄足をせずにすんだ。このままこっちのをたどっていってたら、さんざん大まわりしたすえに、またもどってくるはめになっていたはずだからね。ようし、じゃあこのもどってきたやつを追ってゆくとしよう」

さほど長く歩く必要はなかった。足跡は、ケープルトン厩舎の門に通ずるアスファルト敷きの通路で終わっていたからだ。私たちが門に近づいてゆくと、なかからひとりの厩務員が駆けだしてきた。

「用のないものにうろついてもらっちゃ困るんだがね」と、頭ごなしに言う。

「ひとつ訊きたいだけなんだ」ホームズは親指と人差し指でチョッキのポケットをさぐりながら言った。「ご主人のサイラス・ブラウン氏にお目にかかるには、あすの朝五時にきたのでは早すぎるだろうか」

「とんでもない。その時分に起きてるひとがあるとすれば、そりゃうちの先生だ。いつだって真っ先に起きなさるから。けど、ほら、ちょうど先生がきなすった。そういうことなら、先生にじかにたずねりゃいい。いやいや、めっそうもない、あんたさんから金なんかもらうところを見られたら、こちとら、たちまち首がとんじまわ。なんなら、またあとでな」

とりだした半クラウン銀貨をシャーロック・ホームズがポケットにもどしているとき、門のうちから、恐ろしい形相をした初老の男がひとり、狩猟用の鞭をふりながらつかつかと出てきた。

「なにをしている、ドーソン！」と、居丈高《いたけだか》にどなりつける。「よそものと無駄口をきくのは許さんぞ！　さっさと仕事にかかれ！　それからきさま――いったい全体なんの用があって、ここをうろうろしている！」

「いや、なに、ご主人、ほんの十分ばかり、お話しできないかと思いましてね」ホームズは愛想よく言った――だれが聞いても最高に愛想のよい口調とは、まさにこのことだろう。

「無用のもののおしゃべりにつきあってるひまはない。ここではよそものはいっさいお断わりだ。さっさと消えろ――さもないと、犬をけしかけるぞ」

そう言われて、ホームズは無言で身をのりだすと、相手の耳もとに何事かささやきかけた。聞くなり調教師はぎくりと身をふるわせ、こめかみのあたりまで真っ赤になった。

「嘘だ、そんなこと！　とんでもない大嘘だ！」と、悲鳴のような声で叫ぶ。

「よかろう。ならばここで、みんなの聞いてるこの往来で、おおっぴらに事の次第を議論しようか。それとも、あんたのところの客間で、静かに問題を話しあうとするかね？」

「くそっ、どうしてもって言うんなら、はいるがいい」

ホームズはにんまりした。「ワトスン、ほんの数分以上は待たせないよ。さてと、ではブラウンさん、万事おおせのとおりにするとしますか」

実際にホームズと調教師とがふたたび姿を見せたのは、それからたっぷり二十分はたってからのことで、外光のなかの赤みがかった色あいは、すっかり灰色に変わっていた。それでも、たったそれだけの時間で、そのときのサイラス・ブラウンの身に生じた変化ほどに、大きな変化が生じたという例を私は知らない。顔色は灰白色、額には玉の汗が噴きだし、手もわなわなとふるえて、握った狩猟用の鞭が、強風のなかの木の枝よろしく揺れ動いている。さいぜんの高飛車な、威圧的な態度は、拭ったように消え、私の相棒のそばに鞠躬如《きっきゅうじょ》としてつきしたがっているさまは、主人の顔色をうかがう犬さながらだ。

「すべてお言いつけどおりにいたします。必ずそのようにとりはからいますから」と言う。

「ぜったいまちがいのないようにしてくれないと困るよ」ホームズは相手をじろりと見ながら言った。その目に威嚇《いかく》の光を見てとったのか、調教師が縮みあがるのがはっきりわかった。

「はい、はい、承知しております。ぜったいにまちがいはございません。必ずまにあわせますから。ところで、あれはその前に変えておきますか、それとも変えずに――?」

ホームズはちょっと考えていたが、そのうちふいに笑いだした。「いや、そのままでいい、変えるには及ばないよ。それについては、またあらためて手紙を出そう。いいかね、もう小細工はいっさいなしだぞ。さもないと――」

「いえいえ、とんでもない。その点は信用してください。だいじょうぶですから!」

「当日は、あくまでもあんた自身のもののように、大事に扱ってくれないと困るよ」

「かしこまりました、おまかせください」

「よしわかった。まかせるとしよう。じゃああした、あらためて手紙を出すから」

調教師がふるえる手をさしだすのを無視して、ホームズはくるりと背を向けた。そして私たちはキングズ・パイランドへむけて帰路についた。

「厩舎では調教師の先生とあがめられてるかどうか知らんが、あのサイラス・ブラウンなる人物、あれほど威張りくさっていて、そのくせ卑怯で、陰険でと、三拍子そろった鼻持ちならんやつはいないね」ホームズがそう言いだしたのは、そうしてふたり肩を並べて帰る、その道すがらだった。

「すると、やっぱりあいつが馬を隠してたんだね？」

「最初はつべこべ言って、なんとかごまかそうとした。だけど、ぼくの口から、その朝のあいつの行動を、ひとつひとつ、たなごころをさすように正確に再現してやったら、あいつめ、てっきりこのぼくに現場を見られていたと思いこんだほどだ。むろんきみだって、例の足跡が、妙に爪先の角張ったブーツの跡だってことには気づいていたはずだが、あいつの履いていたブーツの形が、まさにそれにぴったりなのさ。それともうひとつ、これも当然のことだが、もっと下の立場の人間には、ああいうだいそれた真似はできない。そこでまあ、こんなふうに言ってやったわけだ——いつもの習慣で、その朝も彼が真っ先に起きてゆくと、見慣れない馬が近くの荒れ地をうろついているのが見えた。そばへ行ってみると、驚いたことに、ひたいから鼻面にかけての白い部分、つまり馬名の由来である白い流星《ブレーズ》から、この馬こそまさに今度のレースの本命馬にほかならないとわかった。つまり彼にしてみれば、自分がいま大金を賭けている二番人気の〈デズバラ〉号、それを唯一負かすだけの力がある実力馬が、棚ぼた式に手中にころがりこんできたということになる。いったんはその足でキングズ・パイランドまで連れ帰ってやろうとしたものの、そこで悪魔がささやきかけてきた——なんならこいつをレースが終わるまで隠しておいたっていいんだぞ。そこで、逆もどりして、馬をケープルトン厩舎に連れてゆき、そのまま隠してしまった。とまあこういった次第なんだが、ここまでをぼくが事細かに語って聞かせたところ、あいつもついにかぶとを脱いで、あとは自分の身を救うことだけに専念しはじめたというわけだ」

「しかし、彼の厩舎も捜索を受けてはいるんだろう？」

「なに、あいつぐらいの古狸《ふるだぬき》になれば、ごまかす方法はいくらでもあるのさ」

「それにしても、そういう男に馬をまかせておいて、はたしてだいじょうぶなのか？　なにしろ〈シルヴァー・ブレーズ〉号を傷つける理由なら、山ほどある立場なんだろう？」

「心配ご無用。まるで掌《しょう》中《ちゅう》の珠《たま》みたいに大事にするはずだよ。すこしでも罪を軽くしてもらうためには、馬を無事にもどすことが第一条件、とはよくよく心得てるだろうからね」

「だがあのロス大佐のようすだと、たとえどんな条件でも、寛大な処置をとるとは思えないんだが」

「これはね、ロス大佐の意向がどうこうという問題じゃないんだ。ぼくはこのままぼくなりのやりかたで事を進めて、大佐にはなるべく手のうちは明かさない。そこが当局の人間ではない強みさ。きみは気づいたかどうか知らないけどね、ワトスン、大佐のぼくへの態度たるや、どう見てもあまり紳士的とは言いかねたよ。だから、ちょっぴりあの御仁をだしにして、楽しんでやるつもりなのさ。きみもあの御仁には、馬のことはなにも話さずにいてくれたまえ」

「承知した――きみがいいと言わないかぎり、なにももらさない」

「といっても、これは言うまでもなく、ジョン・ストレーカー殺しの犯人がだれかという問題とくらべれば、いたって小さな問題にすぎないけどね」

「すると、これからはそっちのほうに専念するというわけだね？」

「いやいやどうして。ぼくらはこれからそろって夜汽車でロンドンへ帰るのさ」

友人のこの言葉は、私には青天の霹靂《へきれき》と聞こえた。デヴォンシャーへきてから、まだほんの数時間、しかも捜査はいたって上々のすべりだしを見せたというのに、これはまったく解せない。だがそれ以上のことは、調教師の家に帰り着くまで、ホームズの口からは一言もひきだせなかった。大佐と警部とは、客間で私たちを待っていた。

「ここにいる友人とぼくは、夜中の急行でロンドンに帰ります」と、ホームズは言った。「いや、おかげさまで、ご自慢のすばらしいダートムアの空気を満喫させていただきましたよ」

警部は驚いて目を見ひらき、いっぽう大佐のほうは、口をゆがめて冷笑した。

「すると、かわいそうなストレーカー殺しの犯人については、もはや逮捕をあきらめたということですか」と言う。

ホームズは肩をすくめた。そして答えていわく――「途中でいろいろと厄介な問題にぶつかりましてね。とはいえ、火曜日にあなたの馬が無事に出走できるという点については、まず太鼓判を押してまちがいなかろうかと存じますので、騎乗するジョッキーにも、万端ぬかりなく準備をととのえておくように、お命じになるのがよろしいでしょう。ついでですが、生前のジョン・ストレーカー氏の写真があったら、お借りできますか？」

警部がポケットに持っていた封筒から一枚抜きだして、ホームズに手わたした。

「やあグレゴリー君、きみはいつでもぼくのほしいと思うものを、先まわりして用意しておいてくれるんですね。恐縮ですが、あとほんのわずかお待ち願えますか？　メイドに訊いてみたいことがひとつありますので」

私の友人が部屋を出てゆくのを見送って、ロス大佐がぶっきらぼうに言った。「ロンドンからわざわざ探偵にきてもらったが、どうもいささか期待はずれだったな。あの男がやってきたときから、捜査は一歩も先へ進んどらんじゃないか」

「すくなくとも、あなたの持ち馬は必ずレースに出走できると、そのことは保証されていますよ」私は言った。

「いかにも、あの男がそう保証するのはしかと聞いた」大佐は肩を揺すりながら言った。「だがわたしとしてはむしろ、馬をこの手にとりもどしたい気持ちのほうが強いんだがね」

私がさらに友人のために一言弁じようとしているところへ、当のホームズが部屋にはいってきた。「お待たせしました。ではタヴィストックへお供するとしましょう」

私たちは馬車に乗りこんだが、そのあいだ扉をおさえていてくれたのは厩務員のひとりだった。と、とつぜんホームズはなにか思いついたらしく、身をのりだして、その男の袖をひっぱった。

「放牧場には羊も何頭かいるようだが、世話をしているのは、だれだね？」

「はあ、わたしですが」

「近ごろ、羊たちのようすに、なにか異変があったことに気づかなかったか？」

「ええ、まあ、たいしたことじゃないんですが、なかの三頭だけが、急に脚をひきずるようになりました」


　これを聞いて、ホームズがおおいに満足したこと、それは私の目には明らかだった。なぜかといえば、ひとりくつくつと笑って、手をこすりあわせたからである。

「大穴だよ、ワトスン。大穴が的中した！」と、私の腕をぎゅっと締めつけながら言う。「グレゴリー君、ひとつ言わせてもらえば、とつぜん羊のあいだで始まったこの奇妙な流行病、これにはぜひ注目したほうがいいようですよ。では御者君、やってくれたまえ！」


　ロス大佐の表情には、依然としてわが友ホームズの能力を見くびっているふぜいがうかがわれたが、警部のほうは、なにかはっと思いあたったらしく、急に顔つきがひきしまった。

「それを重要だと見なされるわけですね？」そう問いかける。

「まさしくそのとおり」

「ほかにもなにか、わたしが注目したほうがよいという点、そういうものがありますか？」

「あるとすれば、その夜の犬の不思議な行動[2]でしょうね」

「しかし犬は、あの晩、なにもしなかったはずですが」

「だからこそ不思議だと言うのです」と、シャーロック・ホームズはのたもうた。

五日後、〈ウェセックス・カップ〉を争うレースを観戦するため、ホームズと私はふたたび汽車でウィンチェスターへ向かった。約束どおり、ロス大佐が駅の外で待っていてくれて、私たちは大佐の仕立ててきた四頭立ての馬車《ドラッグ》(3)で、市の郊外にある競馬場に向かったが、大佐の表情はけわしく、態度もこのうえなくよそよそしかった。

「いまだにわたしの馬にはちらともお目にかかれないのだが」と言う。

「ご自分の持ち馬ならば、当然、見ただけでそれと見わけられるでしょうね？」ホームズが言った。

大佐は憤然たる面持ちになった。「競馬に関係するようになって、もう二十年になるが、そんな愚劣な質問を受けたのははじめてだ。子供だって、〈シルヴァー・ブレーズ〉号は一目見ればわかる——ひたいに白い流星があり、右の前脚にも白いぶちがあるからな」

「オッズはいまどうなっていますか？」

「じつはな、それがどうも妙なのだ。きのうならば、十五対一でもじゅうぶん勝負になったんだが、それがだんだんさがってきて、いまではかろうじて三対一という率になっておる」

「ふむ！」ホームズは鼻を鳴らした。「さてはだれか、なにか嗅ぎつけたやつがいるな。そうにちがいない！」

馬車が正面スタンドに近い特別観覧席に近づいてゆくとき、私はちらっと出走馬の名を書きだした掲示板に目をやった。そこにはこうあった——

〈ウェセックス・カップ〉競走。出走登録料各五十ソヴリン。出走回避の場合は違約金半額。ほかに付加賞一千ソヴリン[4]。対象は四歳馬および五歳馬。二着賞金三百ポンド。三着賞金二百ポンド。新コースを使用（一マイル十五ハロン[5]）。

1. ヒース・ニュートン氏。〈ニグロ〉号（帽子赤、勝負服肉桂色）。
2. ウォードロー大佐。〈ピュージリスト〉号（帽子ピンク、勝負服青と黒）。
3. バックウォーター卿。〈デズバラ〉号（帽子黄、勝負服の袖黄[6]）。
4. ロス大佐。〈シルヴァー・ブレーズ〉号（帽子黒、勝負服赤）。
5. バルモラル公爵。〈アイリス〉号（黄と黒のストライプ[7]）。
6. シングルフォード卿。〈ラスパー〉号（帽子紫、勝負服の袖黒[6]）。

「うちのもう一頭の馬のほうは、出走予定からはずした。残る希望のすべてを、先日ホームズさんの言われた言葉に賭けておるわけなんだが」大佐が言った。「おや、あれはどういうことだ！〈シルヴァー・ブレーズ〉号が本命だと？」

「〈シルヴァー・ブレーズ〉の対抗に五対四！」声が響きわたった。「〈シルヴァー・ブレーズ〉の対抗に五対四！〈デズバラ〉の対抗に十五対五！　本命以外に五対四！」

「出走馬が出てきましたよ！」私は叫んだ。「ごらんなさい、ぜんぶで六頭いる」

「ぜんぶで六頭！　すると、わたしの馬もいるのだな？」すっかり興奮したようすで、大佐が叫んだ。「だが、あいつの姿は見えんじゃないか。うちの赤い勝負服はまだ通らんぞ！」

「通ったのはまだ五頭だけですよ。ああ、きっとあれがそうです」

私がそう言うまもなく、一頭のたくましい鹿毛《かげ》が検量所の囲いから出てきて、ゆるい駆け足《キャンター》で私たちの前を通り過ぎていった。広く知られている大佐の赤い勝負服、それに黒い帽子だ。

「あれはわたしの馬じゃない」馬主が叫ぶ。「いまのやつには、全身どこにも白いところはなかったぞ。ホームズさん、きみはいったいなんということをしてくれたんだ！」

「まあまあ、落ち着いて――あの馬のレースぶりをとっくりと拝見しようじゃないですか」わが友は泰然自若《たいぜんじじゃく》としてそう言ってのけた。それからしばらく、彼は私の双眼鏡を目にあて、まじろぎもせずレースの実況を見ていたが、そのうち、だしぬけに叫んだ。「すごいぞ！　すばらしいスタートだ。そら、全馬いっせいにコーナーをまわってくる！」

私たちのいる馬車の屋根上の座席からは、最後の直線のようすが手にとるようにながめられた。六頭の馬は、密集集団で殺到してき、かりに絨毯を一枚ひろげれば、全馬がその下に隠れてしまいそうなほどだったが、直線のなかばまできたところで、その集団から、帽子も勝負服の袖も黄というケープルトン厩舎の馬が抜けだし、先頭に立った。ところが、私たちの前にくるまでに、その〈デズバラ〉号の勢いが衰え、かわって、大佐の馬が末脚《すえあし》一気に加速して、最後には好敵手にたっぷり六馬身の差をつけてゴールした。三着には、前の二頭からかなり遅れて、バルモラル公爵の〈アイリス〉号がはいった。

「まあとにかく、勝つには勝った」ロス大佐がひたいに手を走らせながら、息をはずませて言った。「だがそれにしても、なにがどうなっておるのか、わたしにはさっぱりわからん。もうそろそろ、手のうちを明かしてくれてもいいんじゃないですかな、ホームズさん？」

「いいですとも、大佐。いっさいをお話ししますよ。その前にまず向こうへ行って、馬を見てやるとしますか。そら、ここです」そう言いながらホームズは、馬主とその連れにしか立ち入りを許されない検量所へとはいっていった。「この馬の顔と前脚、ここをアルコールでこう拭ってやる、と。そうすれば、ほら、これまでとすこしも変わらない〈シルヴァー・ブレーズ〉号であることがわかります[8]」

「やや、こいつはたまげた！」

「あるいかさま師の手に落ちていたのを見つけて、勝手ながら、もどされてきたときそのままの姿で出走させたのです」

「驚き入りましたな、まさに奇跡だ。馬にもなんら損傷はないし、体調も上々と見える。むしろ、これまでにもなかったほどいい状態だと言ってもいい。いや、すまなかった。きみの手腕のほどを疑ったこと、幾重にもお詫びします。馬をとりもどしてくれたことだけでも、いくら感謝してもしきれないくらいだが、このうえさらに望みうるなら、ジョン・ストレーカー殺しの下手人のほうも、ぜひともつかまえてほしいものですな」

「それならもうつかまえましたよ」ホームズはすらりと言ってのけた。

　大佐も私も、思わず目をまじまじとみはって彼を見つめた。「もうつかまえた、とな！　では、どこにいるのです、そいつは？」

「ここにいますよ」

「ここに！　どこです？」

「いま現在、ぼくといっしょにいます」

大佐はむっとしたように頬を紅潮させた。「ホームズさん、たしかにきみにはたいへんな恩義がある。それは認めるが、それでもいま言われたことは、たちの悪い冗談か、でなくばわたしへの侮辱としか聞こえんが」

シャーロック・ホームズは声をたてて笑った。「いやいや、大佐、べつにあなたを犯罪者呼ばわりしているわけじゃない。真犯人は、そら、あなたのすぐ後ろにおります」

そして大佐のそばをすりぬけて進みでるなり、その手をサラブレッドのつやつやした首筋にかけた。

「馬が！」大佐と私は異口同音に叫んだ。

「そうです、この馬です。ついでですが、この馬のために一言弁ずるなら、その行為は全面的に正当防衛としてなされたことであり、残念ながらあのジョン・ストレーカーなる人物は、まったくあなたの信頼にあたいしない卑劣漢だった、そう申せましょう。ですが、ちょうどベルが鳴りだしたようです。ぼくはつぎのレースで少々儲けさせてもらうつもりですので、これ以上込み入った説明は、もうすこし時間の余裕のあるときまで延期させてもらいますよ」

その晩、私たちはロンドンにもどるべく、寝台つき特別車《プルマンカー》の一隅に席を占めたが、おそらく私にとってと同様、ロス大佐にとっても、その旅はごく短いものにしか感じられなかったろう。

あの月曜の夜にダートムアの調教厩舎でなにがあったのか、私の相棒の語る事件の一部始終と、彼がどういう径路でこの謎を解き明かすにいたったのか、その説明に、それこそ全身を耳にして聞き入っていたからである。

「白状すると」と、ホームズは語りはじめた。「ぼくが事前に新聞記事をもとにしてつくりあげていた仮説は、どれもまったくまちがっていました。なかには正しい道筋を示唆してくれている記事も二、三あったのに、あいにくほかの雑多なディテールにまぎれて、真の重要性が見えなくなっていた。それで、デヴォンシャーにおもむいたときには、ぼくもやはりフィッツロイ・シンプスンこそ犯人だと確信していたのです——もっとも、シンプスンに不利な証拠とされるものが、水も漏らさぬ完璧なものだとは、いささかも思っちゃいませんでしたがね。

馬車が調教師の家に着いて、まだ車から降りないうちでした——マトンのカレー煮の持つとてつもない重要性、それにとつぜん思いあたったのです。覚えておいででしょうが、ぼくはあのときしばらくぼんやりしていて、ほかのみなさんが降りてしまったあとも、座席にすわったままでいました。頭のなかでは、これほど明白な手がかりを見落とすなんてと、自分で自分の鈍さにあきれていたのです」

「ならばわたしもついでに白状するが」と、ロス大佐が言った。「そこまで説明を聞かされても、いまだになにがなんだかさっぱりわからんですよ、わたしには」

「それこそが推理の連鎖の、その最初の一環だったんです。阿片末というやつは、けっして無味無臭ではありません。不愉快な風味ではないものの、口にして気づかれないということはありえない。普通の料理にまじっていたら、だれでもすぐに味がへんだと感じて、食べるのをやめるでしょう。その風味を消すための手段、それこそがカレーだったのです。となれば、調教師一家とはなんのかかわりもないフィッツロイ・シンプスンという赤の他人が、その晩、一家の夕食にカレー料理を出させるように仕向けることなどできるはずもないし、たまたま彼が阿片末をたずさえてやってきたその晩に、その風味がごまかせるような料理が出されるというのも、偶然にしてはあまりにできすぎていて、とうてい考えにくい。となると、この段階でシンプスンは容疑者からはずれて、あとは必然的に、その晩の夕食にマトンのカレー煮を選ぶことのできた唯一の人物、ストレーカーかその細君が視野にはいってくるわけです。阿片末は、泊まり番の厩務員の食事がとりわけられた、そのあとで混入されている——おなじカレー煮を食べても、ほかのものはだれも異状を感じていないのですからね。では、小女に気づかれずに、とりわけられた食事に近づくことができるのは、はたして夫婦のうちのどちらか。

　この問題への答えを出す前に、ぼくはもうひとつ、犬がその晩は騒がなかったという事実に思いいたりました。ひとつの正しい推理は、つねに第二、第三の推理へとつながってゆくもの[9]なのです。シンプスンの一件から、厩舎で犬が飼われていることがわかりましたが、ならばなぜその犬は、何者かが侵入して、馬を連れだしたというのに、吠えて、ロフトで寝ているほかのふたりの厩務員を起こさなかったのか。答えははっきりしている——その深夜の侵入者が、犬のよく知っている人間だったからにほかなりません。

　ここまでで、すでにぼくは確信して——もしくは、ほぼ確信して——いました。ジョン・ストレーカーが自ら真夜中に厩舎に出向き、〈シルヴァー・ブレーズ〉号を連れだした、と。なんのために？　なにか不正な目的のために決まっている――でなくてどうして、自分の使っている厩務員をわざわざ薬で眠らせる必要があるでしょう。ただ、それでも依然として、なぜ彼がそんなことをしたのかという理由、それは不明のままです。これまでにも、調教師がらみの不正事件なら、いくらでも例があります――賭け屋を通じて、自分の管理馬の対抗馬に大金を賭ける、そのうえで自分の馬が勝てないように工作して、賭け金をごっそりものにする、というものです。その不正工作には、ジョッキーに八百長《やおちょう》をさせるという単純な手口もあれば、もっと確実で、手の込んだ手段がとられることもある。ではストレーカーの場合、はたしてどんな工作がなされたのか。彼の懐中物の内容を見れば、そこからある結論がひきだせるのではないか、そうぼくは考えました。

はたしてそのとおりでしたよ。遺体の手に握られていたあの特異なナイフのこと、あれをまさかお忘れではないでしょう。普通の人間なら、武器としてたずさえてゆくことなど思いもよらないという、そんなナイフです。あれは、ワトスン博士が指摘してくれたように、きわめてデリケートな外科手術のために用いられるたぐいのものであり、それがあの晩、まさしくその種のデリケートな手術のために用いるべく用意されていた。ロス大佐、競馬の世界で広範な経験をお持ちのあなたならご存じでしょうが、馬のひかがみの腱にごく小さな傷をつける、しかも表面にはまったくなんの痕跡も残らぬよう、皮下でそれをやってのけるというのは可能なことです。これをやられた馬は、ほんのわずか脚をひきずるようになりますが、これも調教ちゅうに筋でもちがえたか、軽いリューマチにでもやられたと見なされるかするだけで、不正行為が発覚することはまずありません」

「悪党めが！　卑劣きわまる！」大佐が叫んだ。

「こう考えると、ジョン・ストレーカーがなぜわざわざ馬を荒れ地まで連れだしたのか、その説明もつきます。馬はきわめて敏感な動物ですから、ナイフでちくりとやられただけで、激しく暴れて、どんな寝ぼすけでもその騒ぎでたちまち目をさましてしまう。戸外の広い場所でやることが、ぜったい必要だったのです」

「わたしはなにも見えていなかった！」大佐が口惜《くちお》しげにうめいた。「むろんそれだからなんだな――蠟燭が必要だったのも、マッチをすったのも」

「そのとおりです。しかも、彼の所持品を調べることで、彼の犯行の手口だけでなく、その動機までもさいわい発見できました。大佐、あなたも世情に通じておいでですから、男が他人の請求書を懐中に入れて持ち歩く、などといったことがありえないのはおわかりでしょう。人間だれしも、自分への請求書をなんとかかたづけるだけでせいいっぱいなんですから。そこでぼくはただちに、ストレーカーが二重生活を送っていて、どこかに別宅を構えているとの結論に達しました。請求書の内容を見れば、これには女性が関係しているとわかる。それも、とびきり贅沢な趣味を持ったご婦人。いくらあなたが使用人にたいして寛大だといっても、その使用人のだれかが、一着二十ギニーもするドレスをぽんと細君に買ってやれるほどの暮らしができる、とはまず考えられない。それとなくストレーカー夫人にドレスのことを問いただしてみたところ、案の定、それは細君のために買ったものではないことが確かめられた。そこで、店の所番地を控えましたが、これも、ストレーカーの写真をたずさえてそこを訪ねてみれば、謎のダービーシャー氏の身元はなんなくつきとめられるだろう、そう考えたからです。

それからあとは、いたって簡単でしたよ。ストレーカーは、明かりをつけても周囲から見とがめられることのないように、荒れ地のまんなかの窪地まで馬を連れていった。シンプスンがあわてて立ち去る途中で落としていったスカーフを見つけたので、これさいわいと、それも拾った。おそらくそれで、馬の脚でも縛るつもりだったんでしょう。やがて窪地に着くと、彼はやおら馬の後ろにまわって、マッチをすった。ところが馬のほうは、急にぱっと明るくなって驚いたのと、それからこれは不思議な動物的本能からでしょうが、なにかよからぬことが企図されているのを察知して、いきなり後ろ脚を蹴りあげた。はずみで蹄鉄がまともにストレーカーのひたいを直撃したと、こういうわけです。雨が降っていたにもかかわらず、ストレーカーは細かい仕事をするために、すでにマッキントッシュを脱ぎ捨てていましたから、倒れるはずみに、手にしたナイフでぐさっと太腿を切ってしまった。これではっきりしましたか？」

「すばらしい！」大佐が叫んだ。「まことにおみごとです！　まるで実際にその場にいたみたいだ！」

「じつをいうと、いまの最終的な結論、これはまあ山勘《やまかん》、まぐれあたりみたいなものでした。つまり、ストレーカーほどの抜け目のない男なら、腱を切るなどという微妙な作業を、ろくな練習もせずにやってのけるはずがない、そう思いあたったわけです。ならば、どこでそういう練習が積めるだろう？　そのときふと目にとまったのが、羊たち。そこで質問をひとつしてみると、それがまさしく図星。あまりにぴたりと的中して、われながら驚いたくらいですよ」

「ホームズさん、おそれいりました。なにからなにまで、みごとに解き明かされましたな」

「ロンドンにもどると、さっそく問題の服飾品店を訪ねましたよ。すると、たちまちストレーカーが店の上客のひとりで、そこではダービーシャーと名乗り、とびきり派手好きな細君がいて、その細君がまた衣裳道楽、とくに贅沢な品が好みだということがわかった。思うに、その女こそがストレーカーを借金まみれにした元凶であり、彼がついに首がまわらなくなったあげく、こういう破廉恥《はれんち》なたくらみに手を染めるもとになった、このこともまず確実ですね」

「なるほど、すっかりわかりました。ただし、あとひとつだけ教えてください」大佐がせきこんで言った。「馬はいったいどこにいたのです？」

「馬ですか。馬は現場から逃げだして、近所のある人物に保護されていたのです。まあそのへんのことは、あえて追及せずにおいたほうがいいでしょう。ああ、どうやらクラパム・ジャンクションに着いたようです。となると、ヴィクトリア駅まで、あと十分たらず。よかったら大佐、ぼくらの下宿で葉巻など一服、いかがです。そのうえで、ほかにまだなにかおたずねになりたいことでもあれば、喜んでお答えしますよ」

（1）本作には、これに類する記述がこのあとも何度か出てくるが、現在ではこのように、厩舎関係者が賭けに関与することは許されない。
（2）〝その夜の犬の不思議な行動〟というのは、有名な「ホームズ語録」のひとつ。

（3）ドラッグは、屋根の上にも座席がある四頭立ての馬車。
（4）一着賞金には、各馬の馬主が出した出走登録料の総額に、馬券の売り上げからの付加金一千ソヴリンを加えたものがあてられる。ただし、後述の（8）の理由で、このときのレースの勝ち馬に、一着賞金が支払われたかどうかは定かでない。
（5）一マイル十五ハロン（正確にはファーロン）は、約二千六百メートル。
（6）このふたつは勝負服の袖の色だけで、服全体の色がわからない。つまりこの記述は、こういう掲示板に書かれるものとしては規定を満たしていず、不正確。
（7）これもストライプがどこにはいっているのかわからない。不正確な記述。
（8）このように態様を変えた馬を出走させることは違法であり、処罰の対象となる。
（9）〝ひとつの正しい推理〟以下は、やはり「ホームズ語録」のひとつとして、よく知られている。

黄色い顔

私は友人シャーロック・ホームズのたぐいない才能のおかげで、彼のかかわったいくつかの風変わりなドラマの聞き手となり、またときにはその劇中人物ともなってきたが、それらをこうしたささやかな小品に仕立てて発表するにあたり、どちらかといえば友人の失敗談よりも、成功談のほうに重点をおくことになったのは当然の帰結であろう。これはなにもホームズの評判を慮《おもんぱか》ってのことではなく、また、いちがいに楽な事件よりも難事件にぶつかったときのほうが、彼の活動的で、かつ融通無碍《ゆうずうむげ》な才能がよりよく発揮されるから、というわけでもない。それよりむしろ、ホームズが解決に漕ぎつけられぬような事件は、他のだれがやろうと所詮うまくゆくはずもなく、事件はそのまま迷宮入りとなって、物語に決着がつかないからなのだ。とはいえ、彼の見込みは結果的にまちがっていたものの、事の真相だけはからずも明らかになる、といった場合もときとしてないではなく、そうした例を五つか六つ、私は事件簿にとどめている。それらのなかでは、「第二の血痕」[1]の事件と、これから私が物語ろうとするものとが、とりわけ興味ぶかい特色を示すものと言えよう。

シャーロック・ホームズは、運動のための運動というのはめったにしない男だった。彼ほど身体能力にすぐれている人間はまず見あたらないし、ボクサーとしては、おなじ中量級であれば、彼にかなうものにいまだお目にかかったためしがない。だというのに、目的のない運動は精力の浪費と見なして、なにか職業上の目的にかなう場合以外には、めったに体を動かすこともしないが、いったんそういう事態になると、まったく疲れを見せず、倦《う》まずたゆまず活動しつづける。日ごろ運動不足の状態でありながら、そうやって体をなまらせずにおくというのは、それはそれで見あげたものだが、それでいて、食事はたいてい粗末なもので、ほとんど禁欲主義とも言えるくらいだ。ときおりコカインをやるものの、ほかにはこれという悪習もなく、そのコカインにしても、依頼される事件がすくなく、新聞にも興味ある事件が見あたらないようなとき、日常の退屈をまぎらすために用いるだけなのだ。

　早春のある日のこと、そのホームズが珍しくくつろいだ気分だったのか、私の誘うままにハイド・パークへの散歩についてきた。パークでは、楡《にれ》の枝々に春の若芽が芽吹きはじめ、栗の木からは、ねばねばした槍の穂先のような新芽が勢いよく伸びだして、五葉の若葉へと変わりかけていた。私たちは、たがいに深く理解しあったもの同士にふさわしく、二時間ほどもほとんど口もきかずにぶらぶら歩きつづけ、ようやくベイカー街にもどったときには、はや五時近くになっていた。

　ドアをあけるなり、待ち構えていた給仕の少年が声をかけてきた。「さっそくですけど、先生、先ほど訪ねてみえた紳士がありました」

　ホームズはちらっと私に非難がましい目を向けた。「これだから、午後の散歩なんてごめんなんだ。で、その紳士は、もうお帰りになったんだね？」

「はい」

「部屋にお通ししなかったのか？」

「いえ、お通ししました」

「どれくらい待っておいでだったんだ？」

「三十分ほどです。なにやらとても落ち着きがなくて、ここにいらしたあいだじゅう、せかせか歩きまわったり、足踏みしたりなさっていました。お部屋の外で待機していましたので、ごようすはよく聞こえましたけど、そのうちとうとう廊下に出てこられて、『あの男はもう帰ってこないつもりなのか？』と、叫ぶようにおっしゃいました。はい、このとおりの言葉でおっしゃったんです。『もうすこしお待ちになれば、お帰りになりますよ』そう申しあげたんですが、『ならば、外で待たせてもらう。ここにいると、息が詰まりそうだ』とおっしゃって、それなり出ていってしまわれました。さんざんおひきとめしたんですが、聞く耳を持たないといったごようすで」

「わかった、きみは申し分なくよくやってくれたよ」そうホームズは言い、私たちは部屋にはいった。「それにしても、間が悪いときというのはこんなものだね、ワトスン。ずっと事件を待ちこがれていたところなんだ。しかも、その男がじりじりしていたというようすからして、これはよほどの重大事件らしいじゃないか。おっと！　あのテーブルにあるの、きみのパイプじゃないね！　その男が置き忘れていったんだな。よく使いこんだ、なかなかいいブライヤーのパイプだ。この長い吸い口も上等、煙草屋が一般に琥珀《こはく》と称しているものだが、さて、本物の琥珀の吸い口が、このロンドンにはたしてどれくらいあるものか。なかに虫の化石がはいっているのが本物だと言う向きもあるが、なに、贋の琥珀のなかにつくりものの虫を入れることくらい、その道の人間の手にかかれば、造作もないことさ。それにしても、これだけ大事にしているパイプを置き忘れてゆくとなると、その御仁、だいぶやきもきしていたに相違ない」

「大事にしているなんてこと、どうしてわかるんだい？」私はたずねた。

「つまりこういうことさ――このパイプ、ぼくの見立てでは、値段はおよそ七シリング六ペンスといったところだろう。それがね、ほら、このとおり、二度も修繕した跡がある。一度はブライヤーの柄を、もう一度は琥珀の部分をだ。二度とも、見てのとおり銀の輪を使って修理してあるが、これだとパイプ自体の値段より、修繕費のほうがずっと高くついたに相違ない。おなじ金額で新しいのが買えるのに、わざわざこうして修繕しながら使っているというのは、よほどこのパイプに愛着があるという証拠だよ」

「ほかにもまだあるのか？」私がそう訊いたのは、ホームズが手のなかでしきりにパイプをひねりまわしながら、妙に物思わしげな目でそれをためつすがめつしているからだった。

ホームズはパイプを目の前にかざすと、古い骨について講義する教授よろしく、長く細い人差し指でそれをとんとんとたたいた。

「パイプというのは、えてして非常に興味あるものとなる」と言う。「持ち主の個性について教えてくれるという点では、懐中時計と靴紐とを除けば、たぶんこれに勝る材料はない。もっとも、このパイプの場合は、とくにめだつほどの特徴も、重要な特色もないがね。これの持ち主は、明らかに筋肉質のたくましい男性で、左利き、歯もじょうぶだが、物事に無頓着な性格で、金には困っていない」

これだけのことを、友人はいたって無造作な口調で、ぽんと投げだすように言ったが、それでいて、自分の推論にはたして私がついてこられたかどうかと、意味ありげな目でこちらをうかがうのがわかった。

「七シリング六ペンスのパイプを使っているから、その人物が裕福だとでも言うのか？」私は反問した。

「この煙草だがね、これは一オンス八ペンスもするグローヴナーのミクスチャーだよ」ホームズはそう答えながら、火皿に残った煙草の粉を手のひらにはたき落とした。「その半額でけっこう吸える銘柄のが買えるんだから、この御仁、金には不自由しないご身分だということさ」

「じゃあほかの点はどうなんだ？」

「パイプに火をつけるのに、ランプやガスの火を使う習慣があるらしい。このとおり、片側だけがひどく焦げている。むろん、マッチじゃこういうふうにはならない。マッチをわざわざパイプの横腹にくっつけるやつはいないからね。ところが、ランプで火をつけようとすると、どうしても火皿が焦げる。しかもこの場合、焦げているのは右側だけだ。このことから、左利きだと推理したわけさ。きみもやってみればわかるが、右利きのきみなら、当然、パイプの左側をランプの炎に近づける。たまにはその逆もやるかもしれないが、いつもそうすることはありえない。ところがこのパイプは、いつもきみとは逆の方向から火にかざされている。もうひとつ、この男は、吸い口の琥珀に深い噛み傷をつけている。ゆえに、筋骨たくましく、精力的、かつじょうぶな歯の持ち主ということになるわけだ。とはいえ、もしぼくの見当ちがいでなければ、階段に当人の足音がするようだから、じきにパイプそのものより、もっと興味ぶかい研究材料にありつけそうだよ」

ほどなくしてドアがひらき、背の高い青年が部屋にはいってきた。上質だが地味なダークグレイの背広を着て、つばの広い褐色の中折れ帽を手にしている。年は三十前後と見えるが、実際にはもうすこし上かもしれない。

「申し訳ありません」と、いくぶんへどもどしながら切りだした。「ノックすべきでしたね。ええ、もちろん、ノックすべきだったんです。ただ、いささか混乱してますので、ご無礼はどうかそのせいだと思ってください」なかば目がくらんだように、手をひたいに走らせると、そのまま手近の椅子に、すわるというよりも、むしろ倒れこむように身を沈めた。

「ここ二晩ほど、よく寝られなかったようですね」と、ホームズが持ち前の気さくな、温和な調子で言った。「眠れないというのは、根を詰めて働くのより、いや、ときには遊びが過ぎた場合などよりも、もっと体にこたえるものです。ところで、ぼくになにかご相談でも?」

「アドバイスをいただきたいのです。どうしたらいいか、すっかり途方に暮れて、いまや生活のすべてがてんでんばらばらになってしまったみたいなんです」

「ぼくを探偵ないし相談役として雇いたいとおっしゃるのですね?」

「それだけじゃありません。あなたを思慮分別のあるかたと——世情に通じたかたと——見込んで、ご意見をうかがいたいのです。この先、自分がどうすべきなのかを知りたいのです。あなたなら、それを教えてくださるんじゃないかと期待しているのです」

一語一語が短く、鋭く、痙攣《けいれん》的に口からほとばしるようなその話しぶりは、まるでしゃべること自体が彼にとってはたいへんな苦痛であり、しゃべりながら、終始、意志の力でその気持ちをおさえつけているかのように聞こえた。

「問題はきわめてデリケートなことでして」と、つづける。「そもそも、自分の家庭内の問題を他人に相談するのは気の進まないものですし、それが自分の妻の行動ともなると、そのことを初対面のふたりの紳士と話しあうなんて、およそおぞましいことに思えます。それをあえてしなくてはならないというのは、身ぶるいするほどつらいのですが、なにぶんいまは精も根も尽きはてて、動きのとれない状態ですので、なんとかご助言を仰がねばなりません」

「いいですかグラント・マンローさん——」ホームズが言いかけた。

客は驚きのあまり椅子から腰を浮かせた。「なんですって?」と叫ぶ。「では、ぼくの名をご存じなのですね?」

「名を知られたくないのでしたら」と、ホームズがほほえみながら言う。「帽子の内側に名前を入れるのはやめることですね。でなければ、話の相手には帽子のクラウンのほうを向けるとか。いまぼくが言おうとしたのは、こういうことです——ここにいる友人も、またぼくも、これまでこの部屋でさんざんひとさまの奇妙な秘密を聞かされてきたし、さいわいにも、多くの

悩めるひとの心に、安らぎをもたらすことに成功してきた、とね。きみにもおなじことがしてさしあげられると思っています。そこで、時間も貴重な要素になりそうですし、どうかここでさっそくにもご相談の趣《おもむき》を聞かせてくれませんか」

それがまことに言いにくいのだとでもいうように、客はまたしてもひたいに手を走らせた。そうしたしぐさや表情から、私はこの男が何事にも控えめで、寡黙な人物であり、すこしは自尊心も持ちあわせていて、おのれの傷はさらけだすよりも、できれば隠しておきたいというたちなのだと察した。ややあって彼は、ふいにそれまでの逡巡をかなぐり捨てたように、握りしめた手を強くふるなり、せきこんだ調子で話しだした。

「ホームズさん、事情はこういうことです。ぼくは妻帯していまして、妻といっしょになってから、もう三年になります。この三年間、ぼくたち夫婦はたがいに深く愛しあい、この世で結ばれた他のどんな夫婦にも劣らず、しあわせに暮らしてきました。ふたりのあいだには、どんな食いちがいもありません。考えかたのうえでも、言葉のうえでも、また行ないのうえでも、食いちがう点はいっさいないのです。それが、こないだの月曜以来、とつぜんふたりのあいだにある種の壁ができてしまい、まるで彼女とは街ですれちがっただけの間柄のように、ぼくのほとんど触れることのできないなにかが、妻の生活や考えかたのなかにあることに気づいたんです。いまのぼくらは、まるきり他人同士です。そして、どうしてそうなったのか、それがぼくにはわからないのです。

ところでホームズさん、話を先へ進める前に、ぜひとも強調しておきたいことがひとつあります。エフィーがぼくを愛しているということです。その点だけは、どうかおまちがえのないように願います。彼女は全身全霊でぼくを愛していますし、いまでもそれはすこしも変わりません。それをぼくは知っていますし、感じてもいます。その点について議論するつもりはありません。女が男を愛しているとき、男にはおのずとそれがわかるものです。ところがいまや、新たな秘密がぼくらのあいだには立ちふさがっていて、それが解消されないかぎり、ふたりの仲がもとにもどることは、もう二度とないという気がするのです」

「とにかく、事実を話してくれませんか、マンローさん」ホームズがいくぶんじれったげに口をはさんだ。

「まずエフィーの身の上について、ぼくの知っているかぎりのことを話します。はじめて会ったとき、彼女はまだずいぶん若かったのですが——二十五になったばかりでした——すでに未亡人でした。当時の姓はヒーブロン夫人。若いころにアメリカに渡り、アトランタに住んで、そこで前夫のヒーブロンと結ばれました。弁護士で、かなりの腕利きだったようです。子供もひとり生まれましたが、そのうち、街で黄熱病が大流行して、夫も子供もその病気で亡くなりました。夫の死亡証明書というのを見せられたことがあります。これですっかりアメリカに嫌気がさした妻は、帰国して、ミドルセックスのピナーに住む未婚の叔母のところに身を寄せました。ついでに言うと、亡夫は妻が楽に暮らしていけるだけのものを遺してくれて、妻の手もとには四千五百ポンドの元手があり、これを夫が生前うまく投資にまわしてくれたおかげで、平均すると年に七分の利子がつきます。ぼくが妻と知りあったのは、妻がピナーに住むようになってから、わずか半年後です。ぼくらは恋に落ち、それから数週間後には結婚しました。

ぼく自身は、ビール醸造に使うホップを商っていまして、年収七、八百ポンドにはなり、妻とのふたり暮らしは楽なものでしたから、やがて年に八十ポンドの家賃で、ノーベリーに小ぎれいな別荘ふうの家を借りました。ここはロンドンに近いわりには、ずいぶんと田舎びた、ふぜいのある土地です。わが家のすこし先には、旅籠《はたご》が一軒と、人家が二軒あり、また、正面の原っぱをへだてた向こう側にも、ぽつんと一軒、コテージが建っていますが、これらを除けば、駅への道筋のなかばあたりまで、ほかには一軒の家もありません。季節によって、ぼくは商用でたびたびロンドンへ出なくてはなりませんが、夏にはビジネスも暇になりますので、そのときはこの田舎の家で、妻とふたり、心のおもむくままに、楽しく過ごしてきました。何度も申しあげますが、じっさいこのたびの忌まわしい出来事が起きるまでは、ぼくらのあいだにはひとつの暗い影もなかったんです。

ここでもうひとつ、話を進める前に、ぜひお話ししておかねばならぬことがあります。ぼくと結婚したとき、妻は自分の財産をそっくりぼくに預けてしまいました――ぼくとしては、むしろこれには反対でした。というのも、万一ぼくのビジネスがうまくいかなくなったようなとき、それだとなにやらややこしいことになるとわかっていたからです。ところが妻はどうしてもそうすると言って聞かないので、ひとまずそうすることにしたわけですが、それが六週間ほど前になって、妻がぼくのところへくるなり、こう言いだしました――

『ねえあなた、わたしのお金を預けたとき、たしか、言ったわよね――万一なにか必要なことが起きたら、いつでもそう言いなさい、って？』

『言ったとも。もともときみの金なんだからね、あれは』

『それでね、いま百ポンドほしいの』

そう言われて、いささか驚いたことは事実です。せいぜい、新しいドレスを買いたいとかなんとか、そんな用途のために金が必要なんだと思っていましたから。

『いったいなにに使うんだ？』思わずそう問いかえしましたよ。

すると妻は、なにやら上っ調子な口調で言うのです――『あらやだ、そのときあなた、言ったじゃない、ぼくはきみの銀行だ、って。銀行はお金の使い途《みち》なんか訊かないわよ』

『いや、ほんとうに必要なんだったら、もちろん金はあげるけどね』ぼくは言います。

『ええ、そうなの、ほんとに必要なの』

『だけど、なんのために必要なのかは言いたくないってわけだね？』

『いずれそのうちにはね、たぶん。でも、いまはなにも訊かないでほしいの』

こうまで言われては、ぼくもうなずくしかありません。ですが、このときはじめて、ぼくらのあいだにちょっとした秘密が生まれたわけです。ぼくは小切手を妻に渡し、以後そのことはもう考えないことにしました。その後に起きたこととこのこととは、あるいはなんの関係もないかもしれませんが、いちおうお話ししておくべきだと考えた次第です。

さて、わが家から程遠からぬところに、コテージが一軒あることは先ほど申しました。あいだには原っぱがひろがっているきりですが、そこへ行こうとすると、まず街道ぞいにしばらく行って、そこから細い脇道に折れる必要があります。そのすぐ先に、一群れのこんもりした赤松の木立があり、それがなにやら親しみぶかく感じられて、心がいやされる気がするものですから、いつもそのへんをぶらぶらするのをぼくは楽しみにしていました。これまで八カ月のあいだ、コテージはずっと無人のままでしたが、建物はしゃれた二階建てですし、忍冬《すいかずら》のからんだ古風なポーチもあって、これはちょっと惜しい気がしました。ぼくは何度となく道からその家をながめて、これならどんなにか住み心地のいい家になるだろう、などと考えたものです。

さて、こないだの月曜の夕方、例によってその脇道をぶらぶら歩いていると、コテージのほうから、からの荷馬車がやってくるのに出あいました。ついにコテージに借り手があらわれたことは明らかでした。ぼくは閑人《ひまじん》らしくその前を通り過ぎ、そこで立ち止まると、コテージをざっとながめて、さて、わが家からこれほど近いところに越してきたのは、いったいどういうひとたちだろう、などと思いめぐらしました。そのときです、とつぜん、二階の窓からひとつの顔がじっとこちらを見ているのに気がついたんです。

そのとき見た顔から、いったいなにを感じたのか、自分でもよくわかりません。ですがホームズさん、それを見たとたんに、背筋にぞっとさむけが走りました。位置がちょっと離れているので、顔だちまでは見てとれませんでしたが、それでもその顔になにやら不自然な、非人間的なものがあると感じたのは確かです。ともあれ、そういう印象を受けたので、もうすこし近くから、こっちを見まもっているその顔をよく見てやろうと、ぼくは足早に歩み寄りました。

ところが、こちらが近づいてゆくと、とたんにその顔は、まるで室内の暗がりにひきもどされたみたいに、ふっと消えてしまったんです。それから五分ほども、ぼくはその場に立ちつくして、いまの出来事を思いかえし、こちらの受けた印象を分析してみようとしました。その顔が男のものだったか、女のものだったか、それすらわかりません。遠すぎて、よく見えないのです。それよりむしろ印象に残ったのは、なんといってもその顔色でした。死人のような鉛色がかった黄色で、それがなにかこわばった、硬直した感じをにおわせ、たとえようもなく無気味です。ようし、こうなったら、コテージの新しい住人について、もうすこし詳しいことをつきとめずにはおくものか。そんな気持ちになって、ぼくはつかつかと玄関に近づき、ドアをノックしました。すると、まるで待っていたみたいに、勢いよくドアがひらかれ、戸口に立っていたのは、背が高くてぎすぎすした体つきの、顔だちもけわしく、近寄りがたい感じの女でした。『なにかご用ですか?』と、北部訛《なま》りの響く声で浴びせかけてきます。

『お隣りの、あそこの家に住むものです』ぼくはわが家のほうへあごをしゃくってみせながら言いました。『お見受けしたところ、越してこられたばかりのようなので、なにかお手伝いできることでもないかと思いまして——』

『はい、それなら必要なときにこちらからお願いにあがります』そう言うなり、女はぼくの鼻先でぴしゃりとドアをしめてしまいました。けんもほろろの挨拶に、こちらもいささかむっとしながら、ぼくはそのまま背を向けて、うちへ帰りました。ですが、その晩はずっと、いくらほかのことを考えようとしても、つい心はあの窓に見えた亡霊のような顔と、つっけんどんな女の応対のことに向いてしまいます。妻には、その顔のことはなにも話すまいと決めていました。妻はひどく神経質で、感じやすいたちなので、ぼく自身がその無気味な顔から受けた不愉快な感じ、それを妻にまで味わわせたくはなかったからです。ただ、寝る前に、向かいのあのコテージにひとがはいったと、そのことだけを妻に話しましたが、それにたいして、妻からはなんの返事もありませんでした。

日ごろぼくはぐっすり眠るたちです。なにをもってしても、夜中にぼくの目をさまさせることはできないと、これは家族のあいだでの定番の冗談になっているくらいです。ところが、その晩にかぎって、なかなか眠れません。それが、夕方のあのちょっとした出来事で気が立っていたせいなのかどうなのか、そのへんはよくわかりませんが、ともあれ、普段よりずっと眠りが浅かったことは事実です。すると、夢うつつのなかで、なにかが室内を動きまわっているというおぼろげな感覚がめざめて、それが徐々にはっきりしてくると、妻がすっかり着替えをして、マントをはおり、ボンネットまでかぶろうとしているのがわかってきました。こんな時間にいったいなんのつもりなのか、驚きと同時に、非難の言葉をむにゃむにゃとつぶやきかけたとき、とつぜんぼくの寝ぼけまなこに、蠟燭《ろうそく》の明かりに照らされた妻の顔がとびこんできて、言葉はそのまま舌の上で凍りついてしまいました。そのときの妻の表情、それはぼくのいまだかつて見たことのない――いや、そういう表情を妻がつくれるとは思ったこともない――そんな表情でした。おそろしいほど青ざめて、息づかいも荒く、マントの留め金をかけながら、ぼくを起こしはしなかったかと、そっとこちらをうかがうそのようす。それから、ぼくが依然として眠っていると見てとったのか、音もなくするりと部屋を出てゆき、そのあとすぐに、かちっと鋭い音が聞こえてきました。まぎれもない、玄関のドアの蝶番《ちょうつがい》がきしむ音です。ぼくはベッドに起きあがると、まちがいなく目がさめているのかどうか、こぶしでベッドの手すりをたたいて確かめてみました。懐中時計を枕の下からとりだしてみると、時刻は午前三時。いったい全体、夜中の三時などという時間に、妻はなにをしに外へ出ていったのだろう？

それから二十分ばかり、ぼくはベッドに半身を起こして、いまの出来事をあれこれ考えめぐらし、いったいこれにどういう意味があるのか、答えを見つけようとしました。ですが、考えれば考えるほど、それが異常で、説明のつかないこととしか思えなくなってくる。そうやってあれこれ考えあぐねているとき、玄関のドアがまたそっとしまり、妻の足音が階段をあがってくるのが聞こえました。

妻が部屋にはいってくるなり、ぼくは声をかけました。『エフィー、いままでいったいどこに行ってたんだ』

それを聞いたとたん、妻はいたく驚愕して、あえぐような叫び声をもらしました。ぼくにとって、ほかのなによりも気になったのは、その叫び声と、ぎくっとした妻のようすです。その声にもまた態度にも、言いようのないうしろめたさが感じとれたからです。これまでは、いつも率直で、隠しだてなどしたことのない妻でしたから、その妻がこそこそと夫の目を盗んで部屋にはいってきて、夫から声をかけられるや、悲鳴をあげて、身を縮める、そんなようすを見ると、なにやら背筋の冷たくなる心地さえしたのです。

『まあ、目がさめてたのね、あなた』妻は神経質に笑って言いました。『驚いたわ――だって、なにがあっても目がさめないひとだと思ってたから』

『いったいどこへ行ってたんだ』ぼくは容赦なく問いつめました。

『びっくりなさったのも無理はないけど』そう言いながらも、マントの留め金をはずす妻の指がふるえているのが、ぼくの目にもはっきり見えました。『でもわたし自身、こんなことしたのって、いままで覚えがないのよ。じつをいうとね、なんだか息苦しくてたまらなくなってきて、新鮮な空気が吸いたかったの。このままここにいたら、ほんと、気を失ってたかもしれない。ほんの二、三分、玄関のところに立ってたら、それだけですっかりよくなったけど』

ですが、こんな言い訳をしているあいだじゅう、妻は一度もぼくのほうを見ようとせず、声の調子も普段とはまるきりちがっていました。言っていることが嘘っぱちなのはわかりきっていましたから、ぼくはなにも言わずに壁のほうを向いてしまいましたが、心のうちには、どすぐろい疑惑と猜疑《さいぎ》の思いがあふれて、胸をかきむしられる思いです。いったい妻が夫たるこのぼくに、なにを隠そうとしているのだろう？ 姿を消していたあのあいだ、いったいどこへ行っていたのだろう？ それがわかるまでは、とても心が休まりそうもない。とはいえ、ああして妻の口からはっきり嘘を聞かされたあとでは、あらためてそれを問いただす気にもなれません。それから朝まで、輾転反側《てんてんはんそく》して過ごしながら、あれかこれかと答えを探しあぐねましたが、考えれば考えるほど、答えは荒唐無稽《こうとうむけい》な方向へ流れてゆくいっぽうです。

その日はシティーへ出かける予定でしたが、あまりに頭が混乱して、とてもビジネスのことなど考えるゆとりはありません。妻のほうも、ぼくに劣らず悩んでいると見え、しょっちゅうこちらへちらりと問いかけるような目を向けるようすからも、ゆうべの説明をぼくが真《ま》に受けていないのはわかっていて、どうしたらいいのかと途方に暮れているのが見てとれます。朝食の席でも、おたがいほとんど言葉はかわさず、食事がすむと、すぐにぼくは家を出て、散歩に出かけました。新鮮な朝の空気のなかでなら、またよい思案も浮かぶかと考えたからです。

〈水晶宮〉(2)まで足をのばし、一時間余りをそこで過ごして、ノーベリーにもどったのが昼過ぎ、一時ごろです。帰り道はたまたま問題のコテージの前を通ることになりますので、そこでしばらく立ち止まって、前日にじっとこちらを見ていたあの不思議な顔が、またちらっとでも見えはしないかと、二階の窓を見やりました。ところが、そうして立っているときでした。なんと仰天したことに、ホームズさん、ふいにコテージのドアがひらいて、妻が出てきたじゃありませんか！

あまりの意外さに、ぼくは脳天を一撃された思いで立ちすくんでいましたが、その驚きも、こちらと目が合ったときの妻の狼狽《ろうばい》ぶりにくらべれば、なにほどのこともありません。一瞬、そのまま家のなかにひきかえしてしまいたそうなそぶりを見せた妻は、それでもじきに、これ以上隠しだてするのは無理だと判断したのか、薄い笑みを浮かべて近づいてきましたが、真っ青な顔やおびえた目つきは、そんな笑顔ではごまかせませんでした。

『あら、あなた』と言います。『新しいお隣りさんに、なにかお手伝いしてさしあげることでもないかと思って、それで寄ってみたところなの。なぜそんな顔でわたしを睨《にら》むの？　まさかわたしのこと、怒ってるわけじゃないわよね？』

『なるほど。じゃあここなんだな、ゆうべ夜中にきみがきたのは？』ぼくは言いました。

『まあ、それ、どういう意味？』妻は悲鳴のような声で言います。

『きみはここへきたんだ。いまはっきりわかった。いったい何者なんだ――きみがあんな真夜中にこそこそ訪ねてこなきゃならない相手ってのは？』

『いままでここへきたことなんかないわ』

『なんでそんな見え透いたことを言うんだ、嘘だとわかってるのに』ぼくも負けじと叫びました。『きみの声音そのものが、内心を裏切ってるよ。このぼくが、いままできみに隠し事をしたことなんかあったか？　とにかく、家にはいらせてもらう。そのうえで、とことん問題を糾明するんだ』

『ああ、だめよ、あなた、お願いだから、やめて！』

おさえきれない激情がこみあげてか、妻はあえぎあえぎ言います。それでもぼくが玄関口に近づこうとすると、今度はぼくの袖をつかんで、わなわなふるえるほどの力でひきもどそうとします。

『どうかお願い、あなた、それだけはやめて』そう叫びます。『誓って言うけど、いつかはなにもかもお話しするつもりよ。でも、いまはだめ。いまあなたが強引にこの家に踏みこんでも、不幸な結果にしかならないと断言するわ』

そしてぼくがなおもその手をふりきって通ろうとすると、それこそ死に物狂いの勢いでしがみついてきて、哀願するのです。

『お願い、あなた、わたしを信じて！　今度だけは信じてほしいの。いま信じてくれたら、けっして後悔はさせないから。これがあなた自身のためでなかったら、わたしだってこんな隠し事はしない。それはわかってくれるでしょ？　わたしたち夫婦の将来は、いまここでどっちの道を選ぶか、それひとつにかかってるのよ。このままいっしょにうちへ帰ってくれたら、なにもかも丸くおさまる。けど、あなたがそれでも無理やり家に踏みこもうとするのなら、わたしたちの仲もこれまでだわ』

そう言う妻の態度には、強い真情と、ついでに必死の思いもあふれていましたから、その訴えにぼくは金縛りにされ、去就に迷って、ただ玄関扉の前で立ちすくむばかりでした。

ややあって、やっとぼくは口をひらきました。『ひとつだけ、条件つきできみを信じよう。その条件つきでなければ、だめだ。その条件とは、こうした隠し事はきょうかぎり終わりにするということ。ぼくに秘密にしておきたいことがあるなら、当面それを秘しておくのはきみの自由だが、それでも、今後は二度と夜中に出かけたりはしないということ、ぼくの知らないところで、こそこそ行動するのはこれかぎりにするということ、これだけは約束してほしい。今後は二度とそういうことはしないと約束してくれるのなら、ぼくとしても、これまでのことは水に流すのにやぶさかじゃない』

『よかった、きっと信じてくれると思ってたわ』ほっと安堵の溜め息をもらして、妻は言いました。『お約束します、おっしゃるとおりにしますから。さあ、そうと決まったら、もう帰りましょう。早くここを離れて、いますぐ帰りましょう！』そう言いながら、妻はなおもぼくの袖をひっぱって、しきりにコテージから遠ざけようとします。ひきずられつつも、ぼくがちらりと後ろをふりかえってみると、またも二階の窓のひとつから、あの黄色く無気味な顔が、じっとこっちを見おろしてるじゃありませんか。あの顔の主とぼくの妻とのあいだに、いったいなにがあるのだろう。あるいは、前の日に応対に出てきたあの粗野で無愛想な女と、妻はいったいどんな関係があるのだろう。なんとも奇怪な謎ですが、それでもその謎が解けるまでは、二度とぼくの心に平安は訪れないだろうとわかっていました。

それから二日間、ぼくはずっと在宅していましたが、妻は妻で、ぼくとの約束を忠実に守っているように見えました。というのも、ぼくの知るかぎりにおいて、一歩もうちから出なかったからです。ところが、三日めになってわかったのは、そのときの厳粛な誓いも、妻を問題の秘密の持つ影響力から引き離すのにはじゅうぶんでなかった、それは妻をかりたてて、夫の存在や、妻としての務めを忘れさせるほど強いものだった、ということでした。ぼくはそれを示す証拠をいやというほどつかんだのです。

その日、ぼくは商用で市内へ出かけましたが、帰りはいつもの三時三十六分発の列車ではなく、それよりも早い二時四十分のに乗りました。家にはいったとたん、メイドがうろたえ顔で奥から走りでてきました。

『奥さんはどうした？』ぼくはたずねました。

『お散歩かと存じますけど』というのがメイドの答えです。

たちまち疑惑が心のうちにふくれあがりました。二階へ駆けあがって、妻がどこにもいないことを確かめます。そのとき、なにげなく二階の窓から外を見ると、いまぼくを出迎えたばかりのメイドが、原っぱを横切って、ころがるように例のコテージへむかって駆けてゆくじゃありませんか。となれば、事の次第は明白でした。妻はまたもあのコテージへ出かけ、メイドには、万一ぼくが帰宅したら、すぐに知らせろと言い含めておいたのにちがいありません。怒りにふるえながら、ぼくは階下へ駆けおり、原っぱをつっきって急ぎました。いまこのときかぎり、問題にきっぱり決着をつけてくれる、そんな意気込みでした。妻とメイドが大あわてで脇道を駆けもどってくるのが見えましたが、ぼくはふたりと話すために立ち止まることはしませんでした。目の前のコテージのなかにこそ、いまぼくの人生に影を投げかけている暗い秘密はある。ならば、たとえどういう結果になろうとも、これ以上それを秘密のままにしてはおくものか。そう心に誓いながら、玄関に走り寄るなり、ノックもせずにドアのノブをまわし、まっすぐ廊下へと踏みこみました。

階下は森閑と静まりかえっていました。キッチンでは、火にかけたケトルがしゅんしゅん音をたてているほか、床に置いたバスケットのなかで、大きな黒猫が丸くなって寝ていますが、先日出あった女は、影も形もありません。ほかの部屋も探してみましたが、やはりどこにもひとの姿はない。つぎに二階へ駆けあがってみたものの、ここでもやはり、ふたつの部屋がどちらもがらんとしていることが確かめられただけです。家じゅうどこを探しても、ひとの姿はまったくありません。二階の各部屋には家具が置かれ、絵なども飾られていますが、どれもまったくありきたりの、通俗的なもので、そうでないのは、例の奇怪な顔を見かけた窓のある部屋だけでした。その部屋だけは、飾りつけも心地よく、上品なものでしたが、それまでぼくの胸にくすぶっていた疑惑が一気に燃えあがり、激しく苦い怒りへと変わったのは、その部屋のマントルピースに飾られている写真を見たときでした。ぼくの妻の全身写真で、つい三ヵ月ほど前、ぼくが妻にすすめて撮影させたものなのです。

家のなかがまったく無人であることをあらためて確かめ、そのうえでぼくはそこを出ましたが、胸の奥には、いまだかつて経験したことのない重苦しいものがわだかまっていました。うちにもどり、玄関にはいってゆくのと同時に、妻が奥から出てきましたが、怒りと、そして傷つけられた心の痛みとがあまりに強く、とても妻と言葉をかわすどころではありません。妻を押しのけて奥へ通り、まっすぐ書斎へ行きましたが、ドアをしめるのより早く、妻があとを追ってきました。

『約束を破って、ごめんなさい、あなた』と言います。『でもね、事情がわかったら、あなたもきっと許してくれると思うの』

『ならば、その事情というのをさっさと話すがいい』ぼくは言いかえしました。

『それができないのよ、あなた。どうしてもできないの!』妻は泣き声で叫びます。

『じゃあ話はこれまでだな。あのコテージにだれが住んでるのか、きみがあの写真を渡した相手がいったい何者なのか、それを聞かせてもらうまでは、もはやぼくらのあいだに信頼関係はないものと思ってくれ』そう言い捨てるなり、ぼくは妻をふりきって家を出ました。

ホームズさん、それがきのうのことです。それ以来、妻には会っていませんし、この奇怪な問題についても、それ以上のことはわかっていません。ぼくら夫婦のあいだに暗雲がさしたのは、これがはじめてのことですので、ぼくもすっかり打ちのめされてしまい、どうするのがいちばんいいのか、まるきり考えられずにいる状況なんです。ところがけさになって、こういう場合に相談すべき相手はあなたを措《お》いてほかにはない、ふいにそんな考えが頭に浮かんできて、それでこうしてとるものもとりあえず駆けつけてき、いっさいを包み隠しなくお話しした次第です。どこか話にはっきりしない点でもありましたら、遠慮なくお訊きになってください。ですが、なによりもまずあなたにお願いしたいのは、これからぼくがどうすべきかを早急にお聞かせいただくことです――いまぼくの陥っているこの苦しみたるや、もはや堪えがたいまでになっていますので」

ここまでの驚くべき物語に、ホームズも私も深い関心をもって聞き入っていた。それは、感情的にぎりぎりまで追いつめられた男が、苦衷《くちゅう》に声をふりしぼり、ふるえる声でやっと語りおえたといった、そんな話だった。聞きおえてしばらく、私の相棒は手にあごをうずめ、深く物思いにふけったきり、無言の行をつづけた。

それから、おもむろに口をひらいて言った。「ひとつ訊きますが、きみが窓ぎわに見たというその顔、それは男の顔にまちがいないのですか?」

「見るのはいつもやや離れた距離からでしたから、男女いずれの顔か、断定はしかねます」

「それでも、その顔からすこぶる不愉快な印象を受けたようですが」

「なにしろ不自然な顔色ですし、顔だちにも異様にこわばった感じがありましたから。しかもぼくが近づいてゆくと、いきなりぷいっと消えてしまった」

「それは奥さんが百ポンドほしいとおっしゃってから、どれくらい日がたってからのことでしたか？」

「かれこれ二ヵ月近くになります」

「奥さんの前のご主人の写真というのを見たことがありますか？」

「ありません。その夫の死後まもなく、アトランタで大火があり、書類のたぐいはみんな焼けてしまったのだそうです」

「しかし、死亡証明書は持っていた。それを見せられたと言われたでしょう？」

「ええ、火事のあとで写しを手に入れたとか」

「アメリカ在住時代の奥さんの知人というのに会ったことはありますか？」

「いえ」

「奥さんは、あちらを再訪してみたいというようなことを言われたことがありますか？」

「ありません」

「では、あちらから手紙が届いたことは？」

「ありません、ぼくの知るかぎりでは」

「結構です。いましばらくこの問題については考えてみたいと思います。そのコテージからひとが消えて、今後もずっと無人の状態がつづくようなら、事はちと面倒になる。しかしまたいっぽう、こういうことも考えられる——ぼくはたぶんそうではないかと思うのですが——きのうはあなたを避けて、いったんよそへ身を隠しただけで、いまごろはもうもどってきている、とね。もしそうだとすれば、解決はむずかしくない。そこでです、きみにお願いしたいのは、このままノーベリーへ帰って、コテージの窓の監視をつづけていただくこと。かりに住人がもどってきていると見なす根拠が見つかったとしても、けっして強引に踏みこもうとはせず、かわりにこちらに電報をください。それを受け取りしだい、一時間以内にぼくらはそっちへ行きます。そこできみと合流して、問題の起きたその現場で、とことんそれを糾明してやるとしましょう」

「で、もしコテージがずっと無人のままだったら?」

「その場合は、あしたぼくがそちらへ行き、問題をきみと検討することにします。では、きょうのところはこれで。それともうひとつ、なによりもきみに言っておきたいのは、はっきりした根拠もないうちから、むやみにくよくよするのはやめるということです」

やがて、グラント・マンロー氏を玄関口まで送りだし、もどってくるなり、わが相棒は切りだした——

「さてワトスン、これはどうも厄介な事件になりそうだよ。きみはどう思う?」

「なんだかいやな話だとは思ったけどね」私は答えた。

「まったくだ。恐喝のにおいがする——もしぼくがひどくまちがっていなければ、だが」

「恐喝? だれが恐喝してるんだ?」

「そりゃ当然、その人物だろうさ――問題の家で、唯一居心地のいい部屋を占領して、マントルピースに彼女の写真を飾っている人物。白状するとね、ワトスン――窓からのぞく無気味な顔というあの話、ぼくにはなにかひどくそそられるものがあるんだ。だから、こんなおいしい事件を取り逃がしてなるものか、なんて気にもなるんだよ」

「じゃあもう見込みはついてるんだね？」

「まあね、暫定的なものにすぎないが。といっても、これが正しいという結論にならないはずはない。いまそのコテージにいるのは、奥さんの前のご亭主さ」

「なぜそう思うんだ？」

「再婚の夫をその家に入れまいと、そこまで躍起になるんだから、そうとしか説明しようがないじゃないか。要するに、ぼくの読みでは、真相はまあこんなところだろう――この女性はアメリカで結婚した。ところが、その夫になにか困った傾向があらわれた。たとえば、そう、なんらかの忌まわしい病気にかかって、廃人になるとか、正気のひとでなくなるとか、そういったことだね。とうとう彼女はその夫から逃げだして、イギリスに帰国し、名前も変えて、まったくの別人として新生活を始めたつもりでいた。再婚して、はや三年にもなり、もはやいまの立場になんの不安もない、そう思っていた――いまの夫には、かつてその姓を変名として名乗っていた、どこかの男の死亡証明書も見せてあることだしね。ところが、そう安心しかけた矢先に、とつぜん現在の住所が前の夫に知られた。でなくばひょっとすると、捨てられた病人に同情しているどこかの無思慮な女が、それを夫に教えたのかもしれない。夫とその女は共謀のうえ、逃げた妻に手紙を送り、こっちへ乗りこんできて、いっさいをばらすぞと脅迫する。妻はいまの夫に百ポンドねだり、それでふたりを買収しようとする。それでもやはりふたりはやってくる。そして夫がなにげなく、コテージに新しい住人がきたようだともらした言葉から、妻は直観的に、それが自分を追ってきた男女だとさとる。夫が寝入ってしまうのを待って、彼女はコテージへ急ぎ、どうか自分をそっとしておいてほしいと頼みこむ。向こうが応じないので、翌朝ふたたび出かけてゆくが、帰ろうとしたところを、運悪く夫に見つかってしまう。そのときは、今後二度とあの家へは行かないとひとまず約束するが、三日後[3]には、恐ろしい隣人の軛《くびき》から、なんとかのがれたいという気持ちがいよいよ強くなり、おそらくは前回に要求されたものだろう、自分の写真をたずさえて、もう一度、出かけてゆく。メイドが駆けつけて、旦那様がお帰りになったと告げたのは、その交渉のさいちゅうだ。今度こそ夫がまっすぐこのコテージへやってくる、そう予想した妻は、ふたりの住人をせきたてて裏口から外に出し、たしかすぐ近くにあるという話だった赤松の木立、そこに身を隠させる。かくして夫はほんの一足ちがいで、家が裳抜《もぬ》けの殻になっているのを知るというわけだ。しかしね、もしも今夜、夫があらためて偵察したおりにも、まだそこが無人のままだとしたら、ぼくはおおいに驚き入るね。さあどうだい、ワトスン、きみはこの仮説をどう思う？」

「なにからなにまで臆測ばかりじゃないか」

「だがすくなくとも、これで事実のすべてはカバーされるよ。そのうち新しい事実が出てきて、この説ではそれがカバーしきれないとなったら、そのときあらためて考えなおせばいいさ。だがさしあたり、ノーベリーのわが友人からなんらかの最新情報がもたらされるまでは、ここでぼくらにできることはなにもない」

とはいえ、長らく待つ必要はなかった。私たちが午後のお茶を終えたその直後に、電報が届けられたからだ。文面はこうだった――


こてーじニハマダ住人ガイル。窓ニマタアノ顔ガ見エタ。七時ノ列車デゴ来駕《らいが》ヲ請ウ。ゴ到着マデハ行動ヲ起コサズニ待ッ。


私たちが汽車から降りたったとき、依頼人はプラットホームで出迎えてくれたが、駅舎の明かりで見たそのようすは、顔面蒼白、体も興奮に打ちふるえているのがわかった。

「連中はまだいますよ、ホームズさん」と、私の友人の袖に手をかけながら言う。「ここへくるとき、コテージに明かりがともっているのが見えました。今夜こそ、きっぱりかたをつけてやるつもりです」

「じゃあそのために、どんな段どりで行きますか?」ホームズが問うたのは、左右に並木のつづく暗い街道を歩いてゆくときだった。

「力ずくででも踏みこんでいって、あそこにいるのがいったい何者なのか、この目で確かめてやりますよ。あなたがたおふたりには、その立会人になっていただきたいのです」

「じゃあ、どうあってもそうする決心ですか――謎は謎のままにしておくのがいいという、奥さんの言葉があるのにもかかわらず？」

「そうです。なにがなんでもそうする覚悟です」

「なるほど、もっともでしょうね。どっちつかずで疑惑にさいなまれるのよりは、たとえどんな真実でも、真実をはっきり知るほうがましかもしれない。そうと決まれば、いまからさっそくとりかかりましょう。むろん、法律上は、これからやろうとしているのは弁解の余地のない違法行為です。しかし、あえてやるだけの値打ちはあると思いますね」

その晩はことのほか闇が濃く、街道から折れて、細い脇道にはいるころには、小雨さえ降りだしていた。脇道は両側を生け垣にかこまれ、路面には深いわだちが刻まれていた。そのでこぼこ道をグラント・マンロー氏は先頭に立ってまっしぐらに突き進み、そのあとを私たちはつまずきながら息せききって追いかけた。

「あれがぼくのうちの明かりです」木《こ》の間《ま》隠《がく》れにちらちらと見える灯火をゆびさして、依頼人がささやいた。「そしてこっちのが、これから踏みこもうとしているコテージのものです」

彼がそう言っているうちに、私たち三人はとある角を曲がった。と、すぐ眼前にあらわれたのが、めざす建物である。ぴったりしまっていないらしい玄関のドアから、一筋の黄色い光が暗い前庭に落ちていて、さらに二階の窓のひとつには、煌々《こうこう》と明かりがともっている。見あげている私たちの目の前で、黒いおぼろげな影がブラインドの向こうをすっと横切った。

「いたぞ、あの化け物が」と、グラント・マンローが叫んだ。「ねえ、見たでしょう、たしかにあそこにはなにかがいる。おふたりはぼくについてきてください。すぐにいっさいを明らかにしてやりますから」

　私たちが玄関口に近づいてゆくと、とつぜん奥の暗がりからひとりの女性があらわれ、金色まばゆいランプの光のなかに立った。逆光線で顔だちまでは見てとれなかったが、その腕がなにやら懇願するようにさしのべられるのはわかった。

「ああ、あなた、お願いですから、やめて！」と叫ぶ。「今夜はきっとおいでになると予想してたわ。ねえ、いまからでも考えなおして！　もう一度わたしを信頼してほしいの。けっして後悔することはないはずだから」

「いままでさんざん裏切られた。もう信用できるものか、エフィー！」と、邪慳《じゃけん》にどなりつける夫。「その手をはなせ！　どうあっても通ってみせる。ここにいる友人たちの力も借りて、今夜かぎりこの問題に決着をつけるつもりできたんだ」彼は妻を押しのけて通り、私たちもすぐあとにつづいた。彼が玄関のドアをあけはなったとき、年配の女が走りでてきて、彼の通行を妨げようとしたが、彼はその女も力まかせに突きとばし、すぐさま私たちはどやどやと階段を駆けあがっていた。二階の明かりのともった部屋、そこをめがけてグラント・マンローはまっしぐらにとびこんでゆき、私たちふたりも遅れじとつづいた。

　そこは心地よく飾りつけられた温かみのある部屋で、テーブルには二本の蠟燭が、さらに二本がマントルピースの上で輝いていた。部屋の隅に、机にかがみこむような姿勢で、一見すると幼い少女とも見える人物がすわっていた。私たちがなだれこんでいったとき、その顔は向こうを向いていたが、それでもその人物が赤い服を着て、腕には長い白手袋をはめているのが見てとれた。彼女がこちらをふりむいたとき、私の口からはおさえきれぬ驚愕と嫌悪の叫びがもれた。彼女が私たちに向けた顔、それは奇怪ともなんともつかぬ無気味な色あいを帯び、顔だちにも表情というものがまったく欠けていたのだ。だがつぎの瞬間には、その無気味な謎も氷解した。ホームズが笑いながら子供の耳の後ろに手をやると、その顔から仮面がとれて、下からあらわれたのは、真っ黒な肌をした小さな黒人の少女だった。おとなたちの驚き顔がおもしろいのか、白い歯をきらめかせてにこにこ笑っている。彼女のおもしろがる気持ちに共感して、私も思わず笑いだしたが、グラント・マンローだけは、手で喉もとをつかみ、目をぎらぎらさせて立ちすくんでいるきりだ。

「なんてこった！　いったいこれはどういうことなんだ！」と、絞りだすように叫ぶ。

「どういうことなのか、わたしから説明するわ」そう言って、落ち着いた顔を誇らしげにもたげ、すべるように部屋にはいってきたのは、彼の妻だった。「あなたのおかげで、このことは打ち明けないほうがいいというわたしの判断にそむくことになってしまったけど、こうなった以上、そうするのがおたがい最善の策ということになるでしょうね。前の夫はアトランタで亡くなったわ。でも子供は生きのびたの」

「子供、きみの！」

彼女は大きな銀のロケットを胸もとからひきだした。「いままでこれをあけたところ、ごらんになったことないわね？」

「あかないものだと思ってた」

彼女がスプリングに触れると、蓋の蝶番がぱちっとひらいた。あらわれたのは、ひとりの男の写真――まばゆいほどハンサムで、知的な風貌の男だが、それでいてその顔だちには、まぎれもないアフリカ系の特徴が見られる。

「これがジョン・ヒーブロン、アトランタのひとです」彼女は口調を改めて言った。「この世にまたとない、気高《けだか》くりっぱなひとでした。このひとと結婚するために、わたしは白人社会といっさい縁を切りましたけど、夫がこの世にあるあいだ、一瞬たりともそれを後悔したことはありません。ただあいにくだったのは、夫とのあいだのたったひとりの子が、わたしよりも父親のほうの血を濃く受け継いでいたことです。こういう例は、こうした縁組にはけっこうあるとのことで、この小さなルーシーも、夫より濃い肌色をしています。ですけど、肌が黒かろうが白かろうが、この子がわたしの愛する娘であり、母親の目に入れても痛くない一粒種であること、このことに変わりはありません」

これを聞くなり、幼い少女は母親に駆け寄って、ドレスの裾にしがみついた。

「わたしがこの子をアメリカに置いてきたのは」と、母親は言葉をつづけた。「当時この子がひどく健康を損ねていて、環境の変化が体に響くと考えたからにほかなりません。そこで、かつてわが家で働いていた忠実なスコットランド女性に預けることにしたんですけど、それでこの子と親子の縁を切ろうなどとは、夢にも思っていなかった。それがね、あなた、不思議なご縁であなたと知りあって、あなたを愛していると気づいたとき、この子のことをあなたに打ち明けるのがこわくなったんです。いまではまちがったことをしたと思うけど、とにかくあなたを失うのがこわくて、それを話す勇気が出なかった。あなたか、子供か、どちらかを選ばなくちゃならなくなって、最後にはわたしの弱い心から、子供に背を向けることになってしまったわけ。この三年来、子供のことはあなたにはかたく秘してきたけれど、乳母からの便りで、子供のようすは逐一知らされていた。でも、ここにきてとうとう、子供にもう一度会いたい気持ちがつのって、矢も楯もたまらなくなってきた。もちろんその気持ちとは必死に闘ったわ。それでもだめだった。結局、危険はじゅうぶん承知のうえで、ほんの数週間だけでも、子供をこっちへ呼び寄せることに決めたんです。乳母に百ポンドのお金を送って、このコテージのことも教え、彼女がわたしとはなんの関係もない隣人のようによそおって、ここに住みこめるように手配してやりました。ここにきてからも、彼女にきびしく言い含めて、万一だれかに子供の姿を窓ぎわで見られて、黒人の子供が近所に住んでいるなどとうわさをたてられないよう、日中は子供をうちから出さないとか、顔や手を露出させないようにするとか、そこまで用心を重ねたんです。ひょっとすると、それほど用心ぶかくしなければ、かえってうまくいったのかもしれない。でもそのときは、ただあなたにほんとうのことを知られたくない一心で、それでわたし、頭がどうかしてたんですのね。

コテージがふさがったと知らされたのは、あなたの口からでした。朝になるまで待つべきだったんでしょうけど、気がたかぶっていて、とても寝つけそうになく、それに、あなたがなかなか目をさまさないひとだということもわかってましたので、とうとう起きだして、うちを抜けだした。でもあなたはわたしが出てゆくのを見ていらして、以来わたしには、また新たな悩みの種がふえたわけです。翌日には、秘密の現場をおさえられてしまったけど、心の広いあなたは、それ以上わたしを追いつめようとはなさらなかった。でも三日後には、きわどいところで乳母と子供を裏口から外に逃がし、玄関からとびこんできたあなたの目をくらまさなきゃならなかったし、今夜はこうして、ついにすべてが知られてしまった。さて、話は以上ですわ——これからわたしたち、この子とわたしは、どうしたらいいんでしょう」両の手をかたく握りしめて、彼女は夫の答えを待った。

グラント・マンローが沈黙を破るまでに、長い、長い二分間が経過した。だが彼がようやく出した答え、それはいまでも思いだすたびにわたしの心を明るくしてくれる。彼は子供を抱きあげ、キスすると、片手に子供を抱いたまま、残る片手を妻のほうへさしのべ、おもむろにドアへと向かったのだ。

「うちへ帰って、もっとくつろげるところで話しあおう」と、彼は言った。「ぼくはとりたてて善人というわけじゃないが、それでもエフィー、きみが思ってるほど話のわからない男じゃないつもりだよ」

ホームズと私も、ふたりのあとについて脇道まで出たが、そこでホームズがそっと私の袖をひっぱって、言った。「われわれもこのノーベリーよりは、ロンドンのほうによほど適切な居場所がありそうだよ」

事件について、彼はそれ以上なにも言わなかったが、その夜遅く、蠟燭を片手に寝室へ向かうときになって、はじめてこう切りだした。

「いいかいワトスン、今後ぼくがあまりに自信過剰に陥ってたり、あるいは、事件にたいして当然かけるべき手間を惜しんだりしている、そう感じられた場合には、遠慮なくこうささやいてくれたまえ――〝ノーベリー〟とね。そうしてもらえば、ぼくはおおいに恩に着るよ」

（1）「第二の血痕」は、第三短編集『シャーロック・ホームズの復活』の最終話。
（2）〈水晶宮〉は、一八五一年の万国博覧会用に、ハイド・パークのなかに建てられたプレハブ式鉄骨ガラス張りの建物。一八五四年に近郊のシドナムに移築されたが、一九三六年の大火で焼亡した。
（3）原文は〝二日後〟だが、これは著者の勘ちがいかと思われる。

株式仲買店員

私は結婚後まもなく、パディントン地区で医師を開業する権利を買いとった。私にその権利を譲ってくれたファーカー氏は、一時は腕のよい全科開業医として盛大にやっていたのだが、寄る年波には勝てず、おまけに本人が舞踏病《ヒヨレア》(1)に冒されて、めっきり患者が減ってしまった。そもそも世間には、これはまあ無理からぬことではあるのだが、他人の病を治すものは、本人もまた五体健全でなくてはならぬという思い込みがあり、医薬で治せない病に苦しむ医者にたいしては、その腕前にとかく不信の目を向けたがる。そのため、ファーカー氏の健康が衰えるのに伴って、医院のほうも徐々に勢いをなくし、ひところは年に千二百ポンドもあった収入が、私に権利を譲りわたすころには、わずか三百ポンドそこそこにまで落ちこんでしまっていた。それでも私としては、若さと活力にならじゅうぶんな自信があったこともあり、ものの数年もすれば、またもとのように繁昌する医院にもどせると確信していたのである。

医院を引き継いでから三カ月ほどは、私も業務を軌道に乗せることに専念していて、友人シャーロック・ホームズと会うことも、ほとんどなくなっていた。忙しくてベイカー街を訪れるどころではなかったし、友人は友人で、仕事のためにやむをえざる場合を除き、めったに外出もしない人間だったからだ。そんなわけで、六月のある朝、朝食をすませて、《英国医学会会報》に目を通しているとき、呼び鈴の音につづいて、友人のややかんだかい、聞きようによっては耳ざわりとも言える声が聞こえてきたときには、いたく驚愕させられたものだった。

「やあやあワトスン、しばらくだったね」と、大股に部屋にはいってきながらホームズは言った。「きみも元気そうでなによりだ。奥さんもお見受けしたところ、例の『四人の署名』事件で受けた打撃からは、すっかり立ちなおられたようだね」

「ああ、おかげさまで、ふたりとも元気だよ」私は答えて、心をこめて彼の手を握った。

「ついでに言えば」と、友人はすすめられたロッキングチェアにかけながらつづけた。「医業に没頭するあまり、かつてのぼくらのささやかな探偵仕事にきみが示してくれていた関心まで も、すっかりどこかへ吹っ飛んでしまった、というわけでもないんだろう?」

「吹っ飛ぶどころじゃないよ」私は答えた。「ついゆうべだって、古い事件記録に目を通して、かつての業績をきちんと分類整理してみようとしてたところさ」

「じゃあ、事件のコレクションはもはや打ち切りと考えてるわけじゃないんだね?」

「そんなこと考えるものか。ああいう経験がまたいくつか味わえるものなら、これに過ぎる喜びはないと言ってもいい」

「ならば、たとえばきょうあたり、それをやってみるというのは、どうだ?」

「きょうか? いいとも。きみがそう言うのなら」

「たとえバーミンガムまで足をのばすことになってもか?」

「結構だね。それがきみの望みであれば」

「にしても、本業のほうは、どうする？」

「隣りの医者が不在のときには、いつでも診察を代わってやってるんだ。向こうだって、喜んで借りを返す気になるだろう」

「ようし！　願ってもない成り行きだ！」そう言って、ホームズは深々と椅子の背にもたれると、半眼にとじたまぶたの下から、鋭い目で私を観察した。「それにしてもきみ、このところ体調がすぐれなかったようだな。夏風邪というやつ、いつだって少々厄介なものだから」

「じつは先週、ひどいさむけがして、三日ほど、こもりっきりだったんだ。しかし、いまはもうその気《け》はすっかり抜けたと思ってたが」

「そりゃわかってる。こう見ても、壮健そのものといった感じだよ」

「だったらどうして、しばらく寝こんでたなんてわかるんだ？」

「おいおいワトスン、きみのことだ、ぼくのやりかたぐらいわかってるだろうに」

「すると、推理したとでも？」

「そのとおり」

「じゃあ、どういうところから推理したんだ？」

「きみの履いてるスリッパからさ」

私はちらりと新調のエナメル革のスリッパを見おろした。「いったいどうして――？」と言いかけたが、ホームズの答えは、私がその質問を口にしおえるのよりも早かった。

「そのスリッパ、見ればまだ新しい。ほんの二、三週間しか履いていないはずだ。なのに、いまぼくのほうへ向けている底革には、わずかに焦げたところがある。はじめは、濡らしてしまったので、乾かそうとして、焦がしたのかと考えた。ところが、甲革に近いところに、小売り商の符牒をしるした、小さくて円い印紙が貼ってある。濡れたのなら、そんなものは剝がれてしまったはずだ。ゆえに、きみは暖炉すれすれまで足をのばしていたことになるが、いかに今年が雨の多い六月とはいえ、健康な男なら、そこまですることはないだろう」

ホームズの推理はいつもそうだが、いったんこうして種明かしをされてみると、じつにたわいのないこととしか思えない。私の表情から内心を読みとったのか、彼はこころもちほろ苦い笑みを浮かべてみせた。

「どうもぼくは、説明しすぎるという愚を犯すきらいがあるな」と言う。「理由は伏せて、結果だけを教えるほうが、よほど効果的だとわかってはいるんだが。それできみ、やはりバーミンガムへは行ってくれるのか？」

「行くともさ。どんな事件なんだ？」

「それは汽車のなかで詳しく聞けるよ。いま、依頼人が、外に停めた四輪辻馬車《フォーホイーラー》で待ってるんだ。すぐに出かけられるかい？」

「ああ、すぐにね」私は隣りの医者に宛てて一筆したためると、二階へ駆けあがって、妻に事情を説明し、入り口で待っていたホームズと落ちあった。

「隣りも医者なんだね？」と、友人が真鍮《しんちゅう》の看板にあごをしゃくってみせながら言った。

「ああ、やっぱり開業権を買ったんだ、ぼくとおなじに」

「古くからの医院だったのか？」

「ぼくのところと、ちょうどおなじくらいだね。二軒とも、この建物ができたときから開業してるんだ」

「ほう。するときみは、二軒のうちでは、よくはやるほうを手に入れたわけだ」

「ぼくもそう思ってる。しかし、どうしてきみにそれがわかる？」

「入り口の石段を見ればわかるさ。きみのところのほうが、隣りのより三インチは深くすりへってる。ところで、紹介しよう――馬車でお待ちのこの紳士が、ぼくの依頼人、ホール・パイクロフトさんだ。じゃあ御者君、急いでやってくれ。汽車の時間までぎりぎりなんでね」

　私の正面にすわっているのは、がっちりした体格の、血色のよい青年だった。気どりのない正直そうな顔に、薄い黄色の縮れ毛の口髭《くちひげ》を生やし、ぴかぴか光るシルクハットに、地味な黒のぱりっとしたスーツ、どこからどう見ても、その人柄のよくあらわれた姿だ――つまり、シティーに生きる若手のちゃきちゃきの金融マンで、出自をいえば、いわゆるロンドンっ子《コックニー》と呼ばれる下町育ちだが、いっぽうまた、精鋭として知られるわが義勇兵連隊に、いつの世にもあまたの志願者を送りだし、しかもそれが、この島国の他のどんな集団にもまして、すぐれたアスリートやスポーツマンを輩出する母体ともなっているという、あの階級の出身。当然ながら、その色艶のいい丸顔は、持ち前の快活さにあふれているが、それでいて、いまそのくちびるの両端は〝への字〟にさがって、深い心痛をかかえていることをやや滑稽《こっけい》なくらいにはっきり示している。それでも、その心の悩みというのがどういうものか、どんな問題が彼をシャーロック・ホームズのもとへ駆けこませたのか、それを私が知ることができたのは、三人して一等車におさまり、いよいよバーミンガムへむけて出発してからのことだった。

「これからたっぷり七十分間はここにすわってることになる」と、ホームズが言った。「そこでです、ホール・パイクロフトさん、さいぜんぼくに聞かせてくれたきみのすこぶる興味ぶかい体験談、あれをもう一度そっくり、いや、可能ならばより詳しく、ここにいる友人に聞かせてやってもらえませんか。ぼくとしても、その一連の出来事をもう一度きみの口から聞くことは、これからの仕事におおいに役だつという気がするのでね。ワトスン、この一件はね、はたしてこれになにか事件の芽と呼べそうなものがひそんでるのか、それとも結局はなにもなかったということになるのか、その見通しもまだ立っていないんだが、すくなくとも、いろいろと尋常でない、奇異《ウートレ》とも言うべき面が含まれていて、ぼく同様、きみだってこれを聞けば、きっと興味を持つにちがいないんだ。ではパイクロフトさん、もうこれ以上は口をはさみませんから、どうか話を始めてください」

われらが若き旅の道連れは、ここで目をちかっとまたたかせて私を見た。

「最悪なのは」と、話を切りだす。「これをお聞かせすると、このぼくがとんでもない阿呆に見えちまうってことですよ。むろん、最後にはいっさいがおさまるところにおさまるのかもしれないし、あのときはああする以外に途《みち》があったとも思えないんですが、それにしても、せっかくの仕事の口はわやにしちまうわ、ひきかえになにひとつ得るものはなかったわじゃ、ぼくもよくよくのお人好し、ていのいいカモにされたってだけですからね。あいにくぼく、話術はあまり得意じゃないんですが、とにかくワトスン先生、ひととおり聞いてやってください。

ぼくは以前、ドレーパーズ・ガーデンズの株式仲買店、コクスン・アンド・ウッドハウス商会に勤めてました。ところが、この春早々、たぶんご記憶かと思いますが、例のベネズエラ公債にからんで、会社が大損こいてしまい、経営がおかしくなったんです。ぼくは五年も勤めてましたから、いよいよ倒産となったときには、コクスン老がぴっかぴかの推薦状を書いてくれはしたんですが、それでも従業員は全員解雇、しかも人数は二十七人もいる。ぼくもあちこちつてをあたってはみたんですが、どこへ行っても、おなじような失業者がうじゃうじゃいて、完全な厳寒期が長くつづいたわけです。コクスンでは週給三ポンドもらってましたので、それをためたのが七十ポンドほどになってたんですが、これもあっというまに使い果たしちまい、あとはまったくのお手上げ。最後にはとうとう金策の手段も尽きて、仕事の募集広告に応じるための切手も買えない、その切手を貼る封筒すらない、といった悲惨さ。あちこち事務所を駆けずりまわったおかげで、靴底もすっかりすりへっちまいましたが、いつになったら職にありつけるのやら、まったくあてのないありさまです。

それでもようやくのことで、ロンバード街の大きな株式仲買店、モースン・アンド・ウィリアムズに、空きがひとつ見つかりました。東中央区[2]あたりの事情には、たぶん、あまりお詳しくないと思いますが、はっきり言ってここ、ロンドンでも最高に資金の潤沢な店なんです。応募書類は郵送に限るということでしたので、とりあえず、願書にコクスンの推薦状を添えて送りましたけど、採用されるなんて、これっぽっちも期待しちゃいませんでした。ところが、思いがけず返事がきて、つぎの月曜日に来社してくれれば、見た目にいちじるしい問題がないかぎり、すぐにでも勤務についてもらうというんです。こういう採用の仕組みって、いったいどうなってるんでしょうね。うわさでは、支配人が応募書類の山に手をつっこんで、最初に指に触れたのを抜きだす、なんて話も聞きますけど、ともあれ、今回はぼくが当たりくじの番だったってことで、むろんぼくとしては、天にものぼる心地でしたね。しかも、週給はコクスンの一ポンド増し、やる仕事はコクスンとまったくおなじ、というんですから。

さて、ここからがいよいよ本題になりますが、これがなんとも奇妙な話でして。ぼくはハムステッドのほうに下宿してます——番地で言えば、ポターズ・テラス一七番地ですが、採用の手紙をもらった、まさにその晩のこと、その下宿でひとり所在なく煙草をふかしてると、下宿のおかみさんが一枚の名刺を手に、ぼくの部屋まであがってきた。〝金融エージェント、アーサー・ピナー〟と印刷してあります。ピナーという名は初耳でしたし、それに、そういうエージェントがこのぼくに、なんの用があるのかもわからない。でももちろん、通してくれと言いましたよ。やがてはいってきたのが——中肉中背、濃い色の髪に、目も黒っぽく、真っ黒な口髭を生やした男、鼻の感じがユダヤ系を思わせます。態度物腰はきびきびしていて、話しかたにも無駄がないし、時間の値打ちをじゅうぶん承知している人物のようです。

『ホール・パイクロフトさんですな?』と言います。

『ええ、そうです』ぼくは答えて、椅子をすすめました。

『最近までコクスン・アンド・ウッドハウスに勤めとられた？』

『ええ』

『で、いまは、モースン商会の一員になられた？』

『そのとおりです』

『なるほど。で、じつはですな、きみの金融マンとしての能力について、非常な高評価を耳にしたわけです。コクスンの支配人をやっとったパーカー、覚えとられるでしょう？　あの男が口をきわめて褒めちぎっとりましてな、きみのことを』

　こう言われて、むろんぼくだって悪い気持ちはしませんでしたよ。コクスンでは、かなりの業績を挙げていたという自負もありますし。しかし、シティーでこれほどの評判になっていようとは、自分でも夢にも考えてませんでしたからね。

『記憶力抜群だそうですな？』ピナーは重ねて言います。

『まあまあですけどね』ぼくは謙遜して答えましたよ。

『職を離れとられるあいだも、市況はずっと追ってこられた？』さらに訊かれます。

『ええ。毎朝、新聞の商況欄には欠かさず目を通してます』

『ほう、それでこそ真の適応性を示しとりますな！』語勢を強めて言います。『この世界で成功する近道ですよ、それは！　ではひとつ、テストをさせてもらいたいのですが、よろしいですかな？　こうっと！　エアシャー[3]は、いまいくらつけとります？』

『百五ポンドから、百五ポンド四分の一ですね』

『では、ニュージーランド整理公債は？』

『百四ポンドですか』

『ブリティッシュ・ブロークン・ヒルズ[4]は？』

『七ポンドから七ポンド六シリング』

『おみごと！』相手は両手をばんざいさせながら叫びます。『まさしくうわさにたがわぬ人材だ。ねえきみ、いいですか、きみはモースンあたりの一店員でくすぶっとるのには、もったいなさすぎますよ！』

　おわかりでしょうけど、いきなりこんなふうに浴びせかけられて、ぼくもいささかびっくりしましたね。『はあ。せっかくのお言葉ですが、ピナーさん、ほかではあなたほどぼくを買ってくれてはいないようで。いまのこの口を手に入れるのにも、ずいぶん苦労しましたし、ぼくとしては、それが得られておおいに満足してるところなんです』

『はっ、ばかばかしい。きみはもっと高きをめざすべきです。いまの地位では、本領は発揮できない。そこで、ものは相談ですが、これからわたしの持ちかける話も、きみの能力から言えば、まだ不十分なものでしかありません。だがそれでも、モースンのそれにくらべたら、月とすっぽんのはずです。そこでです！　モースンにはいつから勤めることになっとります？』

『月曜からですが』

『は、は！　賭けてもよろしいが、きみは結局モースンへは行かんでしょうな』

『モースンへは行かない？』

『行きません。約束のその日には、きみはフランコ＝ミッドランド金物株式会社の営業部長に就任されとるはずです――この会社、これはフランス各地の町村に百三十四の支店を持ち、さらに、ブリュッセルならびにサンレモにも販売拠点を持つというものですがね』

ぼくは思わず息をのみましたよ。それでも、『聞いたことのない会社ですね』とは言ってやりました。

『そりゃそうでしょう。いまのところはごく内々にやっとるだけですから。資本はすべて私的な径路で投資されとるんですが、これの利益がなかなか大きいので、株を一般に公開するのはもったいないということでね。わたしの兄のハリー・ピナーが会社設立の発起人ですが、いずれ出資者への証券割り当てがすめば、この兄も専務として取締役会に加わることになっとります。わたしがこっちの金融事情に明るいのを知って、だれか適当な人材を探してほしいと依頼してきた。だれか、安――つまり、若くて、覇気があって、安い給料でもばりばり働いてくれるといった、そういう人材をね。パーカーからきみの話を聞いたので、こうして今夜さっそく押しかけてきたわけだが、なにぶん当初はわずか五百ポンドしかさしあげられんので――』

『五百ポンド！　年俸が？』思わず叫びましたよ。

『最初はそれだけですがね。ほかに、きみの扱う代理店での取り引き全般にたいし、一パーセントのオーバーライディング・コミッション[5]がきみにはいることになっているので、じきにそっちのほうが給料よりも多額になることは請け合いです』

『しかしぼくは、金物のことなんかなんにも知りませんよ』

『ちっ、ちっ！　それでも数字には明るいでしょう、きみは』

しばらくは頭がぼうっとして、おちおち椅子にすわってもいられない心地でした。ですがそこで、一瞬、ひやりとした疑惑が心をよぎって、いっぺんに頭を冷やしてくれたんです。

『はっきり言って』ぼくは正直に言ってやりました。『モースンでは二百ポンドくれるだけですけどね。そのかわり、モースンは確実だ。それにひきかえ、あなたの言われるその会社、いままでぼくもぜんぜん知らなかったわけだし――』

『それそれ、そこですよ、じつに抜け目がない！』相手はなにやら有頂天といった感じで叫びたてます。『まさにわれわれの望む人材にうってつけ！　きみはおいそれとは話にのってこないし、だからこそ信頼できるんであってね。とりあえず、ここに百ポンドあります。話を聞いて、一口のってもいいと思ったら、これをそのままポケットに入れてください――当座の給料の前渡しとして』

『それはたいへんありがたいお志です。で、その新しい仕事というのは、いつから始めればいいんですか？』ぼくはたずねました。

『あすの午後一時に、バーミンガムへ行ってください。ここにわたしからの紹介状を用意しとりますので、これを持って、兄に会いにゆく。兄の居場所はコーポレーション街一二六番地のB。そこが会社の臨時事務所になっとりますのでね。むろん、そこであらためて雇傭を確認することになるが、話はもうここで決まっとるのですから、いまさら問題はないでしょう』

『まことにありがたいお申《もう》し出《い》で、なんとお礼を言ったらいいのかわかりませんよ、ピナーさん』ぼくは申しました。

『お礼なんぞとんでもない。受けて当然のものを受けたまでですからね、きみは。ただ、あと一つ二つ――ほんの形式上のことだが――詰めておかねばならんことがある。ここに紙が用意してありますから、それにこう書いてください――〝私こと、年俸最低五百ポンドをもって、フランコ＝ミッドランド金物株式会社に営業部長として勤務することに同意する〟とね』

　ぼくが言われたとおりに書いて渡すと、彼はそれをポケットにおさめました。

『あとひとつだけ、これも細かいことだが』と言います。『モースンの口のほう、きみはどうするつもりです？』

　喜びにまぎれて、それまでモースンのことはすっかり失念してました。

『手紙を書いて、辞退しますよ』そう答えました。

『いや、それをしてほしくないからこそ、訊いてみたんです。じつは、きみのことで、モースンの支配人とやりあいましてね。きみのことを問いあわせに出かけてったところ、あっちがなにやらひどくいきりたって――せっかくの人材をわたしが引き抜いた、盗人《ぬすっと》も同然だとかなんとか、まあそんなふうなことを浴びせかけてきたものだから、こっちもつい頭にきて、逆《さか》ねじを食わせてやったわけ。「いい人材を確保したかったら、それ相応の報酬をはずむんだね」。すると向こうも、「たとえ報酬はあんたのところにすこし及ばなくても、それでもあの男はきっとうちへくるさ」とくる。こっちも売り言葉に買い言葉で、「だったら、五ポンド賭けようじゃないか。あの男はきっとうちの申し出を受け入れる。だから、二度とあんたのところには、あの男からの連絡なんかこないと思えよ」。「ようし、その賭け、のった！」と、向こうも応じる。「うちはな、あの男をどぶのなかから拾いあげてやったんだ。そう簡単に牛を馬に乗り換えられてたまるか」。とまあ、このとおりの言葉でまくしたててきたもんです』
『くそっ、なんて失敬なやつだろう！』ぼくもつい語気を荒くしました。『まだ会ったこともない相手なのに、よくも言えるもんだ！　こうなったらぼくだって、あっちの思惑なんか斟酌《しんしゃく》しちゃいられない。あなたがそうしてほしくないと言うんなら、よござんす、連中には断わりの手紙一本書かずにおきましょう』
『それでいい！　じゃあ約束しましたよ！』相手はそう言いながら立ちあがりました。『さてと、これでわたしもりっぱな人材が確保できて、兄にたいしても顔向けができる。では、これが給料の前渡し分百ポンド、そしてこっちが兄への紹介状。宛て先に注意して、忘れないように――コーポレーション街一二六のB。そして約束の時間は、あすの午後一時。ではお休み。きみにふさわしい幸運が得られるように祈っとりますよ』
　まあだいたいこういったところが、いま思いだせる範囲で、ぼくとその男とのあいだにかわされたやりとりです。ワトスン先生、先生にもたぶん想像がおつきでしょう――降って湧いたようなこのとんでもない幸運に、ぼくがどれだけ舞いあがったかは。その晩は、その幸運をひとり胸に抱きしめて、ほとんどまんじりともせずに過ごし、翌日、約束の刻限までにたっぷり時間の余裕を見て、バーミンガム行きの列車に乗りました。到着後は、いったんニュー街のホテルに荷物を預け、そのうえで勇躍、教えられた番地へと乗りこんでいったわけです。

約束の時間までにはまだ十五分ほどありましたけど、遅れるのよりも早いぶんにはべつに問題はあるまいと思いました。一二六Bというのは、二軒の大きな商店のあいだの細い通路で、そこを行くと、すぐに石の回り階段があり、それをのぼっていったところに、たくさんの貸し部屋があって、いろんな会社や個人の事務所が並んでいます。壁の下のほうに、それぞれの入居者の名がペンキで書かれてるんですが、そのなかにフランコ＝ミッドランド金物株式会社の名は見あたらない。すっかり意気消沈して、しばらくその場につったったまま、もしやこの話は最初から最後までなにか手の込んだ悪戯《いたずら》じゃなかったのか、などと考えあぐねていたところ、そこにひとりの男があらわれて、話しかけてきました。前の晩に会ったのとそっくりの男で、体つきや声の調子もおなじ、ただ、顔はきれいに剃って、髪の色ももっと明るい感じです。

『ホール・パイクロフトさんですか？』そう訊いてきます。

『そうです』と、ぼく。

『ああ、やっぱり！　こられるのはわかってたんだが、時間がいくらか早いようで。けさ、弟から知らせが届いたが、そのなかではきみのことが盛大に褒めそやしてありましたよ』

『いま、あなたの事務所を探してたところなんです』

『つい先週、ここを臨時の事務所として確保したばかりで、まだ表札を出しとらんのです。じゃあ、上までごいっしょして、問題を話しあうとしますか』

ぼくは彼のあとについて、えらく高い階段のてっぺんまでのぼりました。屋根のすぐ下に、小さくて埃《ほこり》っぽい空き部屋がふたつ並んでいて、カーペットも敷かれていない、カーテンすらないというその部屋に、彼はぼくを案内しました。それまでは、てっきり先日まで勤めてたような、ぴかぴかのデスクが並び、社員も大勢いる広いオフィスに通されるものと思ってたので、はっきり言ってぼくとしては、そこのたった二脚きりの樅材《もみざい》の椅子や、ちっぽけなテーブルなどに、どうしてもきびしい目を向けざるを得ませんでした。しかも、その部屋の調度といえば、ほかに帳簿が一冊と、くずかごが一個、根っきり葉っきりこれっきりなんですから。

ぼくの浮かない顔を見たのか、いま知りあったばかりの男が言います。『失望なさらんでくださいよ、パイクロフト君。〝ローマは一日にして成らず〟とは諺《ことわざ》にも言うでしょう。だいいち、金ならばわが社にはたっぷりうなっとるんです――ただしそれを、事務所を飾りたてるためには使っとらんというだけ。とにかく、かけてください。紹介状を拝見しましょう』

ぼくがそれを渡すと、相手はひどく念入りに目を通しました。

『どうやら、弟のアーサーに、非常な好印象を与えられたようだ。あれでなかなかひとを見る目は確かな男です。もっとも、やっこさんはなにかにつけてロンドンがいいと言う。かたやわたしはバーミンガム贔屓《びいき》。しかし今回にかぎっては、弟の助言にしたがうとしましょう。これではっきり雇傭関係が成立したと考えてください』

『で、ぼくの仕事というのは、どのような？』たずねました。

『ゆくゆくは、パリの大型販売拠点を束ねてもらうことになる――ここを経由して、フランス各地にある百三十四の代理店に、わが英国の誇る陶器類が大量に流れてゆくというわけです。その仕込みに一週間ほどかかるので、それまでは、きみにはこのバーミンガムにとどまってもらい、それなりの働きを見せてもらいます』
『というと、どんなところで？』
返事のかわりに、相手は引き出しから大型の赤い本をとりだしました。『パリの人名録ですがね』と言います。『それぞれの氏名のあとに、職業が記入してある。これを持って帰って、このなかから金物商だけを拾いだし、住所とともに書きだしてほしい。これからの商売に、それがおおいに役だつはずなんでね』
『それなら、職業別の人名録というのがあるんじゃないですか？』それとなく言ってやりましたよ。
『いや、ああいうのはあまり信頼がおけんのです。リストのもとになる分類方式が、われわれのとは異なるのでね。せいぜいこれに専念してもらって、月曜の正十二時には提出できるようにしてください。それではパイクロフト君、きょうのところはこれで。せいぜいこの仕事で意欲と知性とを証明してくれれば、会社のほうだって、けっして悪いようにはせんでしょう』
というわけで、そのでかい本を小脇にかかえて、おおいに釈然としない気持ちでホテルに引き揚げました。いっぽうには、採用が確定したという事実があり、ポケットには百ポンドの金もある。ところがいっぽうには、いま見た事務所のありさまや、壁に表札がなかったこと、その他もろもろ、実業人としては不審と思われる点が多々あって、新しい雇い主にたいして悪い印象が拭いきれない。それでも、なにはともあれ、前渡し金だけはもらってるので、ぼくも腹を決めて仕事にかかりました。日曜日いっぱい、われながら感心するほど根を詰めて働いたんですが、なんと月曜になっても、Hの項までしか進まない。しかたなく事務所へ出かけてゆくと、あいかわらずがらんとした殺風景な部屋に雇い主がいて、それなら水曜まで延ばそうと言う。ところが、その水曜日でもやっぱり完成せず、ひきつづき金曜日まで――つまりきのうということですが――脇目もふらず働きつづけ。それでようやく仕上がったリストを持って、ハリー・ピナー氏のところへ出向いていってったわけです。

『やあ、これはこれは、ご苦労でしたな』と言います。『あいにくわたしはこの仕事の困難さを過小評価しておったようだ。このリストがあれば、これからの事業展開に百万の味方を得たようなものです』

『まあいささか時間を食ったことは確かですがね』言ってやりましたよ。

するとむこうはさらにつづけて、『そこで、ご苦労ついでに、ひきつづき家具店のリストをつくってくださらんか。家具店でもやはり陶器類を販売しとりますからな』

『やりましょう』

『では、あすの晩七時、リストの進みぐあいにかかわらず、ひとまずここに顔を出してください。あんまり根を詰めるにはおよばんですよ。なんなら、骨休めに今夜あたり、デイズ・ミュージックホール(6)で二時間ばかりつぶすってのも、悪くないかもしれん』そう言いながら、大口をあいて笑ったんですが、そのとたん、ぼくは背筋がぞくっとしました。相手の歯の左奥から二番めのやつ、そこにひどくぶざまな金《きん》の充塡がほどこされてるのに気づいたからなんです」

聞くなりシャーロック・ホームズはさも満足げに手をこすりあわせ、私は私でただあっけにとられて、まじまじと依頼人を見つめた。

「ワトスン先生、さぞびっくりされたでしょうが、じつはこういうことなんです」と、依頼人はつづけた。「はじめにロンドンでもうひとりの男と会ったとき、きみは結局モースンへは行かないだろうと言って、男が笑った。そのはずみに、その男の歯にも、まったくおなじような充塡がされてるのに気づいたんです。つまり、金《きん》がきらっと光ったのが目にとまった。その事実と、ふたりの声音や体形がまったくおなじであること、二、三のわずかな相違点も、剃刀やかつらで容易に変えられる部分に限られること、これらを考えあわせると、ふたりは同一人物であるとしか思えない。むろん、兄弟が似てるのは当然とも言えますが、それにしても、双方のおなじ歯が、まったくおなじようなやりかたで充塡されてるなんて、まずありえないってことです。そのあと、向こうはやけに丁重に会釈してぼくを送りだし、こっちもなにがなんだかよくわからないうちに、気がついてみると、外の通りに立ってた。しかたなくホテルに帰って、冷たい水で顔を洗い、頭を冷やしてよく考えてみました。あいつはなんだってぼくにわざわざロンドンからバーミンガムまで足を運ばせたのか。なぜ先まわりしてバーミンガムにきていたのか。なぜ自分で自分に宛てて紹介状なんか書いたのか。どう思案をめぐらしても、ぼくにはとても手に負えない難問で、さっぱり答えは思い浮かばない。と、そのとき、ふと思いついたんです――ぼくにはわけのわからない難問でも、シャーロック・ホームズさんなら造作もなく解けるにちがいない。そこで、時間はぎりぎりでしたが、その場からさっそくロンドン行きの夜汽車にとびのり、こうしてけさ、おふたりにバーミンガムまで同行していただこうと、早くから押しかけてきたという次第です」

株式仲買店員がこの驚くべき体験談を語りおえたあと、しばし間があった。それから、シャーロック・ホームズは背のクッションにもたれながら、いかにも満足げな、そのくせ批評家めいた表情はくずさず、ちらっと私に意味ありげな目を向けてきた――いってみれば、彗星年醸造のヴィンテージワイン[7]を、一口、口に含んだ瞬間のワイン鑑定家、といったところか。

「なかなかおもしろい、ねえワトスン、そうだろう?」と言う。「これにはぼくをおおいに喜ばせてくれる点が多々含まれてる。きみもきっと同感だと思うが、これからそのフランコ＝ミッドランド金物株式会社の臨時事務所とやらで、アーサー＝ハリー・ピナー氏なる人物とのあいだにくりひろげられる会見、これはわれわれふたりにとって、けっこう興味ぶかい体験になりそうだよ」

「しかし、そう簡単にぼくらが会えるものかな?」私は疑問を呈した。

「いや、その点はだいじょうぶです」と、ホール・パイクロフトが快活に言ってのけた。「おふたりには、ぼくの友人で、やはり職を探している身、ということにしていただく。相手は新規採用担当の重役ですから、ぼくが失業ちゅうの友人をひきあわせても、なんら不自然なところはないでしょう」

「なるほど!　それはたしかに妙案だ!」ホームズが言った。「とにかくぼくとしては、問題のその紳士をぜひこの目で見てみたい。そうすれば、そいつの怪しげなたくらみについても、なにかさぐりだせるかもしれないからね。いったい全体、きみのどういう資質を買って、会社に入れることにそんなにも熱心なのか。それともそれはひょっとして――」言いさしたきり、彼は爪を嚙み嚙みぼんやり車窓から外をながめはじめ、以後は、ニュー街に着くまで、その口からはかばかしい応答は出てこなかった。

その夜七時、私たち三人は問題の会社の事務所をめざし、肩を並べてコーポレーション街を歩いていった。

「この時間より早く行っても、意味はないんです」と、依頼人が言った。「どうやら向こうはぼくに会うためにだけ事務所にくるみたいで、指定の時間ぎりぎりまでは、部屋は無人ですから」

「ほう、それは興味ぶかい事実だね」ホームズが言った。

「ほら、うわさをすれば影だ!」依頼人が叫んだ。「あそこへ行くあの男、あれがその本人ですよ」

ゆびさしたのは、あまり上背はないが、金髪で、身なりもりゅうとした男だった。道路の反対側をせかせかと歩いていたが、そのうち、道路ごしに新聞の呼び売り少年に目をとめ、行きから辻馬車や乗り合い馬車のあいだをやや強引に駆け抜けて、その少年から夕刊の最新版を一部買った。それから、新聞をわしづかみにしたまま、手近の建物の戸口にさっと姿を消した。

「ああ、やっぱり!」と、ホール・パイクロフトが勢いづいて言った。「いまあいつがはいっていった、あそこに会社の事務所があるんです。さあ、きてください。ぼくがせいぜいうまく話をつけますから」

　彼のあとにしたがって、私たちは五階まであがった。見ると、半びらきになったドアがひとつあり、依頼人はそこで立ち止まって、こつこつとドアをたたいた。室内から、「おはいり」と声があり、はいったところは、先にホール・パイクロフトから聞いていたとおり、がらんとした殺風景な部屋だった。たったひとつだけ置かれたテーブルの前に、いましがた通りで見かけた男がすわり、夕刊を顔の前にひろげていたが、男が目をあげて、私たちを見たとき、私はその男の顔に、これ以上はないという深い悲しみが焼きついているのを見たように思った。さらに、悲しみ以上のなにかも――恐怖だ。ひとが一生のうちでめったに出あうこともない、そんなたぐいの恐怖。ひたいは汗で光っているし、頬の色ときたら、死んだ魚の腹のように白茶けている。目もすわっていて、そのくせぎらぎらと、いまにもとびだしそうだ。彼がパイクロフトに向けた目は、相手がだれなのかわかっていないかのようにうつろだったし、同時に、われらの案内人の顔にあらわれた驚愕の表情から見て、いま目の前にいるこの男が、普段の彼の雇い主とはひどくちがっているらしいことも、私には見てとれた。

「お加減がよくないようですね、ピナーさん」パイクロフトが言った。

「ああ、ひどく気分が悪くてね」相手は答えたが、なんとか気をとりなおそうとしているのは傍目《はため》にも明らかだったし、口をひらく前には、乾いたくちびるを舌で湿しもした。「ときに、きみが連れてきたこのおふたり、どなたさんかね？」

「こちらはバーモンジーのハリスさん、もうおひとかたは、この街にお住まいのプライスさんです」依頼人がすらりと言ってのけた。「どちらもぼくの友人で、人生経験豊かな紳士なんですが、あいにく、ここしばらく失業ちゅうで、ひょっとしてこちらの会社になにか適当な口でもないかと、そう思ってお連れしたわけです」

「なるほど！　なるほど！」なにやら死人のような無気味な笑みを浮かべ、声をふりしぼってピナー氏は言った。「いいだろう、たぶんなんとかしてあげられると思うがね。それで、ハリスさん、あんたの専門は？」

「会計士です」ホームズが答えた。

「ほう、ほう、そのほうの専門家もいずれ必要になる。で、プライスさん、あんたは？」

「事務員です」と、私。

「こっちもなんとか都合がつけられるだろう。採否が決まりしだい、さっそく知らせよう。では、本日はこれで。頼む、後生だから、もうわたしをひとりにしといてくれないか！」

この最後の何語《なんご》かは、まったく爆発的に口からとびだしてきたものだった。あたかも、いままでおさえにおさえてきた自制心が、ここでいきなりはじけとんで、ばらばらになってしまったかのように。ホームズと私はちらりと目くばせをかわし、ホール・パイクロフトは、ずいと一歩テーブルに近づいた。

「お忘れですか、ピナーさん――ぼくはなにか仕事上のご指示がいただけるというので、こうしてやってきたわけなんですがね」と言う。

「ああもちろん、たしかにそのとおりだ、パイクロフト君」と、相手もいくらか落ち着いた口調で応じた。「では、ここでちょっと待っていてくれるか？　ご友人がたも、むろんいっしょに待っていてもらってかまわん。あと三分、三分だけご辛抱願いたい。その後はなんなりとお役に立つようにとりはからうから」そう言って、なにやらひどく丁重な物腰で立ちあがると、私たちに一礼して、そのまま部屋の向こう端にある戸口から出てゆき、後ろ手にそのドアをたてきった。

「どういうつもりだろう」と、ホームズがささやいた。「まさか、このままわれわれをすっぽかして、どろんするつもりじゃないだろうな？」

「いや、それは無理ですよ」パイクロフトが答えた。

「なぜ無理だと？」

「あのドアは奥の部屋に通じてるだけですから」

「ほかに出入り口はない？」

「ありません」

「あっちの部屋には家具は置かれている？」

「いや、がらんとしてました——すくなくともきのうまでは」

「だったら、そんなところにこもって、いったいなにができるんだろう。とにかくこの一件、ぼくのどうにも納得のいかないなにかがある。およそ、恐怖のために気も狂わんばかりになっている男がいるとしたら、その男の名はピナーだ。いったいなにがあの男を、あそこまで恐怖におののかせているのか」

「われわれが探偵だと感づいたのかも」私はそれとなく言ってみた。

「そうだ、きっとそうですよ」と、パイクロフト。

だがホームズはかぶりをふった。「彼はわれわれを見て青ざめたわけじゃない。こっちがこの部屋にはいってきたとき、すでに蒼白な顔をしていたんだ。だとするとこれは、ひょっとして──」

言いかけたホームズの言葉をさえぎったのは、このとき奥のドアのほうから聞こえてきた、鋭いごつごつという音だった。

「自分で自分の部屋のドアをノックするなんて、いったいどういうつもりだろう」パイクロフトがあきれたように言った。

と、またしても騒々しいごとっ、ごとっ、ごとっという音。しまったままのドアを、私たち三人はそろって固唾《かたず》をのんで見まもった。ちらっとホームズのようすをうかがうと、友人は顔をこわばらせ、緊張しきって全身をのりだしている。それから、ふいに、喉をごぼごぼ、がらがらと鳴らすようなくぐもった音がして、つづいてただ一度、どすっと太鼓のように木造部をたたく音が響いた。ホームズがまっしぐらに部屋を横切って駆けだし、ドアにとびついた。向こうから錠がおりている。ホームズに倣《なら》って、ほかのふたりも渾身の力でドアに体当たりした。蝶番《ちょうつがい》のうちのひとつがはじけとび、つづいてもうひとつも折れ飛んで、ドア全体が大音響とともに向こう側へ倒れた。その上を踏み越えて、私たち三人は奥の部屋へなだれこんだ。

部屋はからだった。

と思って呆然としたのは、しかし、一瞬のことだった。部屋の手前の隅、いままで私たちのいた部屋にいちばん近い位置に、第二のドアを見つけたのだ。ホームズがそれにとびつき、ひきあけた。床に上着とチョッキが投げだされていて、扉の裏にとりつけられたフックから、自分のズボン吊りを首に巻きつけた、フランコ＝ミッドランド金物株式会社の専務取締役がぶらさがっていた。膝を折り縮め、頭はありうべからざる無気味な角度でがくりと胸もとにたれ、靴の踵《かかと》が扉にぶつかって、ごとごと音をたてている。私たちの会話を中断させたのは、この音だったのだ。と見るより早く、私はその体に腕をまわして上へひきあげ、そのあいだにホームズとパイクロフトが力を合わせて、鉛色の首に深く食いこんでいるズボン吊りのゴムバンドを解きほぐした。それから、三人して彼をもうひとつの部屋に運んだ。土気色の顔をしてぐったり横たわったまま、紫色のくちびるを一息ごとにぱくぱくさせている男——ほんの五分前までのこの男とは、打って変わった、無残なぼろ切れのような姿だ。

「どうだろう、助かりそうか、ワトスン？」ホームズが問いかけてきた。

私は患者の上にかがみこんで、全身症状を調べた。脈搏《みゃくはく》は弱く、とぎれがちだったが、呼吸はしだいに長くなってきていたし、まぶたもかすかにひくひくして、その下から細く白目がのぞいている。

「きわどいところだったが、なんとか持ちこたえられるだろう。とりあえず、そこの窓をあけて、水差しを持ってきてくれるか？」

私が患者のカラーをゆるめ、冷水を顔にふりかけたうえ、呼吸を助けるために、両腕をつかんで上げたり下げたりをくりかえしていると、やがて大きく自然な呼吸がもどってきた。

「よし、あとは時間の問題だな」そう言って、私はそばを離れた。

ホームズはテーブルのかたわらで、両手をズボンのポケットに深くつっこみ、あごを胸にうずめた姿勢で立っていた。

そして言うには――「もうこうなったら、警察を呼ぶのが筋だろう。ただね、白状すると、連中がやってくるまでには事件をすっかり解決ずみにしておきたい、そんな気持ちもぼくとしてはあるんだ」

「解決と言っても、ぼくにはいっさいが謎のままですよ」パイクロフトが頭をごしごしかきながら声を高めた。「いったい全体なんのために、彼らはぼくをわざわざここまで呼び寄せたのか。それに――」

「ははっ！　そんなことはもうわかりきってる」ホームズがいらだたしげにさえぎった。「わからないのは、いまになってとつぜんこうして自殺をはかったことだ」

「じゃあ、ほかのことはもうすっかり謎が解けてると？」

「それはいまさら言うまでもないと思うがね。ワトスン、きみはどうなんだ？」

私は肩をすくめた。

「白状するが、ぼくもさっぱりお手上げだと言うしかない」

「やれやれ。まずはこれまでの出来事を順序だてて考えてみたまえ。そうすれば、それらがたったひとつの結論しか指し示していないことがわかるはずだ」

「じゃあきみは、それらの出来事をどう解釈するんだ？」

「さよう、まず言えることは、全体がふたつの点にかかっているということだね。ひとつは、このパイクロフトさんに、問題のどう考えてもいんちきくさい会社に入社する、という誓約書を書かせたこと。これはすこぶる暗示的だ、そうは思わないか？」

「さてね、いまだに要点がよくのみこめないが」

「いいかい、いったいなんのためにそんなものを書かせたと思う？　商取り引き上の約束事でないことは確かだ。普通、そういう約束は口頭でとりかわされるものだし、この場合だけを例外とする業務上の実質的な理由など、どこにもないはずだ。わかりませんか、パイクロフトさん、連中はきみの筆跡見本が喉から手が出るほどほしかった。そして、ほかにはそれを入手できる方法がなかったんです」

「でも、なんのために？」

「そう、そこだ。なんのために？　なんのために？　その謎が解ければ、このささやかな問題の解決には、一歩前進ということになる。なんのために？　妥当な理由はひとつしか考えられない。だれかがきみの筆跡を真似る必要があった。そしてそのためには、まず筆跡見本を手に入れなきゃならない。というところで、つぎはいよいよ二番めの点だが、考えるまでもなく、これが第一の点とたがいに関連しあっていることはわかるだろう。その第二の点というのはすなわち、ピナーがきみにモースンへの断わり状を書かせまいとしたこと。きみが入社辞退の意思表示をしないかぎり、かの金融界で重きをなす株式仲買店では、社内のだれとも面識のないこのホール・パイクロフトなる人物が、月曜の朝にはまちがいなく事務所で勤務につくものと期待しているわけだ」

「ちっくしょう、そういうことか！」と、依頼人が叫んだ。「ぼくもよっぽどお人好しだったな！」

「これでわかったでしょう、筆跡見本の意味が。かりにだれかほかの人物がきみになりすまして事務所にあらわれたとして、それがきみの提出した願書とは似ても似つかない文字を書いたとしたら、どうなる？ たちまちからくりが露顕してしまう。だが、月曜日までにきみの筆跡を真似る練習を重ねておけば、その贋物の地位は安泰——どうやら、社内にきみの顔を見知っているものはひとりもいないようだから」

「そうです、だれもいません」ホール・パイクロフトはうめくように言った。

「そうだろうね。言うまでもなく、きみに考えなおすゆとりを与えないためにも、事は迅速を要した。それともうひとつ、きみの替え玉がモースンで働いてるなどと告げ口しかねない人物から、きみを遠ざけておく必要もあった。そこで、きみに給料の前渡しをたんまりつかませて、遠い中部地方へ追っぱらう。さらにそこでも仕事を山ほど押しつけて、万が一にもロンドンへもどろうなどという料簡《りょうけん》を起こさないように画策する。うっかりそんなことをされては、せっかくのたくらみが烏有《うゆう》に帰すおそれがあるからね。とまあ、ここまでは、なにもかもはっきりしている」

「それにしても、なんでこの男が、兄弟になりすましたりする必要があったんだろう」

「ああ、それもね、およそわかりきったことなんだ。この計画には、明らかにふたりの人間しか関与していない。もうひとりは、モースンできみになりすまして働いている。いっぽうのこの男が、きみを契約に誘いこむ役を演じたわけだが、ここへきて、きみを雇い主にひきあわせるためには、もうひとり、三人めをたくらみに引き入れることが必要になってきた。だが、もうひとり加えることは、どうにも気が進まない。そこで、せいいっぱい外見を変え、それでも似ていることに気づかれれば――事実きみは気づいたわけだが――それは兄弟間の相似のせいにしてしまおう、こう計算したわけだ。たまたま歯を見て、金の充塡材に気づかなかったら、きみだっておそらく、疑う気持ちなど起こさなかったことだろう」

ホール・パイクロフトは宙で握りこぶしをふりまわした。「くそっ、いまいましい！　それにしても、このぼくがここでひたすら阿呆を演じてるひまに、もうひとりのホール・パイクロフトめは、モースンでいったいなにをやってることやら。ねえホームズさん、なんとかできないんですか？　なにかできることがあったら、教えてください！」

「とりあえずは、モースンに電報で警告してやるべきだろうね」

「土曜日は十二時で事務所はしまっちまいますが」

「だいじょうぶ。守衛なり、宿直なりがいるはずだし――」

「あっ、そうだ！　高額の有価証券を保管してるんで、常時、武装警備員を配備してるんだとか。シティーでそういううわさを聞いたことがあります」

「そりゃ願ってもないね。その警備員に電報を打とう。社内に異状がないかどうか見てまわらせ、きみの名を騙《かた》る従業員が、万一まだ居残っていないかどうかを確かめさせる。よし、ここまではっきりした。ただ、あとひとつだけはっきりしないのは、なにゆえこの悪事の片割れが、ここでわれわれの姿を見るなり、あたふたと隣室に逃げこんで、首をくったりしなきゃならなかったのか、このことだよ」

「新聞！」いきなり背後でしゃがれた声がした。首を吊った男が半身を起こしていた。肌は土気色、死人のような無気味な顔だが、目には知性の光がもどってきつつあったし、手ではしきりに、まだくっきりと喉のまわりに残っている幅広い赤痣《あかあざ》をなでさすっている。

「新聞！　そうか、当然だな！」ホームズが興奮に声をうわずらせて叫んだ。「ぼくもずいぶんとぬかったものだ！　ぼくらがきたことがこういう結果を呼んだのかとばかり考えて、この男の買った新聞のことは、まるきり頭から消えていた。たしかに、この新聞にこそ秘密はあるんだ」

そう言いながら、それをテーブルの上にひろげたが、とたんに、勝ち誇った叫びが私の友人の口からもれた。

「見たまえ、ワトスン！」と叫ぶ。「ロンドンの新聞だよ――《イブニング・スタンダード》の早版だ。そら、ここに出ている。見出しはこうだ――〈シティーの犯罪〉。〈モースン・アンド・ウィリアムズで殺人事件〉。〈大がかりな強盗未遂〉。〈犯人は逮捕〉。さあ、頼む、ワトスン、みんな早くニュースを知りたくてうずうずしてるんだ。きみが代表して読みあげてくれ」

本日午後、シティーで大胆不敵な強盗未遂事件が発生し、死者がひとり出たものの、最終的には犯人の逮捕をもって決着を見た。著名な株式仲買店モースン・アンド・ウィリアムズ商会は、かねてから、総額で百万ポンドをかなりうわまわる高額の有価証券の保管にあたってきたが、万一これらに不測の事態が生じた場合の責任の大きさを慮《おもんぱか》り、同社支配人は、金庫には最新式のものを採用し、さらに、武装警備員を日夜建物内に配備するという対策を講じてきた。先週、新たにホール・パイクロフトなる営業社員を同社は雇い入れたが、このパイクロフトこそ、ほかならぬかの悪名高いベディントンであったと思われる。名うての偽造師にして、金庫破りの常習犯ベディントンは、つい先ごろ、兄とともに五年の重懲役刑を終え、出所したばかりであった。いかなる手段によってかはいまだつまびらかでないが、このベディントンが偽名を用いてまんまと同社の従業員の地位を獲得し、その地位を利用して、社内のさまざまな錠前の型をとり、さらには金庫室や最新式金庫の位置関係を残らず覚えこむ、などしたものと見られている。

同社では、日ごろ土曜日には従業員全員、正午で退社するのが習慣である。それを知っているシティー警察のトゥースン巡査部長は、したがって、本日午後一時二十分過ぎ、ひとりの紳士が大型の旅行鞄を手に、同社の階段を降りてくるのを認めて、多少不審の念をいだき、男を尾行した結果、同僚のポロック巡査の応援も得て、激しく抵抗する男をとりおさえることに成功した。ただちに明らかになったのは、社内において大規模かつ大胆不敵な強盗事件が発生していることだった。男の持っていた旅行鞄を調べたところ、驚くなかれ、鞄から出てきたのは、無慮十万ポンドにものぼる米国鉄道債券をはじめ、多数の鉱山会社や企業名義の、多額の仮証券類だったのである。つづいて社内を捜索したところ、金庫ちゅう最大のものから、二つ折りにされて押しこまれている不幸な警備員の遺体が見つかった。トゥースン巡査部長の機敏な行動がなければ、これは月曜の朝まで発見されることがなかっただろう。被害者の頭骨は、火かき棒による背後からの打撃を受けて粉々に砕けていた。ベディントンが忘れ物かなにかを口実に、まんまと社内にはいりこみ、警備員を殺害したうえで、手ばやく大型金庫のなかを荒らし、しかるのちに、戦利品を手に逃走をはかったものであることは明らかである。ベディントンの兄は、通常、弟の共犯者として行動しており、今回の現場には姿を見せていないものの、目下、当局は鋭意その行方を追及ちゅうである。

「なるほど。ならばその点で、われわれもいくらか警察の手間を省いてやれるというものだ」と、ホームズが窓ぎわにうずくまっている憔悴《しょうすい》しきった男の姿に目をやりながら言った。「ねえワトスン、人間の本性というのは不思議なものだね。どれほどの悪党や人殺しでも、血を分けた兄弟の首に縄がかかるとなれば、激しく動揺して、自殺を企《くわだ》てるまでになる。とはいえわれわれとしても、いまさら安易な同情はできない。パイクロフト君、ここはワトスン先生とぼくとで見張ってますから、きみ、一走り警察を呼んできてくれますか?」

(1) 舞踏病《ヒョレア》は、おもに顔面筋および四肢に生ずる痙攣《けいれん》的な不随意運動を特徴とする神経系の病気。歩くようすが踊っているように見えるので、この名がある。ハンティントン舞踏病、シデナム舞踏病などがあり、それぞれ最初にその病気を記録に残した医師の名にちなんでいる。

(2) 東中央区はロンドンの郵便区のひとつ。大手証券会社の大半がこの区内にある。

(3) エアシャーはスコットランドの旧州のひとつだが、ここではおそらく、この州を走っていたグラスゴー・アンド・サウスウェスタン鉄道株のことと思われる。

(4) ブリティッシュ・ブロークン・ヒルズは、オーストラリアの鉱山会社。

(5) オーバーライディング・コミッションというのは、新株式や特別な証券の売買取引に関して、証券業者が付加する特別手数料。

(6) ミュージックホールは、十九世紀後半から第一次世界大戦前後にかけて、イギリスじゅうで一世を風靡《ふうび》した大衆娯楽施設。客層はおもに労働者階級の上層部で、中産階級からはつねに蔑視《べっし》の的となっていた。ここでピナーがパイクロフトにミュージックホール行きをすすめることで、暗にパイクロフトを見くだしていることが示されている。

(7) 彗星年醸造のヴィンテージワイン。彗星年（大彗星のあらわれる年）にできた葡萄は、とくに香りがよいとされ、この年の葡萄でつくったワインは良質なことで知られる。

〈グロリア・スコット〉号の悲劇

「ねえワトスン、ここにこういう書類があるんだがね」と、わが友シャーロック・ホームズが言いだしたのは、ある冬の夜、暖炉をかこんで向かいあっているときだった。「これ、きみも一度は目を通しておく値打ちがあると思うんだ。こっちは帆船《はんせん》〈グロリア・スコット〉号で起きた凄惨な事件の記録、そしてこっちは、トレヴァー治安判事がこれを一読して、恐怖のあまりその場でショック死してしまったという、いわくつきのメッセージ」

そう言いながら彼が引き出しからとりだしたのは、わずかに錆の浮いた円筒形の缶だった。その封印のテープを剝がすと、ノート半ページ分のスレートグレイの紙にしるされた、短い手紙を彼は渡してよこした。

ロンドン向けの猟鳥の供給は、着実に増加しつつあり。猟場管理人ハドスンには、すでに、蠅とり紙にたいする注文すべて、ならびに貴下の雌雉《めすきじ》の生命保護に関する指令のすべてを受けるように、との指示が出されているはず。

(The supply of game for London is going steadily up. Head-keeper Hudson, we believe, has been now told to receive all orders for fly-paper, and for preservation of your hen pheasant's life.)

この謎めいたメッセージにざっと目を通しながら、ふと顔をあげてみると、ホームズは私の表情を見ながらくすくす笑っている。

「いささかとまどっているようだね」と言う。

「こんなおかしな伝言がどうして恐怖を呼び起こすのか、さっぱり合点がいかない。ぼくに言わせれば、この文面は、たんにばかげているとしか言いようのないものだ」

「そうだろうね。だがそれでいて、これを読んだ人間——それまではいたって壮健で、文字どおりぴんぴんしていた老人——が、まるで拳銃の台尻ででも殴られたみたいに、ばったり倒れて死んでしまった、そういう事実は残るんだ」

「そう聞くと、たしかに好奇心がそそられるね」私は言った。「しかしそれにしても、いましがたきみは言った——ぼくにはこの事件の記録に目を通すべき特別な理由がある、とかなんとか。これはどういうわけだい?」

「それはね、これがこのぼくの手がけたそもそも最初の事件だからさ」

これまで私は、わが相棒が最初に犯罪研究の分野に関心を向けたのは、いったいどんなきっかけからなのか、何度も訊きだそうと試みてきた。だがいままでは、いつもはぐらかされるばかりで、話してくれる気分に持ってゆくまでにはいたらなかったのだ。それがいま、肘かけ椅子に身をのりだしてすわり、膝の上には一件書類までひろげている。やがて、ゆっくりパイプに火をつけた彼は、しばらくその書類をめくりながら、煙草をくゆらせていた。

それからおもむろに、「ヴィクター・トレヴァーのことだが、ぼくが話題にするのを聞いたことはなかったね?」と切りだした。「ぼくが大学時代の二年間に親しくなった、唯一の友人だ。もともとぼくはあまりひとづきあいのいいほうじゃない。望むらくはいつも自室にこもって、ぼんやりそこらを歩きまわったり、ささやかな思索のメソッドについて考えたりしていたいほうだからね。そんなわけで、同学年の連中とつきあうこともぜんぜんなかったわけだ。フェンシングとボクシングを除けば、スポーツにもほとんど関心がなかったし、研究のテーマも、ほかの学生とはまるきりちがっていて、およそ親しくなるための接点というものがなかった。そんななかで、わずかにトレヴァーとだけは接触があったわけだが、それもまったく偶然の出来事からでね。ある朝、礼拝堂へ向かおうとしていたら、トレヴァーの愛犬のブルテリアがくるぶしに嚙みついてきて、ふりはなそうにもはなせなくなってしまったんだ。

友情を築くのには、およそ散文的なきっかけだが、それでもそれなりに効果的ではあった。それから十日間、ぼくはベッドから動けなかったが、トレヴァーはたびたび見舞いにきてくれた。最初はほんの一分ばかり、とりとめのない話をしてゆくだけだったのが、徐々に時間が長くなり、やがて学期が終わるころには、無二の親友になっていた。活動的で、心が温かく、意欲とエネルギーにあふれ、およそぼくとは正反対の男だったが、それでいて、いくつかの点で共通するものもあったし、なにより向こうもぼく同様、友達のいない男だとわかってからは、それが双方をかたく結びつける絆《きずな》になった。しまいには、ノーフォークのドニソープにあるという生家に招待までしてくれて、ぼくも彼の好意に甘えて、長い夏休みの最初の一ヵ月を、そこで過ごすことにしたわけだ。

トレヴァーの親父さんは、明らかにかなりの資産家で、治安判事ならびに大地主として、地元で重きをなす人物のようだった。ドニソープというのは、ノーフォークとサフォークにまたがる湖沼地帯の一部、ラングミアのすぐ北に位置する小村だ。屋敷は古風な、横に大きくひろがった建物、梁《はり》にオーク材を用いた煉瓦造りで、門から玄関までは、みごとなライムの並木道がつづいている。沼地ではすばらしい野鴨《のがも》撃ちが楽しめるし、魚釣りにももってこいの立地。屋敷の書斎には、どうやら前の住人のをそっくり譲り受けたものらしい、数こそすくないが、選び抜かれた書物が並んでいるし、料理人の腕もまあまあ。というわけで、ここで一ヵ月を愉快に過ごせないような人物は、よほどの気むずかし屋だということになる。

親父さんは男やもめで、ぼくの友人はその独り息子だった。娘もひとりいたが、以前バーミンガムを訪問ちゅうに、ジフテリアにかかって亡くなったらしい。とにかくこの親父さんという人物、ぼくには尽きざる興味の対象だった。教養人というわけにはいかないが、精神的にも肉体的にも、すくなからぬ力、それも粗削りな力をそなえている。本はほとんど読んでいないようだが、そのかわり、広く各地を旅して、世のなかをよく知り、知ったことは残らず知識としてたくわえている。風貌は、見るからにがっちりとして、たくましい体つき、髪には白髪が一房、風雨にさらされて褐色に日焼けした顔のなかに、獰猛《どうもう》すれすれといっていいほど鋭いブルーの目が光っている。だがそれでいて、地元では親切で情けぶかい地主として通っていて、治安判事としても、罪人に寛大な判決をくだすことで知られている。

さて、ぼくが滞在するようになってまもないある晩のこと、三人で食後のポートワインを楽しんでいるとき、息子のほうのトレヴァーが、ぼくの例の観察癖、推理癖のことを話題として持ちだした。当時ぼくは、すでにこれをひとつの体系としてまとめあげていたんだが、それでもこれが将来の人生に果たすことになる役割については、まだ認識していなかった。トレヴァーの親父さんは、明らかにその話を息子の誇張だと思ったようだ——ほんの一度か二度、些細な推理を的中させたのを、息子が針小棒大に吹聴しているのだ、とね。

『どうです、ホームズ君』と、上機嫌に笑いながら挑戦してきた。『それならこのわしは絶好の研究材料ですぞ。わしを観察して、なにか推理ができますかな?』

『いや、あいにくたいしたことはわかりませんが』と、ぼくは言った。『まあ、あえて言わせてもらえば、あなたは過去十二カ月来、なんらかの暴力的攻撃にさらされるのを、たえず恐れてこられたのではないでしょうか』

親父さんの口もとから笑いが消え、激しい驚きの目がぼくを凝視した。

『なるほど、それはたしかに事実だ』そう言って、親父さんは息子のほうをかえりみた。『ヴィクター、おまえも知っておるだろう——いつぞや猟場荒らしの一味を壊滅させてやったおり、やつらが復讐してやるといきまいておったのを。げんに、エドワード・ホービー卿なんか、そのために襲われておる。以来、わしも用心するようになったのだが、それがなんでこのご友人に知れたのか、その点がさっぱりわからんよ』

『あなたはみごとなステッキをお持ちです』ぼくは指摘した。『銘刻がありますが、その銘から見て、それを持ち歩かれるようになったのは、ここ一年以内のことであるのがわかります。しかもあなたは、わざわざその握りのところに孔《あな》をあけ、溶かした鉛を流しこんで、強力そのものの武器に仕立てておられる。なんらかの危険が一身に及ぶのを恐れておられるのでないかぎり、さほどの用心はまずなさらないでしょう』

『ほかにもまだあるかね？』彼は笑顔をとりもどしながらたずねた。

『お若いころに、かなりボクシングに熱中されたとお見受けします』

『それも当たりだ。どうしてわかったのかな？　殴られて、鼻が少々曲がっておるとか？』

『鼻じゃありません。耳なのです。ボクシングをやるひとに特有のものですが、つぶれて、厚ぼったくなっている』

『ほかには？』

『両手のたこから見ると、長らく採鉱の仕事にたずさわっておられたのでは、と』

『財産はぜんぶ金鉱で築いたものでな』

『ニュージーランドにおられたことがあります』

『それも当たりだ』

『日本に行かれたこともある』

『まさしく』

『それから、J・Aという頭文字の人物と、かつて非常に懇意にしておられたが、その後、疎遠になって、そのひとのことは完全に記憶から拭い去ってしまおうとなさった』

これを聞くと、トレヴァー氏はのろのろと立ちあがった。大きな青い目を据えて、妙な、物狂おしげな目つきでじっとぼくを凝視していたが、そのうち、いきなり前のめりになって、テーブルクロスに散らばった胡桃《くるみ》の殻の上に、顔から先にばったり倒れこんでしまった。

きみも想像がつくだろうが、ワトスン、彼の息子も、このぼくも、これにはどれだけ仰天させられたか。もっとも、発作は長くはつづかず、ぼくらがカラーをゆるめて、顔にフィンガーボウルの水をふりかけてやると、まもなく、一息二息、大きくあえいで、半身を起こした。

『やあ、すまんね、きみたち！　驚かせたのでなけりゃいいんだが』と、無理に笑顔をつくりながら言う。『見た目は頑丈そうに見えるかもしれんが、これで心臓に欠陥があってな、いつぽっくりいくか知れんのだ。なあホームズ君、なんできみにこういう離れ業《わざ》ができるのか、わしにはとんと見当もつかんが、それでも、きみにかかれば、本物の探偵だろうが小説ちゅうの探偵だろうが、ほかの連中はみな子供扱いされてもしかたがない、そういう気はするね。きみは将来、これで身をたてるといいぞ。世間というものをいくらか知っておる男の言うことだから、これは信用してもらってもいい』

そしてね、ワトスン、たぶんきみなら信じてくれると思うが、このときのトレヴァー氏のこの勧告こそ、彼がそう言いだすきっかけとなった、ぼくの能力へのやや過大な評価と相俟《あいま》って、それまではたんなる道楽でしかなかったものを、ひょっとすると職業とすることができるかも、そう思いつかせてくれる契機となったものなんだ。もっともそのときは、屋敷の主人の突然の発作のほうが気になって、ほかのことは考えるゆとりなんかなかったけどね。

『なにかお気にさわるようなことでも言ったでしょうか』たずねてみた。

『いや、たしかにわしのささやかな弱点に触れたことは事実だが。訊いてみてもいいかな――きみがどうしてそれを知ったのか、またどこまで知っておるのかを』冗談めかした口ぶりだったが、そのくせその目の奥には、いまだに懸念の色がちらついていた。

『それ自体はいたって簡単なことなんです。先日、釣った魚をボートにひきあげようとして、腕まくりをなさった。そのとき見えたんです――肘の内側のところに、〝J・A〟という入れ墨があるのが。文字はまだ読みとれましたが、字がぼやけていることや、周囲の皮膚がうっすらとしみになっていることから見て、それを消そうとなさったのは明白です。とすれば、その頭文字は、かつてはあなたにとって非常に親しいものだったのに、その後はそれを忘れようとなさってきた。これもまたきわめて明らかなことです』

『なんという鋭い目だ！』相手はそう叫んだが、その言葉の下から、なぜかほっと安堵の溜め息をもらしたようにも聞こえた。『まさに図星だよ。しかし、そのことを話題にするのはやめておこう。亡霊のなかでも最悪のものは、若き日の恋の名残《なごり》と相場が決まっておるからな。さてと、そろそろビリヤードルームへでも行って、ゆっくり葉巻をくゆらすとしようか』

その日からというもの、トレヴァー氏のぼくにたいする態度には、変わらぬ温和さのなかにも、一抹の警戒の色が仄見《ほのみ》えるようになった。彼の息子さえ、これには気づいていて、『きみには親父もずいぶん驚かされたようだ。あれ以来、きみがなにを知っていて、なにを知らないか、それをはかりかねて、不安でたまらないらしいな』などと言ったものだよ。むろん本人はそんな気持ちをおくびにも出すつもりはなかったと思うが、それでもその不安があまりにも強いため、ともすれば言動の端々に透けて見える。しまいにはぼくも、ぼくがいることで親父さんが心を騒がすのであれば、訪問もここらで早めに切りあげたほうがいいか、と腹をくくるにいたった。ところが、あすには引き揚げるというまさにその前日、ある出来事が起きて、それがのちにきわめて重大な意味を持ってくることになるのだ。

そのときぼくらは三人そろって芝生に庭椅子を持ちだし、日ざしを浴びながら、すばらしい湖沼地帯の景観を楽しんでいた。そこへ、メイドがやってきて、トレヴァー様にお目にかかりたいとおっしゃるかたがお見えです、と告げた。

『なんという男だ？』屋敷のあるじが訊く。

『それが、名乗られませんので』

『では用件はなんだと言っておる？』

『自分は旦那様とはかねてからの知り合いで、ちょっとご挨拶したいだけだと』

『じゃあとにかくこっちへお通ししろ』

待つまもなくあらわれたのは、ひとりの小柄な、しなびた感じの男だった。卑屈そうな物腰で、背をかがめ、つまずきかげんによろよろ足を運ぶ。上着の前はあけたままで、袖にタールのしみがひとつ、下には赤と黒の格子縞《こうしじま》のシャツを重ね、それにダンガリーのズボンと、ひどくすりへった重そうなブーツというでたち。渋紙色《しぶがみ》の顔は、痩せて、こすからそうで、たえず口辺に薄笑いを浮かべているため、そこから黄色い乱杙歯《らんぐいば》がのぞいている。深い皺《しわ》の寄った手は、軽くこぶしに握られているが、これは船乗りに特有の手つきだ。まあざっとこういった風体《ふうてい》の男が、芝生を横切って近づいてきたわけだが、そのときふいにトレヴァー氏の喉から、しゃっくりのような音がもれたかと思うと、彼はいきなりはじかれたように席を立ち、家の奥へと駆けこんでいった。すぐにもどってきはしたものの、ぼくのそばを通ったときには、強いブランデーの香《か》がにおったよ。

『さてと、お客人、このわしになんの用だね？』と言う。

訪れてきた船乗りは、そこに立ち止まったまま、目をすがめ、あいかわらず締まりのない口もとに薄ら笑いを浮かべて、じっと屋敷のあるじを見ている。

それから訊いた。『おれがだれだかご存じねえとでも？』

『おや、これはしたり、なんとハドスンじゃないか！』トレヴァー氏はそう応じたが、それはいかにも意外そうな口ぶりをよそおったものだった。

『そう、そのハドスンでさ』船乗りは言った。『久しぶりだねえ、最後に会ったときから、もう三十年にもなる。旦那はこうしてりっぱなお屋敷におさまっていなさるが、こちとら、あいかわらず、船底の樽から塩漬け肉をつまみだして食ってる身分でさ』

『ちっ、ちっ、わしだってなにもむかしを忘れたわけじゃない。それはおまえにもすぐにわかる』そう言って、トレヴァー氏はつかつかと船乗りに近づくと、小声でなにかささやいた。そ

れから、声を高めて、『とりあえずキッチンへ行くがいい、食い物と飲み物にありつけるはずだ。働き口のほうも、きっと見つけてやるから、心配するな』

『すまんね、旦那』帽子からはみでた前髪にちょっと手をやりながら、船乗りは言った。『二年の契約で、八ノットの不定期貨物船に乗ってたんだが、その船もひでえ人手不足で、さんざんこき使われたもんだから、ここらでちっと休みたくなったわけ。んで、ベドーズさんか旦那か、どっちかを頼れば、なんとか楽ができるんじゃねえかと思ってね』

『ほう!』トレヴァー氏は声を高めた。『するとおまえ、ベドーズ氏の居所を知っておるんだな?』

『なにをいまさら。古い友達の居所なら、みィんな心得てますさ』不敵な笑みを浮かべて男はそう言うと、メイドのあとを追って、前かがみにのそのそとキッチンのほうへ去った。

トレヴァー氏はぼくらに、あの男とはむかし採鉱の仕事にもどる直前に、おなじ船で乗組員同士として働いていたことがあるのだ、とかいうようなことをぼそぼそとつぶやくと、身をひるがえして、ぼくらふたりを庭に残し、家にひっこんでしまった。一時間後にぼくらがはいっていってみると、氏が泥酔して、ダイニングルームのソファでいぎたなく眠りこけていたが、こうした出来事全体が、ぼくの心にはいささかならず不快な印象を残し、あくる日にはドニソープを去る予定になっていることが、すこしも心残りには思えなかった。このままいつまでも厄介になっていては、友人に気まずい思いをさせるだけだとわかってもいたしね。

以上のことは、いずれも長い休暇の最初の一カ月間に起きたことだ。ロンドンの下宿にもどったぼくは、その後の七週間をちょっとした有機化学の実験に没頭して過ごした。ところが、休暇も終わりに近づき、そろそろ秋の気配も深まろうというころになって、友人から電報がきて、なんとかもう一度ドニソープにお越し願えないだろうか、いま自分は貴君の助言と協力を衷心《ちゅうしん》から必要としているのだ、そう言ってきた。むろんぼくは、すべてをなげうち、さっそく北へむけて旅だったわけだ。

友人は軽装二輪馬車《ドッグカート》で駅まで迎えにきていたが、一目見て、彼がこの二カ月間、ひどくつらい思いをしてきたことがうかがえた。心労にやつれて、すっかり痩せ細っているし、かつての彼に顕著だった声の大きさ、快活さも、影をひそめてしまっている。

『親父があぶないんだ』真っ先に口にしたのがこの言葉だ。

『まさか！』ぼくは思わず叫んだ。『いったいなにがあったんだ？』

『卒中の発作を起こした。精神的ショックからきている。このところずっと、生死の境をさまよいつづけてるんだ。これからまっすぐ帰っても、はたして死に目に会えるかどうか』

むろんきみだってわかってくれるだろうけどね、ワトスン――この思いがけない話を聞いたときには、ぼくもしばらく呆然としたものだ。

『なにが原因でそんなことになったんだ？』たずねてみた。

『ああ、そこなのさ、問題は。とにかくまあ乗ってくれ、帰る道々、話して聞かせるから。きみが帰る前日のことだが、親父を訪ねてきた男を覚えてるだろう？』

『もちろん』

『だけど、あの日にぼくらがいったいどういうものをわが家に招き入れてしまったか、きみに想像がつくか?』

『いや、ぜんぜん』

『悪魔だよ、ホームズ!』友人は叫んだ。

ぼくは驚いて友人を凝視した。

『そうなんだ、あれは悪魔そのものだったのさ。あれ以来、ぼくら親子に心休まるときはひときもなかった――一分一秒たりともだ。あの晩から、親父はまるで意気地がなくなってしまった。そしていまは、命さえも搾りとられようとしている。あの忌まわしいハドスンのおかげで、心臓がずたずたになってしまったんだ』

『だけど、あの男がいったいどんな力を持ってるというんだ』

『ああ、それさえわかるなら、ぼくはなんだってさしだすんだがね。あの親父が――あの心広く、慈愛に満ちた、善良そのものの親父が! いったいどんないわく因縁があって、あんなならずものの言いなりになるはめに陥ったんだろうか。だけどね、ホームズ、いまこうしてきみがきてくれて、ぼくはほんとうに感謝している。きみの判断力と思慮分別には、心からなる信頼を寄せているし、きみならば、ぼくのとるべき最善の途《みち》をアドバイスしてくれるはずだ、そうも思っているんだ』

この話のあいだ、馬車は平坦な、白っぽい田舎道を疾走しつづけ、前方にどこまでもひろがる湖沼地帯は、傾いた日ざしを受けて赤く輝いていた。左手の木立のなかに、はや見てとれるのは、大地主である判事の住まいを示す高い煙突、そして旗竿である。

『親父はあの男を庭師にしてやった』と、友人は話をつづけた。『だが、あいつがそれでは満足しないので、その後まもなく、今度は執事に抜擢した。執事となると、もはや屋敷全体があいつの思いのままだ。どこだろうと、やつは行きたいところへ行き、やりたいことをやってのける。メイドたちは、あいつの酒癖の悪さや、言葉の汚さを嫌って、愚痴をこぼす。しかたなく親父は全員の給料をひきあげて、不満の埋め合わせをしてやる。あいつは勝手にボートを乗りまわし、親父のいちばんいい銃を持ちだす。自分が中心になって、ちょっとした狩猟パーティーなんてものまでひらく。しかも、こうしたことをやるのに、いつもあのひとをばかにしたような、せせらわらうような、傲慢そのものといった表情をくずさないから、ぼくだって、かりにこいつが自分と同年配の男だったら、とっくに張り倒してやってるところだが、なんて何度思ったか知れない。まあはっきり言って、ホームズ、これまでぼくはずっと綱渡りをしてるような気分で、かろうじて自分をおさえつけてきたんだが、それももうそろそろ限界にきている。いまじゃ、最初からもうちょっと強く出ていたほうが、ひょっとして賢明だったんじゃないかって、とつおいつ考えあぐねてるような次第なのさ。

それはともかく、事態はこのかんにどんどん悪化して、あのハドスンのけだものめはいよいよ増長し、わがもの顔にふるまうようになった。それで、ある日、あいつがぼくの前で親父にむかってひどく無礼な受け答えをするのを聞いたとき、とうとうぼくはあいつの肩をつかむなり、部屋からおっぽりだしてやったんだ。あいつ、怒りに青ざめた顔で、こそこそ逃げだしていったが、そのときぼくに向けた毒蛇のような目つきといったら、どんな脅し文句よりもすさまじい脅威がこもってたよ。その後、かわいそうな親父とあいつとのあいだに、どんな応酬があったのかは知らない。だが翌日、親父がぼくのところへきて言うには、ハドスンに謝罪する気はないか、と。ぼくが言下に断わったことは言うまでもあるまい。ついでにその場で言ってやったよ——いったいなんであんな野郎の言いなりになって、自分の屋敷うちで勝手気ままなふるまいを許しておくのか、って。

「まあ聞きなさい、せがれよ」そう親父は言った。「ここでおまえがあれこれ言うのはまことに結構だが、あいにく、わしの立場というものがおまえにはわかっておらん。いずれはおまえにもわかることとなんだ、ヴィクター。いや、なにがどうなろうと、きっとわかるようにわしがとりはからう！　この哀れな老いた父親を、おまえは憎みはせんだろう？　この父を悪く思ったりはせんだろう？」そう言いながら、親父はひどく気を高ぶらせているようすで、それきり書斎にとじこもり、夜まで出てこなかった。窓からのぞいてみたが、なにか一心不乱に書き物をしているらしいのが見てとれたきりだ。

ところが、その夜に起きたことは、一挙に大きな桎梏《しっこく》がとれたように感じさせることだった。ハドスンがぼくら親子の前で、ここを出てゆくと言いだしたんだから。夕食後にぼくらがダイニングルームで向かいあってるところへ、あいつがつかつかとはいってくるなり、生酔いに特有の濁声《だみごえ》で、その意図を口に出したってわけだ。

「もうノーフォークには飽きあきした。ハンプシャーのベドーズさんのところへ行こうと思ってる。あのひとなら、きっとあんたに劣らず、快く迎えてくれるはずだからな」

「まさか、なにか気に入らないことがあって、それで出ていくというんじゃあるまいね、ハドスン？」親父がおどおどして言った。聞いてるほうがむかむかしてくるような、卑屈で、腰のひけた言いかただ。

「なんせここじゃ、まだ謝ってもらっちゃいねえからな」と、ぼくのほうを横目でちらっと見ながら、むっつり顔であいつはほざく。

「ヴィクター、おまえはこのりっぱなお客人にたいして、少々乱暴なふるまいをしたのを認めるだろうな？」親父がぼくのほうに向きなおりながら言う。

「とんでもない。それどころか、ぼくら親子はこの男にたいして、常識では考えられないくらいの忍耐づよさで接してきた、そう思いますけどね」ぼくは言いかえした。

「おや、そうかい、そう思うのかい？」ハドスンも歯をむきだしてやりかえしてくる。「ならいいや。あばよ。まあこの結末はいずれわかることになるさ！」そのままぷいと背を向け、例によってのそのそと出ていったあいつは、それから三十分後にはわが家を立ち退いていたが、残された親父は、なぜか気の毒なくらいにびくびくしっぱなしだ。夜ごと、自室のなかを果てもなく歩きまわっている気配が聞こえる。それでも、日がたつうちに、ようやく親父も落ち着きをとりもどしかけたと見えた、その矢先に、最後のこの一撃が襲ってきたんだ』

『襲ってきたとは、どういうかたちで？』ぼくは膝をのりだしてたずねたよ。

『およそ尋常ならざるかたちでさ。きのうの晩、親父宛てに一通の手紙が届いた。フォーディングブリッジの消印がある手紙だ。親父はそれを一読するなり、両手で頭をかかえこみ、部屋のなかをぐるぐる小さな円を描いて走りまわりはじめた。どう見ても、気がふれたとしか思えない。ようやくぼくが抱きとめて、無理にソファにすわらせたときには、口も、まぶたも、ぎゅっといっぽうに片寄ってしまっていて、卒中の発作を起こしたのだとぼくにもわかった。すぐにかかりつけのフォーダム先生がきてくれて、父をベッドに寝かせたんだが、そのころにはもう全身に麻痺がひろがっていて、意識をとりもどす気配はまったくなし。いまだって、ぼくらがうちに着くまで、まだ持ちこたえてるかどうかもおぼつかない状況なんだ』

『それじゃたいへんじゃないか、トレヴァー！』ぼくは叫んだよ。『いったいその手紙にはなにが書かれてたんだ――そんな発作をひきおこすような、どんな内容が？』

『内容なんてなにもないのさ。わけがわからないというのは、そこなんだ。文面はおよそ無意味で、ばかげたものでしかない。ああっ、いかん、やっぱり恐れてたとおりになったか！』

ここまでの話のあいだに、馬車は並木道のカーブを曲がりきっていたが、薄れゆく光のなかで、行く手に見てとれた屋敷の窓には、どれもぴたりとブラインドがおろされていた。玄関へむかって駆けだしていったとき、友人の顔は悲しみにゆがんでいたが、そこへひとりの黒服の紳士があらわれて、ぼくらを迎えた。

『いつでしたか、先生？』と、トレヴァーがたずねた。

『きみが出かけて、まもなくだった』

『それまでに意識をとりもどしましたか？』

『いまわのきわに、ほんの一瞬』

『なにかぼくに言い遺したことは？』

『一言だけ――日本箪笥《だんす》の奥の引き出しに、書類があると』

友人は医者といっしょに遺体が安置されている部屋へあがってゆき、ひとり書斎に残ったぼくは、頭のなかでこれまでに知った事実を何度も思いかえしつつ、かつて経験したことのない暗い気持ちを味わっていた。亡くなったトレヴァー氏――プロのボクサーであり、旅行者であり、金鉱採掘者でもあったあの人物の過去に、いったいなにがあったのだろう。いったいどんな経緯があって、あの悪意むきだしの顔をした船乗りに、頭があがらなくなってしまったのだろう。なぜまたあの腕の入れ墨、なかば削りとられたあの頭文字のことを指摘されて、気を失うほどに動揺したのだろう。なぜまたフォーディングブリッジからの手紙を受け取って、卒中死するほどの恐怖を味わわねばならなかったのだろう。そのうち、ふと思いあたったのは、フォーディングブリッジというのがハンプシャーにあるということ。そしてハンプシャーといえば、例の船乗りがこれから訪問すると言っていたという――まあおそらくは恐喝しにいったんだろうが――その相手のベドーズ氏が住むとかいう土地だ。とすれば、その手紙はハドスンからのもので、どうやらこの一件の根底にあるらしい罪深い秘密、それをばらしてやったぞと告げてきたのか、でなくばむしろベドーズ氏本人からで、じきにいっさいが露顕するだろうと、かつての秘密の共有者に警告してきたものか、そのどっちかにちがいない。そこまでのところは、いちおうはっきりしている。しかし、もしそうなら、その手紙を見た息子が、それを無意味で、ばかげた内容だと言っているのは、どういうわけだろう。きっと彼は読みちがいをしているのだ。そうだとすれば、文面はおそらく巧妙な暗号で書かれていて、見た目はなにかひとつのことを示しているように見えながら、そのじつなにかべつのことを意味している、といったものにちがいない。ぜひその手紙の実物を見せてもらう必要がある。はたしてそれに隠れた意味があるのなら、ぼくの眼力でそれをひきずりだしてみせよう。しばらくぼくは薄暗がりにすわったまま、あれこれ思案を重ねていたが、一時間ばかりたって、やっとメイドがすすり泣きながら明かりを運んでき、それにつづいて、友人のトレヴァーもはいってきた——顔色こそ青いが、態度は落ち着いていて、手には、いまこうしてぼくが膝にひろげている、この文書を握っている。ぼくの正面にすわると、ランプをテーブルの端にひきよせ、ぼくに短い走り書きの手紙を手わたしてよこした。このとおり、灰色の紙片一枚に書かれたものだ——

ロンドン向けの猟鳥の供給は、着実に増加しつつあり。猟場管理人ハドスンには、すでに、蝿とり紙にたいする注文すべて、ならびに貴下の雌雉の生命保護に関する指令のすべてを受けるように、との指示が出されているはず。

白状するが、はじめにこれを見せられたときのぼくは、いまのきみとそっくりおなじ、鳩が豆鉄砲を食らったような顔をしていたに相違ない。だがそのあと、もう一度、慎重に読みかえしてみた。やはり予想していたとおり、この奇妙な単語の組み合わせのなかに、第二の意味が隠されているのはまちがいなさそうだ。あるいはまた、〝蠅とり紙〟だの、〝雌雉〟だのといった表現に、あらかじめ定めてある、なにか特殊な意味でもあるのかもしれない。そういう意味は、恣意的に決められるものだろうから、それを他人が解明する方途はありえないとも言えるが、ぼくは、そうだと決めつけてしまうのは気が進まなかった。だいいち、〝ハドスン〟という語が含まれている以上、手紙の趣意は、やはりぼくが想像したようなものであり、しかも船乗り本人からではなく、ベドーズからきたものであることを示しているように思われる。そこで、まず逆に読んでみた。だが、〝Life pheasant's hen〟では、およそ意味をなさない。つぎに、頭から一語おきに読んでみた。しかしこれも、〝The of for〟または〝supply game London〟となって、解読には一歩も近づけない。だが、そう思ったつぎの瞬間、解読の鍵が頭にひらめいた。冒頭の一語から、あとは二語おきに読んでいけばいいのだ。そうすれば、トレヴァーの親父さんを絶望死にまで追いやった、致命的な伝言の意味が浮かびあがってくる。短く、簡潔な警告文だった。そこでそれを友人に読んで聞かせた——

'The game is up. Hudson has told all. Fly for your life. (万事休す。ハドスンがすべてをばらした。命が惜しくばすぐに逃げろ)

聞くなりヴィクター・トレヴァーはわなわなふるえる手に顔をうずめた。『きっとそんなことだろうと思ってた』と言う。『これは死よりももっとむごい。恥辱までもこうむるということだからね。だがそれにしても、その〝猟場管理人〟だの〝雌雉〟だのといった言い回し、そっちはなにを意味してるんだ？』

『これ自体には、なんの意味もないんだ。しかし、ほかにこれの差出人をつきとめる手段がもしないとすれば、この文面が、ぼくらには大きな意味を持ってくる。差出人は、まず〝The . . . game . . . is〟というふうに間をあけて書きだしていって、あとから、あらかじめこしらえた暗号文が意味をなすように、その空隙《くうげき》を単語ふたつずつで埋めていった。その場合、最初に頭に浮かんだ単語を用いるのは、ごく自然なことだが、そうして出てきた言葉のなかに、猟鳥に関する語がたくさん含まれているとすれば、当人が熱心な狩猟愛好家か、あるいは鳥の育雛《いくすう》に関心を持っていると見て、まずさしつかえあるまい。きみはベドーズという人物について、なにか知ってるかい？』

『ああ、そういえば、思いだしたことがある――親父は毎年、秋の猟期になると、そのベドーズ氏に招かれて、彼の猟場へ鳥撃ちに行っていたようだ』

『ならば、この手紙はまちがいなくその人物からきたものだね』ぼくは言った。『となると、残る問題は、あの船乗りのハドスンが、それぞれ富裕で、りっぱな人格者でもある男たちふたりについて、どんな秘密を握っていたのか、それをつきとめることだけになるわけだが』

『ああ、そこなんだよ、ホームズ――ぼくが恐れるのは、それが罪深い、恥ずべき秘密にほかならないという事実なんだ！』友人は悲痛な声で言った。『しかし、きみにはなにひとつ隠しだてはすまい。ここに親父の手になる手記がある――ハドスンによる危険がいよいよさしせまってきた、そうとさとったときに書きあげたものらしい。さっき医者が言ってたとおり、日本箪笥の奥から見つかった。どうか手にとって、読みあげてくれ。ぼくにはそれを自分で読むだけの力も、また勇気もないんだ』
そのとき彼が手わたしてよこした文書、それがまさにこれというわけなのさ、ワトスン。その夜、あの古びた書斎で、友人に読んで聞かせたように、いまからこれをきみのために読んで聞かせよう。ごらんのとおり、表にこういう注記がある――〝一八五五年十月八日、ファルマス港を出港してより、同年十一月六日、北緯十五度二十分、西経二十五度十四分の海域において沈没するまでの、三檣帆船《バーク》〈グロリア・スコット〉号の航海に関する二、三の真実〟。本文は書簡形式で、内容は以下のとおりだ――

深く、深く、深く愛するわが息子よ。いま身近に屈辱のときが迫り、父の晩年に影を落とそうとしている。そんないまだからこそ、ここに心からなる誠意をもって、すべての真実を書きしるすことができる。いまこの父が断腸の苦しみにあえいでいるのは、法の手を恐れるゆえではなく、この州における地位を失墜するゆえでもなく、父を知るすべてのひとびとの目に、わが声価が地に堕ち、汚辱にまみれるゆえでもない。ただひたすら、愛するおまえが――この父を愛し、父に尊敬の念以外の思いをいだく理由など、望むらくは、毫《ごう》もなかったであろうおまえが――この父のために肩身の狭い思いをすることになる、との憂いからなのだ。とはいえ、もしもこの父の頭上に長らくふりかざされてきた鉄槌、それがすでにふりおろされてしまっているならば、そのときはおまえにもぜひこの手記を一読してもらいたい。さすれば、この父にどこまでの罪があったか、それを父の口からじかに知ることができよう。だがいっぽう、今後も万事が（全能の神の限りなきお慈悲によって！）つつがなく過ぎ、しかもなお、なんらかの偶然から、この手記が破棄されぬままにおまえの手に渡ることでもあらば、そのさいは、これをただちに火中に投じ、以後二度とこのことは思いださぬようにと、おまえの聖なりと奉ずるすべてのものにかけて、おまえの深く愛する亡き母の思い出にかけて、さらには、この父とのあいだに結ばれてきた愛の一端になりとかけて、父は強くおまえに望むものである。

されば、いまげんにおまえの目がここにしるされた文字を追っているのであれば、それはとりもなおさず、この父がすでに旧悪をあばかれ、司直の手でわが家より連行されてしまったか、さもなくば、このほうがより可能性が強いが——おまえも知るとおり、父は心臓が弱っている——もはや物言わぬむくろと化して、おまえの目の前に横たわっているかのいずれかであろう。だがいずれにせよ、その場合、過去を隠蔽《いんぺい》せねばならぬときはすでに過ぎたことになる。これより父がおまえに語ることは、一字一句、赤裸々なる真実であり、また真実であることを、父は神の慈悲を願うのに劣らぬ真情をもって、ここに誓約するものである。

愛する息子よ、わしの本名はトレヴァーではない。若いころは、ジェームズ・アーミティッジと名乗っていた。だからこそ、数週間前におまえの学友が、わしにむかってJ・A

という頭文字のことを口にしたときのわしの驚き、おまえにもわかるだろう。わしにはあの友人が、わしの秘密はすっかりお見通しなのだぞと、そうほのめかしているように思えたのだ。アーミティッジの名で、わしはロンドンのさる銀行に就職し、アーミティッジの名で、国法を犯したとして有罪になり、追放刑に処せられた。こう言ったとて、息子よ、どうかわしを強くとがめないでほしい。問題はいわゆる〝名誉の負債《デット・オブ・オナー》〟、つまり賭博の借金というやつで、その返済を迫られたわしは、つい行金に手をつけてしまった。むろん、返せるあてがあったからで、行金の不足が発見されるのより前に、ちゃんと穴埋めしておける見込みがあったのだ。ところが、とんでもない不運がわしを見舞った。あてにしていた金がついにはいってこず、おまけに、予期していたよりも早く会計検査があって、わしの使い込みがばれてしまった。こういう情状にかんがみて、いますこし寛大な処置があってもよかったという気はせぬでもないが、三十年前の当時は、法も現在よりは厳密に執行されていて、結局わしは二十三歳の誕生日当日、重罪人として他の三十七人の流刑囚ともども、鎖につながれ、オーストラリア行きの三檣帆船《さんしょうはんせん》〈グロリア・スコット〉号の中甲板にほうりこまれる仕儀となった。

時は五五年、クリミア戦争たけなわのころで、それまで使われていた流刑船は、大半が黒海での物資輸送に徴用され、やむなく政府は囚人を流刑地に送るため、より小型の、この用途にはより不向きな船を用いざるを得なくなっていた。〈グロリア・スコット〉号は、それまで中国との茶の交易にたずさわっていたのだが、もともと旧式で、船首が重く、ビームも太いという老朽船ゆえ、とうに新式の快速帆船《クリッパー》にお株を奪われてしまっていたのだ。総トン数は五百トン、三十八人の流刑囚のほかに、船員二十六名、護送隊の隊長と、兵士十八名、船長ならびに三人の航海士、船医と教誨師《きょうかいし》、それに四人の看守を乗せていた。要するに、ファルマスを出港したときには、合計で百人近い人員を乗せていたわけだ。

　囚人を収容する房と房との仕切りには、通常の流刑船に用いられる厚いオーク材ではなく、かなり薄くて脆弱《ぜいじゃく》な板が使われていた。わしの隣り、船尾側の房には、埠頭で見かけたときから、とくに目をひいた男が収容されていた。若くて、すっきりした顔だち、ひげはなく、細く長い鼻に、がっちりしたあご。ひときわ昂然として、頭を高くもたげ、肩で風を切って歩くが、なによりいちばん目につくのは、とびぬけて長身であることだった。あの船に、背がその男の肩にまで届くものは、まずひとりもいなかったろう。背丈はおそらく六フィート半はくだらなかったはずだ。どちらを見ても、悲しげな、疲れきった顔ばかりのなかで、その男の潑剌《はつらつ》として精悍そのものといった顔は、ひときわ異彩を放っていた。さながら吹雪《ふぶき》のなかで燃えさかる火を見るような、とでも言ったらいいか。だから、その男が隣りの房にいるとわかったときにはうれしかったし、真夜中にそっとささやきかけてくる声が聞こえて、男がいつのまにか仕切りの板に小さな穴をあけていたと知ったときには、さらに胸をはずませたものだ。

『おいきょうだい！　名はなんてんだ？　なんで食らいこんだんだ？』そう彼は訊いてきた。わしはそれに答え、かわりにこちらもおなじことをたずねた。

『おれはジャック・プレンダガスト。まあいまのうちに言っとくけどよ、いずれおまえ、おれのこの名をあがめたてまつるようになるぜ。うん、ぜったいだ』

彼の起こした事件というのは、わしもよく覚えていた。というのもそれは、わし自身が逮捕されるすこし前、国じゅうを騒がせた大事件だったからだ。良家の出で、才能にも恵まれているのに、根っから悪が身にしみついていて、素行がおさまらず、数々の悪事を重ねたすえに、ある巧妙な詐欺によって、ロンドンの名だたる商人たちから巨額の金をだましとった男として知られる。

『ほ、ほう！　おまえ、おれの事件を覚えてるようだな？』と、得意そうに言う。

『ああ、覚えてますよ、よく』

『だったら、あの事件には妙な点がひとつあったってこと、これも覚えてるか？』

『というと、どんな？』

『おれはざっと二十五万ポンドがとこ、せしめたってことになってる。だろう？』

『と言われてますね』

『ところが、その金は鐚一文《びたいちもん》もどらなかった』

『ええ』

『そこだよ。ならばその金はいったいどこにあると思う？』

『さあ、見当もつきません』

『ここさ、このおれの手のなかにあるんだ。おれはな、自分のものと言える金を、したたまこの手に握ってる――おまえの頭に生えてる髪の毛の数なんか、メじゃないくらいにな。金ってものはよ、いいか坊や、使いかたとばらまきかた、このふたつさえ心得てりゃ、なんだってできるものなんだ！　となりゃあ、その〝なんだってできる男〟がだよ、こんな胸くそのわりい古ぼけた沿岸貿易船の船倉に押しこめられて、ゴキブリまみれ、鼠に食い荒らされっぱなしで朽ち果てていくなんて、とんでもねえこったってことぐらい、おまえにだってわかるだろうが。そうなのさ、そういう男なら、自分で自分の面倒ぐらいはちゃんと見られるし、ついでに仲間の面倒だって見てやれる。賭けたっていいぜ！　おまえもそういう男にしがみついてるこった。神頼みでもいいから、そうしてみな――その男がいずれ必ずひっぱりあげてくれるって』

まあこういった口のききかたをするやつだった。だから、最初は駄法螺《だぼら》だと思っていたのだが、そのうち、ひとまずテストがすんだのか、その男がえらく仰々しい手続きを踏んでわしに宣誓をさせたうえ、そっと耳打ちしてきたのは、目下この船を乗っ取ろうという計画が進行ちゅうだということ。その計画は、船に乗りこむ前から囚徒たちのあいだで練られていて、リーダーはプレンダガスト本人――つまり起動力は彼の金というわけだ。

『じつはおれには相棒がいる』そうプレンダガストは言った。『これが、めったにないいいやつでね、おれとは銃身と銃床みたいに切っても切れない仲なのさ。現ナマを握ってるのはそいつなんだが、そいつがたったいま、どこにいると思う？　驚くなよ、この船の教誨師――牧師様そのひとなのさ！　黒い衣を着て、書類やなにかもまっとうなものだし、しかも、持ってきた箱のなかには、この船を龍骨からメインマストのてっぺんまで、そっくり買収しちまえるだけの金が詰まってる。乗組員も全員そいつの金につられて、意のままに動くようになってる。グロス単位、現金割り引き、ってことで買い占めたわけだが、なんとやっこさんがその大仕事をやってのけたのは、連中が乗り組み契約を結ぶより前の話でさ。ほかにも、看守のうちふたりと、二等航海士のマーサーも味方につけたが、かりにそうする値打ちがあると思えば、きっと船長だって買収してたろうよ』

『で、じつのところ、なにをやるんです、われわれは？』わしはたずねた。

『なにをやると思う？』そう彼は言う。『目ざわりな兵隊どもの服を、支給されたとき以上に真っ赤にしてやろうっていうのさ』

『しかし、連中には武器がある』

『武器ならこっちにもあるんだ、坊や。ひとりひとりに二梃ずつ渡るだけの拳銃がある。おまけに乗組員はこっちの味方、これで船が乗っ取れないとなりゃ、おれたち全員、寄宿女学校にでもはいったほうがお似合いってなことになるぜ。おまえは今夜のうちに、左隣りのやつに声をかけてみてくれ。そいつが信頼できるかどうかを見きわめるのさ』

わしは言われたとおりにした。逆隣りの囚人もやはり若い男で、これまたわしと似たような事情で収監されていることがわかった――ただし罪状は文書偽造。名前はエヴァンズだが、のちにわしとおなじく名を変え、いまはイングランド南部のさる土地で、素《そ》封家《ほうか》として、また尊敬される市民として、静かに暮らしている。話を聞かせると、ほかにわが身を救う手だてがないのならと、さっそく陰謀に加わることを承知し、かくして、船がビスケー湾を渡りおえぬうちに、ただふたりを除き、流刑囚は全員秘密に加担していた。そのふたりのうちのひとりは、俗に言う〝おつむの弱い〟男で、とても秘密を打ち明けるわけにはいかなかったし、残るひとりは、黄疸《おうだん》をわずらっていて、このさい使いものにはならないとわかっていたからだ。

そも最初から、われわれが船を占拠することを妨げるものなどなにもなかった。乗組員は、とくにこの目的のために選ばれたならずもの集団だった。贋牧師は航海ちゅう、教誨という名目でわれわれ流刑囚の房を訪れるが、そのさい、徳性教育のための小冊子が詰まっているとされる黒鞄をたずさえてくる。何度も熱心にかよってくるので、彼が三度めの訪問を終えるころには、全員がやすり一本と、拳銃二梃ずつ、火薬一ポンド、弾丸二十発を隠し持つまでになっていた。看守のうちふたりは、プレンダガストの手先だったし、二等航海士は、彼の片腕。われわれが敵にまわすのは、船長と、ほかのふたりの航海士、ふたりの看守、護送隊のマーティン中尉と、その部下の十八人の兵士、あとは船医と、それだけである。だから、いたって安全な計画のはずだったが、それでも警戒だけは怠らず、蜂起は真夜中に、敵の不意を衝いて行なうと決まっていた。ところが、思わぬ手ちがいから、それが予想以上に早く始まってしまったのだが、その顚末《てんまつ》はこうだ——

出航してからほぼ三週間後のある夜、囚人のなかから病人が出たので、船医が診察にやってきた。そしてたまたま病人のベッドの裾のほうに手を入れ、隠された拳銃の輪郭をさぐりあててしまったのだ。もしそこで船医が声をたてなかったなら、蜂起計画は烏有《うゆう》に帰していただろう。だが、幸か不幸か船医は小心者だったので、つい驚きの声をあげ、真っ青になって立ちすくんだ。そこで、とっさになにがあったかを察した病人が、やにわにはねおきて、船医をとりおさえた。急を告げるひまもなく、船医は猿轡《さるぐつわ》をかまされたうえ、ベッドにくくりつけられた。はいってきたとき、彼は甲板に通ずるドアをあけたままにしていたので、われわれはいっせいにそのドアから外へと殺到した。ふたりの哨兵《しょうへい》が瞬時に射殺され、何事ならんと駆けつけてきた伍長も、おなじ運命をたどった。船の社交室の入り口には、さらにふたりの哨兵が配置されていたが、どうやら彼らのマスケット銃には弾がこめてなかったと見え、まったくこちらに発砲してくるようすはなく、あわてて銃に銃剣をとりつけようとしているところを、あっさり血祭りにあげられた。それからわれわれは船長室になだれこんでいったが、そのドアを押しあけるのと同時に、室内から爆発音が響き、見ると、船長が海図台に画鋲《がびょう》で留めた大西洋の海図の上につっぷし、そばに、まだ銃口から煙のたつピストルを手にした贋教誨師が立っていた。ふたりの航海士は、すでに乗組員たちの手でとりおさえられていて、これでいっさいはかたがついたかに思われた。

船の社交室は、船長室の隣りにある。われわれは歓声とともにそこにとびこんでゆくと、いっせいにがやがやしゃべりたてながら、思いおもいにソファに陣どった。ふたたび自由の身になれたと思いこんで、いくらか頭に血がのぼっていたのだろう。室内には、周囲にぐるりとロッカーが配置されていて、そのひとつを贋教誨師のウィルスンがこじあけ、ブラウン・シェリーの瓶を一ダースばかりひっぱりだした。ボトルの首をたたき折り、そこらにあったタンブラーに気前よくついで、いざ乾杯とグラスをあげかけたおりもおり、いきなりすさまじいマスケット銃の轟音《ごうおん》が耳をつんざき、社交室のなかにはテーブルの向こうも見えないほどの煙が立ちこめてしまった。ようやくその煙が晴れてみると、目にとびこんできたのは、文字どおりの修羅の巷《ちまた》。ウィルスンほか八名の同志が、たがいに折り重なって床の上をのたうちまわっている。一面に鮮血とブラウン・シェリーが飛び散ったテーブル上の惨状たるや、いまなお思いだすたびに胸がむかつくほどだ。そのむごたらしさにすっかりおじけづいたわれわれ一同は、もしもそこにプレンダガストという男がいあわさなかったなら、その場で叛乱《はんらん》を放棄していただろう。彼はいきなり猛牛のような雄叫《おたけ》びを発すると、生き残りの同志一同をすぐ後ろにしたがえて、ドアへと突進した。とびだしたわれわれが目にしたのは、船尾楼《せんびろう》甲板の上に陣どった、中尉と部下の十人の兵たち。社交室のテーブルの真上に、回転式の明かりとり窓があり、それがわずかにひらいていた。彼らはその隙間から下のわれわれにむけて発砲したのだ。彼らに二発めの弾をこめるいとまを与えず、われわれも一斉射撃で応じた。向こうも勇敢に応戦したが、数のうえではこちらが勝っていて、五分後にはいっさいが終わっていた。おお神よ！　そのときのあの船内のごとき地獄図絵、わしは二度と目にしたことはない。プレンダガストは、さながら悪霊にでも憑かれたようだった――倒れている兵たちを、生死にかかわりなく、片端から子供でもさらうようにかかえあげ、海へほうりこんでいった。ひとりだけ、むごたらしい傷を負った軍曹がいて、それが傷ついた身で驚くほど長いあいだ海面を泳ぎつづけていたが、ついにこちらのだれかが惻隠《そくいん》の情から、その男の頭を撃ち抜き、止《とど》めを刺してやった。すべての戦闘が終わったとき、生き残っていた敵は、ふたりの看守と、航海士がふたり、それに船医、これでぜんぶだった。

そしてこの生き残りたちをめぐって、激論が始まったのだ。われわれ多くのものは、自由をとりもどしたことだけでじゅうぶん満足して、これ以上ひとを殺すことで心に重荷を負うのはまっぴらだという気分だった。マスケット銃を構えている兵士を倒すのなら、これはまあ許せる。だがそのことと、ひとが冷酷に殺されてゆくのを拱手《きょうしゅ》して見まもるのとは、おのずからべつものである。同志のうちの八人――囚人五人に乗組員三人――が、とてもそんなことには堪えられないと主張した。だが、プレンダガストの心を動かすことはできなかったし、彼に同調するものたちも、やはりおなじだった。おれたちの身の安全を確保するためには、この始末は最後まできちんとつけるしかない。将来、証言台でよけいなことをしゃべるおそれのあるやつは、生かしておくわけにゃいかんのだ、そう彼は言った。激論の結果、われわれ八人もあやうく五人の捕虜ともども、おなじ運命をたどる瀬戸ぎわまで行ったのだが、それでもようやく最後にプレンダガストが態度をやわらげ、おまえたちがそれを望むのなら、ボート一台をおろして、本船から立ち去ってもよいと言いだした。われわれはこの申し出にとびついた。もはやこうした血なまぐさい騒ぎにはうんざりしていたし、最後のけりがつくまでには、さらに恐ろしい修羅場がくりひろげられることになるとわかっていたからだ。われわれにはそれぞれ船員服一着ずつと、全員で飲み水が一樽、おなじく塩漬け肉とビスケットとが一樽ずつ、それに羅針儀が一個、与えられた。プレンダガストが海図を一枚ほうってよこし、おまえたちは難破した商船員で、船は、北緯十五度、西経二十五度の海域で沈没した、そう申したてるがいい——その一語を最後に、ボートをつないでいたもやい綱が断ち切られ、われわれは荒海へと送りだされた。

さて、愛する息子よ、いよいよここからがこの物語の、もっとも驚くべき部分にさしかかる。乗組員たちは暴動のあいだ、前檣下部の帆桁《フォアヤード》を逆帆《さかほ》の位置にまわし、前から風を受けるようにしていたのだが、いまわれわれのボートが離れるのと同時に、ふたたびそれを本来の位置にもどし、三檣帆船はおりからの北東の微風を受けて、ゆっくりとわれわれから遠ざかっていった。いっぽうわれわれのボートは、長く穏やかなうねり波にのって、ゆるやかに上下しながらただよっていたが、艇首のわずかなスペースにどうにか体を割りこませたエヴァンズとわしとは、一行のなかではいちばん教育のあるものとして、海図と首っぴきで自分たちの現在地を割りだし、あわせて、今後どちらの海岸へ向かうのがよいかを考えようとしていた。とはいえこれは、なかなかの難問だった。というのも、カーボ・ヴェルデ諸島(1)はわれわれの北方五百マイル、そしてアフリカ海岸は東方はるか七百マイルの位置にあったからだ。ちょうど風が北向きに変わりつつあったこともあり、総合的に考えて、このままシエラレオネ(2)へ向かうのが最善と見なして、ボートをその方角へ向けたのだが、そのとき〈グロリア・スコット〉号のほうは、われわれの右舷側四十五度の方角、マストだけがかろうじて見える程度の遠方に去っていた。ところが、そうしてわれわれが本船のほうをふりかえってみていたちょうどそのとき、とつぜん船から真っ黒な煙がもくもくと噴きあがり、水平線上に生えた無気味な樹木よろしく、まっすぐ天空へと立ちのぼってゆくのが見てとれたのだ。数秒後には、雷鳴さながらのすさまじい轟音がわれわれの耳朶《じだ》を打ち、やがて煙が薄れていったときには、〈グロリア・スコット〉号の船影は、まぼろしのごとくかききえていた。即刻われわれはボートの舳先《へさき》をぐるりとまわすと、力のかぎり漕ぎはじめた。向かうのは、いまなお水面に薄煙がただよい、悲劇の現場を示してくれている、その海域である。

ボートがそこにたどりつくまでには、たっぷり一時間はかかったから、はじめはわれわれも、もはや生存者を救うのには手遅れでは、とあやぶまざるを得なかった。木っ端微塵になったボート、それにおびただしい木箱やマスト材の残骸などが、ぷかぷかと波間に浮いたり沈んだりしていて、悲運の船が沈没した箇所を示してくれているが、あいにく生存者の姿はなく、われわれも失望してひきかえそうとした、そのとき、どこからか助けをもとめる叫びが聞こえて、見れば、やや離れた海面をただよう難破材の一片に、上半身をのりだすようにしがみついている男がひとり。ボートにひきあげてみると、ハドスンという若い乗組員だったが、大火傷を負ったうえに、完全に消耗しきっていて、なにが起きたかを物語ることができたのは、ようやく翌朝になってからだった。

その話によると、われわれが本船から立ち退いたあと、プレンダガストとその一党は、残った五人の捕虜の始末にとりかかったようだ。ふたりの看守が真っ先に射殺されて、船外へ投げ捨てられ、三等航海士もそれにつづいた。そのあとプレンダガストは中甲板まで降りてゆき、自ら手をくだして不運な船医の喉をかっきった。残るは一等航海士だけだったが、この男は気概もあり、機敏でもあった。流刑囚が血まみれのナイフを手にして近づいてくるのを認めるや、それまでにどうにかしてゆるめていたらしい手足の縄をふりほどき、まっしぐらに甲板から駆けおりて、後部船倉へととびこんでいったのだ。

手に手に拳銃をかざしてあとを追った囚徒たちは、航海士がマッチの箱を手に、蓋をあけた火薬樽のそばにすわりこんでいるのを発見した。火薬は船に百樽ほど積みこまれていたが、航海士はその樽のひとつをそばにひきよせ、おまえらがどんな意味でもこのおれに危害を加えるようなら、もはや一蓮托生だ、全員この場で吹っ飛ばしてくれる、と凄んでいたそうな。爆発が起きたのは、そのつぎの瞬間だが、ハドスンに言わせると、それは航海士のマッチによるというよりも、囚徒のだれかが撃った弾がそれて、樽にあたったせいではないかという。まあ直接のきっかけはどうあれ、それが〈グロリア・スコット〉号の末期《まつご》であり、またそれを乗っ取った叛徒《はんと》らの最期でもあった。

愛する息子よ、以上がこの父の巻きこまれた凄惨な事件のあらましだ。翌日、われわれのボートは、オーストラリア行きの二檣帆船《ブリッグ》〈ホットスパー〉号に救助されたが、この船の船長は、われわれが沈没した客船の生き残りであるという話を、とくに疑うこともなく受け入れてくれた。海軍省の記録のうえでも、流刑囚護送船〈グロリア・スコット〉号は、航海ちゅうに行方不明になったものとして処理され、同船の真の運命にかかる秘密は、ついぞ外部にもれることなくして終わった。快適な航海をつづけた〈ホットスパー〉号は、やがてシドニーに入港、上陸したエヴァンズとわしは、ともに名を変え、金鉱採掘で道を切りひらくことにしたが、当時、かの地には、ありとあらゆる国から一攫千金《いっかくせんきん》を夢見る男どもが多数集まってきていたから、そのなかにまぎれこんで、もとの素姓をごまかすのは造作もなかった。

あとは語るまでもあるまい。われわれは成功し、各地を旅してまわり、最終的には富裕な植民地開拓者としてふるさとイングランドにもどり、地方に永住の地を買いもとめた。爾来《じらい》二十年余り、われわれはそれぞれに、平穏な、社会的にも有用な人材としての生涯を送り、過去の秘密は永遠に葬られたものと考えてきた。なればこそ、先日わが家を訪れた船乗りを一目見て、あのとき難破船の残骸から救いあげてやった男だとさとったときのわしの胸中、察してもらいたい！　いかなるつてをたどってかは知らず、あの男はわれわれの居所をつきとめ、われわれの恐れを食い物にして寄食するつもりでやってきたのだ。ここまで言えば、おまえにもわかるだろう——わしがどれほどあの男を敵にまわすまいと心を砕いてきたかを。そしてまた、ああしてあの男がわしのもとを去り、いつでも秘密を暴露してやるぞとの脅し文句を言葉の端にちらつかせつつ、もうひとりの犠牲者のもとへと向かったいま、どのような恐怖がこのわしの心に巣くっているかも、おまえならいくばくかの同情をもって理解してくれると信じている。

この本文の下に、ほとんど読みとれぬほどにふるえる文字で、こう書き足してある――〝ベドーズから暗号文による警告がきた。Hがすべてをばらしたとある。慈悲ぶかき神よ、われら二名の魂に憐れみをたれたまえ!〟。

さてワトスン、以上がその夜、友人のトレヴァーにぼくが読んで聞かせた物語だが、そのときの状況を考えると、なかなかにドラマティックな話だとは思わないか? 善良なトレヴァーは、たぶん、いっさいを知って、強い打撃を受けたのだと思う。その後すぐに、インドのタライへ渡り、そこで茶農園の経営を始めた。聞くところによれば、事業はうまくいっているという。問題の船乗りとベドーズ氏がその後どうなったかについては、警告の手紙が書かれた日以来、まったく消息がとだえたままなので、不明としか言えない。ふたりとも完全に、痕跡ひとつ残さず消えてしまったのだ。この件で警察に訴えが出されたという記録はないので、してみると、脅迫が実行に移されたとベドーズが早とちりしたのかもしれない。たしかにハドスンがその近辺に潜伏しているのは目撃されているから、警察は彼がベドーズを始末して、それから逃亡したものと見ているが、あいにく、ぼく自身の考えかたはまるきり逆だ。おそらくベドーズは、恐喝されて自暴自棄になったあげく、秘密がすでに暴露されてしまったものと思いこんで、憎っくきハドスンに報復を果たしたうえで、かきあつめられるだけの現金をかきあつめ、国外に逃げたんだと思う。さあドクター、以上がこの事件の一部始終だ。これがいくらかなりときみのコレクションに使えるようであれば、おおいに役だつんじゃないかとぼくは信じてるがね」

(1) カーポ・ヴェルデ諸島は、西アフリカのセネガル西方、大西洋上にある群島。現在はカーポ・ヴェルデ共和国として独立。

(2) シエラレオネはアフリカ西部にある共和国で、元イギリス保護領。この物語の当時は英領植民地だったので、このボートの一行が向かう先としては、もっとも妥当だったと思われる。

マズグレーヴ家の儀式書

わが友シャーロック・ホームズの性格に関して、しばしば私を驚かせてきた奇異な点といえば、彼がおよそ頭脳のうえでは全人類ちゅう随一ともいうべき精緻で組織だった頭の持ち主であり、また服装のうえでも、いくぶん気どった、とりすました感じのものを好んで身につける趣味がありながら、日ごろの生活習慣のうえでは、ときに同居する下宿人を半狂乱すれすれにまでおとしいれかねないほど、とてつもなくだらしのない男だということである。もっとも、その点では私自身、きちんと型にはまった人間とはとても言えない。生来の慣習にこだわらぬ気質に加えて、アフガニスタン従軍時代の冒険的かつ無鉄砲な暮らしから、どちらかというといいかげんな、医者には不向きな生活態度が身にしみついてしまっている。とはいえ、その私にしても、おのずから限度はある。だから、葉巻を石炭入れのなかにしまってみたり、煙草をペルシア沓《ぐつ》のくるりと巻きあがった爪先に押しこんでみたり、まだ返事を出していない手紙を、ところもあろうに木製のマントルピースのまんなかに、ジャックナイフを画鋲《がびょう》がわりに留めつけておいたりする、そんな男を見ると、そぞろ私のなかの道学者めいた気分がうごめきはじめるのだ。さらにつけくわえるなら、かねがね私はピストル射撃などというものは、本来、戸外でやるべき娯楽だと思っている。それだから、ときにホームズがいつもの気まぐれで、肘かけ椅子に触発引き金《ヘアトリガー》つきのピストル一梃と、ボクサー式弾薬筒[1]百個を手にしてすわりこみ、向かいの壁面になんとも愛国的な〝V・R・[2]〟なる文字を弾痕で浮かびあがらせたりするのを見るにつけ、それでこの部屋の雰囲気や外見がいささかなりと改善されるわけでもなかろうに、と憤《ふん》懣《まん》やるかたない思いにかられるのである。

　私たちの部屋には、つねに各種の化学薬品と、犯罪事件の遺物とがあふれかえっていた。それらは、ともするとどこかとんでもない場所に迷いこみ、やがて忘れたころになって、バター入れのなかとか、あるいはもっと好ましからざる場所から、ひょっこり姿をあらわす。とはいえ、なんといっても私にとっての最大の悩みの種といえば、ほかでもない、ホームズのためこんだ書類の山だろう。彼は書類——とりわけ自分の手がけた過去の事件に関する記録——を処分することに、ほとんど恐怖心にも近い嫌忌をいだいているのだが、それでいて、それらを整理したり、きちんと仕分けしたりするエネルギーを奮い起こせるのは、年にせいぜい一度か二度ときている。以前にもこのとりとめのない回想録のどこかで書いたと思うが、彼はときとして爆発的なエネルギーを発揮して、いまなおそれに関して彼の名が取り沙汰されるようなみごとな離れ業《わざ》を演じてみせるのだが、あとにはきまって反動としての懈怠《けたい》期がやってきて、そのあいだは、ただバイオリンと書物だけをお供に、漫然と寝ころがって過ごし、ソファと食卓とを往復する以外に、ほとんど身動きすることさえない。というわけで、月ごとに彼の大事な一件書類はたまってゆくいっぽう、ついには、たまりたまったそれらの手稿の束が、部屋の隅々にまでぎっしり山積しはじめるのだが、それらは、たとえなにがあろうと、焼却することはおろか、所有者以外のだれかがかたづけることさえ許されないのである。

ある冬の夜、ふたりして暖炉をかこんでくつろいでいるとき、私は思いきってこう切りだしてみた——きみの備忘録に事件の抜き書きを貼りこむ作業もすんだようだから、どうだね、ここらで二時間ばかりかけて、われわれの居室をもうすこし住みやすくするというのは？　私の主張が正当であることは彼も否定できなかったらしく、渋い顔で寝室へ姿を消すと、やがて、大きなブリキの櫃《ひつ》を後ろにひきずりながらもどってきた。それを部屋の中央に据え、そばにスツールを置いてすわりこんだ彼は、櫃の蓋を払った。のぞきこんでみると、書類をそれぞれ束にして、赤いテープでくくったものが、すでに三分の一ほど詰まっている。

「見たまえ、ここには事件が山ほどあるよ、ワトスン」そう言いながら、ホームズは悪戯《いたずら》っぽい目つきで私をちらりと見た。「この櫃の中身がなにか、その全貌をもしきみが知ったら、きっと、ほかのやつをこの上に詰めこむかわりに、いまあるのをそっくりひっぱりだせって、そう言うにちがいないんだがね」

「すると、それはきみのむかしの事件の記録なんだね？」私は言った。「そういうのをぼくの事件簿に残しておければって、これまでにもたびたび思ってきたんだが」

「それなんだよ、まさしく。要するにこれは、きみという伝記作者があらわれて、ぼくの名を高めてくれるのより前の、いってみれば〝早すぎた事件〟なんだ」一束また一束、彼はやさしく愛撫するような手つきで、それらをとりあげていった。「むろん、ぜんぶがぜんぶ、うまく解決できた事件ばかりじゃないけどね、ワトスン。しかし、なかにはけっこうおもしろい、ついつい食指を動かしたくなるようなのもいくつかある。たとえばこれなんか、タールトン殺人事件の記録だし、こっちはワイン商人のヴァンベリーの事件。まだあるぞ、ロシアの老女の冒険とか、アルミニウムの松葉杖にからむきわめて珍しい一件とか、リコレッティという外反足《がいはんそく》の男と、憎んでも余りあるその細君のやったことを、細大もらさず書きとめた事件記録とか。それからこれは――あ、ああ、これぞまさしくぼくの掌《しょうちゅう》中の珠《たま》、逸品ちゅうの逸品というやつだ」

櫃の底まで手をつっこんで、ホームズは小さな木の箱をとりだした。子供がおもちゃを入れておくような、スライド式の蓋がついた箱だ。その箱のなかから彼が出してみせたのは、一枚のくしゃくしゃになった紙片と、古風な真鍮《しんちゅう》のキーが一個、円錐状にとがった木釘一個――これには糸の玉が結びつけてある――そして三つの錆びついた古い円盤状の金属片。

「さあ、どうだい、きみはこれをなんだと思う?」私の表情をうかがいながら、ホームズは微笑を浮かべてそう言った。

「奇妙なものを集めたものだな」

「奇妙だとも、まさしく。しかし、これにまつわる物語を聞いてみれば、ますますもって奇々怪々ときているから、きっときみも驚くはずだ」

「すると、これにはなんらかの来歴《ヒストリー》があるとでも?」

「おおありさ。どころか、これらが歴史《ヒストリー》そのものなんだ」

「どういう意味だい、歴史そのものとは？」

シャーロック・ホームズはそれらをひとつひとつつまみあげると、テーブルの端に並べていった。それから、あらためて椅子にすわりなおし、満足げな輝きを目にちらつかせて、それをひとわたりじっくりとながめた。

「これはね」と言う。「〈マズグレーヴ家の儀式書〉のエピソードを思いだすよすがとして、ぼくが手もとに残しておいた、そのすべてなんだ」

その事件のことは、これまでにも一度ならず彼の口から出るのを聞いていたが、詳しい内容は、いまだかつて訊きだせたためしがなかった。

「よかったらその話を聞かせてくれないか」私は言った。「聞かせてもらえると、たいへんありがたいんだが」

「ここをこうして散らかしっぱなしにしたままでか？」ホームズは茶目っ気たっぷりに叫んでみせた。「つまるところ、きみのきれい好きもその程度ってことだね、ワトスン。しかし、きみの年譜にこの事件を加えてくれるのなら、ぼくとしても本望だ。なぜって、これにはきわめてユニークな点がいくつかあってね――それゆえこれは、この国の、いや、他のどんな国の犯罪記録のなかでも、ひときわ異彩を放っていると思うからなのさ。かりにぼくのささやかな業績の記録を集めるなら、およそ他に類例のないこの事件の記録を欠いては、所詮、不完全なものにしかならないと言っていい。

きみも〈グロリア・スコット〉号の事件のことは覚えているだろう。そしてこのときにぼくが、事件にかかわった不幸な人物とかわした会話――その人物の以後の運命については、前に話して聞かせたと思うが――それこそが最初にぼくの目を、いまでは一生の仕事となっているこの職業に向けさせてくれた、そのきっかけにほかならないという事実もね。現在きみの知っているこのぼくは、いちおう名前も世間に知られているし、一般大衆からも、また官憲からも、なにか厄介な事件で行きづまったときの、最後の駆け込み先みたいに見なされている。きみがはじめてぼくと知りあって、『緋色の研究』として記録に残してくれたあの事件のころでさえ、たいして儲かるというわけじゃないにしても、いちおうの地歩は確立して、得意先もかなりついていたんだ。だから、それ以前にぼくがどれだけ苦労したか、たぶんきみには想像もつくまいし、ようやくこれが仕事として軌道に乗り、前を向いて進めるようになるまでに、どれだけ長い辛抱を強いられたかも、きみに察してもらうのはむずかしいだろう。

はじめてロンドンに出てきたころ、ぼくはモンタギュー街に下宿していた――大英博物館からひとつ角を曲がった、すぐのところだ。そしてその下宿で、ずっと待ちつづけた――ありあまるほどの余暇を、いずれ役に立つかもしれないすべての学問分野の研究でつぶしながらね。そんななかでも、ときおりは事件が持ちこまれてくる――たいがいは学生時代の旧友を通じてだ。大学の最終学年のころには、物事を解き明かすこのぼく独特の方式のことは、学生のあいだではけっこう評判になっていたからね。そうして持ちこまれてきた三つめの事件、それがこの〈マズグレーヴ家の儀式書〉の事件で、この一連の奇怪な出来事が世間の関心をひき、しかもそれがまたさらに大きな問題にからんでいたということで、結果としてぼくは、いま現在占めているこの立場にむけて、最初の一歩を踏みだしたことになるんだ。

レジナルド・マズグレーヴは、大学でぼくとおなじ学寮《コレッジ》にいたから、多少の面識はあった。学部学生のあいだでは、高慢と見られてか、さほど人気のあるほうじゃなかったが、ぼくには最初から、その高慢というのが、じつは、持って生まれた極度の内気さを隠すための仮面でしかない、そんな気がしていた。見た目はとびきり貴族的なタイプで、鼻は細く、高く、目は大きく、挙措《きょそ》ふるまいはものうげだが、典雅そのもの。それもそのはず、イングランドきっての名門のひとつに数えられる、さる名家の御曹司なのさ——といっても、彼の家系は、十六世紀のいつごろかに北部のマズグレーヴ家から出た分家のひとつで、それがのちに西部サセックスに定住し、〈ハールストン館《やかた》〉と呼ばれる荘園領主館を建てた。これはこの州でも現住建築物としては最古のものだと言われている。そういう家の出だということが、マズグレーヴ本人の風貌にもいくらか反映しているらしく、ぼくは彼の青白く、けわしい風貌とか、高く頭をもたげた姿勢とかを見るにつけ、どうしてもそれを、そうした館の灰色の拱路《アーチウエイ》や、縦仕切りのある窓、封建時代の城塞の廃墟の、古びて雅趣のあるたたずまい、などと結びつけて考えずにはいられなかったものだ。彼とはときおりなんとはなしに話しこむこともあったが、そんなとき彼が、ぼくのこの観察と推理という方式に強い関心を示したのは、いまでもはっきり記憶に残っている。

卒業後は四年間、まったく会うこともなかったんだが、それがある朝、ふいにぼくのモンタギュー街の下宿を訪ねてきた。学生時代とほとんど変わっていず、服も若向きの最新流行のを身につけ——むかしからいつもちょっぴりめかしこんだ男だった——物腰もあいかわらず落ち着いて、ものやわらかだった。

心のこもった握手をかわしたあと、ぼくはたずねた。『しばらくだったね、マズグレーヴ、その後どうしていた？』

『たぶん耳にはいってるだろうが、父が他界した』彼は答えた。『かれこれ二年前のことだ。それ以来、当然ながらぼくが〈ハールストン館〉のあるじになり、いっぽうでは地区選出の議員でもあるので、けっこう忙しく過ごしている。ところでホームズ、きみはやはりこの方面に進んで、かつてわれわれを驚かせたあの能力を、実地に生かしているというわけだね』

『ああ、そうなんだ』ぼくは言った。『自分の頭ひとつで食ってるというところだよ』

『そう聞いて、ほっとした。じつはね、きみのアドバイスがいまのぼくにとって、このうえなく貴重なものになってきそうなんだ。目下、わが〈ハールストン館〉では、じつに奇妙な出来事が続発している。ところが警察は、どうもあまり頼りになってくれそうもない。うちで起きている出来事というのは、すこぶる異常な、不可解きわまるものなんだけどね』

ねえワトスン、わかるだろう、ぼくがどれだけ意気ごんで耳を傾けたか。それまで長らく無為に過ごしながら、ずっと待ち望んできたその機会が、ようやく手の届くところにやってきたんだから。本音を言うとね、ぼくは、ほかのだれもがうまく解決できなかった事件でも、自分ならみごとに成果を挙げてみせると、ひそかに期するところがあったんだが、いまはからずもその自分をためす機会が舞いこんできたというわけだ。

『頼む、詳しいことを聞かせてくれないか』ぼくはせきこんで相手をうながした。

レジナルド・マズグレーヴは、ぼくの向かいの椅子にすわると、すすめられた煙草に火をつけた。

『まずこのことを知ってほしいんだが、ぼくはまだ独り身だ。にもかかわらず、〈ハールストン館〉の維持のためには、常時、相当数の使用人を置いておかなきゃならない。なにしろ古くてだだっぴろい建物だから、手入れにけっこう手間がかかるんだ。ほかに、猟場もあるし、雉《きじ》猟《りょう》のシーズンになると、慣例として大がかりなハウスパーティーをひらいたりもするから、それやこれや、いざというときに手が足りないという事態が起きないような配慮をしている。いま現在は、総勢でメイドが八人、料理人と執事、下男がふたり、それに給仕がひとり。庭と厩《きゅう》舎《しゃ》のほうでも、むろん別個にひとを置いているが、こっちはいま挙げた内働きの連中とは、また勘定がべつになる。

これだけの使用人のうちで、いちばん長く勤めているのが、執事のブラントンだった。若いころは学校教師で、たまたま失職していたのを、うちの父が拾ってやったんだが、これが人一倍の働き者で、人柄もしっかりしている――というわけで、さほど日がたたないうちに、屋敷うちでは欠かせない存在になっていった。体格はよし、顔だちもひたいの秀でた、なかなかの男前で、わが家にきてからもう二十年にもなるのに、まだ四十になるやならずといったところだ。取り柄は多いし、才能にも恵まれている――なにしろ数カ国語をしゃべるうえに、楽器ならばほとんどのものを弾きこなせるという男なんだ。そんな男が、これほど長くわが家の執事あたりに甘んじているというのは、不思議といえば不思議なんだが、たぶん、うちの居心地がよくて、あえてよそに移るほどの強い気持ちも持てなかったんじゃないか、なんてぼくとしては思っていたわけだ。なにしろ〝〈ハールストン館〉の執事〟といえば、わが家を訪れるひとびとのあいだでは、いつだって語り種《ぐさ》になってきた存在だからね。

ところが、この傑物にも、ひとつ見のがせない欠点があった。いくぶん女たらしの傾向があって、たぶん想像がつくだろうが、彼のような男にとっては、ハールストンのようなのんびりした田舎で、ドンファンの役を演じるのは、さまでむずかしいことじゃないんだ。

それでも彼に女房があるうちは、まだよかった。ところがその細君が死んで、男やもめになってからは、女の問題でごたごたが絶えなくなった。つい二、三カ月前には、彼もまた身をかためる気になったかと、われわれとしてもちょっと安心したんだが――というのも、二番メイドのレーチェル・ハウエルズというのと、彼が婚約したものだからね。ところが、その後すぐにこの娘を袖にして、猟場管理人の娘のジャネット・トレゲリスに乗り換えてしまった。レーチェルは、とてもいい娘なんだが、ウェールズ人気質で気性が激しく、興奮しやすい。頭に血がのぼって、そのせいで脳をやられ、いまじゃ――というか、ついきのうまでは――屋敷うちをふらふらうろつくようになった。目もすっかり落ちくぼんで、かつての彼女の亡霊といったありさまだ。これがわが〈ハールストン館〉で起きた最初のドラマだが、すぐつづいて第二のドラマが起きて、われわれの関心はそっちへ移ってしまった。そしてこの第二のドラマの先駆けとなったのが、ほかでもない、執事ブラントンの名誉失墜と、懲戒免職という出来事だったんだ。

事の経緯を説明しよう。さっきも言ったように、この男はインテリだ。とびきりのインテリなんだが、なまじインテリであることがわざわいして、ついに身を滅ぼすことになった——つまり、本来なら自分とはなんの関係もないはずの問題に、飽くなき好奇心を燃やしたわけなのさ。ぼくはほんのちょっとした偶然から、はじめてそれに気づいたんだが、もし気づいていなかったら、その好奇心がどこまで彼を突っ走らせたか、とうてい予測もつかないね。

前にも言ったように、屋敷はだだっぴろい。先週のある夜——正確には木曜日だが——ぼくは夕食後に愚かにもブラックコーヒーを飲んだりしたせいで、なかなか寝つけなかった。夜中の二時過ぎまで輾転反側《てんてんはんそく》したすえに、ついにあきらめて、読みかけていた小説のつづきを読もうと、起きだして、蠟燭《ろうそく》をともした。ところが、あいにくその本は、ビリヤードルームに置き忘れてきていたので、しかたなく部屋着をはおり、それをとりにゆくことにした。

寝室からビリヤードルームへ行くには、まず階段を一カ所降りて、つぎに、書斎と銃器室に通ずる廊下のとっさきを横切らなきゃならない。そのときなにげなく廊下の向こうを見て、書斎のあけっぱなしのドアから、明かりがちらちらもれているのを認めたときの驚き、まあ察してもらいたい。なにしろ、寝室にひきとる前に、ぼくがこの手でランプを消し、ドアをしめたんだから。とっさに泥棒にはいられたと思ったのは、まあ当然だろう。〈ハールストン館〉では、廊下という廊下に、むかしの武器が戦利品として飾られている。そのなかから戦斧《せんぷ》を一梃選ぶと、持ってきた蠟燭はその場に残し、抜き足差し足であけっぱなしのドアに近づいて、なかをのぞきこんだ。

書斎にいたのは、驚くなかれ、執事のブラントンだった。きちんと服を着て、安楽椅子に腰をおろし、どうやら地図らしい一枚の紙を膝に置き、ひたいを手で支えて、深く考えこんでいる。あまりの驚きに呆然として、しばらくぼくは暗がりからようすをうかがっていた。テーブルの端に小蠟燭《ころうそく》が立ててあり、かぼそい光を投げかけているが、その弱い光でも、彼が勤務ちゅうの服装のまま、きちんと身じまいしていることは見てとれる。と、とつぜん彼は椅子から立ちあがると、横手の大型の机に歩み寄り、鍵をあけて、引き出しのひとつを抜きだした。なかからとりだしたのは、一枚の紙。それを持ってもとの椅子にもどると、テーブルの端の小蠟燭のそばにそれをひろげ、じっくり目を通しはじめた。主家に伝わる書類を、執事ふぜいがこれほど平然と読んだり調べたりしている——そう思ったとたん、ぼくはかっとなって、思わず前へ一歩踏みだした。顔をあげたブラントンは、ぼくが入り口に立っているのを認めると、恐怖で顔を土気色にして、もがくように立ちあがりながら、はじめに見ていた地図のような紙をすばやくふところに押しこんだ。

「こういうことなのか！」ぼくは言った。「つまりはこれが、長年のわが家の信頼に報いる恩返しというわけだな！　おまえはクビだ。あすにでもこの家から出ていけ」

完全に打ちのめされたようすで、彼は深々と頭《こうべ》をたれ、一言も抗弁せずに、こそこそとぼくのそばをすりぬけて出ていった。小蠟燭はそのままテーブルに残されていたので、その光でぼくは、ブラントンが引き出しからとりだした紙がなんなのか、ざっと目を走らせてみた。意外だったのは、それがべつに重要な書類でもなんでもなく、〝マズグレーヴ家の儀式〟と呼ばれる奇妙な儀式でかわされる、ちょっとした問答をしるした文書の写しにすぎなかったことだ。これはわが家に代々伝わる奇妙きてれつな儀式で、歴代のマズグレーヴたちがそれぞれ成年に達したおり、しきたりにのっとってくりかえしてきたものだ——要するに、内輪の人間にしか興味のないもので、たとえばわが家の紋章の楯形紋地とか、その紋地の上の紋章の図案などと同様、まあ考古学者にはすこしは関心が持たれるかもしれないが、実際的な用途などなにもないに等しい』

『その書類のことは、あとであらためて検討したほうがよさそうだね』そうぼくは言った。『それが必要だときみが思うのなら』と、マズグレーヴはためらいがちに応じた。『しかしまあここは、いまの話をつづけさせてもらおう。ぼくはブラントンが置いていったキーを使って引き出しに鍵をかけ、さて引き揚げようと後ろを向いたとたんに、驚きのあまり棒立ちになった。出ていったはずのブラントンがいつのまにかもどってきていて、すぐ目の前に立っていたからだ。

「旦那様、どうかお願いです」と、しゃがれた声を悲痛にふりしぼって叫ぶ。「わたくしは罷免という不面目にはとても堪えられません。これまでは、つねにこのお屋敷での立場を誇りとして生きてまいりました。ですから、恥辱をこうむるのは、死ねと言われるのも同然でございます。旦那様、そのお手でわたくしを絶望の淵に追いやられるなら、わたくしはきっと旦那様をお恨みいたします——ええ、そうです、旦那様のお手は、拭っても消せないこのわたくしの血で汚れるでしょう。もしも、どうしてもわたくしを許せない、こういうことがあった以上、とてもおまえを置いておくわけにはいかない、そうおっしゃるのであれば、後生です、せめてわたくしを罷免ではなく、依願退職というかたちにして、一カ月の猶予期間をお与えくださいまし。それならばわたくしも我慢できます。どうか旦那様、日ごろわたくしをよく知るものたちの前で、すごすごと追いだされるような恥はかかせないでください」

「ブラントン、おまえにはそんな情けをかけてもらう資格なんかないんだ」ぼくは言いかえした。「不面目というなら、おまえのしたことこそ不面目じゃないか。だがそれはそれとして、これまで長年よく勤めてくれたことでもあるし、ここでおおっぴらに恥をかかせるのは、わたしとしても本意ではない。とはいうものの、一カ月は長すぎる。一週間たったら、ここを立ち退け。立ち退く理由は、なんとでもおまえの好きなようにつけるがいい」

「たった一週間ですか、旦那様？」彼は絶望的な泣き声をあげた。「どうか二週間——せめて二週間の猶予をお願いします」

「いや、一週間だ」ぼくはくりかえした。「一週間だが、これでもおおいに温情的な措置なんだぞ。このことを肝に銘じておけ」

打ち砕かれた人形よろしく、彼はがっくり首うなだれて、音もなく出てゆき、残ったぼくは明かりを消して、寝室へ引き揚げた。

それから二日間、ブラントンは普段と変わらず、いたって神妙に務めを果たした。ぼくは、彼とのあいだにあったことについては一言も触れず、ただ彼がどんなふうに不面目を取り繕うつもりかと、多少の好奇心をもって見まもっていた。ところが、三日めの朝、いつも朝食後に当日の日程について指示を受けにくるはずの彼が、その日にかぎって姿を見せない。たまたまダイニングルームを出たところで、メイドのレーチェル・ハウエルズとばったり出くわした。話したと思うが、この娘はしばらく病気で寝こんでいて、どうにか回復したとはいえ、顔色はまだひどく悪いし、やつれきってもいる。それで、無理をするなと注意してやったわけだ。

「おまえはまだ寝ていなきゃだめだよ。仕事にもどるのは、もっとよくなってからでいい」

すると彼女がひどく妙な目つきでぼくを見るので、もしや熱のせいで頭がどうかしてしまったのでは、と気になってきた。

「いえ、だいじょうぶです、旦那様。もうすっかりよくなりました」そう彼女は言う。

「まあその点は、いちおうドクターにご相談してからにしよう」ぼくは言った。「とにかくいまは仕事はやめて、階下へ行きなさい。ついでにブラントンに、わたしが呼んでいたと伝えてくれ」

「執事さんは行ってしまいました」そう彼女は言う。

「行ってしまった！　どこへ？」

「いなくなったんです。だれもあのひとを見ていないし、自分の部屋にもいません。ええ、そうなんです、あのひとは消えちゃった――消えちゃったんです！」彼女は悲鳴のような声でくりかえし、くりかえしけたたましく笑いながら、よろよろと壁にもたれかかった。この突然のヒステリーの発作に驚いて、ぼくは急いで呼び鈴を鳴らし、使用人たちに呼集をかけた。なおもけたたましく叫んだり、すすり泣いたりしながら、レーチェルが自室へ運ばれてゆくのをよそに、ぼくはほかの使用人一同にブラントンのことをたずねてまわった。どうやら、彼が行方をくらましたのはまちがいなさそうだった。部屋のベッドにも寝た形跡はなし、前夜、仕事を終えて自室にひきとって以来、だれも彼の姿を見かけてはいない。だがそうかといって、家じゅうの窓も、出入り口のドアも、朝までしっかり施錠されていたのだから、彼が夜中に屋敷を抜けだしたと見なすのも無理だ。彼の衣類も、懐中時計も、さらには手もとの現金まで、そっくり自室に残っているが、普段着ている黒の上下だけがなくなっている。室内履きもやはり見あたらないが、昼間履いている深靴は部屋に残されている。とすると、執事ブラントンは、夜中にいったいどこへ行ったのか、そしていま現在、どこでどうしているのか。

言うまでもなく、屋敷のなかは地下倉から屋根裏部屋にいたるまで、残るくまなく探した。だがまったく影も形もない。前にも言ったとおり、屋敷はだだっぴろいだけの迷路みたいな建物だし、とりわけ最初に建てられた古い翼棟は傷みがひどくて、いまじゃほとんど住めなくなっている。それでもいちおうぜんぶの部屋、はては屋根裏まで、一カ所残らず徹底的に探したんだが、やはり成果はゼロ、姿を消した男の痕跡らしきものは、いっさい見あたらない。ぼくに言わせれば、私物をそっくり部屋に残したまま姿を消すなんて、とうていありえないと思うんだが、ならば、いったいどこへ行けたというのか。地元の警察も呼んだが、得るところはなし。前夜、雨が降ったので、足跡を探して屋敷地じゅうの庭や小道も克明に調べさせたが、これも徒労に終わった。とまあこういったところで、事態が膠着《こうちゃく》状態に陥っていたおりもおり、とつぜんまた新たな展開があって、われわれの関心は、最初の事件からそっちへ向けられることになった。

それまでの二日間、レーチェル・ハウエルズの状態はかなり悪く、ときにうわごとを言うかと思えば、ときにヒステリックに騒ぎたてる。それで、看護婦をひとり雇って、夜間は寝ずに付き添ってもらうようにさせたんだが、ブラントンが行方をくらまして三日めの夜、病人がすやすやと眠っているようだったので、看護婦も肘かけ椅子にかけたまま、ついうとうとした。それが、明けがたに目をさましてみると、ベッドはから、窓はあけっぱなし、病人の姿はどこにもない。さっそくぼくもたたき起こされて、即座に下男ふたりを走らせ、消えたメイドの行方を探させた。彼女がどの方角へ向かったかは、造作もなく見てとれた。窓のすぐ下から始まって、足跡が芝生を横切り、庭の池のふちまでつづいているのがたどれたからだ。足跡はそこで消えている——屋敷地から外へとつづく砂利道の、すぐそばのところだが、池はそのあたりで深さ八フィート。だから、錯乱したかわいそうな娘の足跡がそのふちで消えているのを見たとき、われわれがどんな気持ちになったか、きみにも想像がつくだろう。

むろん、すぐに底引き網を用意させ、遺体の引き揚げにかかったんだが、幸か不幸か、遺体は見つからず、かわりに網にかかったのが、およそ予想外のしろものだった。麻袋なんだが、なかにはいっていたのは、古びて錆びつき、変色した金属の山、それに数個のくすんだ色の小石もしくはガラスの破片だ。池から見つかったのは、後にも先にもこの妙ながらくたの山だけで、その後もきのうまで、できるかぎりの捜索やら聞き込みやらをつづけてもらったんだが、レーチェル・ハウエルズも、あるいはリチャード・ブラントンも、ふたりながら行方は杳《よう》として知れない。地元の警察では、どうやら万策尽きたといったようすなので、それでとうとう最後の頼みの綱として、こうしてきみのところへ駆けこんできたというわけなんだ』
ねえワトスン、きみならわかるだろう——ぼくが逸《はや》る気持ちをおさえて、どれだけ注意ぶかくこの一連の異常な出来事の報告に聞き入り、ひとつひとつの断片をつなぎあわせて、それらぜんぶをつなぐ共通の糸を探そうと努めたか。
執事が行方不明になった。メイドも姿を消した。メイドは執事を愛していたが、ある経緯から、のちには憎むようになった。彼女はウェールズ人の血をひいていて、火のような情熱のかたまり。執事が失踪した直後に、激しく興奮した。なにやら奇妙な品物のはいった麻袋を、池に投げこんだ。まあこんなところが、このさい考慮すべき要因のすべてだが、あいにくそのどれも、問題の核心を衝くにはいたらない。この一連の出来事の、真の出発点というのはどこなのか。出発点ながら、じつはそこにこそ、このもつれた糸の行きつく先はあるのだ。
ぼくは言った。『ぜひともその文書というのを見せてもらう必要があるね。なにしろ、きみのところの執事が、その地位を失う危険を冒してまでも調べてみる値打ちがある、そう見なしたものなんだから』
『しかし、わが家のその〝儀式〟なるもの自体、ずいぶんばかげたものなんだよ』マズグレーヴは言った。『まあすくなくとも、古くから伝わっているという取り柄だけはあるが。ともあれ、きみが目を通したいと言うのなら、ここにその問答書の写しは持ってきた』

そのとき彼が渡してよこしたのが、ほら、いまここにある、この文書なのさ、ワトスン。いってみれば、風変わりな教理問答《カテキズム》といったところかな——代々のマズグレーヴたちが、成年に達したとき、いやでも踏襲させられてきた面倒な手続きだ。いまぼくがその問いと答えとを読んで聞かせよう——

そは何人《なにびと》のものなりしや。
去りにしひとのものなり。
そを得るは何人なりや。
やがてくるひとなり。
いつの月なりしや。
初めより六番めの月なり。
太陽はいずくにありしや。
樫《オーク》の木の上に。
影はいずくにありしや。
楡《にれ》の木の下に。
いかに歩測せしや。
北へ十歩と十歩、東へ五歩と五歩、南へ二歩と二歩、西へ一歩と一歩、かくして下へ。
われらなにをさしだすべきや。

われらの持てるものすべてを。
なにゆえにそをさしだすべきや。
信と義のためにこそ。

『原本にもこれ、日付けはないんだが、綴《つづ》りから見ると、十七世紀なかごろのものらしい』マズグレーヴが言った。『しかし、こんなものがはたしていま目前にあるこの謎を解くのに、いくらかなりとも役に立つのかどうか』

『すくなくともこれは、もうひとつの謎を提供してくれてるよ』そうぼくは言った。『しかもその謎は、はじめの謎よりもさらに興味ぶかい。いっぽうの謎が解ければ、それがそのままもういっぽうの謎の解答となる、そういうことも考えられるね。失礼だが、マズグレーヴ、ぼくにはこの消えた執事なる男、とびきりの利口者だという気がする――利口も利口、十代にわたるご主人様たちより、もっとはるかに物事の本質がよく見えている男だ』

『それはあまりうなずけないな。ぼくは不賛成だ』マズグレーヴは反論した。『この文書、ぼくにはぜんぜん実用的価値なんかないとしか思えない』

『ところがこのぼくには、とてつもなく実用的なんだ。そしてブラントンもまた、この点ではおなじ見かただったと思う。きみが現場をおさえたその晩よりも、もっと前からこれを見ていた可能性すらあるしね』

『それはじゅうぶん考えられるな。こっちはべつに隠そうなんて努力はしてなかったから』

『これはぼくの想像だが、きみに見つかったその最後の晩には、たんに記憶を新たにしたかっただけなのかもしれない。たしか、地図のようなものを持っていて、それとこの文書とをつきあわせていた、そしてきみがあらわれると、あわててそれをふところに押しこんだ、そう言ったね?』

『そのとおりだ。だがそれにしても、あいつがわが家に伝わるこんな古いしきたりなんかに、いったいなんの関係があるっていうんだ。ついでにもうひとつ、このちんぷんかんぷんな問答文だが、これはいったいなにを意味している?』

『それをつきとめたいのなら、さほど面倒はないと思うよ』ぼくは言った。『きみさえよければ、これからサセックス行きのいちばん早い列車をつかまえて、現地でその点をもうすこし深く掘りさげてみようじゃないか』

その日の午後には、ぼくらはふたりとも〈ハールストン館〉にいた。きみもこの有名な古い館のことは、絵を見たり、書物で読んだりして知ってるだろうから、あらためてここで建物の説明はしない。ただ、全体としてL字形の造りで、Lの長いほうの一辺が、比較的新しく建て増した棟、短いほうがむかしながらの古い中心部分で、新棟はこの旧棟からつきでるかたちで建てられている、そう言っておけばじゅうぶんだろう。旧棟のまんなかの、低くどっしりした楣《まぐさ》を載せた戸口の上には、石に〝一六〇七年〟と年代が刻まれているが、専門家によると、建物に使われている梁《はり》や石材は、それよりもはるかに古い時代のものだという。この旧棟は、壁がとてつもなく分厚く、しかも窓が小さい造りだから、前世紀になって、ついにご先祖が新棟を建て増して、そちらに移り、旧棟のほうは、いまでは使われるとしても物置とか、貯蔵庫といった程度のようだ。建物の周囲には、随所に亭々たる古木を配したみごとな庭園がひろがり、依頼人の話に出てきた問題の池は、建物から二百ヤードほど離れて、門からつづく並木道のそばにある。

いいかいワトスン、もうこのころには、ぼくの見かたはすっかりかたまってたんだ――この事件には、三つのそれぞれ別個の謎があるんじゃない。ひとつの謎があるだけだ。そしてそのひとつ、〈マズグレーヴ家の儀式書〉の謎を正しく読み解くことさえできれば、残るふたつ、執事ブラントンとメイドのハウエルズの失踪にかかわる謎のほうは、もはや手がかりをつかんだのも同然だ、とね。というわけで、ぼくはそのひとつに全精力を傾注した。なにゆえにこの執事は、雇い人の身でありながら、かくも躍起になって、主家に伝わる古い公式をマスターせねばならなかったのか。考えるまでもない、そのなかに歴代の城主たちが見のがしてきたなにかを見てとり、しかもそのなにかから、なんらかの個人的利益が得られると期待したからだろう。ではそれはいったいなんなのか、そしてそれがどのように彼の運命に影響したのか。

〈儀式書〉を一読したときから、ぼくにははっきりわかっていたが、文中にある数値――歩数のことだが――これは、どこかのなんらかの地点をさすものと見てまちがいあるまい。文書のほかの部分はすべて、そのことをそれとなくにおわせているだけなのだ。したがって、その地点さえつきとめられれば、マズグレーヴ家の先祖たちがこのように奇異な方法でなんとか語り伝えようと固執してきた秘密にむけて、われわれの調査は一歩大きく前進したことになる。その最初の手がかりとして、われわれにはふたつの指針が与えられている――オークの木と、楡の木だ。オークについていえば、これはまずまちがえっこない。屋敷の真正面、砂利敷きのドライブウェイの左手に、ひときわ目をひく家父長然とした大木がそそりたっているのだ。ぼくにしても、これほどみごとな木というのは、いまだかつて見たことがないくらいだよ。

『この木は、あの〈儀式書〉が書かれた時代からここにあったのか？』馬車がそばを通り過ぎるときに、ぼくはたずねてみた。

『一〇六六年の〈ノルマン征服〉のころから、もうあったはずだ、おそらくは』マズグレーヴが答えた。『幹のまわりは二十三フィートもある』

　これでぼくの測量基準点のひとつが確かめられたことになる。

『古い楡の木というのは、あるか？』重ねてたずねてみた。

『かつて、おそろしく古いのが一本あった。あの向こうだ。だが十年前に落雷にやられて、やむなく根もとから伐り倒してしまった』

『それがあった位置は、わかるか？』

『ああ、わかるよ』

『ほかに楡の木はないんだね？』

『古いのはない。橅《ぶな》の木ならたくさんあるけどね』

『その木があった場所が見たい』

　ここまでぼくらは軽装二輪馬車でやってきたんだが、ぼくがそう切りだすと、依頼人は家には寄らず、まっすぐそこへ案内してくれた。芝生の一角、かつてその楡の古木のあったところに、切り株が残っている。位置はちょうど、先のオークの木と、建物との中間あたり。ぼくの調査は順調に進んでいるようだ。

『この楡の木の高さだが、どのくらいあったか、知るのは無理だろうね?』言ってみた。

『それなら即答できるさ。六十四フィートだ』

『どうしてそんなことを知ってるんだ?』ぼくは驚いてたずねた。

『むかし家庭教師がさ、三角法を教えるのに、いろんなものの高さをはからせるというやりかたをいつもしてたんだ。そのころのぼくは、うちの地所のなかの立ち木という立ち木、建物という建物の高さを、残らず測定してまわったものだよ』

偶然とはいえ、これは思いがけない幸運だった。手もとのデータは、急速にふえてゆきつつある。予想していたのより、ずいぶん進展が速い。

『ついでに訊くが』と、ぼくは言った。『もしやその執事という男が、似たような質問を前にしたことがなかったか?』

レジナルド・マズグレーヴはびっくりしたようにぼくを見つめた。『そう言われて思いだしたが、たしかにブラントンが何カ月か前、ぼくにその木の高さをたずねたことがある――なんでも、馬丁とちょっとした議論をしたとか言ってね』

これは耳寄りな情報だったよ、ワトスン。ぼくが正しい進路を進んでいることを教えてくれたからね。ぼくは太陽の位置を確かめた。だいぶ西に傾いていて、ぼくの計算では、あと一時間たらずで、オークの古木の梢すれすれの位置までくるはずだ。〈儀式書〉で指定されている条件のひとつが、そこで満たされることになる。もうひとつ、楡の木の影というのは、当然のように、その木の落とす影の先端ということだろう。そうでなければ、指針として、影ではなく、木の幹そのものが選ばれていただろうからね。となると、ぼくがつきとめなきゃならないのは、太陽がオークの梢ぎりぎりの位置まできたとき、楡の木の影の先端はどこに落ちるか、この問題ということになる」

「しかし、そいつはむずかしかっただろうね、ホームズ。だって、肝心の楡の木がもう存在しないんだから」

「なあに、すくなくともぼくにはわかってた——ブラントンがすでにそれをやってるんだ、このぼくにやれないはずがあるものか、って。それればかりじゃない、べつにそれ自体はむずかしい作業でもなんでもないんだ。ぼくはマズグレーヴといっしょに彼の書斎へ行くと、自分で木を削って、ここにあるこの木釘をつくり、長い糸を結びつけて、一ヤードごとに結び目をつくった。それから、伸縮式の釣り竿の、伸ばすとちょうど六フィートになるのを用意して、それを持って依頼人といっしょに楡の切り株のところにもどった。太陽はちょうどオークの梢をかすめるくらいの位置にきている。釣り竿をまっすぐに立て、その影の落ちる方向にしるしをつけてから、影の長さをはかる。長さは九フィート。

むろん、これからの計算は簡単だった。長さ六フィートの釣り竿の落とす影が九フィートだとすると、高さ六十四フィートの木の落とす影は、九十六フィート。そしてその落ちる方角もまた、釣り竿の影の方角とおなじであるのは言うまでもない。その方角へ、距離を九十六フィートまで延長してゆくと、ほとんど家の壁面ぎりぎりのところにき、そこの地面にぼくは木釘をひとつさしこんだ。ところが、その木釘から一インチと離れていない位置にも、もうひとつ似たような円錐形のくぼみがある。それを見つけて、ぼくがどれだけ胸を躍らせたか、ワトスン、きみにも察しがつくだろう。一目見て、それがブラントンの測量によってつけられた跡だとわかったし、ぼくがいまだに彼のあとを追っているということもはっきりしたわけだ。

そこを出発点として、いよいよ歩測にかかる。まず、ポケットに持っていた磁石を用いて、基本方位を定める。建物の壁と平行に、両足で十歩ずつ進み、そこでふたたびその地点に木釘でしるしをつける。それから、注意ぶかく東へ五歩ずつ進み、さらに南へ二歩ずつ行く。すると、そこはちょうど旧棟のあの古い戸口の敷居ぎわで、そこから西へ二歩進むとなると、建物のなかにはいって、板石を敷いた通路を、奥へむかって二歩行かなきゃならない、〈儀式書〉どおりなら、この地点こそまさにそこに指示されているとおりの場所なんだがね。

後にも先にも、このときほどひどい失望を味わったことはない——なにやら冷たい手ですっと襟首をなでられたような心地だ。しばらくは、どこかでとんでもない計算ちがいをやらかしたとしか思えなかった。傾いた日ざしが通路の床石をくまなく照らしていて、古い、すりへった灰色の敷石が、どれもしっかりとセメントで固定され、どう見てももう長いあいだ動かされた跡がないことをはっきり見せつけている。ブラントンも明らかにここには手をつけていない。ぼくは床をたたいてみたが、どこも均一な、鈍い音が返ってくるばかりで、亀裂とか割れ目とかを暗示する箇所はない。ところが、いっしょにきていたマズグレーヴは、ずっとぼくのやることを見ていて、徐々にその意味がわかってきたのか、いまやぼくに劣らずこの探索行に熱中しはじめ、ぼくの計算にまちがいはなかったかと、ここで例の書き付けをとりだした。

それから、いきなり叫んだ。『〝かくして下へ〟だ。きみはこれを忘れている――〝かくして下へ〟だよ』

ぼくもそれを忘れていたわけじゃなく、たんにそれを〝下へむかって掘れ〟の意味に解釈していたんだが、ここで豁然《かつぜん》として誤りをさとった。『そうか。するとこの下には地下室があるんだね？』

『あるとも、それも建物本体とおなじく古いやつがね。さあ、こっちだ。このドアから降りるようになってる』

ぼくらは石の螺旋階段を降りていった。連れがそこでマッチをすり、片隅の樽の上に置かれた大型の角灯に火をともした。一瞬にして、ついにぼくらが真の目的地に到達したのがわかったが、と同時にはっきりしたのは、最近ここへやってきたのが、けっしてぼくらだけではないということだった。

ここは薪置き場として使われていたとかで、本来なら薪だの木切れだのが雑然と散らばっていたはずなのだが、いまはそれらが壁ぎわに積みあげられ、床の中央が空いている。この空いたところに、大きくどっしりした一枚石の厚板がはめこまれていて、その中央に錆びた鉄の輪がとりつけられているのだが、見ればその輪に、厚手のシェパードチェックのマフラーが結ば

れているじゃないか。

『なんてこった！』依頼人が叫んだ。『これはブラントンのマフラーだよ。あいつが使っているのを見たことがある。ぜったいまちがいない。それにしても、あの悪党め、いったいここでなにをしてたのかな？』

ぼくの提案で、地元の警察からふたりの巡査を立会人として呼び、そのうえでぼくはマフラーをつかんで、厚い板石をひきあげにかかった。びくともしない。やむなく巡査のひとりの手を借りて、やっとそれを片側にずらすことができた。真っ黒な穴が、あんぐり口をあける。マズグレーヴが穴のふちに膝をつき、角灯で内部を照らしてくれたので、一同はそろって穴のなかをのぞきこんだ。

見えたのは、深さ七フィート、広さおよそ四フィート四方の狭い部屋だった。いっぽうの側に、角々を真鍮で補強した、ずんぐりした木の櫃が置かれていて、蓋は蝶番《ちょうつがい》で上へ押しあげられ、いまここにあるこの妙な古めかしいキーが、錠前からつきでている。櫃の外側は厚く埃《ほこり》をかぶっているが、内部は湿気と虫にやられて木が腐っているため、全体に菌類がはびこっている。櫃の底には、円い金属片――どうやら古い貨幣のようだが――つまり、いまぼくが手にしている、こういうのがいくつか散らばっているだけで、ほかにはなにもない。

とはいうものの、そのときはそんな古ぼけた櫃のことなど考えているゆとりはなかった。全員の目が、櫃のそばにうずくまったあるものに釘づけになっていたからだ。それはひとの姿をしていた――黒い服を着た男だ。そこにしゃがみこみ、ひたいを櫃のふちにもたせかけて、前に投げだした両腕で、櫃を抱くようにしている。そういう姿勢のせいか、顔面が鬱血して、その無残にゆがんだ、赤黒く変色した顔の主を見わけられるものはいなかったが、やがて遺体をひきあげてみると、背丈や服装、髪の色などから、それこそ行方の知れなかったこの屋敷の執事にちがいないということが、ぼくの依頼人によって確認された。死後数日を経過しているが、外傷はいっさいなく、どうしてこういう恐ろしい末期《まつご》に遭遇したのかを語る証拠は見つからない。遺体が地下室から運びだされたあとになっても、まだぼくらは、出発点に立ったときとすこしも変わらぬ、手ごわい謎に直面しているのだった。

白状するけどね、ワトスン、ぼくは調査の結果にすっかり失望していた。はじめは、〈儀式書〉に指定されている場所さえ見つければ、謎は難なく解けると楽観してたんだが、こういう状況になってみると、代々のマズグレーヴたちがこれほど手の込んだ策を講じてまで隠しつづけてきたものがなんなのか、その解明にはまだ程遠いと言うしかなかった。いかにもブラントンの失踪後の運命については、多少の光をあててやれたかもしれないが、いまやぼくが解明しなきゃならないのは、どうして彼にそういう運命がふりかかったのかという問題、そしてもうひとつ、これまた姿を消しているメイドが、この一件にどんな役割を演じているのかという問題、このふたつになってくる。ぼくは片隅に置かれた小樽に腰かけて、問題をじっくりと検討しなおしてみた。

こういう場合にぼくがいつもとる方式、きみなら知っているだろう、ワトスン。自分をブラントンの立場に置いてみるのだ。まず手はじめに、対象とする人間の知力の程度を見きわめる。

そのうえで、自分がおなじ状況に置かれたら、どんなふうに問題に取り組むだろうかを想像してみる。今回の場合、ブラントンの知力が文句なく第一級のものだとわかっているので、そのあたりはだいぶ容易になる。天文学者の言うところのいわゆる〝個人誤差〟、それを考慮する必要がないからね。彼はなにか貴重なものが隠されているのを知った。その場所を探しあてもした。ところが、そこをふさいでいる石が重すぎて、助けを借りずにはとても動かせそうにない。そこで彼はどうするか。外部のものに助勢をもとめるわけにはいかない。手助けを頼めそうな信頼のおける人物がもしいたとしても、その人物を招き入れるためには、あらかじめドアをあけておくといった下工作が必要だし、そのぶんすくなからぬ危険も伴う。できれば屋敷内で協力者を見つけたほうがいい。しかし、いったいだれにそんなことが頼めるだろう？　その点あのメイドなら、かつておれに惚れていた。男というものは、女にどれだけひどい仕打ちをしても、自惚《うぬぼ》れが邪魔をして、それで女から徹底的に恨まれている、とはなかなか考えにくいものなんだ。このハウエルズというメイドに、ちょっとばかり甘い言葉でもかけて、険悪になった仲を修復し、そのうえで彼女を仲間にひっぱりこもう。夜間、連れだって地下室へ行き、ふたりして力を合わせれば、重い板石も持ちあがるはずだ。とまあここまでは、まるで現場にいあわせたみたいに、彼らの行動を明確に追うことができた。

それにしても、いくらふたりがかりとはいえ、いっぽうは女、あの石を持ちあげるのは、相当の難事業だったにちがいない。頑丈なサセックス州の警官と、このぼくとでも、けっして楽な作業じゃなかったんだからね。となると、力を補うために、彼らはどうするだろう？　たぶんぼく自身、おなじ立場ならばやっただろうことだ。ぼくは立ちあがると、床に散らばった薪を片端から丹念に調べてみた。と、すぐに、予想どおりのものが見つかった。なかの一本、長さ三フィートほどのやつは、いっぽうの端に明らかなくぼみができているし、ほかにも数本、こちらはなにかかなり重いもので押しつぶされたように、平たくへしゃげてしまっているのがある。明らかに彼らは、板石をわずかにひっぱりあげたその隙間に、これらの薪をつぎつぎに押しこんでゆき、やがて隙間が人間ひとりがもぐりこめるほどにひろがると、その隙間に薪を一本立てて、つっかい棒としたのだ。つっかい棒にされた薪は、重い石蓋の全重量を支えることになるから、隙間のふちに押しつけられている下端の一部が、えぐられたようにへこんでしまうのも当然だろう。と、ここまでのところは、ぼくの推論に大きな狂いはないはずだ。

さてつぎは、そのあとに起きたこの深夜のドラマを、どのように再現するかという問題になる。どう考えても、その隙間から穴にもぐりこめるのは、ふたりのうちのひとりだけだし、そのひとりがブラントンであることも知れている。メイドは上で待たされていたはずだ。穴の底に降りたブラントンは、櫃の鍵をあけ、中身をたぶん上にいる彼女に渡したろう――というのも、櫃のなかにはなにも残っていないんだから――そしてそのあと――そのあと、さて、なにがあったろう?

上で待っている情熱的なケルト娘の心のなかに、これまでずっとくすぶりつづけていた男への恨みが、ふいにめらめらと燃えあがった。自分を踏みにじった憎い男――たぶんぼくらの想像する以上に、ひどい扱いをしたのだろうが――その憎い男の運命が、いま自分の手中に握られていると気づいたときだ！　つっかい棒にしていた薪が、このときとつぜんすべって、重い石の蓋が落ち、ブラントンをやがて彼の墳墓となる穴の底にとじこめてしまったのは、はたして偶然だったろうか。彼女にはたんに、男の運命について口をとざしていたという罪しかないのだろうか。それとも、彼女の手がだしぬけにさっと動いて、つっかい棒をなぎはらい、石蓋が大音響とともに穴をふさいでしまったのか。まあ真相はどうあれ、ぼくにはそのときの彼女の姿が目に見えるような気がする。渡された宝物をいまだにしっかりかかえたまま、飛ぶように螺旋階段を駆けあがってゆく姿。その耳もとにはおそらく、背後から伝わってくるくぐもった悲鳴が、どこまでもびんびん響いていたことだろう。そしてまた、不実な愛人をじわじわと窒息死させてゆくことになる厚い板石が、こぶしで狂ったようにたたかれつづけている音も。

その翌朝の彼女の、青ざめてやつれきった顔、錯乱したようす、ヒステリックな高笑い、すべてはそれで説明がつく。だが問題は、その櫃に隠されていたのが、いったいなんだったのかということだ。それを彼女がどうしたのかということだ。言うまでもなく、依頼人が池をさらったときに見つけだした古い金属や小石、それこそがその正体だったのに相違ない。彼女は自らの犯罪の証拠を湮滅《いんめつ》すべく、動けるようになるや、すぐさまそれを池に投じたのだ。

およそ二十分余り、ぼくは身じろぎもせずそこにすわりこみ、ああかこうかと問題を考えめぐらしていた。マズグレーヴのほうは、いまだに蒼白な顔をしてそこにつったったまま、角灯をぶらぶらさせながら、穴のなかを見おろしている。

と、ふいに彼が、『これはチャールズ一世時代のコインだよ』と言いながら、櫃に残っていた何枚かをさしだしてよこした。『つまり、〈儀式書〉の年代推定という点では、ぼくらの考えが的中していたということさ』

『チャールズ一世関連ということなら、ほかにもまだわかることがあるかもしれんぞ』ふと思いあたって、ぼくも思わず声を高めながら言った。〈儀式書〉の冒頭のふたつの質問の意味、それがいまふいに頭にひらめいたのだ。『きみが池からひきあげたという袋の中身、それをいま見せてくれないか』

ぼくらは彼の書斎まであがってゆき、彼がそれをぼくの目の前に並べた。一見したかぎりでは、それをほとんど無価値なものと彼が見なしているのも、無理はないと思えた。なにしろ、金属は真っ黒に錆びているし、石も光沢がなく、色らしい色もない。けれども、ぼくがそのひとつを服の袖でこすってみると、ぼくの手のひらのくぼみで、石が火花のようにきらっと光った。いっぽう、金属のほうは、おおむね二重の輪と見える形をしているものの、すっかりゆがんで、ねじまがり、原形をとどめていない。

『忘れちゃいけないのは』と、ぼくは言った。『〈王党派〉は、肝心かなめの王が死んだあとまでも、まだイングランドでしぶとく抵抗をつづけていたということだ。結局は敗れて、亡命することになるんだが、そのさい、もっとも貴重な財宝をどこかに埋めて、隠すことにしたとも考えられる――いずれ平和なときがきたら、とりにもどってくるつもりでね』

『じつをいうと、うちの先祖のラルフ・マズグレーヴ卿というのは、〈王党派〉として著名な人物で、チャールズ二世の亡命時代には、王の右腕とも謳われていたそうだよ』依頼人である友人が言った。

『ああ、やっぱりそうか！』ぼくも意気ごんで言った。『だったらこれで、われわれの必要としていた最後の連環がつながったわけだ。きみにお祝いを言わなきゃいけないな――いささか悲劇的な経緯をたどって、ではあるが、それでも、晴れてこの由緒ある遺物の所有者になれたわけだから。これはね、本来そなわっている固有の価値もさることながら、それ以上に、歴史的な観点から見て、多大の重要性を持っているんだ』

『というと、なんなんだ、いったい？』友人は驚いて声をのむ。

『ほかでもない、王冠だよ――かつてのイングランドの』

『王冠！』

『そのとおり。〈儀式書〉の問答を思いだしてみたまえ。どう始まっている？〝そは何人のものなりしや〟。〝去りにしひとのものなり〟。つまり、チャールズ一世の処刑後のことを言っている。つづいて、〝そを得るは何人なりや〟。〝やがてくるひとなり〟。これはチャールズ二世のこと――いずれ復位するだろうことは、すでに予見されていた。となればだ、このへしゃげてねじまがった冠こそ、かつてステュアート家の王たちのひたいを飾った王冠だということ、これに疑問をはさむ余地はまずないと思うんだがね』

『じゃあ、それがどうして池のなかなんかにあったんだ』

『ああ、その点はね、説明するのにいささか時間がかかる』そう前置きして、いましがた組みたてた一連の推理と、その証拠のあらましを、ぼくは語って聞かせた。ようやく長話が終わるころには、室内には早くも宵闇が迫り、月が皓々《こうこう》と空を照らしていた。

『なるほど。しかしそれならどうしてチャールズは、〈王政復古〉のあと、この王冠をとりもどしにこなかったんだろう』マズグレーヴが遺物を麻袋に押しこみながらたずねた。

『さあ、そこだよ。その点はたぶん、今後も永久に解けない謎として残るだろうね。おそらくはこんなところだろう――その秘密を保持していたマズグレーヴが、それまでのあいだに亡くなった、そしてなんらかの手ちがいから、王冠のありかを示すこの手引き書だけが、その意味についての説明はいっさいないままに、子孫に伝えられた、と。それ以来、今日《こんにち》にいたるまで、秘密は代々父子相伝で伝えられてきたが、きみの代になってついに、ある男の知るところとなった。その男は秘密を強引に明るみに出そうとして、その試みの途中で自ら命を失うはめになった』

まあざっとこういったところが、〈マズグレーヴ家の儀式書〉にまつわる物語だよ、ワトスン。問題の王冠は、いまでも〈ハールストン館〉にある――もっとも、そこに落ち着くまでには、法律の面で少々ごたごたがあったようだし、一族がそれを保持することを許されるまでには、金銭的にもすくなからぬ出費があったと聞いているがね。〈館〉を訪ねて、ぼくの名を出せば、喜んで見せてくれるはずだよ。失踪した娘の行方のほうは、いまもって不明のままだ。おそらくはイングランドを脱出して、自身の身柄と、犯罪の記憶とを、ふたつながらどこか海の向こうの国へと持ち去ったのだろう」

（1）ボクサー式弾薬筒は、英陸軍のボクサー大佐によって発明され、採用されていた弾薬筒の総称。

（2）〝V.R.〟とは、〝ヴィクトリア・レギーナ〟（女王ヴィクトリア）のこと。

ライゲートの大地主

八七年の春、わが友シャーロック・ホームズ氏は、働きすぎからくる無理がたたって病に倒れ、回復するまでにしばらく時間がかかった。このときかかわっていたのは、オランダ＝スマトラ会社とモーペルテュイ男爵による大胆不敵な陰謀がらみの一件だが、この大がかりな事件の全貌は、なにぶんこれが直近の出来事であって、ひとびとの記憶にまだ新しいことや、国の政治や経済にあまりに深くかかわっている、などの理由から、この回想録の題材としてとりあげるのには不向きかと考える。とはいえ、これがやがて間接的に、ある非常に特異で、かつ込み入った事件に結びつくこととなり、私の友人はここで、彼が生涯をかけた犯罪との闘いにおいて用いてきた多くの武器のうち、まったく新しい武器のひとつの価値を示す機会を得たのである。

ノートをあたってみると、リヨンから私宛てに一通の電報が届き、ホームズがかの地の〈オテル・デュロン〉で病床に臥《ふ》しているとの知らせをもたらしたのは、その年の四月十四日のこととなっている。それから二十四時間後には、私は友の病室に駆けつけ、彼の病状が命にかかわるほどのものではないと知って、ひとまず胸をなでおろした。とはいうものの、二ヵ月以上にわたる捜査の重圧から、さしも頑健を誇る彼の肉体も、すっかりぼろぼろといったありさま。聞けば、その二ヵ月を通じて、日に十五時間も働きつづけだったうえ、本人の言によると、五日間もぶっとおしで捜査に没頭したことも、一度や二度ではないという。その働きは、輝かしい成果となって実を結んだのだが、あまりに肉体を酷使したせいで、やがてその反動がやってくるのは避けられないことだった。というわけで、全ヨーロッパが彼の名声に沸きかえり、祝電が文字どおりくるぶしまで埋まるほどの山になって舞いこんできているというのに、私の見るホームズは、最悪の鬱屈の犠牲となって呻吟《しんぎん》しているのだ。きみは三つの国の警察が解明できなかった事件をみごと解決に導いたのだし、ヨーロッパ随一の札つきぺてん師を向こうにまわして、あらゆる点でそいつをだしぬいてやったではないかと慰めてみても、彼を神経衰弱の極に達したいまの状態から救うにはいたらぬのだった。

三日後には、ひとまず連れだってベイカー街にもどりはしたものの、私の見るところ、友人に転地療養が必要なのは明らかだったし、私自身にしても、一週間ほどののどかな春の田舎で過ごすというのは、心ひかれるものであった。私の旧友にヘイター大佐という人物がいる。かつてアフガニスタンで私の治療を受けたことがあるのだが、いまは、サリー州のライゲートに屋敷を構えて、一度遊びにきてくれとたびたび手紙をよこしている。最近の便りでは、もしも私の友人がいっしょにくるのであれば、むろん私同様に、心から歓待させてもらうとも書いてきた。ホームズをその気にさせるのには、ちょっとしたかけひきを要したが、先方が独身所帯であって、男同士、なんら気兼ねはいらない、あくまで気ままにふるまえるとわかると、やっと重い腰をあげ、かくしてリヨンから帰って一週間後には、私たちふたりはそろってヘイター家の客となっていた。ヘイターは磊落《らいらく》な老軍人で、見聞も広く、かねての私の予想どおり、ホームズとは話が合うことがじきにはっきりした。

到着したその晩のこと、夕食後に私たちは大佐の銃器室でくつろいでいた。ホームズはソファに身を横たえ、ヘイターと私は、大佐のささやかな銃器のコレクションを見ながらよもやま話をしていた。

そのうち、ふいに大佐が言いだした。「ところで、このあと寝室にひきとるときには、万一にそなえて、このピストルのうち、どれかひとつを持っていくつもりだよ」

「万一にそなえて？」私は驚いて問いかえした。

「そうなんだ。近ごろこの近くで一騒ぎあってね。アクトン老人といって、土地の有力者のひとりなんだが、こないだの月曜日に、屋敷に押し入られた。たいした被害はなかったものの、犯人はまだつかまっていない」

「手がかりはないのですか？」ホームズが首をもたげて大佐を見ながら訊いた。

「いまのところは、なにも。しかし、もともとちっぽけな事件というか、片田舎のありふれた小犯罪ですからな、ホームズさん。ああいった国際的大事件を手がけたあんたから見れば、小さすぎて話にはならんでしょう」

このお追従《ついしょう》を、ホームズはいやいやと手をふって打ち消したが、満更でもない証拠に、口もとがほころんでいた。

「なにか興味をひく点とかはなかったのですか？」

「ないようですな。盗賊は書斎を荒らしたが、骨を折ったわりには、収穫はすくなかった。室内はえらい荒らされようで、引き出しという引き出しは抜きだされるわ、戸棚という戸棚はひっかきまわされるわ。それでもって盗られたものというと、ポープ訳『ホメロス全集』の端本《はほん》が一冊、銀めっきの燭台が二個、象牙の文鎮一個、小さなオーク材の晴雨計一個、それに小さな麻紐の玉がひとつと、それだけなんですから」

「なんて奇妙な取り合わせなんだ！」思わず私は叫んだ。

「どうやら、手あたりしだいにそこらのものをかきあつめていったようだね」

ホームズがソファで不満げに鼻を鳴らした。

「州警察はなにか手を打つべきですよ、それについて」と言う。「だってね、だれが見てもはっきりしてるじゃないですか、その――」

だがここで私が指を一本あげ、彼を制した。

「いいか、きみ、きみはここへ静養にきてるんだ。いまは神経がぼろぼろになってるというのに、またまた新しい事件に首をつっこむなんてこと、後生だからやめてほしいね」

ホームズは肩をすくめ、しかたがないと言いたげなおどけた目を大佐のほうへ向けたが、それで話題はおのずともうすこし無難なほうへそれてゆくことになった。

だがあいにく、私がこのように医者として最大限の用心をしたのにもかかわらず、結局はすべてが無駄になる運命にあった。というのも、あくる朝、事件はとうてい無視することのできないかたちで私たちの前に姿をあらわし、せっかくの田舎での休暇は、だれも予想できなかった方向へと急転換することになったからだ。その朝、私たちが三人で朝食をとっているところへ、大佐に仕える執事が、日ごろのたしなみも忘れたように、あたふたと駆けこんできた。

「ニュースをお聞きになりましたか、旦那様」と、あえぎあえぎ言う。「今度はカニンガム家です！」

「また侵入盗か？」大佐がコーヒーカップを宙に浮かせたまま叫んだ。

「いえ、殺人で！」

大佐はひゅっと口笛を吹いた。「そりゃいかん！　で、殺《や》られたのはだれだ。治安判事か？　それとも息子のほうか？」

「どちらでもありません。ウィリアムです、御者の。心臓を撃ち抜かれて、なにを言うひまもなく、息をひきとったそうです」

「じゃあ、撃ったのはだれなんだ」

「侵入した賊です、旦那様。撃ったあと、まるで鉄砲玉みたいにすばやく逃げてしまったとか。食器室の窓を破って押し入ろうとしたところへ、たまたまウィリアムがきあわせた。それで主人の財産を護ろうとして、命を落とす結果になったということのようです」

「いつのことだ？」

「ゆうべです。十二時ごろだとか」

「なるほど。じゃああとで行ってみるとしよう」大佐は言い、あとは落ち着いて食事をつづけた。執事が去ると、彼はつけくわえた。「どうも面倒なことになったもんだ。このあたりではいちばんの大地主でね、そのカニンガム老というのは。それに、すこぶるりっぱな人物でもある。さだめしこの件では心を痛めていることだろう。死んだウィリアムというのは、長年あの屋敷に奉公しているうえ、まじめな働き者でもあった。これはどう考えても、こないだアクトン家に押し入ったのと、おなじ一味の仕業《しわざ》にちがいないな」

「なにやら妙なものばかり盗んでいったという連中ですか？」と、ホームズが思案げにたずねた。

「そう、それです」

「ふむ！　終わってみれば、おそろしく単純な事件だったとわかるかもしれない。しかしそれにしても、ちょっと聞いただけでも、わずかながら好奇心をそそられるところがある、そうは思われませんか？　だいたい、田舎をもっぱらの稼ぎ場にしている侵入盗の一味などというのは、そのつど狙う相手を変えるのが普通で、おなじ地区のふたつの屋敷を、ほんの数日の間隔でたてつづけに襲うというのは、まずありえないことなんです。それに、万一を考えて用心するとゆうべあなたが言われたとき、ぼくの頭をふとよぎったのは、賊が単独にせよ、集団にせよ、ここはイングランドでももっともそういう悪党どもとは縁遠い土地のはずなのに、そんな考えだったんですがね。こうして見ると、ぼくもまだまだ勉強する余地がありそうだ」

「わしに言わせれば、これは地付《じつ》きの犯罪者の仕業だね」と、大佐が言った。「もしそうなら、真っ先に狙われるのがアクトン家とカニンガム家であるのは言うまでもない。どっちもこのあたりでは、群を抜いて大きな屋敷だから」

「同時に、いちばんの金持ちでもある？」

「いや、まあ、そのはずなんだがね。それがここ数年、両家はある訴訟問題で争っていて、そっちに金をつぎこむせいか、だいぶふところぐあいが悪くなっているようだ。アクトン老が、カニンガム家の地所の半分にたいして所有権があると言いだしてね、双方が弁護士を立てて、とことんやりあっているところらしい」

「ともあれ、あなたのおっしゃるような地元の犯罪者の仕業なら、犯人を追いつめるのもさほどむずかしくはないでしょう」と、ホームズがあくびまじりに言った。「わかったよ、ワトスン。安心したまえ、ぼくは首をつっこむつもりなんかないから」

まさにその瞬間、執事がドアをあけはなって、言った。「フォレスター警部のお越しです」

部屋にはいってきたのは、若くて、きびきびした感じの、顔つきも鋭い警察官だった。「おはようございます、大佐。お邪魔をして恐縮ですが、こちらにベイカー街のホームズさんがご滞在と聞きましたので」

大佐が手真似で私の友人のほうを示すと、警部は会釈して、つづけた——

「ホームズさん、ひょっとしてあなたにご出馬願えるのではないかと思いまして」

「運命はきみに味方しないようだな、ワトスン」ホームズが笑いながら言った。「ようこそ警部、ちょうどいまその話をしてたところなんだ。よかったら、ここで事件の詳細をあらかた説明してもらえるかな」そう言って、彼がいつもの見慣れた姿勢で深々と椅子の背にもたれてしまったので、私も、これはもうだめだと観念するしかなかった。

「アクトン事件に関しては、手がかりらしいものはいっさいありませんでした。ですが、今回の事件では、それがいくらも見つかっていますし、それぞれの事件に同一の一味がかかわっていることも、まずまちがいありません。犯人は目撃されているのです」

「ほう！」

「そうなんです。ところがそいつが逃げ足の速いやつで、ウィリアム・カーワンを射殺したあと、あっというまに姿を消してしまった。カニンガム氏が寝室の窓からそいつの逃げてゆくのを見ておられるし、息子さんのアレック・カニンガム氏も、裏手の廊下からそいつの姿を見ている。騒ぎが起こったのは、十二時十五分前で、カニンガム氏はちょうど床についたところ、アレックさんのほうは、部屋着に着替えて、パイプをくゆらせていた。御者のウィリアムが助けを呼ぶ声は、ふたりとも聞いていて、アレックさんは何事かとすぐ階下へ駆けおりた。裏口の戸がひらいていて、ちょうど階段の下まできたところで、その戸の外でふたりの男が取っ組みあっているのが見えた。ひとりが銃を発射し、もうひとりが倒れる。殺したほうはそのまま庭をつっきって、生け垣を乗り越える。寝室の窓から外をうかがっていたカニンガム氏は、その男が生け垣を越えて、外の街道に出る瞬間を見ていますが、すぐに姿を見失った。アレックさんのほうも、倒れた男のようすを見ようとして、その場に立ち止まったため、犯人はそのあいだに姿を消してしまった。中肉中背の男で、黒っぽい服を着ていたという以外に、人相風体《ふうてい》についての手がかりはありませんが、目下、精力的に聞き込みをつづけておりますから、そいつがこの土地の人間でないかぎり、すぐにでも行方をつきとめられると思っております」

「そのウィリアムという御者だが、現場でいったいなにをしてたんだろう。ことされる前に、なにか話したかね？」

「いえ、なにも。母親といっしょに、庭先の番小屋に住んでいるのですが、非常に忠実な男ですので、屋敷うちになにか異状はないかと、見まわりに出たものと思われます。言うまでもなく、アクトン事件からこっち、周辺の住民はみんな警戒心を強めておりますから。それで賊が勝手口のドアをこじあけた――錠前がこわされておりますので――ちょうどそのとき、たまたまウィリアムがきあわせたものに相違ありません」

「ウィリアムは出てゆく前に、母親になにか言い残したりしてはいないのか？」

「母親はたいへん高齢で、耳も遠く、あいにくなにも訊きだせません。ショックで頭がおかしくなっているようですが、というよりも、普段からすこしぼけていたのでは、とわたしなどは思っております。それでも、ひとつだけ、きわめて重要な事実を発見しました。ごらんくださ い、これです！」

警部は紙入れから小さな紙の切れ端をとりだすと、膝の上でひろげた。

「これは、死んだ男の親指と人差し指のあいだから見つかったものです。どうやら、もっと大きな紙からちぎれたもののようですが、ごらんのとおり、ここに書かれている時刻は、まさしく不運な被害者が死に遭遇した、その時刻にあたります。殺人者が残りの部分を被害者の手からむしりとっていったのか、それとも、被害者のほうがこの切れ端を、殺人者の手から奪いとったのか。いずれにしてもこれは、ある種の打ち合わせの手紙だったと見ていいでしょう」

ホームズはその紙切れを手にとった。複製をここに掲げよう。

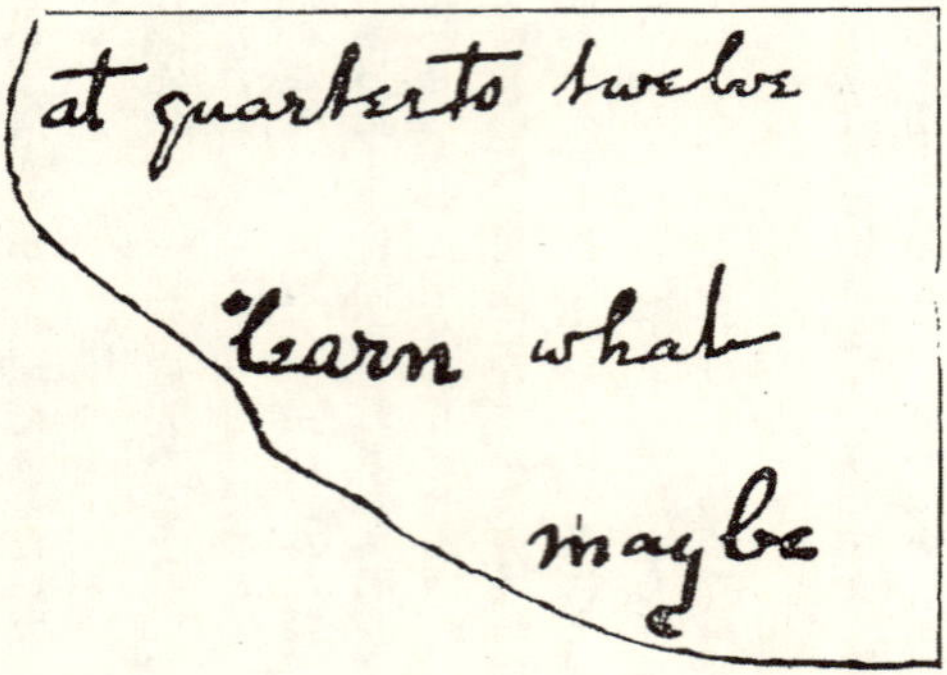
at quarter to twelve
learn what
maybe

12 時 15 分前に
ことを教えて
たぶん

「かりに打ち合わせだったとすると」と、警部が話をつづけた。「当然、こういう解釈が成りたつことになります――死んだウィリアム・カーワンは、正直者の奉公人という生前の評判とは裏腹に、じつは盗賊と結託していた。現場で賊と落ちあい、ことによるとそいつの手引きをして、ドアを破る手助けさえしたかもしれない。ところがそのあとで、ふたりのあいだに仲間割れが生じた」

「この筆跡は、すばらしく興味をひくね」ここでホームズがぽつりと言った。それまではまばたきひとつせず、異様な熱意で紙片に見入っていたのだ。「どうもこれは、思っていたのよりはずっと奥の深い事件のようだ」

ホームズが両手で頭をかかえるのを見た警部は、自分の持ちこんできた事件が、高名なロンドンの専門家に及ぼした効果の大きさに、にんまりと得意げな微笑をもらした。

ややあって、ホームズはつづけた。「きみが最後に言ったことだが――つまり、賊と屋敷の使用人とのあいだには、ある種の諒解があって、これはそのいっぽうからもういっぽうに送った打ち合わせの手紙ではないかという見解――これはなかなかいいところを衝いているし、推理としてまったく成りたたないわけでもない。しかしだ、この筆跡がまたべつの――」

またしても、手で頭をかかえると、しばらくホームズは深く考えに沈んでいた。ところが、やがて顔をあげたのを見ると、驚くなかれ、頰には赤みがさし、目が病気以前のように、炯々《けいけい》と輝いているではないか。いきなりぱっと立ちあがったが、その元気のよさも、以前と変わらない。

「まあ聞いてくれ！」と言う。「ぼくはこの事件の細部について、内々にちょっと探りを入れてみたいと思う。これにはことのほか興味をそそるなにかがあるんだ。失礼ですが、大佐、あなたには、ぼくの友人ワトスンとここに残っていただいて、そのあいだにぼくは警部とそのへんをひとまわりして、いくつか思いついた仮説が的中しているかどうかを確かめてきます。三十分もすれば、もどりますから」

実際には、警部がひとりだけでもどってきたのは、一時間半もたってからだった。

「ホームズさんは向こうの原っぱを歩きまわっておられますよ。これからわれわれ四人そろって屋敷を訪ねたいと言っておいでです」

「屋敷とは、カニンガム氏の？」

「そうです、大佐」

「なんのために？」

警部は肩をすくめてみせた。「さて、わたしにはわかりかねます。ここだけの話ですがね、ホームズさんはまだ完全に病気から回復されてはおられないのでは、と。おそろしく奇妙なふるまいをなさるし、ひどく興奮されているようでもありますし」

「いや、心配するには及びませんよ」私は言った。「ぼくなんか、しょっちゅうです——狂気とも見えるあの男のふるまいのなかに、れっきとした方式があると気づかされるのは」

「じつはその方式のなかにこそ、狂気の芽が隠されている、そう見るものもあるかも」警部がつぶやいた。「しかしまあなんにせよ、あのかたはひどく逸《はや》りたっておいでですしてね。ですから大佐、用意がよければ、さっそくにも出かけることにしましょうか」

行ってみると、ホームズは原っぱを行ったりきたりしていた。あごを深く胸にうずめ、両手はズボンのポケットにつっこんでいる。

「事件はますますおもしろくなってきたよ」と言う。「ねえワトスン、きみのすすめてくれた田舎の旅は大成功だったね。じつに気持ちのいい朝を過ごさせてもらっている」

「犯罪の現場に行ってこられたんですな？」大佐が言った。

「行ってきましたよ。警部とふたり、なかなか実り多い現場検証を行ないました」

「成果はありましたか？」

「まあね、二つ三つ非常に興味ぶかいものを見ました。歩きながら話してさしあげます——ぼくらがなにをしてきたかを。真っ先に見たのは、問題の不運な被害者の遺体でした。たしかに、リボルバーで撃たれた傷のために死亡しています——これは報告されているとおりです」

「では、その点も疑っておられたと？」

「いや、何事も確かめるのが大事ですから。遺体の検分は、けっして無駄骨折りではありませんでした。つぎに、カニンガム氏とご子息から事情を聞きました。ふたりとも、犯人が逃走するさいに庭の生け垣を乗り越えた地点というのを、ずばり、正確に教えてくれましたよ。これはきわめて興味ぶかい事実です」

「それは当然でしょうな」

「そのあと、気の毒な被害者の母親というのにも会いました。あいにく、なにも訊きだせませんでしたがね——相手が高齢のうえ、頭もはっきりしないようなので」

「ならば、調査の成果というと、どういう点が挙げられますか？」

「この犯罪がすこぶる特異なものだという確信、ですかね。これからもう一度あの屋敷を訪ねれば、いまは不明な点も、もうすこしはっきりしてくるでしょう。たしか警部、これはきみも同意見だったと思うが、被害者の手に握られていたあの紙片——彼の撃たれた時刻がそのまま明記してあるあの紙片——じつはあれが証拠として最大の重要性を持っているんだ」

「手がかりにはなるかもしれませんね、ホームズさん」

「いや、確実にひとつの手がかりなのさ。あれを書いたのがだれにせよ、その人物こそ、ウィリアム・カーワンをそんな時刻に寝床からひっぱりだした当人なんだから。しかし、それはそれとして、あの紙片の残りは、さて、どこにあるだろう」

「それが見つからないものかと、屋敷地の内外は徹底的に捜索しましたよ」警部が言う。

「あれは死んだ男の手からむしりとられた。その何者かは、なぜそこまでそれを手に入れることにこだわったのか。なぜならそれが、自分の罪をあばく証拠になるからだ。では、むしりとったそれを、どうしただろう？　おそらくは、とっさにポケットにつっこんだ——一部が遺体の手に残っているとは気づかぬままにね。だから、その残りの部分さえ発見できれば、われわれはこの事件の解決にむけて、大きく一歩、前進したことになるわけだ」

「たしかに。ですが、当の犯人をつかまえないうちは、犯人のポケットをさぐってみるのはむずかしいでしょう」

「はてさて、いかにも難問だね——知恵をしぼってみる値打ちはある。ところで、ここにもうひとつ明白なポイントがあってね。手紙はウィリアムに送られている。書いた男がじかに持っていって、手わたすということは考えられない。それぐらいなら、その場で口頭でメッセージを伝えればいいんだから。では、だれがそれをウィリアムに渡したのだろう。それとも、郵送されたのか？」

「その点も調べてみましたよ」と、警部。「ウィリアムはきのうの午後の便で、手紙を一通受け取っています。封筒は本人が破り捨てたそうですが」

「すばらしい！」叫ぶなり、ホームズは警部の背中をぴしゃりとたたいた。「すると、配達員にもあたってみたんだね？　いやあ、きみと仕事をするのは楽しい限りだ。さて、そう言ってるうちに、もう番小屋か。大佐、ついてきてくだされば、犯罪現場へご案内しますよ」

　被害者の住まいだったという小ぎれいなコテージの前を過ぎて、オークの並木道をしばらく行くと、みごとな時代色をそなえたアン女王朝様式の建物に着いた。玄関ドアの上の楣《まぐさ》には、〈マルプラケの会戦〉[1]の戦勝を記念する日付けが彫りこんである。ホームズと警部は先に立って建物の角を曲がり、横手の勝手口に出た。その入り口と、街道ぞいにつづく生け垣とは、ちょっとした庭でへだてられている。勝手口には、巡査がひとり立ち番していた。

「きみ、ドアをあけてくれ」と、ホームズが声をかけた。「ほら、向こうに見えるあの階段、あそこに若いほうのカニンガム氏がいて、いまぼくらのいるこの地点で格闘しているふたりの男を見た。いっぽう、父親のほうのカニンガム氏は、窓ぎわに——二階のあの左から二番めの窓です——あそこにいて、犯人が向こうのあの植え込みのすぐ左のところから、外へ逃げるのを見た。これは息子さんのほうも見ています。この植え込みのことは、ふたりともまちがいないと断言しています。そのあと、アレックさんは外へ駆けだして、怪我をした男のそばにひざまずいた。ごらんのとおり、ここの地面は非常にかたいので、目印になるような痕跡はなにも残っていません」

彼が話しているところへ、ふたりの男が建物の角をまわって、庭の小道づたいにこちらへやってきた。ひとりは初老の男で、強い性格を思わせる皺《しわ》ぶかい顔に、腫《は》れぼったい目をしている。もうひとりは、颯爽《さっそう》とした感じの若い男で、快活な顔だちに、にこやかな表情、派手な身なりは、私たちがここへやってきたそもそもの用件とは妙に対照的だ。

「おや、まだお調べちゅうですか」と、ホームズに声をかける。「あなたがたロンドンの一流人士ともなると、失敗なんかけっしてしないものだと思ってましたがね。でもいざとなると、やっぱりそう手ばやく事が進むというふうでもなさそうだ」

「いや面目ない！　できればもうちょっと時間を頂戴できませんかね」ホームズはいたって機嫌よく答える。

「まあやむをえんでしょう」と、アレック・カニンガム青年はつづける。「だってね、お見受けしたところ、手がかりらしい手がかりはさっぱりつかんでおいでじゃないようだし」

「いや、ひとつだけならあるんです」警部が答える。「それさえ見つけだせれば、そのうちきっと——おや、ホームズさん、どうなさいました？」

驚いたことに、友の顔がとつぜんおそろしくゆがんでいた。白目をむきだし、苦悶に表情をひきつらせ、喉の奥から低く押し殺したうめき声を発したかと思うと、前のめりにばったりその場に倒れ伏してしまった。発作があまりに急激に襲ってきたことに仰天して、私たちはあわてて彼をキッチンに運びこむと、大きな椅子に落ち着かせた。しばらく彼は荒い息をつきながら、椅子の背にもたれかかっていたが、しばらくすると、ぶざまに倒れたことを恥じているようにきまりわるそうな顔で立ちあがった。

「ワトスンにお訊きになればわかるでしょうが、ぼくはつい最近、大病から回復したばかりでしてね」と、弁解する。「ともすれば、急激な神経の発作に見舞われるんです」

「なんなら、うちの軽二輪馬車《トラップ》でお送りしますぞ」と、カニンガム老人が申しでた。

「いや、まあ、どうせここまできているのですから、念のためにひとつだけ確かめておきたいことがあります。じきにわかることなんですが」

「というと、どんなことです？」

「どうもぼくの見たところ、お宅の気の毒なウィリアムがこの現場にやってきたのは、賊が家に押し入った**あと**のことで、その前ではなかったというふうに思えるのです。みなさんは、ドアがこじあけられているのにもかかわらず、賊は屋内にはいらなかったと、頭からそう決めこんでおいでのようですが」

「しかしそれは、しごくはっきりしているのではないですかな？」と、カニンガム氏が重々しく言った。「当時、せがれのアレックはまだ寝床にはいっていなかったのだし、家のなかでだれかが動きまわっていれば、当然、物音を聞きつけたはずだ」

「アレックさんはどこにおられたんでしたっけ？」

「自分の化粧室で煙草を吸ってましたよ」

「どれがその部屋の窓です？」

「左のいちばん端、父の隣りです」

「むろんおふたりとも明かりはつけておられた？」

「あたりまえでしょう」

「となると、これにはきわめて特異な点がいくつかあることになります」ホームズがほほえみながら言った。「侵入をはかっている賊が——前にもおなじような経験を積んでいるはずの賊が、ですよ——一目見れば家族のうちのふたりがまだ起きていると明かりの数からもわかるのに、わざわざそういう時間を狙って、家に押し入ろうとするというのは、およそ常軌を逸しているとはお思いになりませんか？」

「よほどずうずうしいやつなんでしょうな」

「まあいずれにせよ」と、アレック青年が言った。「事件がえらく奇妙だと思わなかったら、ぼくらだって、あなたがたに解明をお願いしようとは考えなかったでしょうけどね。しかしそれにしても、賊がウィリアムに組みつかれるより前に、家のなかを荒らしていたとかいうあなたのお説、じつにばかげているとしか思えませんね。もしそうなら、とうにぼくらが、家のなかのようすが変わってるとか、紛失してるものがあるとか、いろいろと異変に気づいてるはずじゃないですか」

「それは紛失したものにもよるんじゃないですかね」ホームズが言いかえした。「目下われわれの取り組んでいる相手が、とくべつ風変わりな賊で、なにか自分なりの論理にしたがって動いているらしいということ、これを忘れないでください。たとえばの話、そいつがアクトン家から盗んでいった品々の奇妙な取り合わせ——ええと、なんでしたっけ？——麻紐の玉に、文鎮、あとはなんだったか忘れましたが、とにかく妙ながらくたばかりです！」

「まあわれわれとしては、ホームズさん、すべてあんたにおまかせしてあるわけだから」と、カニンガム老がとりなすように言った。「なんであれ、あんたなり、警部なりが、こうしてはどうかと思われることでもあれば、むろん喜んで協力させてもらいますぞ」

「それならさっそくですが」と、ホームズが言った。「これに懸賞金を出していただきたいのです——あなたご自身の手から、じかにね。というのも、警察があいだにはいると、金額を決めるだけでもしばらくかかりますし、この場合、事は緊急を要しますので。ここに文案を書いてきましたから、ご異存がなければ、サインをお願いします。金額は五十ポンドでじゅうぶんでしょう」

「五十ポンドが五百ポンドでも、喜んで出しますぞ」そう言いながら治安判事は、ホームズのさしだした紙片と鉛筆を受け取った。それから、ちらりと文面から目をあげて、「しかしこれは、あまり正確とは申せませんな」とつけたした。

「だいぶ急いで書いたものですから」

「ほら、こうなっている――〝かかる次第で、火曜日の午前一時十五分前ごろ、賊は家に押し入ろうとの目論見のもとに〟、うんぬん。しかし実際には、あれが起きたのは十二時十五分前のことだった」

そのようなまちがいを指摘されて、私はわがことのように胸が痛んだ。日ごろホームズがこの種の誤りにどれほど敏感か、よく承知しているからである。事実に関してあくまでも厳密を期すというのは、まさにホームズのホームズたる所以《ゆえん》なのだが、最近の大病で心身ともに衰えたのか、いまのこのささやかな挿話からだけでも、彼がいまだ本来の彼ではないことを私が思い知るのにはじゅうぶんだった。本人も、一瞬、明らかにばつが悪そうなようすを見せたし、警部は警部で皮肉っぽく眉をつりあげ、アレック・カニンガムにいたっては、無遠慮に噴きだしさえした。それでもカニンガム老は無言でその誤りを訂正したうえで、草稿をホームズに返した。

「なるべく早くこれを新聞に掲載させることですな。懸賞金というご提案は、まことにすばらしいものだと思いますぞ」

ホームズは受け取った紙片をていねいに紙入れにしまいこんだ。

「ついでにもうひとつ」と言う。「さしつかえなければ、これから全員でお宅のなかをひとわたり見てまわり、ほんとうにこの少々気まぐれな盗賊がなにも持ちだしてはいないかどうか、その点を確かめてみたほうがよろしいかと存じます」

屋内にはいる前に、ホームズは押し破られたドアを入念に検分した。鑿《のみ》または頑丈なナイフが用いられたことは明らかだった。それをねじこんで、強引に錠をこじあけたのだ。そのときの傷が、木部にいくつも残っている。

「閂《かんぬき》は使っておられないようですね？」ホームズが言った。

「その必要を認めたことがないものでな」

「犬は飼っておられない？」

「いや、飼っておりますよ。ただ、建物の向こう側に、鎖でつないである」

「使用人たちが寝るのは何時ですか？」

「十時ごろですか」

「すると、普段ならウィリアムもその時刻には寝についている？」

「いかにも」

「事件のあったその夜にかぎって、彼が遅くまで起きていたのはおかしいですね。さて、もしおさしつかえなければ、カニンガムさん、家のなかをひととおり見せていただけるとたいへんありがたいのですが」

なかにはいると、板石を敷いた通路があって、これを脇へはいったところがキッチン、まっすぐ木の階段をのぼると、建物の二階部分に通ずる。階段をのぼって、踊り場に出ると、正面に第二の、もうすこし華麗な装飾がほどこされた階段があって、こちらは正面ホールからまっすぐあがってくるようになっている。踊り場に面して、応接間や、何室かの寝室が並び、あるじのカニンガム氏のも、その息子の寝室も、これらのうちに含まれる。ホームズは建物のようすに注意を払いながら、ゆっくり歩を進めていたが、その表情から、いま彼が強い臭跡を嗅ぎつけて、ひたすらそれを追っていることが、この私には見てとれた。といっても、彼の推論がいったいどの方向へ向かっているのか、それはさっぱり見当もつかないのだが。

「申し訳ないが」と、カニンガム氏が多少いらだたしげに言った。「こんなことがほんとうに必要だとは思えんのだがね。あの階段のとっつきのが、わたしの寝室、そのひとつ向こうのがせがれの寝室です。盗賊がわれわれに気づかれずにここまでのぼってくる、などということがはたして可能だったかどうか、まあそのへんのご判断はあんたにまかせますが」

「きっとこの御仁はこうやってひとまわりして、新しい臭跡を嗅ぎあてないかぎり、どうしても気がすまないんでしょうよ」息子のほうが、かすかに意地悪げな笑みを浮かべて言った。

「それでも、あともうすこしだけおつきあいいただきたいですね。たとえば、それぞれの寝室の窓から、家の正面側がどれくらい遠くまで見通せるか、こういった点を確かめてみたいのです。ええと、こちらがご子息の部屋でしたね」――ホームズはその扉を押しあけた――「そしてあの奥が、化粧室――騒ぎが起きたときに、ご子息が煙草を吸っておられたところだ。ところで、あの部屋の窓は、どちらへむけてひらいているのでしょうか」つかつかと寝室を横切ると、そのもうひとつのドアを押しあけ、室内にちらりと目を走らせる。

「さあ、もうご満足でしょう」カニンガム氏が気みじかに言った。

「ありがとうございました。見たいと思っていたところは、すっかり見たと思います」

「だったら、いっそついでですから、わたしの部屋もごらんになりますか――もし必要とあれば」

「あまりご迷惑でなければ、ぜひ」

治安判事は肩をすくめると、先に立って自分の部屋へ案内した。簡素な飾りつけをした、ごくありふれた部屋だが、窓のほうへ歩いてゆくうちに、ホームズがやや遅れがちになり、彼と私とが一行のしんがりになった。ベッドの裾のところに、小さな正方形のテーブルがあり、オレンジを盛った皿と水差しが置かれている。そばを通り過ぎようとしたとき、ホームズがだしぬけに私のほうへ倒れかかってきて、故意にそのテーブルを、オレンジや水差しもろともひっくりかえしてしまった。ガラスは粉々に砕けるわ、果物は部屋じゅういたるところにころがってゆくわ、の騒ぎとなった。

「きみも粗忽者《そこつもの》だね、ワトスン。絨毯が台なしじゃないか」ホームズがしゃあしゃあと言ってのけた。

少々めんくらいながらも、私は黙ってかがみこむと、果物を拾い集めはじめた。わが相棒が故意に私に罪をなすりつけるような真似をするのも、なにかわけがあってのことだとわかっていたからだ。ほかのものたちも、私に倣《なら》ってあたふた走りまわり、最後にテーブルももとどおりに起こした。

「あれれ！」ふいに警部が声をあげた。「どこに行っちまったんだろう、あのひとは！」

ホームズの姿が消えていた。

「ちょっとここで待っててくれ」と、アレック・カニンガム青年が言った。「あの男、おれに言わせると、ちょっと狂ってる。おとうさん、いっしょにきてください。どこへ行ったのか、早く見つけなければ！」

　親子は脱兎のごとく部屋からとびだしていった。取り残された警部と、大佐と、私とは、ただ途方に暮れて顔を見あわせるばかり。

「はばかりながら、わたしもアレックさんと同意見ですね」と、警部が言った。「大病なさったそうですが、その影響で、いまだにすこし、その――」

　警部の言葉をさえぎったのは、ここでふいに聞こえてきた悲鳴だった――「助けてくれ！　助けて！　人殺し！」ぞっとしたことに、それは私の友人の声だった。と知るが早いか、私は猛然と踊り場へ駆けだしていた。声はいまでは弱々しくしゃがれた、とぎれとぎれの叫びになっていたが、それが聞こえてくるのは、さいぜん最初に訪れた部屋だった。私はまっしぐらにそこへとびこみ、さらにその奥の化粧室へと突進した。そこではカニンガム親子が床にころがったシャーロック・ホームズを上からおさえつけていた。息子は両手でホームズの喉を締めつけ、いっぽう父親のほうは、手首をねじあげているようだ。間髪をいれず、私たち三人がとびかかって、親子をホームズから引き離し、ホームズは真っ青な顔でよろよろと立ちあがった。明らかに、動くのも大儀なほど疲れきっているようすだ。

「このふたりを逮捕したまえ、警部！」と、あえぎあえぎ言う。

「なんの容疑でです？」

「御者のウィリアム・カーワン殺害の容疑だよ！」

警部は混乱したようすできょろきょろ周囲を見まわした。

それからやっと気をとりなおして、「まあまあ、待ってください、ホームズさん」と言いだした。「まさか本気でそのような――」

「ちっ、わからないやつだな。見るがいい、ふたりの顔を！」ホームズがぴしゃりと言ってのけた。

実際、私も驚いたのだが、人間の顔にこれほどはっきりした罪の告白があらわれたためしがかつてあっただろうか。父親のほうは、完全に意気阻喪して、呆然と立ちすくんでいるし、さいぜんまでは強い性格を感じさせた顔も、いまは暗く沈鬱な表情に支配されてしまっている。かたや息子のほうはというと、これまでの最大の特徴だった快活さや颯爽とした印象が、拭ったように消えて、かわりに、凶暴な野獣を思わせる獰猛《どうもう》さが、目にも、またゆがみきったハンサムな顔にもあらわれている。警部はなにも言わなかったが、それでも戸口へ歩み寄ると、呼ぶ子をとりだして吹き鳴らした。すぐさまふたりの巡査が呼集に応じて駆けつけてきた。

「やむをえません、カニンガムさん。いずれときがくれば、これがとんでもないまちがいだとわかるはずなんですが、ただ――あっ、なにをする！　そいつを捨てろ！」警部がいきなりこぶしをふるった。そのこぶしにはたきおとされて、アレックがこっそり撃鉄を起こそうとしていたリボルバーが、音をたてて床にころがった。

「これをとっておくことだね」ホームズがすばやくそれを足で踏みつけながら言った。「裁判になったときに、きっとおおいに役だつはずだ。しかし、それよりもこっちだよ――これこそがわれわれのなにより手に入れたいと願っていたものだ」さしだしたのは、皺になった小さな紙切れだった。

「例の伝言の残りの部分ですか？」警部が勢いこんでたずねる。

「そのとおり」

「どこにあったんです？」

「あるはずだと予想していたとおりの場所だよ。まあそのへんのことは、いずれすっかり話して聞かせるから。ところで大佐、あなたはワトスンといったんお屋敷におひきとりください。ぼくも遅くとも一時間以内にはもどります。警部とふたり、犯人たちから訊いておきたいことがありますのでね。それでも昼食時間までには必ずもどりますから」

シャーロック・ホームズはその約束をたがえなかった。一時ごろに大佐の喫煙室でいっしょになったときには、ひとりの小柄な年配の紳士を伴っていて、私にはアクトン氏と紹介された。最初に侵入盗の被害を受けた屋敷のあるじである。

「今回のちょっとした事件のことをみなさんにご説明するにあたって、アクトン氏にも立ちあっていただきたかったものですから」と、ホームズは言った。「このかたが事件について詳しい話を聞きたいと思われるのは、当然のことですしね。どうも大佐には申し訳ないんですが、ぼくみたいな、とかく騒ぎのもとになる厄介な男とかかりあって、さぞかし後悔しておいででしょう」

「いや、とんでもない」大佐は温かみのこもった口調で答えた。「むしろわしとしては、あんたの高名な捜査法を間近でつぶさに見られて、たいへんな光栄と感じているくらいでね。正直なところ、そのみごとさは期待をはるかにうわまわるものだったし、あんたの出された結論にしても、どうしてそうなるのか、素人にはとんと見当もつかんほどだ。こちらはいまもってこれっぽっちの手がかりもつかめずにいるのだから」

「となると、これからぼくの説明を聞かれて、あるいは幻滅されることになるかもしれない。ですがぼくは、これまでずっと、自分の手法はいっさい隠さないことを習慣にしてきましたからね——ここにいる友人のワトスンにたいしても、ほかの、ぼくの仕事に知的な興味を持ってくれそうなだれにたいしても、手のうちは包み隠しなくさらけだす。ただし、いまはまずその前に、さっきあの化粧室でさんざんな目にあわされたおかげで、少々まいっています。ですから大佐、ブランデーを一杯ふるまってくださいませんか。このところ、だいぶ体を痛めつけてきたことでもありますし」

「はじめに起きた神経の発作だが、ああいうのはその後、起きてはいないのですな？」

それを聞くと、シャーロック・ホームズは心から愉快そうにからからと笑った。

「そのことは、いずれ順番がきたときに触れることにしましょう」と言う。「事件の説明は、原則として順を追って進めることとし、途中、随所で、ぼくをああいう結論に導いたさまざまな点を明らかにしてゆきます。なんであれぼくの推論に納得のいかないところがあれば、いつでも指摘してください。

探偵という技術においてなにより大事なのは、数多くの事実のなかで、どれが付随的なもので、どれが決定的なものであるかを見きわめること(2)です。そうでないと、精力と注意力とが拡散するばかりで、ひとつに集中するということがない。さて、今回の事件では、すべての鍵が被害者の握っていた例の紙片にあるということ、これはぼくの目には最初からはっきりしていて、疑う余地などありませんでした。

　この問題にはいる前に、まずみなさんに注目していただきたいことがあります。もしもアレック・カニンガムの言っていることが事実であり、ウィリアム・カーワンを撃った男が、その場からただちに逃走したのであれば、それは明らかに、遺体の手から紙片をむしりとった人物とは別人ということになる。ところが、もしそれが別人だとすれば、それはアレック・カニンガム以外にはありえないわけです。なぜなら、老人が階下へ降りていったときには、すでに現場には何人かの使用人が集まってきていたのですから。いたって単純なポイントなのですが、あいにく警部は見のがしてしまった。それというのも、警部ははなからカニンガム親子という土地の有力者が、事件と関係があるはずなどないという推定に立っているからです。ひきかえぼくはいつの場合も、先入観はいっさい持たないことにしていますし、事実が示すところ、すなおについてゆくことをこそ信条としていますから、捜査の最初の段階から、アレック・カニンガム氏の果たした役割については、多少の疑いの目を向けていたわけです。

　つぎにぼくは、警部が持ってきてくれた紙の切れ端を、とりわけ入念に調べてみました。すぐに明らかになったのは、これがきわめて珍しい文書の一部だということです。ごらんください、これです。一見して、なにかぴんとくるものがあるのに気づかれませんか？」

SP

「筆跡がひどく不ぞろいですな」大佐が言った。

「そこですよ、大佐！」ホームズは声を高めた。「どう見てもこれは、ふたりの人間が交互に単語を綴《つづ》っていったものにまちがいありません。とりあえず、〝at〟や〝to〟に見られる力強いtに注目したうえで、それらを〝quarter〟や〝twelve〟に見られる弱いtと比較していただければ、すぐにそれが事実だとわかるでしょう。この四語をざっと分析してみるだけで、それ以外の〝learn〟や〝maybe〟は力の強い手、いっぽう〝what〟は力の弱い手で書かれていると、ほぼ百パーセントの確信をもって言いきれるはずです」

「いや、驚きましたな、まさに一目瞭然だ！」大佐が叫んだ。「しかし、いったいなんのために、わざわざふたりの人間がそんなやりかたで手紙を書く必要があったのだろう」

「明らかに、やろうとしているのが悪事だったのと、ひとりがもうひとりにたいして不信の念を持っていて、事の結果がたとえどうなろうと、両名は一蓮托生、同等に責任を負うと決めたからでしょうね。さらに、二名のうちでは、〝at〟や〝to〟を書いたほうが首謀者であるということ、これもおなじく明らかなことです」

「どうしてそうだとわかるのですか？」

「いっぽうの筆跡をもういっぽうのと比較するだけで、おおかた見当はつきますよ。しかし、そう推定するのには、筆跡よりもさらに確実な理由があります。この切れ端を注意してごらんになれば、強い筆跡を持つ男のほうが、先に自分の書くべき単語をぜんぶ、もうひとりの男のための余白をあけながら書き並べていったということがわかるでしょう。語と語のあいだの余白が、ところによってはじゅうぶんでなく、第二の男は自分の書くべき〝quarter〟を、無理に〝at〟と〝to〟のあいだに押しこんでいる。ということは、〝at〟や〝to〟などが、それ以前にすでに書かれていたことを示しています。先に自分の分担する単語をぜんぶ書き並べたほうこそが、いっさいを計画し、推進した男に相違ないのです」

「すばらしい！」アクトン氏が叫んだ。

「しかし、これだけではたんに皮相な考察にすぎません」ホームズはつづけた。「さて、つぎはいよいよ、より重要な点の考証にかかりましょう。あなたがたはご存じないかもしれませんが、筆跡からその人物の年齢を推定するということが、近年、専門家のあいだではかなり正確に行なわれるようになってきました。通常の場合、そのひとが十年ごとの区切りでどのくらいの年代層にいるかということは、いちおうの確信をもって言いきることができます。通常の場合と言ったのは、たとえ実年齢は若くとも、当人が病気だったり、肉体的に衰弱していたりすれば、それが老年の徴候としてあらわれてしまうからです。今回の場合、片方の肉太で、強い筆跡と、片方のまるで背中を曲げて歩いているみたいな力のない筆跡――tの字の横棒もほとんど消えかけているのに、それでもまだいちおうは読めるといった筆跡――このふたつを見れば、いっぽうが若い男であるのにたいし、もういっぽうは、まだはっきり老いぼれているというほどではないまでも、だいぶ年のいった男であるということがわかります」

「すばらしい！」またもアクトン氏が叫んだ。

「じつは、まだほかにも、もうすこし微妙な、しかもすこぶる興味ぶかいポイントがあるのです。この二種類の筆跡には、ひとつの共通項が見られるのですよ。これらは、血縁関係にあるふたりの男の手になるものなのです。それがいちばんはっきり出ているのは、ギリシア文字ふうのeの書きかたでしょうが、それ以外にも、もっと細かい点でおなじことを示すものがいくらもあります。これら二種類の筆跡見本に、ある家系特有の癖がはっきり認められることはまちがいありません。いま申しあげているのは、むろん、この紙片を分析して得た結果のうち、主要なものについてだけですよ。ほかにも二十三通りの推論が可能ですが、これはあなたがたよりも、その道の専門家にとって興味のあるものでしょう。その二十三通りのいずれもが、ぼくのいだいている印象——つまり、この手紙を書いたのはカニンガム親子にほかならないという印象——を、いっそう強めてくれるものでした。

ここまで推考が進んだところで、つぎにぼくがやるべきことは、言うまでもなく、この犯罪の細部を克明に見なおして、それらがどこまで解明に結びつくかを見きわめることでした。まず、警部といっしょに現場となった屋敷へ行きましたが、見るべきことは、すべてそこで見ることができました。遺体の傷は——ぼくも絶対の確信をもって言えることですが——およそ四ヤードの距離から発射されたリボルバーの弾によるものでした。被害者の衣服には、火薬で焦げた跡はひとつもありません。したがって、ふたりの男が取っ組みあっているさいちゅうに銃が発射された、というアレック・カニンガムの証言は、明らかに偽りということになる。さらに、犯人が庭のどの地点から外の街道へ逃れ去ったかという点でも、親子の証言は一致していましたが、これについても、たまたまその地点にはかなり広い溝があって、溝の底は湿っているのです。ところが、溝の周辺には、泥靴の跡らしきものはいっさい残っていませんから、ここでもまた、カニンガム親子が嘘をついているのみならず、そもそも現場には身元不詳の賊などいもしなかったのだ、ということがはっきりしたわけです。

つぎはいよいよ、この特異な犯罪の動機を明らかにすることです。この問題に取り組むにあたって、まずぼくがやったのは、はじめに起きたアクトン家侵入事件の理由を解明することでした。たしか、大佐からうかがったところによれば、アクトンさん、あなたと、そしてカニンガム親子とのあいだに、なにかの訴訟が起きているということでしたね？　そこですぐさまぼくの頭に浮かんだのが、カニンガム親子がお宅の書斎に押し入って、訴訟を有利に運ぶためのなんらかの文書を手に入れようとしたのではないか、という考えだったのです」

「おっしゃるとおりですよ」と、アクトン氏が言った。「彼らの意図については、疑問の余地などありませんな。かねてからわたしは、彼らの現在持っている土地の半分について、明確な証拠にもとづき、所有権を主張しているわけですが、もしも彼らがたった一枚の書類さえ手に入れれば――さいわいにもそれは、うちの顧問弁護士のもとで、頑丈な金庫に保管してもらっていますが――それさえ手に入れれば、彼らはわたしの主張を根底からくつがえしてしまえるのです」

「やっぱりそうですか！」ホームズはにっこりしながら言った。「彼らにとっても、非常に危険な、無謀な企《くわだ》てでしたが、そこにぼくは若いアレックの影響を見るわけです。あいにくめてのものが見つからなかったので、彼らは疑いをそらすべく、これを普通の侵入事件に見せかけようと工作した結果、手あたりしだいにそのへんのものを持ち去った。と、ここまではすべてはっきりしたわけですが、それでもまだ明らかでない点が残っている。なかでもぼくにとって関心があったのは、失われた手紙の残りを手に入れることでした。それを遺体の手からむしりとっていったのが、アレックだということは確かでしたし、彼がそれをそのとき着ていた部屋着のポケットにつっこんだだろうこと、これもほぼまちがいない。その場でとっさに隠せるところなど、ほかにはないのですからね。となると、残る問題は、まだそれがそこにあるかどうかということ。とにかく、見つける努力をするだけの値打ちはある。というわけで、ぼくとしては、そんな狙いを心に秘めて、あなたがたとあの屋敷へ出向いていったわけです。

カニンガム親子がぼくら一行を出迎えたのは、ご記憶でしょうが、勝手口のすぐ外でした。あの場合、なにより重要だったのは、向こうに紙片の存在を思いださせないことです。思いださせれば、即刻、処分されてしまうのは知れてますからね。ところが警部が、あやうくその重要性を彼らにもらしてしまいそうになった。そこで、まあ天の助けと言うべきでしょうか、その場でぼくがちょっとした発作を起こしてぶったおれ、話題をそらしてしまったというわけです」

「やれやれ、そうだったのか！」と、大佐が笑いながら言った。「すると、あのときの発作はまったくの見せかけで、われわれがまわりでさんざん気をもんだのも、すべて無駄だったということですか！」

「医者としての立場から言っても、あれは本物の発作そっくりだったよ」私も言ったが、言いながらもあらためてこの、事あるごとに新たな臨機応変の才を見せてくれる友人にたいし、賛嘆の目を向けざるを得ないのだった。

「まあね、しばしば役に立ってくれる技術ではあるよ」と、ホームズ。「そのあと、回復してからも、またひとつ策略を用いて――これもなかなかの天才的手腕だったと自画自賛してるんだが――ぼくはまんまとカニンガム老人に〝twelve〟という字を書かせた。むろん、紙片にある〝twelve〟という文字と比較するためさ」

「そうか、ぼくはなんてぼんくらだったんだ！」思わず私は叫んだ。

「ぼくにもわかったさ――きみがぼくの愚かなまちがいを憐れんで、ひそかに胸を痛めてくれてたことは」ホームズも笑いながら応じた。「きみの胸のうちは痛いほどよくわかったから、内心すまないとは思ってたんだ。そのあとぼくらはそろって二階へあがった。そして例の部屋にはいってみて、部屋着がドアの裏につるしてあるのを見届けると、そこでまたぼくは一計を案じ、テーブルをひっくりかえして、みんなの注意をそっちに集めておき、自分はそっと部屋着のポケットを検《あらた》めにもどった。案の定、手紙はポケットのひとつにはいっていたが、それを手にしたかしないうちに、カニンガム親子がそろってとびかかってきて、もしもきみたちの敏速な救援がなかったなら、ぼくはあのとき、あの場で命をとられていただろう。いまこうしていても、喉を締めつけてくるアレックの手の感触が、まだこのへんに残っているし、父親は父親で、ぼくの手から手紙をとりあげようと、思いきり手首をねじあげてくれたものだ。つまり彼らは、ぼくにすべてを知られてしまったとさとり、それまでの絶対安全の境地から、一挙に絶望の淵にたたきこまれた。その急な変化についていけず、それですっかり破れかぶれになってしまったんだろうな。

あのあと、カニンガム老人と、この犯罪の動機についてちょっと話をした。老人はもうすっかり観念して、おとなしくなっていたが、ひきかえ息子のほうは、完全な悪鬼と化して、凶暴そのもの。あのとき落としたリボルバーをとりもどしでもしたら、自分の頭だろうが、ほかのだれの頭だろうが、見さかいなしに吹っ飛ばそうという勢いだった。老人は、自分にたいする容疑がもはや動かないものだとさとると、意地も張りもなくしたんだろう、いっさいを包み隠しなく白状したよ。どうやら、親子ふたりがアクトン氏の屋敷に押し入った夜、ウィリアムという御者は、旦那様がたのあとをつけたらしい。それで旦那様がたの弱みを握り、やおら、いっさいをばらすぞと脅迫して、金を巻きあげにかかったわけだ。だがあいにく、アレックの若旦那は、そういうゲームを仕掛ける相手としては、危険すぎるタマだった。あれはまさしくあのアレック君の、天才的一撃だったと言うべきだろうね――侵入盗騒ぎが地域の住民を震撼させているのにつけこんで、自分にとって危険な相手を、いかにもそれらしい方法で始末する機会をつかんだというのは。ウィリアムはまんまとおびき寄せられたあげく、射殺された。もしもカニンガム親子が手紙の全文をとりもどしていさえすれば、そして、もうすこし犯行の細部に注意を払っていさえすれば、彼らに疑いのかかることなどまったくなかっただろうけどね」

「で、その手紙というのは？」私はうながした。

シャーロック・ホームズは、つなぎあわせた手紙を私たちの前に置いた。

If you will only come round at quarter to twelve
to the east gate you will learn what
will very much surprise you and maybe
be of the greatest service to you and also
to Annie Morrison. But say nothing to anyone
upon the matter

もしもおまえが　あすの夜12時15分前に
東の入り口までくるなら　いいことを教えて
やる　おまえの驚くようなことだし　たぶん
おまえにも　アニー・モリスンにも　すごく
役に立つだろう　だがこのことは　だれにも
一言も言ってはならない

「ほとんどぼくの予想していたとおりの文面だね」と、ホームズは言った。「もちろん、アレック・カニンガムとウィリアム・カーワンとアニー・モリスンと、この三人のあいだにどういう関係があるのか、それはまだわからない。ただ、結果が示しているように、この罠はたしかに、狙った獲物をおびき寄せる役目を果たしたわけです。ついでに言えば、ここに見られるpの字の形とか、gのはねの部分などに、遺伝の痕跡を見つけてみるのもまた一興でしょうね。老人の筆跡のなかのiの字は、上の点が欠けていますが、これまたきわめて特徴的な癖のひとつです。さてワトスン、田舎で静かに静養するというわれわれの計画、大成功だったじゃないか。ぼくもあすにはだいぶ元気を回復して、ベイカー街にもどれると思うよ」

（1）〈マルプラケの会戦〉は、〈スペイン王位継承戦争〉ちゅうの一七〇九年、北フランスのマルプラケで、モールバラ公とサヴォワ公家のウージェーヌ公子の連合軍が、フランス軍にたいして最終的な勝利をおさめた戦い。

（2）〝探偵という技術〟以下は、有名な「ホームズ語録」のひとつ。

背の曲がった男

　結婚して二、三ヵ月たったある夏の夜、私は自宅の炉端にすわり、この日最後の一服をくゆらせながら、小説本を膝に、うつらうつらしていた。一日じゅうたいへん忙しく、くたくただった。妻はとうに寝室にひきとっていたし、しばらく前に玄関の戸締まりをする気配が聞こえたから、使用人たちももう部屋にさがっているはずだった。腰をあげて、パイプの灰をはたき落としているときだった、いきなり呼び鈴がけたたましく鳴りわたった。

　私は時計を見た。十二時十五分前。こんな時刻に訪問客があるはずはないから、当然、患者だろうし、悪くすると、徹夜という事態になるかもしれない。顔をしかめつつホールへ出、戸をあけた。驚いたことに、玄関口に立っていたのはだれあろう、友人シャーロック・ホームズであった。

「やあワトスン、たぶんまだ起きてるだろうと期待して、きてみたんだが」と言う。

「きみならかまわないさ。まあはいりたまえ」

「びっくりさせたようだが、無理もないな！　と同時に、ほっとしてるようにも見える！　ほう！　やっぱり独身時代とおなじアルカディア煙草のミクスチャーを愛用してるのか！　上着についてるそのふわふわした灰、それは見まちがえようがないからね。ついでだが、ワトスン、きみが軍医あがりだってことも一目でわかるよ。軍服にポケットがないからって、そうやって袖口にハンカチをつっこんでおくんだろうが、その癖と縁を切らないかぎり、未来永劫、根っからの民間人で通用することはないだろうね。今夜、泊めてくれるかい？」

「お安いご用だ」

「たしか、単身者用の予備の部屋がひとつあると聞いたし、いまのところ、男の泊まり客もないようだし。いや、帽子掛けを見ればわかることさ」

「大歓迎だよ、きみが泊まってくれるのなら」

「かたじけない。ならば空いてる帽子掛けを使わせてもらうとしよう。ところでこの家には、近ごろわが英国自慢の職人さんが出入りしてるようだが、お気の毒さまだね。ああいう手合いときたら、いわば災いの見本みたいなものだから。排水管の工事じゃないんだろう？」

「ああ、ガスだ」

「やっぱり！　あそこのリノリウムの、ちょうど光のあたるめだつ位置に、靴の鋲《びょう》の跡をふたつもつけてる。いや、ありがとう、夕食ならウォータールー駅ですませてきた。ただ、パイプなら一服、ご相伴させてもらえるとありがたいな」

煙草入れを渡してやると、ホームズは私の向かいに腰をおろし、しばし無言でパイプをくゆらせた。よっぽど重大な用件でもなければ、こんな時間に彼が訪ねてくるわけがないのはよくわかっているから、私も向こうが本題にはいる気になるまで、辛抱づよく待ち受けた。

やがて彼は、鋭い目でちらりと私を見ながら言った。「このところ、診察の仕事がだいぶ忙しいようだね」

「たしかに、きょうなんかてんてこまいだった」私は答え、それからつけたした。「きみから見れば、ずいぶんばかげてるとしか見えないかもしれんが、正直なところ、なんできみにそういうことがわかるのか、ぼくにはさっぱり合点がいかない」

ホームズは喉の奥でくつくつ笑った。

「だってワトスン、ぼくにはきみの習慣を知りつくしてるという利点があるじゃないか」と言う。「往診先が近間ならば、きみは歩いてゆくが、遠方ならば、二輪辻馬車《ハンサム》を拾う。いまこうやってきみの靴を拝見するに、ずっと履いている形跡はあるが、汚れはまったくない。となれば、最近はいつも辻馬車を使うほど忙しい、という結論が出てくるわけさ」

「すばらしい!」つい私は叫んだ。

「初歩的なことだよ(1)」と、ホームズ。「これはね、推理家がはたのものにすばらしいと言わしめるような効果をつくりだせるのは、彼が推理の土台にしているある小さなポイントが、他人にはつかめていないためだという、そのほんの一例さ。はばかりながら言わせてもらえばね、ワトスン、きみの書くああいったささやかな事件記録――あれはまるきりうわべだけでひとを驚かすていのものだと思うが――あれだって、一部については効果の点でおなじことが言えるんじゃないかな。だってあれは、きみが二、三の事実を読者には知らせず、自分の手だけに握っているからこそ効果が挙がるんだから。ところがだ、そう言うぼく自身がいま、きみの読者とおなじ立場に置かれている。あるとてつもなく奇怪な事件——これほどわけのわからない事件というのも、およそ古今に例があるまいと思わせるぐらいの——にぶつかってね。いくつか有望な手がかりはこの手に握っているんだが、決め手となる点が、まだひとつふたつ欠けているのさ。しかしね、いずれはそれをつかんでみせるよ、ワトスン、きっとつかんでみせる！」

目にめらめらと光が燃えあがり、痩せた頰にうっすら赤みがさした。一瞬、その面《おもて》をおおっていたベールが落ちて、本来の激しく、ひたむきな気性がちらりとのぞいたが、しかしそれもつかのまだった。見なおしたときには、またいつもどおりの無表情、多くのひとに彼を人間ではなく、機械かとも思わせてきた、あの木彫り人形のような顔にもどっていた。

「事件それ自体には、いくつか興味ぶかいポイントもあるんだ」と、彼はつづけた。「なんなら、とびきり興味ぶかい点、そう言ってもいい。すでにひととおりの調べはすんでいて、解決まであと一歩というところまできてるんだが、その最後の一歩を踏みだすについて、もしきみの同行が得られるのなら、おおいに助かるんだけどね」

「喜んでそうさせてもらうよ」

「あす、オールダーショットまで出向くことになっても？」

「患者ならば、ジャクスンに代診を頼めるはずだ」

「それはありがたい。ウォータールー駅十一時十分発ので出かけようと思うんだが」

「それなら準備の時間もじゅうぶんとれる」

「じゃあそう決まったとして、もしきみがあまり眠くなければ、事件の概要と、これからやるべきことについて、ざっと話しておくことにしようか」

「じつは眠かったんだ、きみがくるまでは。いまはすっかり目がさめたよ」

「ならばこっちもできるだけ簡潔に、ただし重要な点だけは落とさないように話すとしよう。事件のことは、きみもある程度は新聞で読んでるかもしれない。オールダーショット駐在ロイヤル・マロウズ連隊の連隊長、バークリー大佐が殺害されたと見られる事件だ。これを調べてるんだがね」

「いや、あいにくとぜんぜん知らない」

「いまはまだ地元で騒がれているだけで、ほかではさほど知られていないのかもしれない。たった二日前に起きたばかりだしね。事件のあらましはこういったところだ——

ロイヤル・マロウズというのは、きみも知ってのとおり、英国陸軍ではもっとも著名なアイリッシュ連隊のひとつだ。クリミア戦争および〈セポイの反乱〉(2)の両方で、めざましい戦功をたて、その後も機会あるごとに勇名をとどろかせてきている。その連隊長を月曜の夜まで務めていたのが、ジェームズ・バークリー大佐という御仁でね。文字どおり一兵卒から身を起こし、〈反乱〉のおりの武勇が認められて将校にとりたてられ、ついには、はじめ自分が兵卒としてマスケット銃を担いでいた、まさにその連隊で、指揮をとるまでになったという勇敢な老武人だ。

バークリー大佐は、まだ軍曹だったころに結婚しているが、相手は旧名をナンシー・デヴォイといい、おなじ隊の軍旗護衛曹長の娘だった。だから、この若夫婦——当時はまだ若かったんだ――が、将校の世界という新たな環境になじむまでには、すくなからぬ摩擦があっただろうことは想像に難くない(3)。それでも、ふたりは急速に周囲に順応していったようだし、大佐が同僚の将校たちへの受けがよかったのとおなじに、夫人も連隊のご婦人がたのあいだでは、つねに人気の的だった。ついでに言えば、夫人はひときわ群を抜く美人でね、結婚して三十年以上になるいまでも、目がさめるほどの美貌はすこしも衰えていない。

　バークリー大佐の家庭生活は、これまで一貫して順調だったようだ。マーフィー少佐――というのは、ぼくの知るこうした事実の大半は、この少佐から出ているわけなんだが――彼もまた、自分の知るかぎりにおいて、大佐夫妻のあいだには問題などなにもなかったはずだと断言している。まあおおざっぱに見て、夫人の大佐にたいする献身の度合いよりも、大佐の夫人への打ち込みようのほうが深かった、とは言えるようだがね。大佐は一日でも夫人の姿が見えないと、ひどくいらいらする。ひきかえ夫人のほうは、むろん夫に忠実で、貞淑ではあるが、とくにめだつほど愛情あふれる妻というわけでもない。それでも、はたから見れば、文句なしに理想的な中年夫婦としか見えなかったし、その後に起きた悲劇を予感させるようなものなど、夫婦のあいだにはなにひとつ存在しなかったわけだ。

　ところで、バークリー大佐本人だが、どうも性格に少々特異な点があったようだ。普段はいたって快活な、熱血漢とも言える老軍人なんだが、それがときとして粗暴で執念ぶかい一面をのぞかせる。もっとも、この一面を細君に向けることだけは、けっしてなかったようだがね。もうひとつ、これはマーフィー少佐も、あるいは、ぼくが会って話を聞いた他の将校五人のうちの三人も、異口同音に言っていることだが、大佐はときおり奇妙な鬱にとりつかれることがあったという。少佐の言によると、たとえば将校食堂でみんなとにぎやかに騒いだり、冗談を言いあったりしているさいちゅうに、とつぜんなにか目に見えない手がおりてきたみたいに、微笑がふっと大佐の口もとから消えてしまう。いったんこの気鬱にとりつかれると、それが何日もいすわって、そのかん大佐は最悪の鬱状態から抜けだせない。この抑鬱癖と、もうひとつ、ほんのわずか迷信ぶかいところ、これだけが同僚の将校たちの見る大佐の異常な性癖ということになる。迷信ぶかいというのは、たとえばひとりきりにされることを嫌う、とくに暗くなってからひとりになるのをこわがる、といったようなことだが、本来のきわだって男らしい性格のなかに、こういう子供っぽいとも言える一面が隠れていることは、これまでにもしばしば奇異の目で見られたり、臆測の的になったりしてきたものだ。

ロイヤル・マロウズ連隊の第一大隊——つまり旧第一一七歩兵大隊——は、数年前からオールダーショットに駐屯している。妻帯している将校は、営外居住を許されているから、大佐も北営舎から半マイルほどのところに、〈ラシーン荘〉という別荘ふうの家を構えている。家は庭にかこまれた一戸建てだが、西側には街道が走っていて、そこまでは三十ヤードと離れていない。使用人は、御者のほかに、メイドがふたり。この三人に、主人夫婦を加えた五人だけが、〈ラシーン荘〉の住人だった。バークリー夫妻には子供がいないし、長逗留《ながとうりゅう》の客もめったになかったからね。

つぎはいよいよ、こないだの月曜の夜、九時から十時までのあいだに、この〈ラシーン荘〉

で起きた出来事についてだ。

バークリー夫人というのは、ローマ・カトリックの信者らしく、どうやら、聖ジョージ協会の設立にも深くかかわっていたようだ。これはワット街礼拝堂との協力でつくられた慈善団体で、不要な衣類を貧困層に提供する活動に従事している。この協会の会合が、事件のあった夜八時に予定されていて、バークリー夫人はそれに出席するため、急いで夕食をすませた。出がけに夫に声をかけ、ごくありきたりの挨拶をかわしたうえで、帰りは遅くならないと言っているのを御者が耳にしている。それから、すぐ隣りに住んでいるモリスン嬢というお嬢さんを誘って、いっしょに会合へ出かけた。会は四十分ほどで終わり、夫人はそのまま帰宅して、モリスン嬢とは隣りの門口で別れた。それが九時十五分だ。

〈ラシーン荘〉には、昼間の居間《モーニングルーム》と呼ばれている部屋がひとつある。西側の街道に面していて、大きなガラス張りの両開きのドアから、庭の芝生に出られるようになっている。芝生は奥行き三十ヤード、外の街道とのあいだは、上に鍛鉄《たんてつ》の柵のついた低い塀でへだてられているきりだ。帰宅するなり、バークリー夫人はこの部屋にはいっていった。夜間はめったに使われることのない部屋だから、ブラインドもおろしてなかったが、にもかかわらず、夫人は自分でランプをともすと、ベルを鳴らして、メイドのジェーン・ステュアートに、お茶が一杯ほしいと命じた――普段の習慣にはおよそないことだ。大佐はそれまでダイニングルームにいたが、夫人が帰宅したらしい気配を聞いて、これもモーニングルームに向かった。ホールを横切り、その部屋にはいってゆくのを御者が見ているが、これが生前の大佐の目撃された最後になった。

命じられたお茶が運ばれたのは、ようやく十分たってからのことだ。ところが、ドアに近づいていったメイドの耳に届いたのは、驚いたことに、なかで激しく口論している主人夫婦の声だった。ノックをしたが、返事がない。思いきって、ドアの把《と》っ手《て》をまわすことまでしてみたが、これも内側から錠がおりているとわかった。当然ながら、メイドはあわてて料理女を呼びにゆき、女たちふたりに御者を加えた三人は、ホールに集まって、なお室内でつづいている言い争いに耳をすました。三人が一致して認めているのは、聞こえてきた声はふたつで、大佐と夫人のものだけだったということだ。バークリーの声は低く、散発的で、外で聞いている使用人たちには一言も聞きとれなかったが、逆に夫人の声は、ひどく苦々しげで、ときおり声をはりあげたりすると、内容まではっきり聞きわけられた。『この卑劣漢!』くりかえしそう罵《のの》しっていたという。『いまさらどうなるというのよ! わたしの一生を返してちょうだい! もうあなたとおなじ空気を吸うのにも堪えられない! 卑劣漢! この卑劣漢!』しばらくこういったとぎれとぎれの応酬がつづいていたが、それがとつぜんすさまじい、肺腑《はいふ》をえぐるような男の叫び声で断ち切られ、つづいてがしゃんという大音響、さらに、耳をつんざくような女性の悲鳴が聞こえてきた。なにか恐ろしい出来事が起きたらしいとさとって、御者はドアに体当たりし、なんとかそれを押し破ってはいろうと試みたが、そのあいだも室内からは、悲鳴に次ぐ悲鳴が響きわたる。それでも扉はどうしても破れず、メイドたちは恐怖に立ちすくむだけで、なんの助けにもならない。が、そこで御者はとっさに思いついて、ホールのドアを駆け抜けると、庭の芝生にまわった。芝生に面して、両開きのガラス戸が左右に長くつづいている。その一部があいたままになっていた——まあ夏のことだから、べつに珍しくはないと思うが——で、御者はそこから難なく室内にはいった。もう女主人の悲鳴はやんでいて、夫人は気を失って長椅子に倒れこんでいたが、大佐はと見れば、無残にも、あげた両足を肘かけ椅子の腕にひっかけ、炉格子の角近くで頭を床に打ちつけたかたちで、自分の流した血溜まりのなかに、完全に息絶えて横たわっていた。

主人についてはもう手のほどこしようがない、一目でそう見てとった御者は、当然のことながら、まず扉をあけようとした。ところがここで、思いがけない、しかも奇妙な困難にぶつかることになった。キーが扉の内側にささっていないばかりか、室内のどこを探しても見つからないのだ。やむなく、もう一度ガラス戸を通って庭へ駆けだし、どうにか巡査と医者を見つけてもどってきた。言うまでもなく、もっとも強い嫌疑がかかったのは夫人だが、当の本人はいまだ意識も回復せぬままに、ひとまず自室へ運ばれた。そのあとで、ようやく大佐の遺体はソファに寝かされ、悲劇の現場の入念な検証が行なわれた。

不運な老軍人の致命傷となったと見られるのは、後頭部に負った長さ二インチほどのぎざぎざの傷で、明らかになんらかの鈍器で強く一撃された結果と思われた。凶器となったその物体がなんであるかも、難なく推定できた。遺体のそばの床に、堅木に彫刻をほどこし、骨製の柄をつけた、ひどく風変わりな棍棒が落ちていたのだ。大佐はこれまで各国の戦場におもむき、そこから持ち帰ったさまざまな武器のコレクションを所有していたから、この棍棒も、そうした記念品のひとつと警察は見なした。使用人たちは口をそろえて、こんな棍棒はいままで見たことがないと証言したが、集められた珍しい品はうちじゅうに無数にあるのだから、使用人たちが見のがしているということもありうる。警察による室内の捜索では、これ以外に重要と思われる点はなにも発見できなかったが、ひとつだけ、どうにも説明のつかないのが、部屋のキーを夫人も持っていないし、被害者も身につけていない、それどころか、部屋じゅうどこを探しても、キーはついに出てこなかったという事実だ。結局、わざわざオールダーショットから錠前屋を呼んで、鍵をあけさせるはめになった。

ざっとこういったところだよ、ワトスン――これが火曜の朝、ぼくがマーフィー少佐の依頼を受けて、警察に協力するために出向いていったときの状況だ。きみならわかるだろうが、このときすでに、事件は興味ぶかい様相を呈していた。ところが、出かけていって、二、三あたってみると、たちまちこれが一見してそう見えるのより、実際にははるかに容易ならぬ事件だとわかってきたわけだ。

室内を検分する前に、ぼくはあらためて使用人たちを尋問してみたが、いま話して聞かせた以上の事実はひきだせなかった。そのほかにひとつだけ、これはと思ったのは、メイドのジェーン・ステュアートが思いだしてくれたことだ。主人夫婦の口論を聞きつけて、彼女があわててほかの使用人を呼びにゆき、三人いっしょにもどってきたのは覚えているだろう。だがその前に、彼女がひとりで部屋の外にいたときは、主人夫婦の声が非常に低くて、なにを言っているかはほとんど聞きとれず、彼女は言葉の内容よりも、むしろ声の調子から、ふたりが言い争っていると判断した、そう言うんだな。しかし、その点をぼくがもうすこし追及してみると、彼女は夫人が口論のなかで、二度にわたって〝デーヴィッド〟という名を口にしたことを思いだした。これをぼくがなにより重要と見るのは、これこそ夫婦の突然の口論の理由として、貴重な手がかりとなってくれるからだ。覚えてるだろうが、大佐の名はデーヴィッドではなく、ジェームズだからね。

この事件では、あともうひとつ、使用人たちにも、また警察にも、ひときわ強い印象を与えている事実がある。大佐の顔がひどくゆがんでいたことだ。彼らの言によれば、見るも恐ろしくひきつって、極度のおびえと恐れをありありと見せていたという――およそひとの顔がよくもこれほどと思われるくらいに、ひきつり、ゆがみきって、見たとたんに、あまりの恐ろしさに気が遠くなったものも、ひとりならずいたらしい。大佐がその瞬間に自分の運命を予感したこと、そしてそれが彼を途方もない恐怖にかりたてたこと、このへんはまずまちがいないだろうね。これが警察の見かたとも都合よく一致するのは言うまでもない――妻が凶器をふるって自分に致命的な一撃を加えようとしている、そんな瞬間がもし大佐の目にはいったとしたら、当然そういう顔になるだろうというわけだ。傷が後頭部にあったことも、この説を決定的に否定するものではない――打撃を避けようとして、顔をそむけることもありうるんだからね。あいにく、当の夫人からは、なにひとつ訊きだせずにいる――急性脳炎にやられて、一時的に正気を失っているんだ。

警察を通じて、モリスン嬢の話も聞かされた。ほら、話したろう――事件当夜、バークリー夫人と連れだって出かけたお嬢さんだよ。夫人が帰宅する前に、なにか彼女を不機嫌にする理由でもあったのかどうか、それについては、自分もなにも知らないと言っているそうだ。

これだけの事実を集めたところで、ぼくは一息入れて、パイプをたてつづけにふかしながら考えてみた――それらのうちのどれが決定的なもので、どれが付随的なものか、それを見わけようとしたわけだ。この事件に関して、なにがいちばん特徴的で、かつ示唆に富む点かといえば、ドアのキーの不可解な紛失にとどめをさすだろう。室内を隅々まで徹底的に捜索しても、ついに出てこなかった。となると、当然、外に持ちだされたということになる。とはいえ、大佐や夫人が持ちだせたはずはない。これははっきりしている。ならば、大佐夫妻以外の第三者が部屋にはいったのだ。そしてその第三者がはいりこんだのは、庭に面したガラス戸から以外にはありえない。ぼくのこの目で、室内と庭の芝生とを注意ぶかく観察すれば、きっとその謎の人物の残した痕跡が見つかるはずだ、そう思えた。きみのことだから、ぼくのやりかたはわかってるだろう、ワトスン。さまざまな方式を用いるけど、今度のこの調査では、それらを総動員してかかったよ。その結果、たしかに痕跡を発見できたことはできたが、それらは予想していたのとはまるでちがっていた。ひとりの男が部屋にはいった。そしてその男は、外の道路から芝生を横切ってやってきた。きわめて鮮明な足跡が五個、見つかったよ――ひとつは、道路上の、ちょうど男が低い塀を乗り越えた地点にあった。ふたつは芝生に、残るふたつはごくかすかなものだが、男のはいってきたガラス戸のすぐ内側の、かなり汚れた床板にあった。どうやら、走って芝生を横切ったらしい――爪先の跡のほうが、踵《かかと》の跡よりもはるかに深いからね。しかし、ぼくを驚かせたのは、その男じゃなかった。男の連れのほうだったんだ」

「連れがあったのか！」

ホームズはポケットから大判の薄葉紙を一枚とりだすと、膝の上でていねいにひろげた。

「これをなんだと思う？」と、問いかけてくる。

紙の上一面にトレースされているのは、小型のけものの足跡と思われるものだった。五つの肉球がくっきり読みとれるほか、長い爪の跡もひとつ、そして足跡一個の全体の大きさは、ほぼデザート用のスプーンほど。

「犬だね」私は言った。

「犬がカーテンを駆けあがるなんて話、聞いたことがあるか？　はっきりした痕跡が見つかってるんだ——こいつがカーテンを駆けあがった跡が」

「だったら、猿か？」

「しかしこいつは猿の足跡じゃない」

「じゃあなんだっていうんだ」

「犬でもない、猫でも、猿でもない——およそわれわれになじみのあるどんな動物でもない。ぼくはね、寸法からこいつの姿を再現してみることにした。ここに四個の足跡がある——こいつがじっとしていたときのものだ。見てのとおり、前脚から後ろ脚までは十五インチ以上離れている。これに首と頭の長さを足すと、このけものは体長二フィートはくだらない大きさだということになる——尾があれば、それ以上になるだろう。ところが、ほら、ここにべつの足跡がある。けものが動いているときのもので、ここから歩幅が割りだせるわけだが、どれを見ても、歩幅はわずか三インチほどしかない。さあ、これでイメージがつかめただろう——長い胴体に、ひどく短い脚のついたけものだ。残念ながら、毛の一本も残していってくれるだけの配慮はなかったようだがね。それでも、全体的には、いまぼくが言ったような姿をしているはずだし、しかもこいつはカーテンを駆けあがることができ、肉食でもある」

「どうしてそんなことがわかるんだ？」

「なぜならこいつがカーテンを駆けあがっているからさ。ガラス戸のすぐ内側に、カナリアの籠がつるしてあった。こいつは籠のなかの鳥を狙ったんだ」

「そうすると、いったいなんなんだ、このけものは？」

「ああ、それさえ特定できれば、事件の解決にむけて大きく前進できるはずなんだがね。まあおおざっぱに言って、鼬《いたち》かオコジョのたぐいだろうが、それにしても、これまでぼくの見てきたその仲間のうちの、どれよりも大きい」

「しかし、そのことが事件そのものとどんな関係があるんだ？」

「それもまた、これからつきとめなきゃならない問題さ。とはいえ、これでもずいぶんいろんな点がはっきりしてきてるんだよ。たとえばの話、ひとりの男が道路に立って、バークリー夫妻の口論を見まもっていたことがわかっている——ブラインドはあがっていたし、室内には明かりもともっていた。また、男がその不思議なけものを伴って芝生を駆け抜け、部屋へとびこんだこともわかっている。とびこんでいって、さて、どうしたか。大佐と格闘になったか、それとも、大佐がその男を目にして、驚きのあまり気が遠くなり、倒れたはずみに炉格子の角で頭を打ったか——こういう解釈もじゅうぶん成りたつんだ。そして最後にもうひとつ、奇妙な事実をわれわれはつかんでいる——侵入した男が、出てゆくさいに部屋のキーを持ち去ったということだ」

「ぼくに言わせれば、そうしていろいろつかんできた事実も、問題を当初よりいっそうややこしくしているとしか思えないけどね」私は言った。

「おっしゃるとおりだ。要するにそれらが明らかにしてくれてるのは、事件が当初そう受け取られたのより、はるかに底が深いということなのさ。で、いろいろ考えてみた結果、これはまったくべつの面から取り組むべきだという結論に達した。だがそれはそれとして、どうやらぼくはきみが寝るのを邪魔しているようだ。話のつづきはあす、オールダーショットへ向かう車中で、ということにしよう」

「お心遣いはありがたいが、そこまで話しておいて、いまさら打ち切るのは殺生《せっしょう》だよ」

「じゃあつづけるが、バークリー夫人が七時半に家を出たときには、夫とのあいだになんの問題もなかったことははっきりしている。たしかはじめに話したと思うが、夫人はけっしてこれ見よがしに愛情を示すようなたちではなかった。それでもその晩は、いつもどおりなごやかに大佐に挨拶してから出かけている。御者が聞いてるからね。しかるに、これもおなじくはっきりしてることだが、外出先からもどるやいなや、夜は使われない、つまりいちばん夫との対面が避けられそうな部屋へと直行し、まずお茶を所望した——動揺している女性がよくやることだ。おまけに最後はその部屋へやってきた夫にむかって、激しい非難を浴びせかけはじめた。

してみると、家を出た七時半から、帰宅した九時十五分までのあいだに、なにか決定的に彼女の夫への態度を変えさせるような出来事があったのだ。だがその一時間半余り、そのあいだはずっと隣りのモリスン嬢がいっしょだった。したがって、モリスン嬢本人はそれを否定しているが、彼女がその出来事について、なにかを知っているのはぜったいまちがいない。

ぼくが真っ先に思いついたのは、老大佐とこの若い女性とのあいだになにか内々の関係があって、それを女性のほうがこの晩、夫人に告白したのではないかということだった。それならば、夫人が怒り狂って帰宅したのも、なにかあったということを女性が否定しているのも説明がつく。同様に、使用人たちが漏れ聞いたというやりとりの大半も、そう考えればまあ矛盾しない。だがその反面、〝デーヴィッド〟という男の名が口にされていることや、日ごろ大佐の愛妻家ぶりは有名だったことを考えあわせると、この説も成りたちにくい――ちょうどその場にべつの男が侵入して、悲劇になったことを考えれば、なおさらのことだ。しかもこの男の存在は、それまでの一連の出来事とはまったく無関係だった可能性もあるんだからね。となると、つぎにどういう手段をとるかはなかなか決めにくかったが、概してぼくとしては、大佐とモリスン嬢とのあいだになにかがあったという考え、これはひとまず放棄するほうに気持ちが傾いた。ただそのかわり、バークリー夫人に夫を憎む気持ちをいだかせたのはなんなのか、その手がかりをモリスン嬢が握っているという確信はいよいよ深まってきていたから、そこでまずは常道として、モリスン嬢本人を訪ねた。そして諄々《じゅんじゅん》と説いて聞かせたわけだ――あなたが事実の一端を握っていることをこのぼくは確信しているが、そのへんの事情が明らかにならないかぎり、お友達のバークリー夫人が、重罪容疑で被告席に立たされるのは避けられない、とね。モリスン嬢というのは、小柄で、華奢《きゃしゃ》な、妖精といった感じの娘さんで、髪は金髪、目つきはおどおどしているが、どうしてなかなか頭は切れるし、常識も持ちあわせている。ぼくの話を聞いたあと、しばらくじっと考えこんでいたが、やがて、きっぱり心を決めたようすでこちらに向きなおると、ある驚くべき事実を明かしてくれた――きみも眠いだろうから、要約して聞かせるとしよう。

『バークリーの奥様とは親しい友ですから、このことはけっして他言はしないと約束いたしました。約束はあくまで約束です。でも、あのかたにそんなたいへんな容疑がかかり、しかもご自身はお気の毒に、病気のせいで自ら身のあかしをたてることもおできにならない、そういうときに、このわたくしの証言であのかたを救ってさしあげられるのであれば、このさい、約束を破っても許されるのではないかと存じます。はっきり申しあげますわ、こないだの月曜の夜になにがあったかを。

ワット街礼拝堂からの帰り道で、時刻は九時十五分前ごろでした。途中、ハドスン街を通らなきゃなりませんけど、ここ、とても寂しい通りなんです。左側に街灯がひとつあるきりで、ちょうどその街灯の近くまできたとき、向こうからひとりの男がこちらへ歩いてくるのが見えました。なにやらひどく背が曲がっていて、片方の肩から箱のようなものをつるしています。頭を低くさげ、膝も曲げて歩いているようすから見て、どうやら体が不自由なようです。すれちがおうとしたとき、そのひとがふと顔をあげ、街灯の光の輪のなかでわたくしたちを見ました。とたんにそのひとは立ち止まり、ぞっとするような声で叫びました。「なんてこった、ナンシーじゃないか！」バークリーの奥様はふりかえると、死人のように真っ青になって、ふらっとよろめきました。その恐ろしい姿をしたひとが急いで抱きとめなかったら、倒れてしまっていたでしょう。わたくしはおまわりさんを呼びにゆこうとしましたが、意外なことに、奥様がその男にとてもていねいな口調で話しかけられたんです。

「ああヘンリー、この三十年、あなたは亡くなったものとばかり思ってたわ」と、ふるえる声でおっしゃいます。

「死んでたのさ、たしかに」そう男は答えましたが、その口調は、聞くだけでも身のすくむようなものすごいものでした。真っ黒な、見るも恐ろしい顔、その顔のなかで目だけがぎらぎら光っていて、いまも夢に出てくるほどですわ。髪にも頰髯《ほおひげ》にも白いものがまじり、顔はしなびた林檎のように皺《しわ》だらけで、くしゃっとつぶれています。

「ごめんなさい、一足先に行っててくださらないかしら」と、バークリーの奥様がおっしゃいます。「あたくし、ちょっとこのかたとお話があるの。なにも心配することはないのよ」せいいっぱい力強く話そうとなさってますけど、顔は依然として真っ青だし、くちびるはわなわなふるえて、言葉がほとんど聞きとれないくらいです。

ともあれ、わたくしは言われるままにすこし先を行き、ふたりはその場で何分か話しあっていました。やがて奥様はわたくしを追ってこちらへいらっしゃいましたけど、なにやら目が異様に光っていて、しかも後ろではその体の不自由な男が、街灯のそばに立ちはだかり、怒りで気が狂ったみたいに、しきりにこぶしをふりまわしています。奥様はそのまま一言もおっしゃらず、この家の門口まできてしまいましたけど、そこでいきなりわたくしの手をつかむと、どうかいまあったことはだれにも話してくれるなと懇願なさいました。「あたくしの古い知り合いで、いまは零落の身の上なの」そうおっしゃいます。他言はしないとわたくしがお約束しますと、奥様はなにも言わずにわたくしに抱きついて、キスなさいました。それきりいままで一度もお目にかかっておりません。というわけで、これで事情はすっかりお話しいたしました。いままで警察にも隠していたのは、親しいお友達がそんな苦境に立たされているとは、つゆ知らなかったからでございます。いまはもう、いっさいが明るみに出たほうが、むしろあのかたのためになるものと承知しております』

　ざっとこういったところが、彼女の話してくれたことだ。きみなら想像がつくだろうが、ねえワトスン、ぼくにしてみれば、暗闇に光明を見た思いだったよ。それまでばらばらだった事実がすべて、ここで一挙に本来の位置におさまって、それらが順序よく並んだ事件の構造が、おぼろげながら見えてきたわけだ。となれば、つぎにとるべき手段は、バークリー夫人にそれほど強い影響を与えた、問題のその男を探しだすことしかないのははっきりしている。もしもその男がまだオールダーショットにいるなら、探しだすのはむずかしくないだろう。もともと軍人以外の住人はそう多くはない街だし、体が不自由となれば、当然、注目をひくはずだ。ぼくは一日をそれにあて、夕方には——というのは、つまり、きょうの夕方、ということだけどね、ワトスン——その男の居場所をつきとめていた。男の名はヘンリー・ウッド、ご婦人がたが当人と遭遇した、そのおなじ通りにある下宿に住んでいる。そこにきてから、まだ五日にしかならない。ぼくは戸籍登録所の係員になりすまして、下宿のおかみとすこぶる興味ぶかいよもやま話をしてきた。その男、手品使いの芸人を生業《なりわい》にしていて、夜になると、兵隊の集まる酒保をめぐり歩いては、芸を見せて金を稼いでいる。ある種のけものを箱に入れて持ち歩いてるが、下宿のおかみは、いままで見たことのない動物だと言って、おぞけをふるってた。なにかの手品でそいつを使うんだそうだがね。まあそんな話をおかみは聞かせてくれたあと、男があれほどねじまがった体で、よくも暮らしていけるもんだと感心したり、ときおり奇妙な外国語を使うことや、ここ二晩ばかり、自室でしきりにうめいたり、すすり泣いたりしてるのが聞こえたこと、なども話してくれた。宿代の支払いはきちんとしてるが、それでも、保証金としておかみが預かったのは、フロリン銀貨の贋物みたいだというんだ。ところがね、ワトスン、実物を見せてもらったら、なんと、インドのルピー貨なのさ。

と、ここまで聞けば、きみにもわかるだろう——いまわれわれがどういう立場にあるか、なぜきみの助力が必要なのか。男がご婦人がたと別れたあと、遠くからふたりを尾行して、ガラス戸ごしに夫婦の口論を目にしたこと、われを忘れて部屋にとびこみ、そのとき連れていたけものが逃げだしたこと、このへんの事情は火を見るよりも明らかだ。というわけで、ここまではすべて明らかになった。しかし、そのとき部屋のなかで実際になにがあったのか、それを語れるのは、この世にその男本人を措《お》いて、ほかにはいないというわけなのさ」

「すると、これからその男を問いつめようというんだね？」

「ご明察――ただしそれも、だれか立会人を置いたうえでのことだ」

「その立会人をぼくに頼むと？」

「きみさえ異存がなければ。相手がすんなり事情を明かしてくれれば、それでよし。万が一拒否するようなら、やむをえないが、逮捕状を請求するしかあるまいね」

「しかし、われわれが行ってみたとして、そのとき相手が確実にそこにいるとはかぎらないだろう？」

「それならちゃんと手は打ってあるさ。例のぼくの〈ベイカー街少年隊《ベイカー・ストリート・イレギュラーズ》〉だけどね、そのひとりがいまそいつを見張ってる――リベットの座金よろしく、どこまでも男にくっついてゆくはずだ。あす、必ずハドスン街で対面できるだろうよ、ワトスン。さてと、そうこう言ってるうちに、これ以上きみがベッドにはいるのを妨げてると、ぼく自身が犯罪者になっちまう」

私たちが悲劇の現場に到着したのは、翌日の昼ごろ。さっそくわが相棒の案内で、ハドスン街とやらへ向かった。感情を外にあらわさないことではずばぬけたホームズだが、それでもいまは、興奮をおさえかねているのが私にも容易に見てとれるし、私はまた私で、友人の捜査に同行するときにはきまって経験するように、なかばは冒険、なかばは知的な興奮に打ちふるえていた。

「ここがそのハドスン街だ」そう言いながら、彼はとある短い通りに折れた――両側に質素な煉瓦造りの家並みがつづいている。「やあ！　シンプスンが報告にくるぞ」

「まちがいなくうちにいますよ、ホームズさん」と、その小柄な浮浪児が私たちに駆け寄ってきながら叫んだ。

「ご苦労、よくやったな、シンプスン！」そう言って、ホームズはその少年の頭をぽんぽんとたたいた。「さあきたまえ、ワトスン。ここがその家だ」名刺に〝重大な用件で参上した〟とのメッセージを添えて届けさせると、ほどなく私たちは、はるばる会いにやってきた、そのめあての男と向かいあっていた。この季節だというのに、その男は暖炉の火のそばに縮こまってすわり、室内はオーブンそこのけの暑さだった。全身をくしゃくしゃにゆがめ、背を丸めてすわっている男のようすは、どこから見ても肢体不自由であることはまぎれもなかったが、それでいて、私たちのほうへ向けたその顔は、やつれて、どす黒くすすけていながら、かつては目をみはるほどの美男子だったことを思わせるにじゅうぶんだった。胆汁症《たんじゅうしょう》らしい黄色く濁った目を胡散《うさん》くさそうに私たちに向けると、男は口をきくでも立ちあがるでもなく、ただ手真似で二脚の椅子を指し示した。

「ヘンリー・ウッドさんだね、インド帰りの？」ホームズが愛想よく言った。「バークリー大佐が死去された件で、こうしてうかがったわけだが」

「このおれがそのことでなにか知ってるとでも？」

「まさにそれを確かめたいのでね。たぶんご承知と思うが、事件の謎が解明されないかぎり、古いお友達のバークリー夫人は、十中八九、殺人容疑で裁判にかけられることになる」

男はぎくっとして身を起こした。

「あんたがだれだか知らないけどよ」と、叫ぶように言う。「それに、なんであんたがそういうことを知ってるのか、それもわからんけどよ——でも、いまあんたの言ったこと、それはぜったい確かなんだろうな？」

「確かもなにも、夫人が意識をとりもどし次第、すぐにも逮捕状が執行されることになっている」

「くそっ、なんてこった！　すると、あんたも警察なのか？」

「いや」

「じゃあ、なんであんたが口をつっこむ？」

「正義が行なわれるようにするのは、万人の義務だからね」

「誓って言うが、あのひとに罪はない」

「ならば、きみ自身に罪があると？」

「いや、おれだって身に覚えはない」

「だったら、ジェームズ・バークリー大佐を殺害したのは、だれだと？」

「まさしく神の摂理さ、やつを殺したのは。しかしだ、ここをよく聞いてもらいたいんだが、かりにおれがこの手でやつの脳天をぶち割ったのだとしても——まさにそうしてやりたいのはやまやまだったけどよ——もしそうだとしても、それはあの男には因果応報《いんがおうほう》、いや、それでもまだ足りないくらいだってことさ。あのときあいつは、自身の良心の呵責《かしゃく》からああなったんだけども、そうでなければ、おそらくこのおれが自分で手をくだしていただろうからね。事情をすっかり話せとおっしゃる？　ようがす、話しちゃいけないわけはない——おれとしちゃこの

ことで、なにひとつ天下に恥じる理由なんかないんだから。

まあ聞いてください。いまのこのおれのざまを見りゃ、駱駝《らくだ》みたいな背中に、ひんまがったあばら、てんで見られたもんじゃないだろうけど、これでもむかしはヘンリー・ウッド伍長といやぁ、第一一七歩兵大隊きっての男前と言われたこともあるんだ。隊は当時インドに駐屯してて――まあ砦の名は、仮にバーティーとでもしとこうか。こないだ死んだバークリーは、おなじ中隊の軍曹殿、そして連隊一の小町娘と言われたのは――そう、彼女こそは、かつてこの世に出現しただれよりもきれいな娘だったが――名をナンシー・デヴォイといって、これもおなじ隊の軍旗護衛曹長の娘だった。ふたりの男が彼女にぞっこんだったが、彼女はそのひとりを愛した。いまこの火の前で縮こまってる姿を見て、あんたがたはお笑いなさるだろうが、だれあろうこのおれこそが彼女の愛した男、そしてそれもおれが男前だったからなんだ。

ただあいにく、彼女の心はこのおれに向いてたものの、父親のほうは娘をバークリーと結婚させたがってた。おれはむこうみずのやんちゃ坊主だが、向こうはそれなりの教育もあるし、じきに将校に昇進することも約束されてたしね。それでも彼女がおれを思ってくれる気持ちに変わりはなく、いずれはきっとおれのものになると思いかけてたその矢先に、勃発したのが例の〈セポイの反乱〉だ。そしてたちまち国じゅうが修羅の巷《ちまた》と化しちまった。

われわれはやがて反乱軍によってバーティーに封じこめられた――われわれというのは、砲兵半個中隊、シーク兵一個中隊、それに民間人と、女子供が大勢。かたや包囲軍のほうは、人数およそ一万人、しかもその全員が鼠の檻をとりかこんだテリアの群れよろしく、すぐにもとびかかろうと勇みたってる。包囲戦が始まって二週間めには、砦の飲み水が尽きて、われわれが助かるかどうかは、ちょうど北進ちゅうのニール将軍麾下《きか》(4)の部隊と、連絡がとれるかどうかにかかってきた。こっちは大勢の女子供連れ、囲みを破って血路を切りひらくことはできない相談だから、残された望みはそこにしかなかった。で、おれは志願したわけだ——単身ここを脱出して、ニール将軍にこっちの窮状を知らせにゆく、と。この申し出は受け入れられ、そこで、周辺の事情にだれよりも詳しいと言われてたバークリー軍曹に相談を持ちかけたところ、軍曹が反乱軍の囲みを抜けられる脱出路を図に描いてくれた。おなじ晩の十時、おれは使命を帯びて出発した。千人の命がおれひとりにかかってたけど、その夜、砦の壁を乗り越えたとき、おれの頭にあったのは、そのうちのたったひとりの命のことだけだった。

はじめのルートは、水の干あがった水路づたいに行くようになっていた。土手が敵の哨兵《しょうへい》の目からこっちの姿を隠してくれるはずだったんだが、あにはからんや、とある曲がり目をそっと曲がったとたんに、おれは六人の敵兵のまっただなかにとびこんでいた——そいつら、闇のなかにじっとうずくまって、待ち構えてやがったんだ。あっというまに、頭を殴られて昏倒、手も足もがんじがらめに縛りあげられちまった。けれども、なにより強い衝撃を受けたのは、頭じゃなく、心のほうだった。というのも、意識をとりもどして、敵のやつらのしゃべってることをなんとかすこしでも聞きとろうとしてるうちに、わかってきたんだ——隊の同僚で、おれにこの道を行けと教えてくれた当の本人が、おれを裏切って、現地人の下男を通じて、おれを敵に売りわたしたんだってことが。

まあ、話のここんところは、これ以上くだくだ言うにもあたらんでしょう。ジェームズ・バークリーという男が、どんな卑劣な真似のできる人物か、これであんたがたにもわかったわけだ。バーティーの砦は、さいわい翌日、ニール将軍の手で解放されたけど、反乱軍は退却するにあたり、おれまで連れていったから、その後ふたたび白人の顔を見るまでに、ずいぶん長い年月がかかった。そのあいだ、おれは拷問され、逃げようとしてつかまり、また拷問されるのくりかえしだった。そのあげくが、いまごらんの、このざまです。叛徒《はんと》の一部はネパールへ逃げ、そのときおれも連れていかれて、その後はまたダージリン経由で北へ向かった。北の山地民が、おれをつかまえてた叛徒どもを皆殺しにしたので、今度はしばらくその連中の奴隷にされたけど、やがてようやくそこも逃げだした。それでも、南へは行けないから、北へ向かうしかなく、気がついてみたら、アフガニスタンにいた。そこでもまた何年も放浪生活を送り、それからやっとパンジャブまでもどってきて、その土地で現地民にまじって暮らしながら、習い覚えた手品で生計をたてた。こんなみじめな姿で、いまさらイギリスにもどったって、あるいはむかしの戦友の前に姿をあらわしたって、いいことなんかなにもありゃしない。復讐したい気持ちはたしかにあったけど、それすらも帰国しようという動機にはならなかった。杖にすがって、チンパンジーみたいに這いずりまわりながら生きてるこの姿を、ナンシーやむかしの仲間に見られるくらいなら、むしろ、ハリー・ウッドは以前と変わらぬ男前のまま、堂々と死んでいったと思ってもらいたかった。みんなはおれが死んだことをつゆ疑っちゃいなかったし、おれとしても、それを疑わせるつもりはさらさらなかった。風の便りに、バークリーがナンシーと結婚したことは聞いてたし、やつが連隊でとんとん拍子に出世したことも知ってたけど、それでも名乗りでる気にはなれなかった。

ところがね、人間、年をとってくると、そぞろ故郷が恋しくなる。もうずいぶん前からおれは、イングランドの明るい緑の野や生け垣を夢に見るようになっていた。そしてとうとう、死ぬ前に一目だけ、それらを見ておきたいという気持ちになったんです。そこで、なんとか渡航費をためると、兵隊のいるこの土地へやってきた——兵隊なら気心も知れてるし、どうすれば楽しませてやれるかもわかってるから、ここでなら暮らしをたてていくだけのものが稼げる、そうもくろんだわけだ」

「なるほど、きみの身の上話、なかなか興味ぶかく聞かせてもらった」と、シャーロック・ホームズが言った。「きみがバークリー夫人と遭遇して、おたがい相手に気づいたという話は聞いている。きみはそのあと彼女を自宅までつけてゆき、ガラス戸ごしに彼女と夫との口論を目撃した。彼女はその口論のなかで、夫のきみにたいする仕打ちを激しく非難し、罵った。見聞きしているうちに、きみも激情をおさえきれなくなり、庭を走り抜けて、ふたりのいる部屋にとびこんでいった。そうだね？」

「そうです、たしかに。ところが、おれの姿を一目見るなり、やつは世にも恐ろしい形相になった——おれも生まれてはじめて見るほどのすごいご面相だった——そしてそのまま後ろにのけぞって倒れ、炉格子に頭をぶつけた。だけどね、じつは倒れる前にもう死んでたんだ。顔に死相がありありとあらわれてたから——いまこの暖炉の上に飾ってある聖句にも劣らず、はっきりとね。おれの顔を一目見ただけで、それが銃弾さながら、罪の重荷をかかえたやつの心臓をつらぬいたってわけです」

「で、そのあとは？」

「そのあと、ナンシーが失神しちまったので、おれは彼女の手からドアのキーをとった――ドアをあけて、助けを呼ぶつもりだったんだ。ところがそこで、ふっと気が変わった――ここはこのままにして、逃げたほうがいい。この場の状況からして、おれに疑いがかかることは予想できるし、ここでかかりあいになれば、どっちにせよおれの秘密がばれちまう。あわてたせいで、うっかりキーをポケットにつっこみ、騒ぎのあいだにカーテンを駆けあがってたテディーのやつをつかまえようとして、杖まで落としちまった。どうにかつかまえて、いつのまにか抜けだしてた檻にもとどおり押しこむと、一目散にそこから逃げだした」

「だれだね、テディーとは？」ホームズがたずねた。

男は身をのりだすと、隅に置かれた一種の檻のようなものの前蓋をひきあげた。と、するりとあらわれたのは、美しい赤茶色のけもの――ほっそりとして、しなやかで、鼬の仲間を思わせる脚に、長く細い鼻面、これまで私がどんな動物にも見たことのないような、すばらしくきれいな赤い目をしている。

「マングースか！」思わず私は叫んだ。

「ああ、そうも呼ばれるし、イクニューモンとも呼ばれるね」男は言った。「おれは〝蛇獲り屋〟って呼んでるけど――なんせ、コブラをつかまえるときのテディーの速さったら。ここには牙を抜いたコブラも一匹連れてるが、テディーは毎晩、酒保の客の前でそいつをつかまえてみせて、ご一同のご機嫌をうかがってるわけだ。ほかになにか訊きたいことは？」

「そうだね、もしも将来、バークリー夫人の立場が面倒なことにでもなったら、あらためてきみの出頭をお願いするかもしれない」

「そのときは、むろん、どこへでもまいりますさ」

「とはいえ、そういうことでもないかぎり、いまさら死者の旧悪をあばきたてるまでもないだろう——たしかに彼のしたことは、許されざる大罪ではあるがね。それでも、すくなくともきみとしては、彼がその過ちのために、三十年間、強い良心の呵責に苦しみつづけていたと知ったわけだから。ああ、通りの向こうをマーフィー少佐が行く。じゃあ失礼するよ、ウッド。きのう以降、状況になにか変化があったかどうか、ぜひ訊いてみたいんでね」

　少佐が街角まで達しないうちに、私たちは追いついた。

「ああ、ホームズ、聞いただろうね」と、少佐は言った。「結果として、事件は空騒ぎで終わったようだよ」

「というと、どんな結果が？」

「いましがた検死審問が終わった。検死官の所見では、〝卒中の発作による死〟という結論になるようだ。つまるところ、まるきり単純な事件だったということさ」

「なるほど、まったくの見かけ倒しだったというわけですか」ホームズはうっすら笑いながら言った。「じゃあ行こうか、ワトスン。われわれもこれ以上オールダーショットでは出る幕がなさそうだ」

「ひとつだけわからないことがある」と、私は駅へむかって歩きだしながら言った。「夫の名がジェームズで、あのもうひとりの男がヘンリーなら、〝デーヴィッド〟という名が出てきたという話、あれはいったいなんだったんだろう」

「じつはね、ワトスン、その一語を聞いたときに、ぼくには事件の全貌がつかめてなきゃいけなかったんだ——いつもきみが好んで描いてくれるような、理想的な推理家でぼくがあったならばね。要するにあれは非難の言葉だったのさ」

「非難の？」

「そう。ダビデ王はときおり道を踏みはずした、これは知ってるだろう。そしてそのうち一度は、ジェームズ・バークリー軍曹とまったくおなじことを狙った。ほら、ウリヤとバテシバの故事だよ。ぼくの聖書の知識はちと錆びついてるが、たしか『サムエル記』のIだかIIだかに出てくるはずだ(5)」

(1)〝初歩的なことだよ〟は、ホームズの台詞《せりふ》として、もっとも有名なもののひとつ。
(2)〈セポイの反乱〉は、一八五七年から五九年にかけて、インドの農民・兵士が起こした反英蜂起。この結果、それまでの東インド会社に代わって、英国政府が直接インドを統治するようになった。
(3)階級社会の英国では、将校と下士官・兵とのあいだには、歴然たる身分差別があった。
(4)ジェームズ・ジョージ・スミス・ニール(一八一〇—五七)。英国の将軍。一八五七年、

〈セポイの反乱〉の勃発にあたって、ベナレスで叛徒らを無慈悲に殲滅《せんめつ》、のち、包囲されていたラクナウ攻撃に加わるために進撃して、その攻撃戦で戦死した。

(5) ダビデ(英語読みならデーヴィッド)王は、配下の部隊長ウリヤの妻バテシバに横恋慕して、ウリヤを死地に追いやり、死なせた。バテシバはのちにダビデの妻となり、ソロモンを産んだ。『サムエル記』II、第十一章、第十二章。

寄留患者

これまで私は、友人シャーロック・ホームズ氏の知的な特性のいくつかを実例をもって世に知らしめようと、それを一連のいささかとりとめのない回想録として書き綴《つづ》ってきたが、いまその記録にざっと目を通してみると、そうした私の狙いにあらゆる意味で合致する例を選びだすのがいかに困難だったか、そのことにあらためて思いをいたさずにはいられない。というのも、ホームズがその分析的推理のうえでちょっとした離れ業《トゥールドフォルス》を演じ、彼独特の捜査法の真価を明らかにしている、そんな事件にかぎって、事件そのものがあまりにも些細だったり、平凡だったりするため、それを麗々しく読者の前に持ちだすのは気がひける、そういう例が往々にしてあるからだ。かと思えばまた、事件そのものはおよそ類例のない、すこぶるドラマティックな性質を持っているのに、その原因をつきとめるうえでホームズの果たした役割が、彼の伝記作者たるこの私が望むほどに、きわだったものではないといったこともちょくちょくある。私が『緋色の研究』の題で記録にとどめておいたあのささやかな事件と、いまひとつ、これはその後に発表した、かの三檣帆船《さんしょうはんせん》〈グロリア・スコット〉号の失跡にからむ悲劇、この二例などはさしずめ、彼の事蹟を語ろうとするものをつねにおびやかすこうした板挟みの苦衷《くちゅう》の、よき例証として挙げることができよう。そういう意味で、これから語ろうとする事件なども、私の友人がそのなかで果たした役割こそさほど顕著なものではなかったとはいえ、そこにいたるまでの一連の事情が、まことに特徴的なものであるため、私としては、どうしてもこれをこのシリーズから完全に排除してしまう気にはなれないのである。

　十月のある鬱陶しい、雨もよいの日だった。「不健康な天気だね、ワトスン」と、友人が言った。「ただ、夕方になって、いくらか風も出てきたようだ。どうだい、気晴らしに街を散歩するというのは？」

　狭苦しい居間にとじこもりきりでうんざりしていたところだから、私も喜んで応じた。それから三時間ばかり、フリート街からストランドにかけての街なかを、刻々と移り変わる人の世の万華鏡をながめながら、ふたり並んでぶらぶら歩きまわって過ごした。ホームズがいつものでんで、それらの情景を持ち前の鋭い観察力と、玄妙な推理力とで分析してくれるから、私もすっかり聞きほれて、飽きることがなかった。

　ベイカー街にもどったのは、十時をまわったころだった。一台の四輪箱馬車《ブルーム》が下宿の玄関先に停まっていた。

「ほう！　医者だね――全科診療の開業医らしい」ホームズが言う。「開業してまだ間もないが、繁昌はしているようだ。医者がわれわれに相談事か――それでこうしてやってきた！　いいところへ帰ってきたよ！」

　ホームズのやりかたには通暁《つうぎょう》している私だから、彼の推理の筋道を追うことはむずかしくなかったし、四輪箱馬車の室内灯の明かりで、そこにつるされた柳のバスケットのなかの、さまざまな医療器具も見てとれた。友人もそれを見て、その種類や状態などから、即座にいまのような推理に達したのだろう。階上の私たちの居室に明かりがともっているのを見れば、この遅い訪問客が、たしかに私たちを訪ねてきたのであることはまちがいない。それにしても、こんな時刻に、私の同業者がいったいなんの用があってやってきたのか、多少の好奇心をうずかせつつ、私はホームズのあとから部屋にはいっていった。

青白い細面《ほそおもて》の顔に、砂色の頬髯《ほおひげ》をたくわえた男が、私たちを迎えて、暖炉のそばの椅子から立ちあがった。年は三十三か四、それ以上にはなるまいが、いかにも憔悴《しょうすい》しきった表情や、不健康な顔色などを見ると、いまの生活がこの男から精力を搾りとり、若さを奪ってしまっていることが察せられる。そわそわした内気そうな物腰は、いかにも神経の細い紳士といった趣《おもむき》だし、立ちあがりながらマントルピースに置いた手は、ほっそりと白くて、医者の手というよりは、芸術家のそれに近い。身なりは地味な、控えめなもので、黒のフロックコートに、黒っぽいズボン、わずかにネクタイだけがそれにいろどりを添えている。

「こんばんは、ドクター」と、ホームズが快活に声をかけた。「お待たせしてすみませんでしたが、それもほんの数分だったようで、なによりです」

「すると、わたしの御者とお話しになったんですね？」

「いや。そのサイドテーブルの蠟燭《ろうそく》から推測したのですよ。どうかおかけください。ぼくがどんなお役に立てるのか、ひとまずお聞かせいただくとしましょうか」

「わたし、パーシー・トレヴェリアンと申しまして、医者です」客が名乗った。「ブルック街四〇三番地の住まいで開業しております」

「ひょっとして、原因不明の神経障害について論文を書かれたかたではありませんか?」私はつい口をはさんだ。

青ざめた頬に、さっと赤みがさした。自分の仕事が世に知られていたのが、よほどうれしかったのだろう。

「あの論文のことは、さっぱり評判を聞きませんので、てっきり埋もれてしまったと思っていました。版元のほうでも、売れ行きについては悲観的なことしか聞かせてくれませんし。そうすると、あなたも医業のほうのかたですか?」

「退役軍医です」

「わたしはずっと神経の病気に関心を持ってきました。それ専門の医者になりたいのはやまやまなのですが、はじめはもちろん手の届くところから、やってゆくしかありませんからね。とはいえ、シャーロック・ホームズさん、いまはこんなことを話している場合じゃありません。貴重なお時間を割《さ》いていただいていることも承知しておりますし。じつは、このところブルック街のわたしの住まいで、まことに奇妙な出来事がたてつづけに起きているのですが、それが今夜はとうとう極限にまできてしまって、もうこれ以上はあなたのご助言とお力添えをいただかないかぎり、にっちもさっちもいかないところに追いつめられているのです」

シャーロック・ホームズは腰をおろすと、パイプに火をつけて、言った。「ご相談にものりますし、お力添えもしますよ。さっそくそのお困りの事情というのを、詳しく話していただきましょうか」

「なかには、あまりにつまらないことなので、お話しするのも恥ずかしいというようなのもいくらかあります」と、トレヴェリアン医師はつづけた。「しかし、事の次第があまりに不可解ですし、最近はまた成り行きが変わって、それがいよいよ複雑の度を加えてきましたので、とりあえずいっさいをあるがままにお話しして、どれが大事なことで、どれがそうでないのか、あなたのご判断を仰ぎたいと存じます。

話の順序として、まずわたし自身の大学時代のことから始めなくてはなりません。わたしはロンドン大学を出ておりますが、在学ちゅうは教授の面々から、将来をおおいに嘱望されていた、そう申しあげても、不当な自慢話とはお受け取りにならぬと存じます。学部卒業後も、キングズ・コレッジ病院にささやかなポストを得て、そこで働きながら、研究をつづけておりましたが、さいわいにも、強硬症《カタレプシー》の病理に関する研究で、かなりの注目をひくことができ、さらに、いまこちらのご友人のかたが言及された、神経障害に関する論文で、ブルース・ピンカートン賞とメダルとを獲得することもできました。当時は、それこそわたしの前途は洋々たるものだと衆目が一致していた、そう申しあげても、あながち過言ではないと思います。

ところが、ここにひとつだけ、大きな障害がありました――資金がないということです。容易にお察しいただけると存じますが、医者として高きをめざそうとすれば、最初からまずキャヴェンディッシュ・スクエア界隈の、ほんの十ばかりの通りのひとつで開業することがもとめられます。ですが、それには目玉のとびでるほどの家賃が必要だし、内装にも金がかかる。さらに、こうした最初の出費に加えて、すくなくとも数年間は無収入でもやっていけるだけの手持ち資金が必要だし、見苦しくない馬車や御者もかかえておかなくちゃならない。若輩にとっては及びもつかぬことばかりで、わたしとしては、当面はひたすら節約して金をため、十年ばかりのうちには、なんとか開業医として看板を掲げたい、というのがせいいっぱいの望みでした。それがです、ここへきて、とつぜん思いもよらない出来事が起きて、まったく新たな展開が目の前にひらけたのです。

その出来事とは、ブレッシントンという名の、まるきり見も知らない紳士の訪問を受けたことでした。ある朝、前ぶれもなくわたしの部屋にはいってくると、その紳士はいきなり用件を切りだしました。

『あんたがパーシー・トレヴェリアンさんだね？——大学で抜群の成績をおさめ、先ごろはまた、ある大きな賞をもらったとかいう、その当人？』そう言います。

返事のかわりに、わたしは会釈しました。

『率直に答えてもらいたい』と、相手はつづけます。『なぜならこれは、きっとあんたのためにもなることなんだから。あんたは成功するだけの知恵なら残らずそなえている。ならば、世才のほうはどうだね？』

あまりに単刀直入な物言いに、わたしもつい苦笑したほどです。

『そちらのほうもそれなりにそなえているつもりですが』そう答えました。

『なにか悪い癖はないかね？　深酒をするとか、そんなことは、ないね？』

『ばかを言わないでください！』わたしは思わず声を高めました。

『結構、結構！　それならいいんだ！　ただこれだけは確かめておく必要があったのでね。ならば訊くが、それだけの資格がありながら、なんであんた、まだ開業していない？』

わたしは無言で肩をすくめてみせました。

『さあ、さあ！』相手はせかせかとつづけます。『どうせよくある話だろうが。おつむはりっぱだが、ふところにはそれに見あうだけのものがない、ってやつだな？　そこで相談だが、かりにわしが資金を提供して、ブルック街で開業させてやろうと言ったら、どうする？』

わたしは仰天して相手を見つめました。

『いやいや、これはわし自身のためであって、あんたのためじゃないんだ』彼は声を高めて言います。『ここはざっくばらんに言わせてもらうが、もしこれがあんたの気に入るなら、わしとしてもおおいに好都合というだけでね。じつは、自由に動かせる金が二、三千ポンドあるんだが、それをあんたに投資しようというのさ』

『しかし、なぜまたわたしに？』わたしは息をのみました。

『なに、理由は普通の投機とおなじさ。それに、たいがいの投機より安全でもある』

『で、わたしはなにをすればいいのです？』

『それをこれから話すところだ。わしが家を用意し、内装もして、メイドも雇う。つまり、経営はこちらでいっさいひきうける。だから、あんたはただ診察室にすわってるだけでいい。当座の小遣いなんかも、ぜんぶさしあげる。そのかわり、収入の四分の三はこちらがもらい、あんたは残りの四分の一をとる』

ずいぶん妙な提案ですけどね、ホームズさん、これがそのブレッシントンという男の持ちこんできた話です。それからの駆け引きやら交渉やらの一部始終は、あなたにはご退屈でしょうから省略しますが、ともあれ、最終的にわたしはつぎの〈節季勘定日《レイディー・デイ》〉(1)にその家に移り、ブレッシントンがはじめに提示したとおりの条件で、開業医として出発したわけです。彼自身も、いわゆる〝寄留患者〟という立場で、おなじ家に起居するようになりました。どうやら、心臓がよくないらしく、常時、医者の診察が欠かせないということのようです。二階のいちばんいい部屋をふたつ占領して、ひとつを居間に、ひとつを寝室にあてていますが、とにかく、非常に変わった性癖の主で、ひとづきあいを極度に嫌い、めったに外出もしない。生活も不規則なんですが、それでいて、ある一点では、驚くほどきちょうめんで、毎晩、きまった時刻に診察室にあらわれると、その日の帳簿を調べ、収益のなかから、一ギニーにつき五シリング三ペンス分だけわたしの手もとに残して、あとはそっくり持ち去る。そして自室の頑丈な金庫にしまいこむのです。

はっきり申しますが、彼がその投資を一瞬たりとも悔やむことはなかったこと、これはぜったいまちがいありません。最初から業績は好調でした。大学病院にいたころから、いい患家《かんか》が何軒かついていましたし、評判もけっこうとってましたから。おかげでわたしはたちまち一流の医者の仲間入り、ここ一両年のあいだに、すっかり金主《きんしゅ》を金持ちにのしあげていました。

というところが、ホームズさん、わたしのこれまでの来歴と、そしてブレッシントン氏との関係です。あとは、いったいどういう出来事があって、今夜こうして駆けつけてくる仕儀になったのか、それをお話しするだけです。

何週間か前のこと、ブレッシントン氏がわたしのいる診察室へやってきました。見れば、すくなからず動揺しているようすです。なにか押し込み事件があったようなことを言い、それはウェストエンドで起きたことなのだそうですが、そんな話をしながらも、不必要にそのことを気に病んでいるふぜいで、一日も早く窓やドアに、もっと頑丈な閂《かんぬき》を補充する必要がある、としきりにくりかえします。この奇妙にそわそわした興奮状態は、それから一週間もつづいて、そのあいだは、たえず窓から外をうかがったり、夕食前の習慣にしていた軽い散歩もやめてしまったり。そんなところから見て、どうも何事かを、あるいは何者かを、極度に恐れているようなのですが、わたしがそれについて訊こうとすると、とたんにおそろしく不機嫌になってしまい、こちらもその話題はそれきり打ち切るしかありませんでした。それでも、日がたつにつれて、徐々にその恐怖も薄れていったらしく、日常の習慣もまたもとにもどったのですが、その矢先に、またも新たな出来事が起きて、以来、現在にいたるも、気の毒なくらい意気消沈して、そのまま立ちなおれずにいるのです。

で、その出来事ですが、こういうことです。二日前のこと、わたしに一通の手紙が届きました。それをこれから読みあげますが、手紙には住所も、また日付けも付されていません。

ただいま英国に居留しておりますロシアの一貴族が、ぜひ一度、パーシー・トレヴェリアン先生の専門的なお力を借りたいと希望しております。数年前から、カタレプシーの発作に悩まされているのですが、トレヴェリアン先生はこの方面の権威であられると、かねて聞き及んでおります。あすの夜、六時十五分ごろにおうかがいしたいのですが、なにとぞその時刻にご在宅たまわりますよう、ご配慮願えれば幸甚です。

この手紙には、たいへん興味をそそられました。というのも、カタレプシー研究の最大の難関というのが、この症例の稀少さという点にあるからです。そんなわけで、当然お察しのように、指定の時刻には診察室に陣どって、いまかいまかと待ち構えていました。そこへ給仕が患者を案内してきたわけです。

患者は年配の、痩せた男で、おつにすました感じですが、見かけは平凡そのもの――どう見ても、ロシア貴族というイメージではありません。むしろわたしが強い印象を受けたのは、患者の連れのほうでした。長身の若い男なのですが、これが目をみはるほどのハンサム――浅黒く、精悍な顔に、四肢や胸板のたくましさたるや、ヘラクレスもかくやといった感じです。連れの腕の下に手を添えてはいってくると、その風貌からはとても想像できないやさしさで、連れが椅子にすわるのを手助けしました。

『先生、ぼくまでのこのこはいってきて、申し訳ありません』と、やや舌足らずな、歯擦音《しさつおん》のめだつ英語で言います。『これは父ですが、父の健康はこのぼくにとっても、このうえもなくたいせつな問題ですので』

この親思いの情には、わたしも心を動かされました。そこで申しました。『では、診察ちゅうも、ぜひそばに付き添っていたいとお望みでしょうね？』

『いやいや、とんでもない』と、さもぞっとするという身ぶりで、青年は言います。『それがぼくはたいへん苦手でして。そのつらさは、とても口では言えません。父があいう恐ろしい発作で金縛りになっているのを見ると、自分もこのまま息ができなくなるんじゃないか、なんて気がしてくるくらいです。どうも人一倍、神経が過敏なようでして。もしお許しをいただけるのなら、父が先生のご診断を仰いでいるあいだ、ぼくは待合室で待たせていただこうと存じます』

もとよりこちらに異存はありませんでしたから、青年はそのままひきさがり、わたしはさっそく患者の問診にかかって、それを克明にノートにとってゆきました。患者の受け答えはしばしば曖昧になりがちで、どうもあまり知的とは言いかねる印象を受けましたが、これはあるいは英語力の不足に起因するものかもしれません。ところが、そうしてノートをとりながら問診をつづけているうちに、とつぜん患者がいっさいの質問に答えなくなり、不審に思って顔をあげてみると、驚くなかれ、患者のようすが一変してしまっている――椅子にかけたまま、棒をのんだようにしゃちこばって、こちらを見つめてくる顔も、まったく表情をなくし、こわばっています。なんと、わたしの目の前で、その謎めいた持病の発作が起きたのです。

とっさに感じたのは、当然のように、同情とショック、ぞっとするといった気持ちでした。

それがどうやらつぎの瞬間には、どちらかというと職業的な満足感に変わってしまったようです。わたしは夢中で患者の脈搏《みゃくはく》や体温を測定し、筋肉のこわばりぐあいをテストし、反射能力を調べました。いずれにおいても、とくにめだった異常は見られず、この点はわたしのこれまでの経験とも一致しています。過去のこうした例では、亜硝酸アミルの吸入が卓効を挙げていますし、今度のこれも、その効能をためすのには絶好の機会と思われました。薬の瓶は地下の実験室に置いてありますので、椅子にかけたままの患者をその場に残し、わたしは急いでそれをとりにゆきました。めあての薬を見つけるまでにちょっと手間どって――そう、五分くらいでしょうか――やっと診察室にもどったときです。なんと、部屋がからになっていて、患者も姿を消している。そのときのわたしの驚き、まあご想像ください！

もちろん、真っ先に待合室へ駆けこみましたよ。ところが、息子のほうもやはりいなくなっています。玄関ホールのドアはしまっていますが、錠はおりていません。案内役の給仕はまだ新米で、けっして気が利くというたちじゃない。いつもは下で待機していて、診察を終えてわたしがベルを鳴らすと、駆けあがってきて、患者を送りだすのです。この給仕も、なにも聞いていないと言いますので、結局その出来事は完全に謎のままで終わってしまいました。それからまもなく、ブレッシントン氏が散歩から帰ってきましたが、氏にはその患者のことはなにも話しませんでした。というより、正直に言うと、近ごろ氏とはできるだけ接触を避けるようにしているのです。

ともあれ、そのロシア人親子とは、もう二度と会うこともあるまいと思っていましたから、そのふたりが今夜、またおなじ時刻に、おなじようにふたり連れで診察室にはいってきたときには、どれだけびっくりしたことか、お察しいただけると存じます。

『先生、きのうはとつぜん消えてしまって、まことに失礼しました』と、患者が言います。

『いや。たしかにかなり驚いたことは、事実ですがね』わたしは答えました。

『それがな、じつをいいますと』患者はつづけます。『いつもああいった発作から回復したときは、きまって頭がぼんやりして、それまでのことがまるで思いだせないのです。ふと気がつくと、ぜんぜん見覚えのない部屋――と、そのときはそう思ったわけですが――にいる。そこで、先生のお姿がないうちに、なんとなく夢見心地のまま、ふらふらと外へ出てしまったという次第なのです』

『そしてぼくのほうは』と、息子も言い添えます。『父が待合室の前を通り過ぎるのを見て、てっきり診察が終わったと思ってしまった。そうじゃなかったと気づいたのは、連れだってうちへ帰ってからでした』

『まあいいでしょう』わたしは笑って申しました。『だいぶめんくらったというだけで、とくに実害があったわけじゃない。では、ご子息にはまた待合室のほうでお待ち願って、こちらは診察のつづきにもどるとしましょうか――きのうはいきなり中断してしまいましたからね』

それから半時間ばかり、わたしはあらためてその老紳士の症状について問診を重ね、最後に処方箋も書いてやってから、彼がまた息子の腕にすがって出てゆくのを見送りました。

前にも申しましたが、ブレッシントン氏は普段、この前後の時間を運動のためにあてています。きょうも、そのすこしあとで帰宅して、二階へあがりました。ところが、あがったと思うまもなく、あたふたと駆けおりてきて、わたしのいる診察室にとびこんできました――パニックのあまり、気でも狂ったかと思われる勢いです。

『だれだ、わしの部屋にはいりこんだのは！』とどなりつけます。

『だれもはいりはしませんが』わたしは答えました。

『嘘をつけ！』なおも怒号します。『あがってきて、自分の目でよく見ろ！』

恐怖でなかば正気をなくしているようなので、その乱暴な物言いも、このさい大目に見ることにしました。そこで、いっしょに二階へあがっていってみると、そこの明るい色の絨毯に残っている、いくつかの足跡をゆびさしてみせます。

『これがわしの足跡だとでも言うのか？』わめきたてます。

たしかに、彼の靴の跡にしてはどれも大きすぎるし、しかも、かなり新しいものであるのは明らかです。ご承知のように、きょうの午後は雨がけっこう降りましたし、問題の患者以外には、訪ねてきたものもありません。してみると、わたしが患者に手をとられている隙に、待合室にいた若い男が、どういう理由でか、二階の寄留患者の部屋にあがりこんだとしか考えられない。どこにも手を触れた形跡はないし、紛失したものもないようですが、それでもその靴跡が、部屋への侵入がれっきとした事実であることを物語っています。

だれであれ、こういうことがあれば、落ち着いていられないのはもちろんですが、それにしても、ブレッシントン氏の取り乱しようは、ただごとではありませんでした。実際、肘かけ椅子にすわりこんで、おいおい泣きだしてしまうありさまで、筋の通った話など、訊きだしようもありません。それでも、こちらにご相談してみてはどうか、そう言いだしたのは向こうで、もちろんわたしにもそれが妥当だとすぐにわかりましたし、出来事自体もきわめて異常なことであるのは確かです——もっとも、本人はその重大さをだいぶ過大に受け取っているようですがね。そんなわけで、これからわたしの馬車でわが家までご同行願えれば、この不可解な出来事をただちに解明することまでは望めないにしても、すくなくとも、当人の気分を静めてやるくらいのことはおできになると思うのです」

ここまでの長話を、シャーロック・ホームズは一言も聞きもらさじといった態度で聞いていたが、そのようすは、彼がことのほか興味をそそられていることを物語っていた。顔こそ普段と変わらず無表情だが、まぶたはいっそう重たげにたれさがり、パイプから噴きあがる煙は、医師の語る挿話のひとつごとに、それを強調するようにどんどん濃くなってゆく。やがて客が話しおえるや、ホームズは一言も言わずにすっと立ちあがると、私に私の帽子を手わたしてよこし、自分は自分の帽子をテーブルの上からとりあげて、トレヴェリアン医師のあとから玄関へと向かった。十五分とたたぬうちに、私たちはブルック街の医師の住まいの前に降りたったが、そこは、ウェストエンドの開業医と聞いてだれもが連想するような、のっぺりした正面を道路に向けた陰気な建物だった。小柄な給仕が扉をあけ、私たちはさっそく幅の広い、分厚い絨毯を敷いた階段をあがりにかかった。

そのときだった、いきなり途方もない邪魔がはいって、私たちを棒立ちにさせたのは。階段の上の明かりがふいに消えて、暗闇のなかから、かんだかくふるえる声が降ってきたのだ。「こっちにはピストルがあるぞ」と、声は叫んだ。「それ以上近づきやがったら、容赦なく撃つからな」

「それはまた乱暴な。無茶はいけませんよ、ブレッシントンさん」トレヴェリアン医師が叫びかえした。

「ああ、先生だったか！」声はいかにもほっとしたように言った。「しかし、そこにいるほかのふたり、それは何者だ――きてもらうはずのひとにまちがいないんだろうな？」

暗がりのなかで、長いことじっとこちらを見据えている気配がした。

「なるほど、なるほど、まあよかろう」しばらくして、やっと声は言った。「じゃああがってきてもらいましょう。用心が過ぎて、気を悪くされたなら、どうか勘弁してください」

そう言いながら、声の主はあらためて階段のガス灯をともした。私たちの前にあらわれたのは、まことに異様な風体《ふうてい》の男だったが、その異様さ自体、声のふるえと同様に、男の神経がずたずたになっていることをあらわしていた。ひどく肥っているが、以前はさらに何倍も肥っていたのだろう、顔の皮膚がたるんだ袋よろしくたれさがり、さながらブラッドハウンドの頰の肉といったところ。顔色はどすぐろく、不健康そのもの、薄い砂色の髪は逆だって、まるで感情の激しさがそうさせているかのようだ。手にはピストルを握っているが、私たちが近づいてゆくと、やっとそれをポケットにおさめた。

「こんばんは、ホームズさん」と挨拶する。「わざわざご足労いただき、面目次第もありません。ただな、いまのわしほどに、あんたのアドバイスを必要としておるものはおらんのです。トレヴェリアン先生からお聞きになっていると思うが、何者かが不届きにもわしの部屋に侵入するという事件がありまして」

「聞いていますよ」ホームズは言った。「それで、ブレッシントンさん、その男たちふたりですが、いったい何者です？　それにまた、どうしてあなたをおびやかそうとするのです？　聞かせてもらいましょうか」

「これはこれは」と、寄留患者は落ち着かぬそぶりで答えた。「そんなこと、おいそれと答えられるはずもないでしょう。あんたもずいぶん無茶を言われるもんだ、ホームズさん」

「つまり、ご自分はなにも知らぬとおっしゃる？」

「まあまあ、とにかく、はいってください。はいって、ひとまずごらんいただこう」

彼は寝室へと私たちを案内した。広々として、快適にしつらえられた部屋である。

「あれが見えますかな？」と、ベッドの脇に据えられた大きな黒い箱をゆびさしながら、彼はつづけた。「わしはね、ホームズさん、これまでけっして金持ちだったことはない。トレヴェリアン先生もご存じのことだが、なにかに投資するというのも、臍《ほぞ》の緒《お》切って以来、これがはじめてなんです。それでも、銀行だけはぜったい信用できん。これからだって、銀行を信用する気はさらさらない。ですからな、ホームズさん、これはまあここだけの話だが、わずかながら財産と言えるほどのものは、みんなあの金庫に入れてある。だからおわかりでしょう、どこやらの怪しいやつらがこの部屋に押し入ったとなれば、それがわしにとってはどれほどのおおごとか」

ホームズはしばらくいつもの〝はて、それは疑問だな〟と言いたげな目つきでブレッシントンを見つめていたが、ややあって、首を横にふった。

「そちらがぼくをごまかそうとなさっているかぎり、こちらもご相談に応じるわけにはいきませんね」と言う。

「しかし、こっちはなにもかも申しあげたはずだが」

ホームズは、いかにもうんざりしたというようすで、そのままくるりと回れ右した。「それでは失礼します、トレヴェリアン先生」

「では、なにもアドバイスはいただけないと？」ブレッシントンが裏返った声で叫んだ。

「アドバイスなら、こう言っておきましょう——真実をお話しになることです、と」

一分後には、私たちふたりは外に出て、家路をたどっていた。私が相棒の口から受け答えらしい受け答えをひきだせたのは、オクスフォード街を横切り、ハーリー街をなかばほどきてからだった。

それからやっと彼は言った。「きみをこんなくだらない用事でひっぱりだして、すまなかったね、ワトスン。この事件も底をさぐれば、けっこうおもしろいとは思えるんだが」

「ぼくにはなにがなんだかさっぱりわからないけどね」私は正直なところを言った。

「そうかな、はっきりしてるじゃないか。この件にはふたりの男が——あるいはそれ以上かもしれないが、すくなくともふたりが——かかわっている。なんらかの理由で、あのブレッシントンという男をつけねらっている連中だ。最初のときも、また二度めのときも、共犯が巧みな手管で医者を診察室にひきとめているあいだに、若いほうがブレッシントンの部屋に侵入したのであること、これは火を見るよりも明らかだよ」

「すると、カタレプシーというのは？」

「見せかけさ、仮病だよ、ワトスン。もっとも、専門家のトレヴェリアンにむかって、あえてそうだとにおわす気はないけどね。カタレプシーの症状は、真似る気ならじつに真似やすいものなんだ。かく言うぼく自身、以前やったことがあるくらいさ」

「じゃあ、そのあとは？」

「まったくの偶然だが、ブレッシントンは二度ともその時間には留守にしていた。診察を受けるのに、わざわざ時間はずれの日没以後を選んだのは、その時間帯なら、ほかの患者が待合室にいあわせることはまずないからさ。ところが、たまたまそれが、ブレッシントンが運動のための散歩に出る時間と重なっていた。ということは、日ごろの彼の生活習慣を二人組は熟知していないとも言えるわけだ。言うまでもなく、たんなる物取りが目的なのであれば、せめて室内を物色するぐらいのことはしただろう。それに、人間わが身の危険におびえているときには、目を見ればわかる。だいたい、この連中のような、どう見ても執念ぶかい敵をつくっておきながら、当人がそれに気づかずにいるなんてこと、ありえないじゃないか。だからね、この二人組が何者か、当人は当然よく承知してるはずだし、しかもなにか本人なりの理由があって、それを隠そうともしている、そうぼくは確信するわけさ。ことによると、あすにでもなれば、彼ももうすこし物分かりがよくなるかもしれないけどね」

「ひょっとして、こうは考えられないかな？」私はほのめかした。「突拍子もない考えにはちがいないが、それでも、ありえないことじゃない。つまり、この話全体が――カタレプシーのロシア人親子だのなんだの、その全体が――あのトレヴェリアン医師の作り話であって、彼は彼独自の目的から、ブレッシントンの部屋に侵入したんだ、とは？」

この私なりに才気あふれる新説を耳にして、ホームズが愉快そうににっと笑ったのが、ガス灯の明かりで見てとれた。

「いいかいワトスン、それならぼくも真っ先に思いついた解釈のひとつさ」と言う。「だが、ドクターの話に嘘はないことは、じきに裏づけられた。二人組の若いほうは、階段の絨毯に左の靴跡を残しているが、それがあまりに歴然としているので、室内に残した跡のほうは、見せてもらうまでもなかったほどだ。その靴の跡は、爪先が四角ばっていて、ブレッシントンのそれのようにとがってはいないし、しかもドクターのよりはたっぷり一と三分の一インチは大きい、そう言ったら、それがれっきとした実在の人物だってこと、きみも認めるだろう。しかしだ、この問題はさしあたりあすにするとしようよ。だって、朝になってもまだブルック街のほうからなにも続報がはいってこないようなら、かえって不思議なくらいだからね」

シャーロック・ホームズのこの予言は、まもなく的中した。それもまことにドラマティックなかたちでだ。あくる朝の七時半、早朝の薄明かりがようやくさしそめるころ、ホームズが部屋着姿で私のベッドのそばに立った。

「迎えの馬車が待ってるよ、ワトスン」と言う。

「えっ？　なにかあったのか？」

「ブルック街の件さ」

「なにか新しいニュースでも？」

「ニュースさ、悲劇的な――だが、まだ断定はできない」ホームズはブラインドをあげながら言った。「これを見たまえ――ノートをちぎった紙に、鉛筆で、〝お願いです、すぐきてください。P.T.〟となぐり書きしてある。われらが友人たるあのドクター、やっとの思いでこれだけ書いたんだな。さあワトスン、すぐ出動だ。だってこれは緊急呼び出しだからね」

十五分かそこらで、私たちは医者の家に着いた。トレヴェリアンがおびえきった表情で駆けだしてきた。

「ああ、とんでもないことになりました！」と、両手でこめかみをおさえながら叫ぶ。

「何事です、いったい？」

「ブレッシントンが――ブレッシントンさんが自殺しました！」

ホームズはひゅっと口笛を鳴らした。

「そうなんです、夜のうちに首をくくったんです！」

家にはいると、医師は先に立って、明らかに待合室と思われる部屋に私たちを案内した。

「いったいどうしたものやら、ぜんぜんなにも手につきませんよ」と、叫ぶように言う。「もう警察が二階にきています。わたしはとにかく恐ろしくて、ずっとふるえがとまりません」

「いつわかったのです?」

「いつも朝早く、お茶を一杯飲むのがあのひとの習慣でした。それで、七時にメイドがはいっていったところ、部屋のまんなかにあの気の毒なひとがぶらさがっていた。重いランプをつるすのに使われていたフックが天井にあるのですが、それにロープをかけて、きのうごらんになったあの金庫の上からとびおりたようです」

ホームズはしばしそこに立ったまま、じっと考えこんだ。

それから、おもむろに言った。「さしつかえなければ、二階へ行って、この目で現場を見たいんですがね」私たちふたりは、そろって医師のあとから階段をのぼった。

寝室の戸口を一歩はいったとたん、おぞましい光景が目を射た。ブレッシントンという男が感じさせる、全体にたるんで締まりのない印象、それについてはすでに語ったとおりだが、いまは天井のフックからぶらさがっているせいか、それがいっそう強調されて、とても人間の体とは思えないくらいだ。首は伸びきって、羽根をむしられた鶏そっくりだし、さらにそれとの対照で、体のほかの部分がいっそう不自然に膨張して見える。着衣は裾長の寝間着一枚、その下からふくれあがった足首と、不恰好な足とがにょっきり突きでている。その遺体のそばに、ひとりのきびきびした感じの警部が立っていて、手帳になにか書きつけていた。

私の友人がはいってゆくと、警部は快活に言った。「ああ、ホームズさん、よくいらっしゃいました」

「おはよう、ラナー」ホームズも挨拶した。「きみの邪魔にならなけりゃいいんだが。ところできみ、こういう顚末《てんまつ》にいたるまでの事情、それは聞いてるかね？」

「はあ、ある程度は聞きました」

「で、きみの見通しは？」

「わたしの見るかぎり、この男は恐怖で気がへんになったんですな。ごらんのとおり、ベッドにははっきり寝た跡がある。体の形がくぼみになって残っていますから。ご存じでしょうが、自殺というのは明けがたの五時ごろがいちばん多い。この男の場合も、ほぼそのころでしょうね、首を吊ったのは。かなり意図的な、計算された行為のようです」

「筋肉の硬直状態から見て、死後およそ三時間というところだね」そばから私も言った。

「室内に、とくになにか異常と思われる点は？」ホームズがたずねた。

「洗面台から、ねじまわしが一梃と、ねじが何個か見つかりました。それから、夜のうちにかなり煙草を吸ったようですね。ここに葉巻の吸い殻が四個あります――暖炉から拾いだしたものですが」

「ほほう！」ホームズは言った。「シガレットホルダーは見つけたかね？」

「いや、見つかっていません」

「じゃあ、葉巻のケースは？」

「はあ、上着のポケットにありました」

ホームズはそれをあけて、一本だけ残っている葉巻のにおいを嗅いだ。

「ああ、ハヴァナだね、これは。そしてこっちの吸い殻のほうは、オランダが東インドの植民

地から輸入している、ちょっと特殊なブランドだ。たいがいは麦藁でくるんであって、そのため、ほかのブランドよりも細身にできている」

四個の吸い殻をつまみあげた彼は、それらをポケットの虫眼鏡で丹念に調べた。

「このうちふたつはホルダーで吸っているが、ほかのふたつは、じかに口にくわえている。ふたつはあまり鋭利でないナイフで先端を切ったもの、残りのふたつは、きれいにそろったじょうぶな歯で嚙みきったものだ。いいかねラナー君、これは自殺なんかじゃない。きわめて慎重に計画され、冷酷に実行された殺しだ」

「そんなばかな！　ありえない！」と、警部。

「なぜありえない？」

「ひとを殺すのに、わざわざ吊るし首にするなんて、そんな厄介なことをだれがやるっていうんです？」

「だからそれをこれからつきとめようというのさ」

「そもそもそいつらはどこからはいってきたんです？」

「玄関からさ」

「朝がた見たときは、閂がかってあったんですよ」

「ならば、犯人たちが出たあとで、かったんだろう」

「どうしてわかるんです、そんなことが？」

「足跡を見たからさ。まあしばらく待ってくれ。そうすれば、そのへんをもうちょっと詳しく説明してあげられるはずだ」

部屋の戸口へ行った彼は、錠をまわしながら、いつもの組織的なやりかたでそれを検《あらた》めた。ついで、扉の内側にささっていたキーを抜きとると、それもおなじく綿密に検分した。さらにベッド、絨毯、複数の椅子、マントルピース、遺体、そして遺体をつるしているロープ、それらも順ぐりに点検してゆき、最後にもういい、じゅうぶん見たときっぱり言ったあと、私と警部の手を借りて、ロープを切り、無残な遺体をおろして、うやうやしく横たえ、シーツをかぶせた。

「このロープはどうしたんだろうな?」と、だれにともなく訊く。

「これから切りとったのですよ」答えたのはトレヴェリアン医師だった。そう言いながらベッドの下からひきずりだしたのは、ロープを丸めて大きな束にしたものである。「故人は異常なほど火事をこわがっていましてね。これをベッドの脇に常備してました。万一、階段が燃えだしても、これさえあれば窓から逃げだせるというわけです」

「おかげで犯人どももずいぶん手間が省けたことだろう」ホームズがなにやら思案ありげにつぶやいた。「よし、事実関係はきわめてはっきりしてるし、動機についても、午後までにつきとめられなければ、かえって不思議なくらいだ。マントルピースの上にあるあのブレッシントンの写真、あれを借りてくよ。これからの調査に役だってくれそうだから」

「ですが、まだなにひとつ説明してくださってはいないじゃないですか」医師が抗議の声をあげた。

「なるほど。じつはね、事の次第にはいっさい疑問点などないんです」と、ホームズ。「これは三人組の仕業《しわざ》で——若い男と、老人と、そして三人めについては、まだ手がかりがつかめていない。はじめのふたりについては、言うまでもないでしょう——ロシアの貴族親子に化けていた二人組で、人相風体なら、はっきりわかっている。家のなかに共犯がいて、その手引きではいりこんだ。ついでだから警部、ひとつ助言してさしあげるが、下にいる給仕の少年を早急に逮捕したほうがよさそうだよ。たしかドクター、こちらに勤めるようになってから、さほど日がたたないんでしたね？」

「それがあの小僧め、どこにも姿が見えないんですよ」トレヴェリアン医師が答えた。「ちょうどいま、メイドと料理女に命じて、探させているところなんですが」

ホームズは肩をすくめた。

「少年ながらこのドラマでは、すくなからず重要な役を演じているはずです」と言う。「ともあれ、家にはいりこんだ三人組は、階段をのぼった——爪先立って音を殺しながら、先頭が年配の男、二番めが若いの、しんがりがその身元不詳の男——」

「おいおい、ホームズ！」つい私は口をはさんだ。

「いや、靴跡の重なりぐあいから見れば、それに疑問の余地はないんだ。おまけにゆうべ、どれがだれのだか知るだけの機会もあったわけだしね。それから三人組はブレッシントン氏の部屋に向かった。ドアには鍵がかかっていたが、それでも、ワイヤー一本の操作で、強引にキーをまわすことに成功した。虫眼鏡なんかなくても、ワード(2)に圧力のかかった、その箇所に、はっきりひっかき傷が残っているのがわかるだろう。

部屋にはいると、三人組は真っ先にブレッシントン氏に猿轡《さるぐつわ》をかました。それまでぐっすり眠っていたのか、それとも、あまりの恐怖に身がすくんで、叫び声ひとつあげられなかったのか。この壁はかなり厚いようだから、たとえ悲鳴をあげるだけの余裕があったとしても、おそらく外にはもれなかったろうね。

ブレッシントン氏を動けなくしてしまうと、そこでなんらかの協議が持たれた――これはぼくには明白そのものだ。おそらくは、なんらかの裁判の真似事。協議にはしばらく時間がかかったから、そのかんにこれらの葉巻を吸った。老人はあそこの籐《とう》椅子に陣どっていた――葉巻ホルダーを使用したのはこの男だ。若い男はその向こうにすわり、これは葉巻の灰をそばの簞《たん》笥《す》ではたき落としていた。三人めはすわらず、そこらを行ったりきたりしていた。ブレッシントンはたぶん、ベッドに半身を起こしたかたちですわらされていたと思うが、これはぜったい確かとまでは言えない。

さて、協議の結果は、ブレッシントンを絞首刑にすると決まった。というより、いっさいははじめからすっかり打ち合わせができていて、したがって彼らは、絞首台の役目をするある種の滑車装置まで用意してきていた、そうぼくは見るね。ねじまわしとねじはそのためのもの、つまりその装置を天井にとりつけるための道具だったわけだが、天井にフックがあるのを見つけて、おおいに手間が省けたのは言うまでもない。仕事をすませると、三人組は逃走、そのあとで共犯者がドアに閂をかった」

ホームズのこの話に、ほかのものはそろって強い興味をそそられつつ聞き入った。彼はまことに微々たる、とらえがたい証跡から、ここまでの推論をひきだしたのだが、そう指摘されてみても、まだ私たちがその推理についてゆくのはむずかしかった。警部は給仕の行方を追うためにそそくさと出てゆき、ホームズと私はベイカー街にもどって、朝食をしたためた。

食事を終えると、ホームズは言った。「三時にはもどるよ。警部とドクターがその時間にここへくるはずだが、たぶんそれまでには、この件に関してまだいくらか不明な点も、すっかり解明できているはずだ」

客は指定された時刻に到着したが、あいにく私の友人がもどってきたのは、四時十五分前になってからだった。それでも、その表情を見れば、調査が順調に運んだことは察せられた。

「警部、なにかニュースは？」

「給仕の少年をつかまえました」

「それはお手柄だ。そしてこっちは、男どもをつかまえたよ」

「えっ？　つかまえた？」私たち三人は異口同音に叫んだ。

「そう、すくなくとも、正体だけはつかんだ。このいわゆるブレッシントンなる男は、ぼくの思っていたとおり、警視庁ではよく知られている人物だし、彼を襲った連中もおなじだ。その三人組の名は、ビドル、ヘイウォード、そしてモファット」

「ウォージントン銀行を襲った一味か！」警部が叫んだ。

「そのとおり」と、ホームズ。

「すると、ブレッシントンというのは、サットンのことですか？」

「ご明察」

「そうか、それでいっさいが腑に落ちた」と、警部。

だがトレヴェリアンと私とは、ただめんくらって顔を見あわせるばかりだった。

「きみたちだって覚えてるだろう——ウォージントン銀行の大強盗事件だよ」ホームズが私たちを見て、言った。「一味は五人組だった——いま名の挙がった四人と、もうひとりはカートライトという男だ。守衛のトービンが殺されて、賊は七千ポンドを奪って逃げた。一八七五年のことだ。五人全員が検挙されたが、あいにく、これという決定的な証拠がつかめない。一味のうちでもいちばんのワルが、このブレッシントン、またの名をサットンという人物だが、これが寝返って、仲間を売った。その証言で、カートライトは絞首刑になり、ほかの三人はそれぞれ十五年の刑を食らった。この三人がせんだって、いずれも刑期満了よりは何年か早く出獄した。そして出獄すると同時に、おおよそ想像がつくだろうが、裏切り者の行方をつきとめて、死んだ仲間の復讐をすることにとりかかったわけだ。すでに二度、彼らはブレッシントンを襲おうとして失敗し、やっと三度めに、あのとおり、宿願を果たした。さてと、トレヴェリアン先生、ほかにまだなにか説明の足りないところでもありますかね？」

「いや、おかげさまで、なにもかもすっかりのみこめました」と、医師が言った。「それで合点がいきましたよ——先日、故人がひどくうろたえたようすを見せてたのは、その日に彼らが釈放されたことを新聞で読んだからなんですね？」

「そのとおりです。押し込み事件があったとか言ってたのは、むろんただの口実ですよ」

「しかし、なぜわざわざきてくださったあなたにまで、それを隠そうとしたんでしょう？」

「さあ、そこですがね――まあ彼としては、かつての仲間の復讐心の強さを知るがゆえに、自分の正体はできるだけだれにも明かさずにおきたかったんでしょう。しかもその秘密というのが、恥ずべき性質のものだから、おいそれと打ち明ける気にもなれなかった、と。しかしね、たとえこのような卑劣漢であれ、いちおう英国の法の保護のもとで暮らしてたわけなんだし、かりにその法の保護が及ばないようなことがよしあったとしても、ねえ警部、正義の剣《つるぎ》(3)はなお健在であり、いずれはその応報を果たしてくれるものと、ぼくなんかはそう信じているんだけどね」

以上がブルック街の医師と、その寄留患者とにまつわる奇怪な事件の一部始終である。その夜以来、問題の殺人者三人組の行方は杳《よう》として知れず、ロンドン警視庁《スコットランドヤード》では、彼らが何年か前にオポルト北方数リーグのポルトガル海岸で、全乗員もろとも消息を絶った、かの不運な汽船〈ノーラ・クレイナ〉号に、乗客として乗りあわせていたのではないかと推測している。また、給仕の少年は証拠不十分として不起訴処分となり、結局、〝ブルック街の怪事件〟と呼ばれたこの一件は、いまにいたるも、ついぞきちんとした記録として公表されたためしがないのである。

(1) 〈レイディー・デイ〉は、〈聖母マリアお告げの祝日〉で、三月二十五日。年四回の節季支払日のうちの〈春季支払日〉にあたる。

（2）ワードとは、鍵穴に合わないキーをさしこんだ場合、それが回転しないように鍵穴のなかに設けてある突起。

（3）〝正義の剣〟以下は、よく知られた「ホームズ語録」のひとつ。

ギリシア語通訳

シャーロック・ホームズ氏との長年にわたる親密な交際のなかで、私は一度として彼が親類縁者について語るのを聞いたためしがないし、私と知りあう以前の本人の前半生についても、これまたほとんど聞かされたことがなかった。自分自身についてのこうした寡黙さは、私が彼から受ける少々非人間的な印象をいっそう強め、それが高じて、ときには彼を、常人とかけはなれた特異な存在、頭脳のみでハートのない人間、知的に卓越しているのに反比例して人情味に欠けた欠陥人間、などと見なしていることさえあった。女嫌いであることや、新たな友人をつくりたがらぬこと、これらもふたつながら、情の薄い彼の性格をよく示していると言えるだろうが、しかしそれにもまして、身内のことはいっさい黙して語らぬという事実、これこそがそういう性格の典型的なあらわれではないかとも思えるのである。それもあって、いつしか私は彼を、天涯孤独の寂しい身の上と信ずるようになっていたのだが、そんなある日、当のホームズがいきなり兄弟のことを話しだしたのだから、私はのけぞるほど驚いたのだった。

ある夏の夕刻、お茶を終えたころだった。話題は散漫にひろがって、はじめはゴルフクラブのことだったのが、つぎに黄道傾斜角の変化する原因へと移り、さらに転じて、隔世遺伝と遺伝的素質のことへと変わった。この議論のポイントというのは、なんであれ個人における特異な資質というものが、どこまで先祖から受け継いだものであり、またどこまでが幼時からの修練によるものか、という点にある。

「そのでんでいくと」と、私は言った。「きみの場合は、その鋭い観察力も、また独特の推理力というのも、いずれもきみ自身の組織的な修練の結果、ということになるだろうね」

「まあある程度はね」と、彼も思うところありげに応じた。「うちの先祖というのは、地方の地主、いわゆる郷紳《きょうしん》というやつでね、まあその階級としては、ごくあたりまえの暮らしをしてきたらしい。とはいえ、きみの言うぼくのそういう気質は、もともとぼくの血のなかに流れているもので、たぶん祖母から受け継いだものだと思う――祖母は、フランスの画家ヴェルネの妹にあたるんだ。芸術家の血というのは、とかく非常に変わったかたちであらわれるものだからね」

「しかし、どうしてきみのその資質が、遺伝によるものだとわかるんだい?」

「なぜって、兄弟のマイクロフトが、ぼく以上によくその資質をそなえているからだよ」

もとよりこれは私には初耳だった。このイングランドに、彼のような特殊能力をそなえた男がもうひとりいる? ならばどうしてその男のことが、これまでまったく警察にも世間にも知られていないのだろう? 私はそうたずねてみた――言外に、兄弟のほうが自分よりすぐれていると言うのは、きみの謙遜にすぎないのではないか、そうにおわせながら。だがホームズは笑ってそれを否定した。

「ぼくはね、ワトスン」と言う。「謙遜を美徳のひとつに数える一派には与《くみ》しないんだ。厳密な論理家にとっては、あらゆる事象はすべてあるがままにとらえられるべきであって、自分を過小評価するというのは、自己の能力を誇大に評価するのとおなじく、真実から遠ざかるものにほかならない。だからぼくがマイクロフトのほうがぼくよりすぐれた観察力を持っていると言えば、それはそのまま文字どおりの真実と受け取ってくれていいのさ」

「きみの弟なのか？」

「七つ年上の兄だよ」

「どうして世に知られていないんだ？」

「いや、よく知られてるさ――仲間うちでは、だが」

「というと、どういう方面の？」

「そうさな、たとえば、〈ディオゲネス・クラブ〉とか」

聞いたことのない団体だ。それがつい顔にあらわれたのだろう――シャーロック・ホームズは黙って懐中時計をとりだした。

「〈ディオゲネス・クラブ〉というのはね、ロンドン一、風変わりなクラブだ。そしてマイクロフトは、そこでもまたとびぬけて風変わりな会員のひとりなのさ。いつも夕方の五時十五分前から夜の八時二十分前まで、きまってそのクラブにいる。いまちょうど六時だから、このひとときを美しい夏の夕べの散策としゃれる気がきみにあるのなら、喜んでそのふたつの珍品に紹介してさしあげるよ」

SP

五分後には、私たちは下宿を出て、リージェント・サーカスのほうへと歩きだしていた。

「きみが気にしてるのは」と、連れが言った。「なぜマイクロフトがその能力を探偵仕事のために使わないのか、ということだろう？　彼にはそれができないんだ」

「しかし、きみはさっき言ったじゃないか――！」

「ぼくが言ったのは、彼が観察および推理にかけてはぼくよりすぐれている、ということさ。探偵術というものが、安楽椅子にかけたまま推理を働かすことで始まり、かつ終わるものであるのなら、それなら兄は古今に比類ない大探偵になっていただろう。ところがあいにく本人には、その意欲もなければ、活力もない。自分の推理を確かめに出かけることさえ、億劫《おっくう》がってやろうとしないし、わざわざ手間をかけてそれを正しいと証明するくらいなら、むしろ、まちがっていると思わせておくほうがいい、という主義なのさ。これまでにも再三ぼくは、兄のところへ難問を持ちこんでは、解答をもらってきたが、それはあとになって、必ず正しい解答だったとわかった。だがそんな兄にして、事件に実際的な筋道をつけるという点になると、これがまったくできない――なんとかそれに形をつけて、判事なり陪審員なりの前に持ちだせるようにするためには、そういう作業がどうしても欠かせないんだけどね」

「すると、探偵を職業にしてるわけじゃないんだね？」

「とんでもない。ぼくにとっては生活の手段であることが、兄にとってはたんなる好事家《こうずか》の道楽にすぎないのさ。数字に関しては卓抜な才能があるから、政府のどこやらの部局で会計監査の仕事についてるがね。住まいはペルメル街にあって、ひとつ曲がればホワイトホールの官庁街だから、朝晩そこを歩いてかよってるよ。年から年じゅう、それ以外に運動はこんりんざいやらないし、よそで姿を見かけることもけっしてない——例外は〈ディオゲネス・クラブ〉に顔を出すことぐらいだが、これはなにしろ住まいの真ん前なんだからね」

「それにしても、聞き覚えのないクラブだな」

「そりゃそうだろう。じつはね、このロンドンにも、内気だとか人嫌いだとかの理由で、他人とかかわりたくないという人間なら大勢いるんだ。といって、すわり心地のいい椅子や、最新の新聞や雑誌、そういうものにまんざらそっぽを向いてるわけでもない。そんな人種の便宜のために創設されたのが、この〈ディオゲネス・クラブ〉なんだが、いまではロンドン一、非社交的な、普通のクラブでのつきあいが苦手な男たちの溜まり場になっている。会員は、ほんのわずかでも他の会員に関心を示すことは許されない。どんな事情があろうと、〈非会員応接室〉以外の場所での私語は禁止されてるし、違反が見つかって、それが委員会に報告されることが三度重なると、その会員は即、除名となる。このクラブの創設者のひとりが兄なんだが、かく言うぼく自身、ここの雰囲気にはおおいに心安らぐものを感じてるよ」

話しているうちにペルメル街に着き、いまはセント・ジェームズ街側からこの通りを歩いてゆくところだった。〈カールトン・クラブ〉(1)のすこし先の、とある玄関口で足を止めると、シャーロック・ホームズは口をきかぬようにと私に合図してから、先に立ってそこのホールにはいっていった。ガラスのパネルごしに、広々とした豪奢《ごうしゃ》な室内がちらりとのぞけたが、そこではすくなからぬ人数の男たちが、思いおもいにお気に入りの一角に陣どって、ゆったりと新聞をひろげていた。ホームズは、ペルメル街に面したこぢんまりした部屋のひとつに私を連れてゆくと、そこに私を残してしばらく姿を消し、やがてもどってきたときには、どう考えても問題の兄に相違ない男を伴っていた。

マイクロフト・ホームズは、弟シャーロックよりもはるかに大柄で、恰幅もよかった。どう見ても肥満体だが、ただ顔だけは、肉づきのよいなりに、弟の場合にきわめて顕著なあの鋭敏さをどこかにとどめている。目は独特の淡い水色がかったグレイ、それがたえずどこか内省的な、遠くを見るような表情をたたえているかに見えるが、これはシャーロックの場合、なにかに全精力を傾けているときにしか見られないものだ。

「ようこそ、よくおいでになった」そう言って、平たく幅の広い、どこか海豹《あざらし》の鰭《ひれ》を思わせる手をさしだしてきた。「きみがシャーロックの記録係になってからというもの、どこへ行っても、弟のうわさを聞かされるのには少々閉口だが。ところでシャーロック、先週あたり、例の『マナー・ハウス事件』のことで、きっとおまえが相談にくると予想してたんだがね。どうもおまえの手には余るようだから」

「いや、あれならもう解決したよ」と、私の友人はほほえみながら答えた。

「むろん、アダムズのやったことだろう?」

「そう、アダムズだった」

「はなからそうにちがいないと思ってたんだ」兄弟はともに張り出し窓のそばへ行き、そこに腰をおろした。「人間を研究しようというものには、ここはお誂《あつら》え向きの場所だね」と、マイクロフトはつづけた。「見るがいい、いわゆる人間のタイプの見本というやつが、あのとおりずらりとそろっている！　たとえば、向こうからやってくるあのふたりだ」

「あの玉突きのプロと、その連れのことかい？」

「そうだ。連れのほうだが、あの男をどう見る？」

その二人連れは、ちょうどこちらの窓の真正面で立ち止まっていた。片方の男のチョッキのポケットに、チョークの粉が少々ついているが、私にもわかるビリヤードとのつながりといえば、それぐらいしかない。連れの男は、ひときわ小柄な、色の黒い男で、帽子を阿彌陀《あみだ》にかぶり、脇の下に包みをいくつかかかえている。

「兵隊あがりと見るね」と、シャーロック。

「それも、ごく最近、除隊になったばかりだ」と、彼の兄が応じる。

「インドで勤務していた」

「ただし下士官だよ」

「砲兵隊のようだ」

「ついでに言えば、男やもめだな」

「だが子供がひとりいる」

「子供たちだよ、おい、子供は複数だ」

「ねえちょっと」と、私は笑いながら口をはさんだ。「そうまくしたてられちゃ、ぼくにはとてもついていけない」

「おやおや」ホームズが答えた。「なんなくわかることじゃないか。あの姿勢、偉そうに構えた顔つき、日に焼けた肌、あれを見れば、あの男が兵隊あがりだが、ただの一兵卒じゃなく、しかもインド勤務だったってことぐらい、すぐに読みとれる」

「除隊してからまもないというのは、あの男がいわゆる〝官給品〟の軍靴《ぐんか》をまだ履いていることにあらわれている」と、マイクロフトも言葉を添える。

「あの歩きかたは騎兵じゃないが、それでも、帽子をいつも横にむけてかぶっていたことは、ひたいの片側だけ日焼けが薄いことから見てとれる。体格から見て、土木工兵じゃないだろうから、となると、砲兵だということになる」

「さらに、あの身なりは正式の喪装だから、だれか近しい人間を亡くしたばかりなのは言うまでもない。自分でいろいろ買い物をしていることから見ると、亡くしたのはどうやら細君らしい。子供たちのための買い物だな、おそらく。ガラガラを買っているから、子供のひとりはまだ赤ん坊だ。細君はたぶん産褥《さんじょく》で亡くなったんだろう。脇の下に絵本をかかえているから、赤ん坊のほかにも子供がいるということになる」

兄は自分よりもさらに明敏な才能をそなえている、そうホームズが話していたわけが、ようやく私にもわかりかけてきた。そんなようすを向こうから見てか、友人がにっと笑いかけてきた。マイクロフトは鼈甲《べっこう》の小箱から嗅ぎ煙草をつまんで吸うと、大きな赤いシルクのハンカチで、上着にこぼれた煙草のくずを払い落とした。

「それはそうと、シャーロック」と言う。「ちょうどいま、おまえがとびつきそうな事件があるんだ——すこぶる奇妙な一件なんだが——たまたまわたしに相談があってね。ただ、これを徹底的に追求するだけのエネルギーがわたしにはない。どうせ中途半端に終わるだけだろう。それでも、それをもとにして、すこぶる楽しい思索にふけってみたわけなんだが、ひょっとして、詳しい話を聞いてみようという気がもしおまえにあれば——」

「じらさないでほしいな、マイクロフト。ぜひ聞かせてもらいたい」

マイクロフトは手帳の紙を一枚ちぎって、なにやら走り書きすると、ベルを鳴らして、給仕にそれを渡した。

「メラス氏にここへおいでいただくよう頼んでやった」と言う。「わたしの上の階の住人だから、おたがい多少の面識はある。それで、問題をわたしのところへ持ちこんできたわけだ。生まれはギリシア人のはずだが、これがたいへんな語学の達人でね。ときに裁判所で通訳を務めたり、ときにはノーサンバーランド・アベニュー界隈のホテルに滞在する、金持ちの東洋人のガイドを務めたり、まあそんな仕事で生計をたてている。なにぶんにも異常な体験だから、ご本人の口からじかに話してもらったほうがいい、そう考えた次第だ」

数分後には、肥ってずんぐりした男が座に加わっていた。オリーブ色の肌と、真っ黒な髪とが、南国の生まれであることを物語っているが、それでいて、話す言葉は、教育のあるイギリス人そのものである。熱をこめてシャーロック・ホームズと握手をかわしたが、その黒い目が歓びに輝いたのは、この専門家が本心から自分の体験談を聞きたがっているとわかったときだった。

「警察がこんな話を信じてくれるとは思えません――それはもう、ぜったいに無理です」と、悲しそうな声で訴える。「たんに聞いたことがないというだけで、そんなことはありえないと決めつける。それでもわたしとしては、顔に絆創膏《ばんそうこう》を貼られたあの気の毒なひとが、その後どうなったかがわかるまでは、とても心が休まらないのです」

「傾聴していますよ」と、シャーロック・ホームズが励ました。

「きょうは水曜日ですね」と、メラス氏はつづけた。「すると、あれは月曜の夜――たった二日しかたたないわけだ、あんなことがあってから。たぶんこちらの、わたしとはご近所同士のかたからお聞き及びでしょうが、わたし、通訳を仕事にしております。仕事ですから、あらゆる言語――まあほとんど全言語――を通訳しますが、生まれはギリシアで、姓もギリシア名、やはりいちばん得意なのはギリシア語です。もう長いあいだ、ロンドンでは随一のギリシア語通訳と評判をとってきましたし、どこのホテルでも、名は通っております。

これはけっして珍しくないことなのですが、ときおり、時ならぬ時間にわたしに呼び出しがかかることがあります。なにか面倒事にぶつかった外国人とか、遅い時間に到着した旅行者とかが、通訳を必要としている場合です。ですから、月曜の夜に、わたしの住まいにラティマーさんといって、流行最先端のりゅうとした身なりの青年があらわれて、辻馬車を待たせてあるから、これからいっしょにきてほしいと切りだされたときにも、べつだん驚きはしませんでした。ギリシアから友人が商用で訪ねてきたのだが、自分は言葉がまるきりできないので、どうしても通訳がいるというのです。外の通りに出ると、うちはケンジントンで、ちょっと距離があると前置きしてから、わたしをせきたてて辻馬車に押しこみましたが、どうもやたらに急いでいるようすです。

いま〝辻馬車〟と申しましたが、乗ってからしばらくすると、これはどうもようすがちがうという気がしてきました。ロンドンの恥とも言うべき普通の四輪辻馬車にくらべて、室内がずっと広く、内装も傷んではいるものの、質は上等です。ラティマー氏がわたしの真向かいにすわり、やがて動きだした馬車は、チャリング・クロスを抜けて、シャフツベリー・アベニューを進みます。オクスフォード街へ出たところで、わたしは思いきって言ってみました――ケンジントンへ向かうのなら、これは遠まわりではないのかと、まあそんなことを言いかけたのですが、そこで連れがとんでもなく奇怪な行動に出たので、わたしのその言葉は宙ぶらりんになってしまいました。

彼はまずポケットから、見るからに恐ろしげな棍棒――先端に鉛を仕込んで、丈も詰めたやつですが――をひっぱりだすと、その重みと力をためすかのように、わたしの目の前で何度かぶんぶんと左右にふってみせました。それから、なにも言わずに、それをかたわらのシートに置くと、今度は馬車の両サイドの窓を上までひきあげて、しめきってしまいました。しかも驚いたことに、窓には全面に紙が貼られていて、外が見えないようになっているのです。『目隠しなんかして、悪いね、メラスさん』と言います。『要するに、馬車の行き先をあんたに知られたくないんだ。万一、道を知られて、また行ってみようなんて気を起こされると、いささか不都合なことになるんでね』

当然、想像がおつきになるでしょうが、こんな言いかたをされて、こちらはただびっくりするばかりです。連れはいかにも強そうな、肩もがっしりと広い若者、武器の有無をべつにしても、とてもわたしなんかが力で勝てる相手じゃありません。

『これはまことにけしからん行為ですよ、ラティマーさん』わたしは口ごもりながらも言ってやりました。『ご自分のなさっているのがまったくの不法行為だということ、当然、心得ておいでなんでしょうな』

『たしかに、いささか無礼といえば無礼だが』と、彼は言います。『まあそれ相応の埋め合わせはするから。しかしだ、あらためて言っておくが、今夜これからいつどの時点でも、周囲の注意をひこうと大声を出してみたり、おれの意向に逆らったりしてくれたら、ただじゃおかないからな。だれもあんたがいまどこにいるか、知るものはいないし、この馬車のなかであれ、家にはいってからであれ、あんたの命はつねにこのおれの掌中《しょうちゅう》にあるんだってこと、それを忘れずにいろよ』

口ぶりは静かでしたが、そう言う声はおさえつけたようにきしんでいて、それ自体がひとつの脅威です。あとはわたしも黙ってすわっていましたが、それでも頭のなかでは、いったいどういう理由があってこの男は、こんな尋常ならざるやりかたでわたしを拉致《らち》するのかと、懸命に思案をめぐらしていたものです。それがどんな理由であれ、ここで抵抗しても無駄だということはよくわかっていましたし、いまはただ成り行きを見まもるしかありません。

それからほぼ二時間近くも、行く先についてはこれっぽっちの手がかりもつかめぬまま、わたしたちを乗せた馬車は走りつづけました。ときおり、車輪のがらがら鳴る音で、砂利道を走っていることがわかりましたし、逆に無音で、なめらかに走るときは、アスファルト道路だとわかるのですが、そうした音の変化をべつにすれば、馬車がどこへ向かっているのか、推測するすべはどこにもありません。左右の窓に貼られている紙は、光を通さない質のものですし、前面のガラスの仕切りには、青いカーテンがかかっています。ペルメルを出たときは七時十五分でしたが、ようやく馬車が停まったときに懐中時計で確かめると、なんと九時十分前になっていました。連れが窓をあけましたので、ちらっと見ると、上にランプのともっている低いアーチ形の入り口が目にはいりました。せきたてられながら馬車を降りると、その入り口のドアがすっとひらき、あっというまに家のなかに押しこまれてしまいましたので、はいるときに左右に芝生と木立が見えたという、ごくおぼろげな印象しか残りませんでした。はたしてそれが屋敷の庭だったのか、それとも本物《ボーナファイド》の野原だったのか、そのへんはなんとも断定できません。

なかにはいると、色つきのガス灯がともっていましたが、炎がひどく弱くしてあるため、そのホールがかなり大きく、壁面に何枚もの絵がかかっているということ以外、ほとんどなにも見えません。暗い光のなかでかろうじて見てとれたのは、いまドアをあけたのが、小柄で、下卑《げび》た顔つきの、猫背の中年の男だということだけです。男がこちらを向いたとき、光がぎらっと反射したことから、眼鏡をかけているのがわかりました。

『こちらがメラスさんだな、ハロルド?』と言います。

『ああ』

『ようし、よくやった！　よくやった！　メラスさん、どうか悪く思わんでくださいよ——あんたの力を借りんと、あいにくにっちもさっちもいかないんでね。そっちさえフェアにやってくれれば、けっして後悔はさせないから。だがすこしでもおかしな真似をしたら、あとは神様の思《おぼ》し召《め》し次第！』

ぽきぽきした神経質なしゃべりかたをする男で、ひとこと言うごとに、やたらくすくす笑ってみせる。そのくせなぜかこの男のほうが、相棒よりもいっそうこわもてに見えるのです。

『わたしにいったいなにをさせようというんです』わたしは言いました。

『なに、ギリシアの紳士がいまここにきているので、その紳士にいくつか質問をして、答えを聞かせてくれればいい。しかしだ、われわれが言えと命じたこと以外は、いっさいなにも言っちゃならん。さもないと——』と、ここでまた例の神経質なくすくす笑いをして、『——さもないと、生まれてきたことを後悔するはめになるからな』

そう言いながら、とあるドアをあけると、彼はわたしをべつの部屋へ案内しました。どうやら、たいそうりっぱな調度が置かれているようなのですが、ここでもまた、ランプがたったひとつともっているきりで、それも半分がた光度を弱めてあります。まちがいなく広い部屋ですし、一足ごとに靴が深く絨毯にめりこむことからも、その贅沢さが推し量れます。ちらっと見たかぎりでは、ビロード張りの椅子に、真っ白な大理石の、丈の高いマントルピース、マントルピースのいっぽうの脇には、日本の甲冑《かっちゅう》とおぼしきものも据えられているようです。

ランプの真下に、椅子が一脚置かれていて、年長の男が手真似でわたしをそこにすわらせました。若いほうはどこかへ姿を消していましたが、まもなく、またべつのドアから、ひとりの紳士を連れてもどってきました。ある種のゆったりしたガウンのようなものを着て、のろのろとこちらへ近づいてきます。弱いランプの光の輪のなかにきたところで、わたしにもいくらかはっきりと姿が見えるようになりましたが、そのようすを見たとたんに、わたしは背筋にぞっとさむけが走るのを感じました。死人のように青ざめて、憔悴《しょうすい》しきっているのですが、明るく輝くとびだしぎみの目は、力よりも知恵を多く持ちあわせている人間のものです。けれども、そうした体力面での弱さを示すどんな徴候にもまして、このわたしに強い衝撃を与えたのは、男の顔が無残にも縦横に貼られた絆創膏におおわれ、おまけに口にはその大きなのが一枚、横にぺたりと貼られているということでした。

その不思議な人物が手近の椅子に、すわるというよりは、むしろ倒れこんでしまうと、年長の男が興奮したようすで叫びました。『石板は用意できてるか、ハロルド？　両手は自由にしてやったな？　よし、じゃあ始めるぞ。石筆を渡してやれ。それからあんた、メラスさん、質問をしてもらおう。そしたらこの男がその答えを書く。まず手はじめは、こうだ——書類にサインをする気になったかどうか』

囚《とら》われの男の目が、火のように燃えあがりました。

『断わる』と、ギリシア文字で石板に書きつけます。

『どんな条件でもか？』暴君に命じられるまま、わたしはそうたずねました。

『彼女がわたしの立ち会いのもとに、わたしの知り合いのギリシア正教の神父の司式で結婚する、それを見届けた場合だけだ』

年長の男が、例の毒液をたっぷり含んだくすくす笑いをもらしました。

『では、今後おまえがどうなるか、それもわかってるんだろうな?』

『自分の身がどうなろうと、かまわない』

これがそのときわたしたちのあいだにかわされた、ギリシア語による問答の一例です――こちらが口頭でたずねれば、向こうは筆談で答える、じつに奇妙なやりとりでした。幾度となくわたしは、そろそろ折れて、書類にサインする気はないか、そうたずねることを強要されました。そしてそのつど向こうは、おなじ腹だたしげな答えを返してくる。ところが、しばらくするうちに、ふとある妙案がわたしの頭にひらめきました。質問をするごとに、独自のちょっとした語句をつけくわえるのです――最初はあたりさわりのない言葉で、敵のふたりが気づくかどうかをテストしてみる。それから、気づいたようすがないことを確かめたうえで、もうすこし大胆な手段に出る。その後のやりとりは、だいたいこんなふうに進みました――

『強情を張っても、ためにはならんぞ。アナタハダレデスカ?』

『かまうもんか。ハジメテ、ロンドンヘキタモノデス』

『おまえの出かたひとつで、破滅がその頭にふりかかってくるんだぞ。イツカラココニイマスカ?』

『勝手にしろ。三週間マエカラ』

『財産はけっしておまえのものにはならんぞ。ドンナ拷問ヲ受ケテイマスカ？』

『悪党どもの手にも渡しはしない。餓死サセラレヨウトシテイマス』

『サインしさえすれば、自由になれるんだぞ。ココハドウイウ家ナノデスカ？』

『ぜったいにするものか。ワカリマセン』

『彼女のためにもなっていないのだぞ。アナタノ名前ハ？』

『当人の口からそう言うのを聞かせてくれ。クラティデス』

『サインしさえすれば、彼女にも会えるんだぞ。ドコカラキマシタカ？』

『では、会わないまでのことだ。アテネ』

　こんな調子で、おそらくあと五分もあれば、まさにそいつらの鼻先で、すこしずつでも問題の全容を訊きだせたはずなんです。実際、つぎにするつもりの質問が、すべてを明らかにしてくれるはずでした。ところがです、ホームズさん、いままさにそれを訊こうとしたその瞬間、部屋のドアがひらいて、ひとりの女性がはいってきたんです。暗くてよく見えず、とっさにわかったのは、それが背のすらりとした、典雅な物腰の女性で、髪は黒く、身にはなにかゆるやかな、白いガウンのようなものをまとっている、ということだけでした。

『ハロルド！』と、いくらか訛《なま》りのある英語で言います。『もうとても我慢できないわ。二階にひとりでいると、とても寂しくて——あっ、なんてことかしら、パウルスじゃない！』

　この最後の部分はギリシア語でしたが、聞くなり囚われの男は痙攣《けいれん》的な動作で口から絆創膏をむしりとり、『ソフィー！　ソフィー！』と絶叫しながら、女性の腕のなかにとびこんでゆきました。けれども、ふたりの抱擁はほんの数秒しかつづかず、あっというまに若いほうの男が女性を引き離して、部屋の外へ押しだす。いっぽう、年長の男は衰弱した男をなんなくとりおさえて、これもべつのドアからひきずりだす。ちょっとのあいだ、部屋にはわたしだけが取り残されましたが、そう気づいて、わたしはぱっと立ちあがりました――うまくやれば、いま連れられてきているこの家について、なんらかの手がかりがつかめるかもしれない、そんな漠然たる考えに衝き動かされたからです。ところが、幸か不幸か、まだなにも行動に出ぬうちに、ふと顔をあげてみると、年長の男が戸口に立ちはだかって、じっとわたしを睨《にら》みつけているじゃありませんか。

『よし、メラスさん、そこまでにしろ』そう言います。『むろん気づいてるだろうが、今回われわれは、あるきわめて私的な問題に関して、内輪の秘密にあんたをかかわらせてしまった。正直なところ、ある事情さえなければ、なにもわざわざあんたの手を借りるまでもなかったんだ――たまたま、われわれの友人で、ギリシア語が話せて、今回の交渉にも率先してあたってくれていた男がいるんだが、その男が先日、よんどころない事情で東へ帰されることになってしまった。それで、至急その後釜を見つける必要に迫られたんだが、さいわいすぐに、あんたという優秀な人材についての評判が聞こえてきたわけだ』

わたしは会釈してこれを聞き流しました。

『さて、ここにソヴリン金貨で五ポンドある』と、彼は近づいてきながらつづけます。『これでいちおう謝礼としてはじゅうぶんだろう。しかしだ、念を押すようだが』と、軽くわたしの胸をつきながら、またもや喉を鳴らしてくすくす笑い、『万が一にも今夜のことを、だれかに——そう、どこのだれにでもだ——もらすようなことがあったら、どういうことになるか、ようく肝に銘じておくことだな！』

そのとき胸にこみあげてきた、この男——見かけはおよそ卑小としか見えない人物——への嫌悪感と恐怖感、それはとても口では言いあらわせません。いまではランプの光がまともにあたっているため、男のようすはそれまでよりもはっきり見えました——頬のこけた顔に、黄ばんだ肌、ちっぽけな、先のとがったあごひげは、ぼさぼさで、つやもありません。しゃべりながら、その顔をぐいとこちらへつきだしてくるのですが、くちびるもまぶたも、そのあいだ始終ぴくぴくふるえていて、まるで舞踏病でもわずらっているみたいです。ことによると、その独特の、奇妙にひきつったような笑いというのも、なんらかの神経疾患の症状なのかも、そんなことも思わずにはいられませんでした。とはいうものの、その顔から受けるほんとうの恐ろしさというのは、じつは目にありました。鋼色《はがね》に冷たくぎらりと光って、しかもその底にあるのは、悪意を秘めた冷酷さ、残忍さなのです。

『あんたが一言でもこのことをしゃべれば、こっちにはすぐわかるんだぞ』と言います。『独自の情報網があるんだからな、われわれには。さてと、馬車の用意ができたようだ——帰りも相棒がまた途中まで送ってさしあげるよ』

わたしはせきたてられてホールを通り抜け、馬車に乗りこみました——今度もまた、ちらりと見えたのは、木立と庭園、それだけです。ラティマー氏がすぐ後ろにつづき、またも無言でわたしの向かいに座を占めました。終始、沈黙のまま、窓もぴったりととじたまま、そのなかでわたしたちはいつ果てるとも知れぬ距離を走りつづけ、やがて真夜中も過ぎたころ、ようやく馬車が停まりました。

『ここで降りてもらおう』と、連れが言います。『お宅からはずいぶん遠くて申し訳ないんだが、やむをえんのでね。くれぐれも言っとくけど、この馬車のあとをつけようなんて料簡《りょうけん》を起こすなよ。つまらん怪我をするのがおちだからな』

そう言いながら、彼はドアをあけ、わたしがとびおりるかおりないうちに、早くも御者が馬に一鞭くれて、馬車は音高く走り去ってゆきました。そのあと、あたりを見まわしてみて、いや、驚きましたね。そこはヒースの生い茂る公有緑地のような場所で、そのなかに点々と、黒っぽいハリエニシダの茂みが散在しています。遠方に、一筋の家並みが連なっていて、二階の窓のあちこちから明かりがもれていますが、いっぽう、それとは逆の方向には、鉄道線路の赤い信号灯がいくつか見えています。

わたしをここまで運んできた馬車は、すでに視界から消え去っていました。呆然としてその場に立ちつくし、あたりを見まわしながら、いったいここはどこなのかと思案に暮れているところへ、だれかが闇の向こうからこちらへやってくるのが見えました。近づいてきたのを見ると、どうやら鉄道のポーターのようです。

『ちょっとうかがいます——ここはなんというところですか?』わたしは問いかけました。

『ウォンズワース緑地ですよ』という答え。

『市内行きの列車に乗れますかね?』

『一マイルかそこら歩けば、クラパム・ジャンクションに出ますよ。いまから行くと、ちょうどヴィクトリア駅行きの最終にまにあいます』

という次第で、ホームズさん、これでわたしの体験談は終わりです。そのとき行った場所、相手の男たち、その他もろもろ、なにひとつわたしにはわかりません。知っているのは、いまお話ししたことだけです。それでも、あの家でなんらかの悪事が進行しているのはわかっているし、できればあの気の毒なひとを救ってもあげたい。それで、あくる朝、一部始終をマイクロフト・ホームズさんにお話しし、ついでに警察にも届けでたという次第です」

この異様な物語を聞きおえたあと、しばらく私たちはみな無言ですわっていた。やがて、シャーロック・ホームズが兄に呼びかけた。

「なにか手は打ったのかい?」と訊く。

マイクロフトはサイドテーブルに置かれている《デイリー・ニューズ》をとりあげた。

「〝アテネのパウルス・クラティデスなる英語を解さぬギリシア人紳士――右の所在につき、なんらかの情報を寄せられたかたに謝礼を進呈す。あわせて、ソフィーなるギリシア女性に関する情報にも、おなじく謝礼を進呈。X二四七三号〟。反応はなしだ」

「ギリシア公使館のほうは、どうかな?」

「そっちにも問いあわせた。なにも知らんと言ってる」

「だったら、アテネの警察のトップに電報を打とう」

「わがホームズ家の活力というのは、このシャーロックが独り占めにしてるんでね」と、マイクロフトは目を私に向けながら言った。「よかろう、ならばこの事件は全面的におまえにまかせる。ただし、なにかつかんだら、こっちにも知らせてくれ」

「合点承知」そう答えながら、私の友は椅子から立ちあがった。「むろん兄さんには知らせるし、メラスさんにも知らせるよ。それはそうとメラスさん、ぼくがあなたの立場だったら、当面は重々身辺を警戒しますね。というのも、言うまでもないですが、敵もこの広告を見て、あなたが裏切ったことには気づいているはずですから」

肩を並べて徒歩でベイカー街へ帰る途中、ホームズは電報局に立ち寄り、何本かの電報を打った。

「ところでワトスン、さっき出かけることにしたのは、けっして無駄じゃなかったようだね。ぼくもいろいろ事件を扱ってきたが、なかでももっともおもしろかったもの何件かは、ああしてマイクロフトを通じて持ちこまれてきたものなんだ。いま聞かされた話なんかも、ありうべき解釈はひとつしかないが、それでも、いくつかきわだった特徴をそなえてるからね」

「というと、もう解決の見通しが立ってるということか?」

「まあね。すでにこれだけの事実が判明してるんだから、残りがつきとめられなければ、むしろ不思議なくらいさ。きみだって、いま聞いてきた事実を総合して、そのすべてに筋が通るような仮説ぐらい、それなりに割りだしてるんじゃないのか?」

「うん、まあ、漠然とだがね」

「じゃあそれを聞かせてくれないか」

「まず、問題のギリシア女性というのが、ハロルド・ラティマーなる若いイギリス人に誘拐されてきたということ、これはまず確実だと思える」

「誘拐されてきたというと、どこから？」

「アテネからだろうね、おそらく」

シャーロック・ホームズはかぶりをふった。「その若い男というのは、ギリシア語が話せないんだよ。ひきかえ女性のほうは、ある程度、英語が話せる。そこで推論――彼女はしばらく前からイギリスにきているが、男のほうは、ギリシアに行ったことはない」

「なるほど。じゃあ、こういうのはどうだ――彼女はイギリス見物にきて、しばらく滞在している。それをこのハロルドが口説きおとし、駆け落ちを承諾させた、と」

「うん、そのほうがまだしも可能性がありそうだ」

「ところがそこへ、女性の兄が――というのも、まず話のようすからして、兄妹にちがいなかろうと思うからだが――その兄がギリシアからやってきて、仲を裂こうとする。そして不用意にも、相手の若い男と、年長のその相棒との術中に陥る。二人組は兄をつかまえて、力ずくでなにかの書類にサインさせようとする――彼女の財産、おそらくは兄が管財人になっているんだろうが、それを彼らに譲渡するという書類にだ。むろん兄は署名を拒む。兄と交渉するためには通訳が必要だが、前に使っていたほかのだれかが使えなくなって、やむなくあのメラス氏に白羽の矢を立てる。女性のほうは、兄がギリシアからきていることは知らされていないが、それをまったくの偶然から知ることになる」

「おみごと！　たいしたものだよ、ワトスン」ホームズが声をはずませた。「ぼくも真相はまずそれに近いと思う。というわけで、すでにあらゆるカードはこっちも握ってるんだから、残る心配といえば、敵がとつぜんなんらかの暴力的な動きに出てくること、これだけだ。時間さえもらえれば、きっとやつらをつかまえられるはずだよ」

「といっても、連中の住まいがどこなのか、どうやってつきとめたらいいんだ？」

「そうさな、もしもわれわれの推理が的中していて、女性の名がソフィー・クラティデスだとすれば――もしくは、旧姓がそうだったとすれば――彼女の足どりをたどるのは、さほどむずかしくはないはずだ。それがまた、われわれの主たる望みの綱でもある――なぜって、兄のほうは言うまでもなく、ロンドンに知人のひとりも持たないんだからね。問題のハロルドが妹のほうとわりない仲になってから、しばらく時日が――いずれにしても数週間は――たっていることはまちがいない。兄がギリシアで事の次第を耳にして、こっちへ渡ってくるだけの時間があったわけだから。そのかん彼らがずっとおなじ場所で暮らしていたとすれば、マイクロフトの広告になんらかの反応があることは、じゅうぶん期待していいだろう」

話しているあいだに、私たちはベイカー街の下宿に着いていた。ホームズが先に立って階段をあがったが、私たちの居室のドアをあけたとたんに、驚いて棒立ちになった。彼の肩ごしにのぞきこんでみた私も、負けず劣らず驚かされた。ホームズの兄のマイクロフトが、悠然と肘かけ椅子に陣どって、紫煙をくゆらせているではないか。

「やあおかえり、シャーロック！　まあはいりなさい、きみ」私たちの驚き顔ににんまり笑いかけながら、マイクロフトはにこやかに言った。「わたしにもこれほどの活力があるとは、思ってもみなかったろう、シャーロック。だが、どうにもこの一件が気にかかるのでね」

「どうやってここまできたんだい？」

「辻馬車でおまえたちを追い越したのさ」

「なにか新しい展開でもあったのか？」

「広告に返事がきたんだ」

「ほう！」

「そうなのさ——おまえたちが帰るのと、ほんの数分ちがいだった」

「で、内容は？」

マイクロフト・ホームズは一枚の紙をとりだした。

「これなんだが、ロイヤル判のクリーム色の便箋に、先の太いJペンで書かれている——書いたのは中年の男で、体が弱いようだね。読むよ——〝拝啓、本日付けの貴下の広告につき、お返事申しあげます。お尋ねの若い令嬢をよく存じあげています。拙宅をお訪ねいただければ、令嬢のお気の毒な身の上につき、詳しい事情をお話しします。彼女は現在ベカナムの〈マートルズ荘〉に滞在ちゅうです。敬具。J・ダヴェンポート〟。

差出人の住所は、ロウワー・ブリクストンになっている」マイクロフト・ホームズはつづけた。「どうだ、シャーロック、これからさっそくここへ馬車をとばして、その〝詳しい事情〟

とやらを聞くべきだと思うんだが」

「だけどね、マイクロフト、いまは妹の事情よりも、兄の命のほうがずっと大事なんじゃないのか？　ぼくはまずスコットランドヤードへ行き、グレグスン警部の協力を得たうえで、まっすぐベカナムへ向かうべきだと思う。なにしろ、ひとひとりが殺されようとしてるんだ――一刻も猶予はならない」

「だったら、メラス氏もついでに誘ってったほうがいいんじゃないか？」私が提案した。「ことによると通訳が必要になるかもしれない」

「名案だ！」シャーロック・ホームズが応じた。「じゃあ給仕に四輪辻馬車を呼ばせよう。馬車がきたら、すぐに出発だ」そう言いながら、彼はテーブルの引き出しをあけた。そこからとりだしたリボルバーを、彼がポケットにすべりこませるのが見えた。私の視線に気づいて、彼は言った。「そうなんだ、さっき聞かされた話から推して、相手はとびきり物騒な連中らしいからね」

ペルメル街のメラス氏の住まいに着いたときには、すでに日はとっぷり暮れていた。さいぜんひとりの紳士が氏を呼びにきて、いっしょに出かけたという。

「どこへ行ったかわかりませんかね？」マイクロフト・ホームズがたずねた。

「さあ、存じませんけど」と、ドアをあけてくれた女性が答えた。「あたしにわかるのは、迎えにきた紳士と馬車で出かけたということだけです」

「その紳士というのは、名乗りましたか？」

「いいえ」

「背が高くて、ハンサムな、色の浅黒い青年じゃありませんか?」

「いいえ、ちがいます。小柄な紳士で、眼鏡をかけてました。顔はとがってるんですけど、受け答えとかはとてもおもしろくて――だって、話しながらしょっちゅう笑ってるんですもの」

「行こう!」ホームズがいきなり叫んだ。そしてスコットランドヤードへむけて馬車を急がせながら、あとをつづけた。「どうも由々しい事態になってきた! またもメラスの身柄をやつらにおさえられてしまったとなるとね。あの男、体を張ってなにかをやれるというたちじゃなさそうだし、そのことは向こうも、二日前の夜の経験から、百も承知だろう。たんに姿を見せるだけで、彼を恐怖で金縛りにしてしまえる悪党なんだ。彼が通訳として必要なのはもちろんだが、それでも、用がすんだらおそらく、彼の裏切りと見なすものについて、しっかり報復しようと企《くわだ》てるだろうね」

私たちの望みは、これからベカナムへ汽車で向かえば、向こうの馬車にさほど遅れず、あるいはそれよりも早く着けるのではないか、というところにあった。しかるに、スコットランドヤードに行ってみると、グレグスン警部に同行を頼み、あわせて、問題の家に立ち入るための法的手続きをととのえるのに、優に一時間以上もかかってしまった。おかげでロンドン・ブリッジ駅に到着したときには、すでに十時十五分前、ベカナム駅のプラットホームに一行四人が降りたったときは、はや十時半だった。それから半マイルほど馬車を走らせ、やっと〈マートルズ荘〉に着く――大きな暗い建物が、道路からかなり奥まった位置に、庭にかこまれて建っている。ここで馬車を帰した私たち一行は、そろって玄関までの車回しを歩いていった。

「窓はどれも真っ暗ですな」と、警部が言った。「どうやら家は無人のようだ」

「すでに鳥は飛びたったあと、巣はからっぽだね」と、ホームズ。

「どうしてそうだとわかるのですか？」

「荷物を満載した馬車が、ここ一時間ほどのうちに、この道を通っている」

警部は声をあげて笑った。「その車輪の跡なら、門の明かりでわたしも見ましたがね。しかし、荷物を積んでたというのは、どこから出てきた考えです？」

「おなじ車輪の跡が、逆の方向にむかってつづいているのは気がついただろう。だがその二本のうちでは、外へ向かうわだちのほうがはるかに深い――これだけ深ければ、馬車に相当の重量がかかっていたのはまちがいないと、そう言いきれるわけだ」

「なるほど、その点ではあなたに一歩先を越されましたな」警部が肩をすくめて言った。「見たところ、どうもこのドアはたやすく打ち破れそうもない。とはいえ、ひとまず応答がないかどうか、ためしてみますか」

警部がノッカーで音高くドアをたたき、つづいて呼び鈴の紐もひいてみたが、いずれも応答は得られなかった。ホームズはそのあいだにどこかへ姿を消していたが、二、三分でもどってきた。

「窓をあけてきたよ」と言う。

「やれやれホームズさん、あなたが警察の味方であって、敵じゃなかったのはさいわいでしたよ」警部はそう言いながら、わが友人が手ぎわよくこじあけた窓の掛け金を検《あらた》めた。「ここはまあ状況が状況だから、どうぞと言われないうちに乗りこんでもかまわんでしょう」

私たちはひとりずつ順番に窓を乗り越え、メラス氏の話に出てきた広い居間とおぼしき部屋へはいっていった。警部が角灯をともしたので、その光でわれわれにも、二カ所のドアとカーテン、ランプ、日本の甲冑など、これも先の話にあったとおりのものを見てとることができた。テーブルには、グラスが二個と、からになったブランデー瓶が一本、それに食事の残りが少々のっている。

「おっ、なんだあれは?」だしぬけにホームズが言った。

全員がじっと立ち止まり、耳をすました。低いうめき声に似た音が、どこか頭の上から響いてくる。ホームズが弾丸さながらにドアへと突進し、廊下にとびだした。無気味な音は二階から聞こえてくる。ホームズが階段を駆けあがり、すぐあとに警部と私がつづいた。ホームズの兄のマイクロフトも、その巨軀《きょく》に可能なかぎりの速さでついてくる。

二階には三つのドアが並んでいたが、その中央の扉の向こうから、問題の無気味な音声は流れてきた。いっとき低まって、鈍いつぶやきになったかと思うと、また一気に高まって、けたたましいすすり泣きのようになる。扉には錠がおりていたが、キーは外側にささっていた。ホームズは扉をあけるなり、室内に躍りこんでいったが、たちまち、手で喉をおさえてとびだしてきた。

「炭火だ!」と叫ぶ。「ガスが発生している。ちょっと時間をおこう。そのうち薄れるはずだから」

おそるおそるのぞきこんでみると、室内を照らしている唯一の光源というのが、部屋の中央に置かれた小さな真鍮製《しんちゆう》の火鉢から、ちろちろと立ちのぼっている鈍いブルーの炎だとわかった。それが青ざめた不自然な光の輪を床の上に投げかけ、いっぽう、その向こうの薄暗がりに見てとれるのは、壁ぎわにくたっとうずくまったふたつのおぼろげな人影。いまあけたドアから、むわっとまがまがしい毒ガスが流れだしてき、一行四人はそろって息を詰まらせたり、咳きこんだりをつづけていたが、そのうち、ホームズが階段の上まで走ってゆくと、そこで新鮮な空気を胸いっぱいに吸いこみ、また駆けもどってきて、室内にとびこむなり、力いっぱい窓をあけはなって、ちろちろ炭火の燃えている火鉢を外へほうりだした。

「もう一、二分もすれば、なかにはいれるだろう」ふたたび駆けだしてきたホームズが、あえぎあえぎ言った。「蠟燭《ろうそく》はないか？　といっても、あんなガスが立ちこめてちゃ、なかでマッチをするのは危険すぎるな。マイクロフト、入り口で明かりをかざしていてくれないか。ぼくら三人で、あのふたりを外にひきずりだすから。さあ、行くぞ！」

私たちは一団となって躍りこむなり、ガス中毒でぐったりした男たちふたりにとびつき、外の踊り場までひきずりだした。ふたりとも、くちびるは紫色、意識を失っていて、顔はむくんで充血し、目もとびだしている。実際、顔があまりにゆがんで、顔つきも変わってしまっているので、そのひとりの黒いあごひげと、ずんぐりした体つきさえなければ、それがほんの数時間前に、〈ディオゲネス・クラブ〉で別れたあのギリシア語通訳だとは、とても見わけられなかっただろう。手も足もがんじがらめに縛りあげられ、片目の上には、激しく殴打された跡も残っている。いまひとりの、これもおなじように縛りあげられた男は、背こそ高いが、衰弱の極に達していると思われ、おまけに顔面には縦横に絆創膏が貼られて、異様なパターンを描きだしている。私たちが床に横たえてやったときには、すでにうめくのもやめていて、一目見るなり私には、せっかくの私たちの救助の手も、ほんのわずか遅すぎたとわかった。それでも、さいわいメラス氏のほうはまだ息があり、一時間たらずのうちに、私はアンモニアとブランデーの助けを借りて、彼がうっすら目をあけるのを見まもり、この私の手が彼を、万人のだれしもおもむく死の谷間からひきもどしてやったのだ、との満足感にひたることができた。

彼の話はごく単純なもので、それまでの私たちの推論を裏づけたにすぎなかった。それによると、部屋を訪ねてきた男が、いきなり袖のなかから仕込み杖を引き抜き、抵抗すればすぐにも命はなくなるのだぞと脅迫して、ふたたび拉致しさったのだという。実際、この不運な語学の達人は、くすくす笑うその悪党の魔力に魅入られたかたちとなり、いまだにその男のことを語ろうとすると、恐怖感から手はふるえ、頰は色を失うというていたらく。かくして、意思をなくしたあやつり人形と化した彼は、あっというまにベカナムまで連れてゆかれ、いま一度、交渉の通訳を務めさせられるはめになったが、今度のは、最初のときよりもさらに悲惨な一幕となった。ふたりのイギリス人は、あからさまに囚われびとに脅しをかけ、自分たちの要求に応じぬなら、即座に死をもって報いると言いはなったのだ。結局、どんな脅しにも相手が屈しないと見てとるや、ふたたび彼を一室にとじこめ、そのうえで今度はメラスにむかい、新聞の広告でおまえの裏切りはばれているのだと責めたてにかかった。それから、棍棒の一撃でメラスを昏倒させ、それを最後に彼は、私たちが上からのぞきこんでいるのに気づくまで、なにひとつ記憶していないという。

さて、以上がこのギリシア語通訳にまつわる奇怪な因縁話のすべてだが、これにはいまなお説明のつかない謎がいくらか残っている。例の新聞広告に返事をくれた紳士と連絡をとることで、問題の気の毒な若い令嬢の身の上については、私たちも知ることができた。ギリシアのある富裕な一族の出であること、二、三の知り合いを訪ねて、イギリスにきていたこと。この地に滞在ちゅうに、名をハロルド・ラティマーという青年と知りあったのだが、彼は彼女にたいしてある種の支配力を持っていて、ついには自分と駆け落ちすることを承諾させてしまったこと。この地の友人たちは、事の成り行きにショックを受けたものの、それでも事情をアテネの兄に書き送るのがせいぜいで、あとはいっさいこの問題とはかかわるまいとした。兄はアテネからこの地に到着するやいなや、無分別にも正面からラティマーおよびその共犯者とかけあおうとし、彼らの手中に落ちてしまった。共犯者というのは、名をウィルスン・ケンプといって、およそ最悪の前歴を持つ極悪人だが、この二人組は、兄が言葉のできない悲しさ、自分たちの手中でまったく動きがとれないのを見てとるや、彼を監禁して、彼本人の、さらには妹の財産までも放棄させようと、残忍に痛めつけ、餓死寸前にまで追いつめて、執拗に書類への署名を迫った。彼らは妹にはなにも知らせぬまま、兄を家のなかにとじこめたうえ、万一、妹が兄の姿を見かけた場合の用心に、顔一面に絆創膏を貼って、人相をわからなくしようとした。ところが妹のほうは、はじめて兄を見たとき――これは通訳が一回めにその家に行った夜のことだが――女性の直感で、たちまちその絆創膏に隠された顔の主を見破ってしまった。とはいえ、彼女自身もまた、悲しいかな、囚われびとなのだった――というのも、その家には、御者役を務める男と、その細君のほかにはだれもいず、この夫婦がまた、奸計《かんけい》をめぐらしている二人組の手先だったからだ。たくらみが露顕したことをさとり、しかも囚人がどうしても思いのままにならぬと見きわめをつけると、悪党二人組は、家具つきで借りていた家から、ほんの数時間前に立ち退きの予告をしただけで、女性を連れだして逃亡した。行きがけの駄賃に、最後まで自分たちに逆らいとおした男と、いまひとり、自分たちを裏切った男と、このふたりへの復讐を遂げたつもりになって。

それから何カ月ものちのこと、ブダペストからある奇妙な新聞の切り抜きが私たちのもとに送られてきた。それによると、女性をひとり連れてかの地を旅行ちゅうだったふたりのイギリス人が、そろって悲劇的な死を遂げたという。ともに刺殺されたものと見られるが、ハンガリー警察では、ふたりが口論のあげくに立ち回りを演じ、たがいに致命傷を与えたものとの見解を示している。けれどもホームズは、私の見たところ、それとはちがう考えのようだ。彼は今《こん》日《にち》にいたるもなお、問題のギリシア女性を見つけだしさえすれば、彼女とその兄とがこうむった非道な仕打ちにたいし、天がいかなる報復をなしたかが聞けると信じているのである。

（1）〈カールトン・クラブ〉は、セント・ジェームズ街のペルメル街寄りにある有名な保守党系のクラブ。ワトスンの記述は、〈ザ・カールトン〉で、〈カールトン・ホテル〉のことかとも思われるが、このホテルが開業したのは一八九九年のことなので、本編とは時代がずれる。やはり〈クラブ〉と見るべきだろう。

海軍条約事件

私が結婚してまもない七月には、興味ぶかく、また忘れがたい事件が三つも起こり、私はそのつど友人シャーロック・ホームズと行動をともにして、彼独特の方式をつぶさに見まもる特権を与えられた。この三つは、それぞれ私の事件簿に、「第二の血痕」、「海軍条約事件」および「疲れたキャプテンの事件」という表題でおさめられているが、あいにく、三つのうちの第一のものは、きわめて大きな利害関係がからむうえに、わが国きっての名家の多くにかかわる問題なので、この先さらに何年もたたなければ、公表することはむずかしいだろう[1]。とはいえ、ホームズの関係したさまざまな事件のうちでも、彼の分析的推理法の真価が、ここまで鮮やかに示された例、あるいは、関係者にこれほど深い感銘を与えた例となると、およそこれに比肩しうるものはほかにあるまい。ホームズがパリ警察のドビューク氏およびダンツィヒの著名な探偵フリッツ・フォン・ヴァルトバウム氏と対決して、彼らに事件の真相を実証してみせたときの模様は、ほぼ逐語的な記録として残してあり、これを私はいまでも保持しているが、要するにこのふたりの紳士はふたりながらに、事件の捜査にあたって、枝葉の部分にばかり精力を空費していたのである。だが、それはともかくも、この事件のことをなんの憚《はばか》りもなく語れるようになるのには、やはり新世紀の到来を待つしかないだろう。いっぽう、これとはべつに、先に挙げた二番めの例となると、これまた一時は国家的重大事につながるかと思われた事件であり、しかもいくつかの点で、かなり特徴的な性質を持つとして注目されるべきものなのである。

学校時代、私はパーシー・フェルプスという少年と親しくしていた。ほぼ同年だが、学年は向こうが二年上である。彼はとびきりよくできる生徒で、学校から出る賞という賞を独り占めにし、その偉業の総仕上げとして、奨学金を獲得、やがて進学したケンブリッジでも、ひきつづき輝かしい成績をおさめるにいたった。おまけに、家柄もすこぶるよく、母方の伯父が保守党の大物ホールドハースト卿だということは、まだ学童のころから私たちはみな知っていた。かといって、こういうきらびやかな親戚関係が、学校で幅を利かせることはまずありえない。いや、それどころか、私たちはわざわざ校庭で彼を追いかけまわしては、クリケットで用いる三柱門《ウイケット》の棒を向こう脛《ずね》にたたきつけ、なんとはない憂さ晴らしをしていたものだ。とはいえ、いったん世のなかに出れば、話はまたちがってくる。風の便りに聞けば、持って生まれた能力と、いくらでも利用できる有力なコネとのおかげで、外務省に相当の地位を得たというが、その後はいつとはなしにそうした記憶も薄れ、彼のことも忘れるともなく忘れていた。そこへとつぜんつぎのような手紙が舞いこんで、この旧友の存在を思いださせてくれたのである――

ウォーキング、〈ブライアブレー荘〉にて

親愛なるワトスン――

ぼくのことは覚えていてくれると思う――きみが三年のとき、五年のクラスにいた〝おたまじゃくしの〟フェルプスだ。その後ぼくが伯父のひきで外務省のいい地位に就いたってことも、あるいは耳にはいってるかもしれない。以来ぼくは、役所で責任も名誉もある仕事をまかされてきたのだが、それが先ごろ、ふいにとんでもない災厄がふりかかってきて、これまでのキャリアがいっぺんに吹っ飛んでしまうはめに陥ったのだ。

その災厄の内容について、ここで細々と語っても意味はない。きみがぼくの要請に応じてくれるようなら、いずれあらためて話すことになるだろうから。ぼくは脳炎をわずらって九週間も寝こんでいたため、回復したとはいえ、まだ衰弱がひどい。そこで相談だが、きみの友人のホームズ氏を当地にお連れして、ぼくに会わせてくれるわけにはいかないだろうか。ぜひともぼくの事件につき、氏の見解をお聞かせ願いたいのだ――警察当局ではすでに、やるべきことはすべてやった、これ以上はどうにもならんと匙《さじ》を投げているのでね。どうか頼む、氏をお連れしてくれ――それも可及的すみやかに。この恐ろしい不安のなかにいると、一分が一時間にも感じられてならない。これまで氏のアドバイスをお願いしなかったのは、けっして氏の眼力を軽んじていたからではなく、その事件に遭遇して以来、ぼくがショックのあまり精神錯乱に陥っていたためだと、このこともぜひ氏にお伝え願いたい。いまはもう正気に復している――もっとも、ぶりかえすといけないので、事件のことはあまり考えないようにしてはいるがね。まだ衰弱がひどいので、この手紙も見てのとおり、口述筆記にしてもらった。どうかお願いだ、氏をお連れしてくれ。

かつてのきみの学友、

パーシー・フェルプスより

読んでゆくうちに、なにやら胸が迫る心地がしてきた――ホームズを連れてきてくれという再三のくりかえし、そこにどことなく憐れを誘うものがあったのだ。おおいに心を動かされた私としては、かりにこれが面倒な頼み事であっても、なんとか要請にこたえようと努力しただろうが、いまの場合、相手は言うまでもなくホームズである。そしてホームズは私もよく知るとおり、自分の探偵術をこよなく愛する男だから、依頼さえあれば、いつでもすすんで応じようとするのだ。問題をホームズにゆだねるのなら、いまは一刻の猶予もならないという私の考え、これには新婚早々の妻も賛成してくれたので、そこで私は朝食をすませて一時間とたたぬうちに、なつかしいベイカー街の旧居を訪れていたのだった。

ホームズは部屋着をまとってサイドテーブルの前にすわり、なにかの化学実験に熱中していた。ブンゼン灯の青みがかった炎の上で、先端の曲がった大きな蒸溜器がぶくぶく沸騰し、液化した蒸気が二リットル計量器のなかへぽたぽた落ちている。私がはいっていっても、ちらりとも目をあげようとしないので、こちらもそれがよほどたいせつな実験なのだろうと心得て、勝手に肘かけ椅子に腰をおろし、待つことにした。彼はガラスのピペットをあちらの瓶、こちらの瓶とさしこんでは、そのつど数滴ずつの薬品をとりだしていたが、最後に、溶液のはいっ

た試験管をテーブルへ移動させた。右手には一枚のリトマス試験紙を持っている。

「きみは決定的瞬間にきあわせたよ、ワトスン。もしこの試験紙が青のままなら、万事問題なし。だがもし赤く変わるようなら、ひとひとりの命にかかわるんだ[2]」そう言って、リトマス紙を試験管にひたす。と、一瞬にして色がどすぐろく濁った赤に変わった。「は！　思ったとおりだ！」威勢よく言う。「じきにきみのご用をうけたまわるからね、ワトスン。煙草なら、このペルシア沓《ぐつ》のなかにはいってる」

デスクに向きなおった彼は、手ばやく何通かの電報をしたため、給仕を呼んで、渡した。それから、私の向かいの椅子にどさりと身を投げかけると、膝をひきあげて、長く細い脛を両手でかかえこんだ。

「殺人事件なんだが、ごくありふれた、けちな事件さ」と言う。「きみの持ってきてくれたほうが、どうやらいくらかましらしい。不吉な音信を運んでくるという海燕《うみつばめ》、きみはまさにそれだよ――犯罪を運んでくる海燕さ、ワトスン。で、どんな事件なんだい？」

例の手紙を渡すと、彼は真剣そのものの表情で、注意ぶかく目を通した。

「これだけじゃ、詳しいことはわからない。だろう？」と、手紙を私に返してよこしながら言う。

「ほとんどなにもわからないね」

「それでも、筆跡には興味をそそられる」

「しかし、本人の筆跡じゃないんだよ」

「そのとおり。女性のものだ」

「まさか、男だろう！」私はつい声を高めた。

「いや、女性だね。しかも、なかなか珍しい気性の主だ。ともあれ、依頼人の身辺に、常人とは毛色の異なる——良くも悪くも、非常にまれな資質をそなえた——人物がいるとわかっただけでも、今後の調査を進めるうえで、それなりに意味を持ってくる。この一件、ぼくは早くも猛然と意欲が湧いてきたよ。きみさえよければ、すぐにもウォーキングへ出かけよう——この、なにやらひどく困っているらしい外交官殿と、彼の手紙を筆記した女性というのに会ってみたいんだ」

さいわい、ウォータールー駅で早い時間の汽車にまにあったので、一時間たらずのちには、ウォーキングの樅林《もみばやし》とヒースの生い茂る荒れ野のなかにいた。〈ブライアブレー荘〉というのは、駅から歩いてもほんの数分、広い屋敷地にかこまれた大きな一軒家だとわかった。刺《し》を通ずると、優美な調度に飾られた応接間に案内され、まもなく、ひとりの男があらわれて、ねんごろに私たちを迎えた——ずんぐり肥った体つき、年のころは三十よりは四十に近いと見えるが、それでいて、頰は赤く、目は陽気に輝いて、どこか、まるまる肥った腕白坊主《わんぱくぼうず》そのまま、といったふぜいだ。

「ようこそおいでくださいました」と、熱っぽく私たちと握手をかわしながら言う。「パーシーときたら、朝のうちから、あなたがたはまだか、まだかと、矢の催促ですよ。かわいそうに、藁にもすがりたい気持ちなんでしょう。彼の両親から、わたしがかわってお相手するようにと頼まれましてね。あのひとたちにとっては、事件のことは口にするだけでもつらいことなんです」

「詳細はまだなにもうかがっていないのですよ」と、ホームズが答えた。「あなたご自身はお見受けしたところ、ご家族の一員ではないようですが」

相手は虚を衝かれたようすだったが、そこでふと胸もとを見て、笑いだした。

「なるほど、わたしのロケットのモノグラム――〝J. H.〟とあるのをごらんになったんですな。一瞬、手品でも使ったのかと思いましたよ。ジョーゼフ・ハリスンと申します。まもなく妹のアニーがパーシーと結婚することになってますので、すくなくとも姻戚にはなるわけです。妹はいまパーシーの部屋にいます――この二カ月というもの、パーシーの手となり足となって、献身的に看護してきました。いや、こんなことを言ってるよりも、さっそく部屋へ行くことにしましょう――パーシーが待ちわびていますから」

私たちが案内された部屋は、応接間とおなじ一階にあった。調度から見て、居間兼寝室として使われているらしく、室内いたるところに、きれいに花が飾られている。見るからに顔色の悪い、憔悴《しょうすい》しきった若い男が、あけはなした窓のそばの寝椅子に横になっていて、かぐわしい夏のそよかぜとともに、豊かな香りが庭から窓を通して流れこんでくる。男のそばに、女性がひとりすわっていたが、私たちがはいってゆくと、つと立ちあがった。

「わたし、席をはずしましょうか、パーシー?」とたずねる。

彼はその女性の手をつかんでひきとめた。「やあ、しばらくだったね、ワトスン」と、真情のこもった口調で言う。「そんなひげをたててるので、別人かと思った。逆にきみのほうも、ぼくのこの姿を見て、本人とはわからないんじゃないかな。で、そちらが、きみの高名なるご友人、シャーロック・ホームズさんだね？」

私は手みじかにふたりをひきあわせ、それからそろって腰をおろした。さっきのずんぐりした青年はすでに姿を消していたが、妹のほうはその場に残り、病人の手に手を重ねてすわっていた。はっと目をひく顔だちで、体つきは、均整こそとれているものの、背は低め、やや肥りぎみにも見えるが、オリーブ色の肌といい、イタリアふうの大きな黒い目といい、豊かな黒い髪といい、すべてが美しい。そうした彼女の顔だちの濃さとは対照的に、隣りにいる婚約者の青白い顔は、いっそう色をなくして、やつれきって見える。

「貴重なお時間を無駄にしたくないので」と、彼は寝椅子から身を起こしながら言った。「よけいな前置きは抜きで、さっそく本題にはいります。ホームズさん、ぼくはついこないだまで仕事もうまくいき、すべてに幸福な男でした。それが、結婚を目の前にして、とつぜん恐ろしい災厄に見舞われ、約束された前途はめちゃめちゃになってしまったんです。

ワトスンからお聞き及びでしょうが、ぼくは外務省におります。これまでのところ、伯父のホールドハースト卿のおかげもあり、とんとん拍子に出世して、さる責任ある地位に就きました。伯父が現内閣の外相に就任すると、伯父からいくつか重要な任務を託されましたが、そのつど申し分のない成果を挙げてみせましたので、そのうち伯父も、ぼくの能力と手腕とに全幅の信頼を寄せてくれるまでになりました。

十週間ほど前――正確には、五月二十三日のことになりますが――伯父がぼくを役所の私室に呼び、これまでの仕事ぶりを褒めてくれたうえで、またひとつ、重大な責任ある仕事をひきうけてもらいたいと切りだしました。

『これが例の秘密条約の原本だ』そう言いながら、伯父はデスクの引き出しから灰色の巻き物をひとつとりだしました。『わが国とイタリアとのあいだに結ばれたものだが、遺憾ながら、この一部が早くも報道機関にもれてしまった。きわめて重要なものだから、これ以上これが外部にもれることがあってはならん。この書類の内容を知るためであれば、フランス大使館でも、ロシア大使館でも、莫大な報酬をはずむはずだからな。これの副本をつくることがぜったい必要になったという事情さえなければ、こうしてこれをわたしの机からとりだすのも、じつはとがめられて然《しか》るべきことなのだ。おまえの執務室に、鍵のかかるデスクはあるだろうな？』

『はい、あります』

『では、この条約を部屋に持っていって、鍵をかけて保管しておきなさい。わたしから指示を出して、ほかのものが退庁したあとも、おまえだけ部屋に残れるようにしておくから、それ以後ならば、同僚に見られるおそれなしに、ゆっくり写しがつくれるだろう。仕事を終えたら、原本と写しの両方を、もう一度デスクに鍵をかけて保管し、あすの朝、わたしにじかに手わたしてもらいたい』

そこでぼくは書類を部屋に持ち帰り、そのあと――」

「ちょっと待ってください」ホームズがさえぎった。「そのお話のあいだ、おふたりはその場にふたりきりでおられたのですか？」

「ふたりきりです、たしかに」

「広い部屋のなかだった？」

「三十フィート四方はあるでしょう」

「その部屋のまんなかにいた？」

「ええ、ほぼ中央に」

「声は低かった？」

「伯父の声はいつも、人一倍、低いんです。そしてぼくのほうは、ほとんど口をききませんでした」

「わかりました。どうかつづけてください」ホームズは、姿勢を変えて、目をつむりながら言った。

「伯父に指示されたとおりに行動して、ほかの職員がみんな帰ってしまうまで待ちました。同室の同僚で、チャールズ・ゴローという男がひとり、遅れた仕事をかたづけるために居残りしていましたので、ぼくは彼を部屋に残し、食事をとりに出ましたが、もどってみると、彼ももう退庁していました。たまたまその晩はジョーゼフが――さっきお会いになった、あのハリソン氏ですが――彼が市内にきていて、十一時の汽車でウォーキングへ帰る予定でしたので、ぼくもできればおなじ汽車に乗りたいと思い、仕事を急ぐことにしました。

預かった条約文書にあらためて目を通してみると、なるほどまことに重要なもので、伯父から聞かされたことは、けっして誇張ではなかったとわかりました。細部に立ち入ることは避けますが、要は、〈三国同盟〉(3)にたいする大英帝国の立場を明らかにし、かつまた、地中海においてフランス艦隊がイタリア艦隊にたいして圧倒的な優位に立った場合、わが国のとるであろう政策を予示するもの、そう言っておけばいいでしょう。そこで論じられている問題は、もっぱら海軍の動きに関するもので、文書の最後に、この協定を結んだ高官たちの署名が並んでいます。ぼくは全体にざっと目を通してから、いよいよ筆写にとりかかりました。

長大な文書で、フランス語で書かれ、二十六条のそれぞれ別個の項目から成っています。ぼくはせいいっぱいの速度で筆写をつづけましたが、九時になっても、やっと九条までが終わったきりで、予定の汽車に乗ることは、とても無理らしいとわかってきました。おまけに、さっき食事をとったのがいけなかったのか、そこにさらに一日の仕事の疲れも重なったのか、なにやら頭がぼうっとして、眠気がさしてきました。コーヒーでも飲めば、すっきりするかもしれない。階段の下に、当直の用務員が詰めている小さな詰め所があって、遅くまで居残って仕事をする職員のために、頼めばアルコールランプでコーヒーを沸かしてくれるのです。そこで、呼び鈴を鳴らして、その用務員を呼びました。

ところが、なんとしたことか、あらわれたのは用務員ではなく、女でした。エプロンをつけた大柄な、粗野な顔だちの、年配の女で、用務員の妻だと名乗り、雑役も受け持っていると言いますので、ともかくもその女にコーヒーを頼みました。

そのあと、さらに二条分の筆写を終えましたが、そこでまた一段と眠気が強くなってきまし

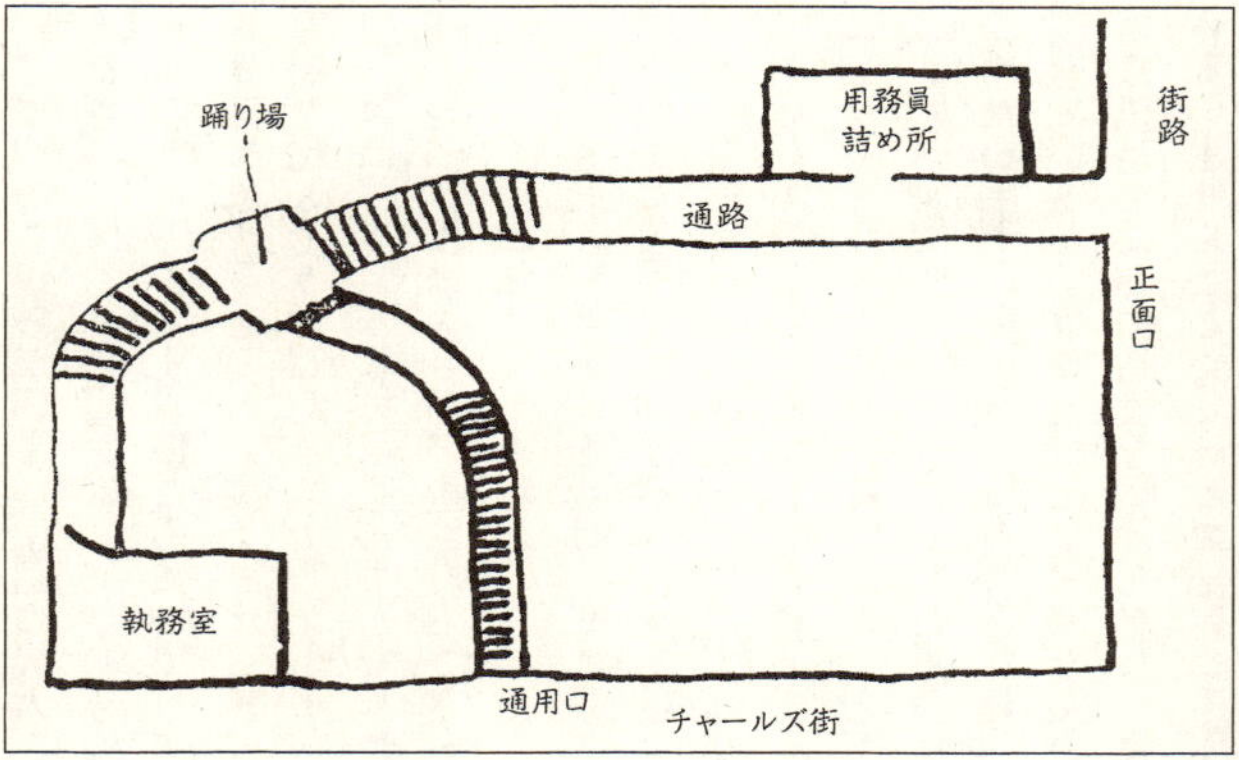

た。立ちあがって、脚をのばすためにそこらを行ったりきたりしましたが、コーヒーはまだきません。どうしてこんなに遅いのかと、ドアをあけて外に出、ようすを見にゆくことにしました。ぼくが仕事をしていた部屋からは、薄暗い明かりがともっているだけの廊下がまっすぐのびていて、出口はここしかありません。廊下の先は、カーブした階段になっていて、用務員の詰め所は、階段を降りきった先の通路にあります。この階段を途中まで降りたところに、小さな踊り場があって、ここから直角に分かれたもうひとつべつの通路につづいています。このふための通路は、すこし先で第二の小階段につづき、この階段づたいに、下級職員の出入りする通用口に出られますが、ここはチャールズ街側からくる上級職員たちの近道にも使われています。

ここにその略図を用意しておきました」

「やあ、ありがとう。お話はとてもよくわかります」シャーロック・ホームズは言った。

「さて、ここからがいよいよ話の最大の要点ですので、どうかおまちがえのないようにお聞きください。ぼくは階段を降りて、詰め所の前の通路に出ました。ところが、肝心の用務員は詰め所のなかでぐっすり寝こんでいて、アルコールランプにかけたケトルがぐらぐら煮えたち、湯が床にまで噴きこぼれています。ぼくが通路から手をのばして、まだ眠りこけている用務員を揺り起こそうとしたときでした――いきなり彼の頭の上のベルがけたたましく鳴りだして、用務員はびくっとして目をさましました。

『あっ、これはフェルプスさん！』うろたえた面持ちでぼくを見ながら言います。

『さっき頼んだコーヒーがどうなったのか、見にきたんだよ』

『すみません、ケトルをかけたまま寝こんじまったみたいで』そう言いながら、ぼくを見、頭の上でまだ振動しているベルを見あげ、そしてそのあいだも、顔にあらわれた当惑の表情はますますひろがってゆきます。『しかし、あなたがここにおいでになるんなら、このベルはいったいだれが鳴らしたんでしょうね？』そう言います。

『ベルだって？　ベルとはなんのことだ』ぼくは問いかえしました。

『このベルですよ、これはあなたがお仕事をなさってた部屋につながってるんです』

冷たい手がぎゅっとぼくの心臓をわしづかみにしました。ということは、だれかがいまあの部屋にいるということだ――大事な文書がデスクに置きっぱなしになっているあの部屋に。ぼくは狂ったように階段を駆けあがり、廊下を突っ走りました。でもホームズさん、廊下にはだれもいませんでした。ぼくの部屋にもだれもいません。いっさいはぼくが部屋を出たときのまま、ちがっているのは、ぼくに預けられたあの文書が、置いたはずのデスクの上から消えているということだけ。筆写したほうは残っているのですが、原本だけがないのです」

ここでホームズはしゃきっと身を起こすと、両手をこすりあわせた。問題がいまや完全に心をとらえていることが、はたで見ていてもよくわかった。「どうかその先を——それからどうしました？」と、おさえた声で訊く。

「とっさに考えたのは、泥棒は通用口から脇の階段をあがってきたのにちがいないということでした。正面口のほうからきたのなら、当然ぼくが出くわしていたはずですから」

「たとえば、部屋のなかにずっと隠れていたとか、廊下の途中にひそんでいたとか、そういうことはありえないと確信できるのですね？——たしか、廊下には薄暗い明かりがともっているだけだと言っておられたはずだが」

「そういうことはぜったいありえません。部屋であれ、廊下であれ、鼠一匹たりとも隠れるのはむずかしいでしょう。そもそも身を隠せるような物陰がないのですから」

「なるほど、わかりました。どうぞつづけてください」

「詰め所の前でぼくが真っ青になったのを見ていた用務員は、なにか容易ならぬ事態が出来《しゅったい》したと察したのでしょう——ぼくを追って二階へ駆けあがってきていました。ぼくらはいっしょに急な脇階段を駆けおり、チャールズ街への通用口に向かいました。通用口の扉はしまっていましたが、錠はおりていません。それをあけて、外へとびだしました。はっきり覚えていますが、ちょうどぼくらがとびだしたとき、近くの教会から鐘の音が三つ聞こえてきました。十時十五分前を告げる時鐘です」

「それはたいへん重要な事実です」そう言ってホームズは、シャツのカフスに何事か書きつけた。

「真っ暗な晩で、生暖かい雨がしとしとと降りだしていました。チャールズ街には人影ひとつありませんでしたが、つきあたりのホワイトホールには、いつものように頻繁に車馬が行きかっています。ぼくらは帽子もかぶらぬまま、雨のなかをそこまで走ってゆき、角に巡査がひとり立っているのを見つけました。

『盗難事件があったんだ』ぼくはあえぎあえぎ訴えました。『外務省の一室から、はかりしれない値打ちを持つ書類が盗まれた。たったいま、だれかここを通らなかったか？』

『十五分前からここに立っておりますが』そう巡査は答えました。『そのかんに通ったのはひとりだけです——女でした、大柄で、年配の、ペーズリー織りのショールをした——』

『ああ、それならうちの女房ですよ』大声をあげたのは用務員でした。『ほかにはだれも通らなかったんだね？』

『だれひとり』

『だったら、賊が逃げたのは逆の方向に決まってますよ』用務員はなおもそう叫びながら、しきりにぼくの袖をひっぱります。

ですがぼくは納得しきれませんでした。しかも、なんとかぼくをひっぱってゆこうとする用務員の態度が、ぼくの疑念をいっそう強めます。

『その女はどっちの方角へ行った?』ぼくは叫びました。

『さあ、存じません。通るのは見かけましたが、とくに注意して見てはいませんでしたから。だいぶ急いでいたようではありますが』

『それはいつごろのことだ?』

『こうっと、そんなに前じゃないですね』

『五分以内か?』

『ええ、そう、五分以上じゃないはずです』

ここでまた用務員が大声で割りこんできました。『旦那は時間を無駄になさってます——いまは一刻一秒が大事なときなのに。どうか信じてくださいさい、その女はうちのかみさんで、事件とはなんのかかわりもありません。ここはひとつあたしの言うとおり、反対の方向を探してみましょうよ。それとも、旦那が不承知だとおっしゃるなら、あたしがひとりででも探しにゆきます』言うなり、べつの方向へだっと駆けだします。

ですがぼくは、とっさにあとを追いかけて、彼の袖をつかみました。

『あんた、住まいはどこだ?』たずねました。

『ブリクストンのアイヴィー・レーン一六番地です』答えます。『ですけどね、フェルプスさん、そんな的はずれの思い込みにとらわれるのはまちがいです。さあ早く、こっちとは逆の方角を探しましょう。なにか訊きだせないかどうか、とにかくやってみなくては』

彼の提案にしたがっても、べつに損はなさそうです。角にいた巡査も加えて、三人でそのほうへ急ぎましたが、反対側の通りも、やはり人通りが多いうえに、雨のなかですから、だれもが濡れるのをいとって、やたらに先を急いでいます。通行人のことを教えてくれるような閑人《ひまじん》など、どこにもいません。

　そのあとぼくらはようやく役所にひきかえして、階段や途中の通路を隅々まで捜索してまわりました。でも成果はありません。ぼくのいた部屋へ通ずる廊下は、床面が一種のクリーム色のリノリウムで仕上げてあり、泥靴の跡ならくっきり残ります。そこで、そのリノリウムを端から端まで丹念に調べてみましたが、足跡の輪郭らしきものさえ見あたりませんでした」

「雨は一晩じゅう降っていたのですか？」

「七時ごろから、ずっと」

「それなら、九時ごろきみの呼び出しに応じて部屋にやってきた女が、泥靴の跡をどこにも残していないのは、どういうわけです？」

「よくぞ訊いてくださいました。それはぼくもすぐに気づいた点なんです。なんでも、雑用係りとして雇われている女たちは、出勤すると、すぐに用務員の詰め所で靴を脱ぎ、リスト地の(4)スリッパに履きかえる決まりになっているのだとか」

「よくわかりました。すると、一晩じゅう雨だったのにもかかわらず、泥靴の跡はどこにもなかった、と。こうやって一連の出来事としてながめてみると、これがとびきり興味ぶかいものだということが、いよいよはっきりしてきます。で、つぎにどうなさいましたか？」

「部屋のなかも徹底的に調べました。隠し戸などのある可能性はゼロ、ふたつある窓も、地上から三十フィートの高さにあり、どちらも内側からしっかり掛け金がかかっていました。床にはカーペットが敷きつめられていますから、落とし戸なんかあるはずもなく、天井はごくありふれた白い水漆喰で塗られています。ぼくの書類を盗みだしたのがたとえ何者にせよ、その人物がドアからはいってきたのであること、これはぜったいに確かです。なんなら、命を賭けたっていいですよ」

「暖炉はどうです？」

「暖炉はないんです。ストーブがあるだけで。呼び鈴の紐は、ぼくのデスクのすぐ右に、上からワイヤーで吊りさげられています。呼び鈴を鳴らしたのがだれかはともかくも、そのためにはその人物はデスクのすぐそばまで接近してきていたことになる。それにしても、犯罪者がなぜわざわざ呼び鈴を鳴らしたがるんでしょう？ そこのところですよ、いちばんの疑問は」

「たしかに異常な出来事ですな。で、つぎにどうなさいました？ さしずめ部屋を捜索したときには、侵入者の痕跡がなにか残っていないかどうかも確かめられたのでしょう？――たとえば、葉巻の吸いさしとか、手袋がかたっぽ落ちているとか、あるいはヘアピンやなにか、その種の小さなもの――」

「いっさいなにもありませんでした、その種のものは」

「においも残っていなかった？」

「いや。あいにくとにおいのことは、いままで考えもしませんでした」

「そうですか。たとえば煙草のにおいといったものは、こうした捜査ではおおいに役に立ってくれるものなんですが」

「なるほど。でもぼくは煙草をたしなみませんから、もし部屋に煙草のにおいがこもっていれば、すぐに気がついたと思います。とにかく、手がかりになりそうなものはいっさいありませんでした。唯一、具体的な事実と言えるのが、用務員のかみさん――名はタンギー夫人といいます――これが急いで出ていったということ、これだけです。亭主のほうは、それがちょうどかみさんの帰る時間だったから、いつも帰宅するのがそのころだったからというだけで、納得のゆく説明はなにもできません。そこでぼくは巡査と相談のうえ、とりあえず彼女が書類を持っているものと仮定して、このさいいちばんいいのは、彼女がそれを処分してしまわないうちに、身柄をおさえてしまうことだと決めたわけです。

すでにスコットランドヤードには通報が行ったらしく、フォーブズという刑事が早々と駆けつけてきて、精力的に事件と取り組んでくれていました。さっそく彼といっしょに二輪辻馬車を仕立て、一時間ばかりで教えられた住所に着いたところ、応対に出たのは若い娘で、これはタンギーのおかみさんの長女なのだそうですが、母はまだ帰宅していないと言います。ぼくらは家の正面側の部屋に通され、そこで待たせてもらうことにしました。

十分ほどすると、玄関をノックする音がしたのですが、そこでぼくらは重大な失敗をやらかしてしまいました――これはぼくのせいです。というのも、自分の手で玄関をあけにゆかず、その娘にまかせたからです。彼女の声で、『おかあさん、男のひとがふたり、おかあさんに会いたいって、さっきから待ってるわ』そう言うのが聞こえて、そのあとすぐに、ばたばたと廊下を駆け去る足音がしました。フォーブズがやにわにドアにとびつく。すぐにぼくらはそろって奥の部屋、もしくはキッチンにとびこみましたが、すでに女はそこにいて、いどむようにぼくらを睨《にら》みつけてきます。と、とつぜん彼女はぼくを認めて、しんそこ仰天しきった表情がその顔にひろがりました。

『まあ驚いた、お役所のフェルプス様じゃありませんか！』そう叫びます。

『おいおい、あんなにあわてて逃げだして、われわれをいったいだれだと思ったんだ？』ぼくの連れが問いつめます。

『取り立て屋だと思ったんですよ』彼女は言います。『ある商人とちょっと揉めてるもんですから』

『ほう、そんな言い訳が通用すると思うのか？』フォーブズが言いかえします。『いいかね、われわれはれっきとした理由があって、おまえが外務省から大事な書類を盗みだしたと信じてるんだ。こうしておまえがここへ逃げこんだのも、それを始末するためだ、ってな。さあ、いっしょにスコットランドヤードへきてもらおう――その体を検《あらた》めさせてもらうから』

おかみさんがいくら抗弁し、抵抗しても、どうにもなりませんでした。四輪箱馬車が仕立てられ、ぼくを含めた三人が、それで警視庁へもどりました。その前に、まずキッチンを捜索して、とくにかまどの火を念入りに調べました。おかみさんがひとりでそこにいたほんのわずかな隙に、かまどで書類を始末した可能性もあると考えたからですが、幸か不幸か、そこにはなにかを燃やした灰も、紙の切れ端も、なにひとつ残ってはいませんでした。警視庁に着くと、彼女は婦人警官の手にゆだねられ、身体検査をされました。そのあいだ、ぼくは居ても立ってもいられぬ思いで、はらはらしながら結果を待ちわびていましたが、やがてもどってきた婦人警官は、書類など影も形もなかったと報告しました。

このときです、はじめて自分の置かれた立場の重大さ、それへの認識がまっこうからぼくにのしかかってきたのは。それまでは、ただがむしゃらに動きまわっていました。そしてそのあいだ、頭の働きのほうは麻痺していた。タンギーのおかみさんさえつかまえれば、書類はすぐにでもとりもどせると思いこんでいましたので、万が一それが出てこなかった場合の結果なんて、あえて考えたくもなかったのです。ところがいま、万策尽きて、はじめて自分の立場をふりかえるだけの余裕が出てきた。とんでもないことになってしまった！ そこにいるワトスンなら知っていますが、かつてのぼくは神経質で、感じやすい子供でした。そういう生まれつきなのです。ぼくは伯父のことを考え、内閣での伯父の同僚たちのことを考え、このぼくが伯父に、ぼく自身に、周囲のあらゆるひとたちにもたらした恥辱のことを考えました。ぼく自身がごく例外的な偶発事件の被害者なのだと言ってみたところで、それで許されるはずもありません。事が外交上の利害にかかわる場合、偶発事件だったというのは、これっぽっちの言い訳にもならないのです。ぼくはもうおしまいだ。恥辱にまみれ、絶望の淵にたたきこまれた、みじめな敗残者だ。そのあといったいなにをしたのか、ぜんぜん覚えがありません。どうもその場でみっともない騒ぎを演じたようです。なにやら大勢の警官がまわりをとりかこんで、暴れるぼくを懸命になだめようとしていた、そんなおぼろげな記憶がありますから。そのなかのひとりが、ウォータールー駅までぼくを送ってくれて、ついでにウォーキング行きの列車に乗せてくれました。そのとき、おなじ列車で、この近くにお住まいのフェリア先生に出くわさなかったら、その警官はそのままここまで送ってきてくれたのではないかと思います。先生はご親切にもぼくの介添え役を肩代わりしてくださったのですが、じつはそれがぼくにとっては天の助けだった——というのも、駅で発作を起こして、どうにかここに帰り着いたときには、ほとんど意識も朦朧《もうろう》として、わけのわからぬことをわめきちらしていたそうですから。

先生の呼び鈴で寝床からひっぱりだされ、ぼくのていたらくをまのあたりにしたときの家族のものたちの驚き、想像がおつきになるでしょう。ここにいるアニーやぼくの母なんかは、悲嘆に打ちのめされてしまいました。フェリア先生は駅まで送ってくれた刑事から、そこにいたるまでの大体の事情は聞いておられたようですが、先生からそれを伝えられたところで、だからどうなるというものでもありません。ともあれ、だれの目にも明らかだったのは、ぼくの病状が長びきそうだということで、とりあえず一階にあるこの部屋がぼくの病室に仕立てられることになり、おかげで、それまでここを使っていたジョーゼフは、あわただしくこの居心地のいい部屋から立ち退かされるはめになった。という次第で、ホームズさん、以来ぼくは九週間以上も、脳炎のために意識不明のまま、この部屋で寝たきりで過ごしてきました。ここにいるミス・ハリスンや先生の手厚い看護がなければ、いまこうしてあなたとお話しすることもかなわなかったでしょう。そのあいだ、昼間はこのミス・ハリスンがつききりでいてくれましたし、夜間はべつに看護婦を雇って、面倒を見てもらいました——頭の病気のせいで、いつまた発作を起こして、暴れだすかわかりませんから。それでも、ようやくすこしずつ頭がはっきりしてきて、すっかり記憶をとりもどしたのは、やっと三日前からです。本音を言うと、記憶なんかもどらないほうがよかった、なんて思うこともときにありますけどね。ともあれ、正気づいて真っ先にしたことは、事件担当のフォーブズ刑事に電報を打つことでした。彼はここまできてくれましたが、いままであらゆる手は尽くしてみたものの、なんら手がかりらしいものは見つかっていないと言います。用務員夫婦も、ありとあらゆる角度から徹底的に調べてみたが、事件に光明をもたらすようなものは、なにひとつ得られなかった、と。そこで、つぎに警察の疑いが向けられたのが、ゴローという青年でした——覚えておいででしょうが、事件当夜、しばらく居残りをしていた同僚です。居残っていたということ、そして姓がフランス系だということと、彼が疑われる根拠というのは、じつのところ、このふたつしかありません。しかし、実際問題として、ぼくが筆写にかかったのは、彼が退庁したあとのことですし、姓がフランス系だといっても、家がもともとフランス新教徒《ユグノー》だというだけで、心情や生活習慣のうえでは、あなたやぼくとなんら変わらない、根っからのイギリス人です。どこからどう調べてみても、事件とのかかわりをうかがわせるものなどあろうはずもなく、結局、捜査は頓挫をきたしてしまった。こうなったら、あとはホームズさん、あなたが最後の頼みの綱です。あなたが力になってくださらなければ、ぼくは地位のみならず、一身の名誉までも、ここで永久に失ってしまうことになるのです」

ここまでの長話に疲れはててか、病人はまたぐったりとクッションに沈みこんでしまい、付き添っている女性がグラスに水をつぎ、気付け薬を少々飲ませた。ホームズは話が終わってからも、頭を後ろにのけぞらせ、目をとじたまま、無言ですわっているきりで、知らないものにはなげやりな態度にも見えるかもしれないが、私にはそれが極度の集中を示すものだとわかっていた。

ややあって、彼はおもむろに言った。「お話はたいへん明快でした。こちらからあらためてお訊きする点も、ほとんどありません。ただひとつ、これは非常に重要なことなのですが、これだけうかがいたい――その晩、伯父上から託された特殊な任務のこと、それをだれかにお話しになりましたか？」

「いえ、だれにも話していません」

「たとえば、こちらのミス・ハリスンなどにも？」

「ええ。そもそも、その仕事を命じられてから、実際に筆写にかかるまでのあいだに、ウォーキングにはもどっていないんですから、機会などありません」

「では、ご家族のだれかが、偶然オフィスを訪ねてこられるといったこともなかった？」

「ええ、ありません」

「では、ご家族のなかで、外務省の庁舎内のようす――きみの部屋までの道順とか部屋の配置とか――そういったものに通じておられたかたは？」

「ああ、それならみんな知っています。以前ぼくが案内してまわったことがありますから」

「それでも、きみが条約のことをだれにも話さなかったというのが事実であれば、こういう質問は言うまでもなく、まったくの的はずれと笑いとばしてしまえるのですが」

「なにひとつ口外してはおりません」

「用務員のことですが、彼についてなにか個人的にご存じのことは?」

「なにも知りません。ただ、兵隊あがりだと聞いているだけです」

「どこの連隊です?」

「ああ、それは聞いています——コールドストリーム近衛連隊だとか」

「なるほど、わかりました。詳しいことは、フォーブズから聞けるでしょう。警察というところは、事実を集めるという点では、なかなか有能ですから——ただあいにく、集めたそれを有効に使いこなせるとは、必ずしも言いきれない。ああ、あの薔薇、なんと美しい!」

いきなり彼はつかつかと寝椅子のそばを通り抜け、あけはなたれた窓のそばへ行くと、飾られた苔薔薇の枝垂《しだ》れた茎を手にとり、その真紅と緑色のまじりあったあえかな色あいをじっと見つめた。これは私もはじめて知るホームズの性格の、その新たな一面だった——これまで彼が自然の事物に強い関心を示すのなど、ついぞ見たことがなかったからだ。

「じつのところ、推論をなにより必要とするのは、宗教を措《お》いてほかにありません」背中を窓の鎧戸にもたせかけながら、いきなり彼はそう切りだした。「理論家の手にかかれば、宗教も精密科学さながらに緻密に構築されうるのです。神の恵みの確かさも、ぼくにはなにより花の美のなかにこそ宿ると思える。他のすべてのもの、われわれの力なり、欲望なり、食物なり、それらすべては、生存のため、まず第一に必要不可欠なものです。しかしこの薔薇はそうではない――余分なものです。これの香りも、また色も、生きるための必要条件ではなく、たんなる飾りにすぎない。とはいえその余分なものを与えうるのは、ひとり〈神〉のみなのです。ですからね、くりかえしになりますが、ぼくはこう言いたい――われわれも花を見て、そこから多くの希望をひきだしうるのだ、と」

この唐突なホームズの長台詞《ながぜりふ》のあいだ、パーシー・フェルプスも、付き添いの女性も、あきれたように目をみはって彼を見つめていたが、その顔にはまたありありと失望の色も浮かんでいた。いまではホームズは苔薔薇を指のあいだにはさんだまま、またも深い物思いに陥っていた。沈黙が数分間つづいたが、やがて付き添いの女性がそれを破った。

「それでホームズさん、この謎が解ける見通しって、あなたにはおありなんですの？」と、ころなし刺《とげ》のある口調で訊く。

「ああ、謎ですか！」はっとして夢想から現実にもどりながら、ホームズは答えた。「たしかにこの事件はすこぶる難解かつ複雑です。それを否定するのはばかげていますよ。ですがね、このことははっきりお約束できます――これから鋭意、調査を進めて、なにかわかったことがあれば、そのつどお知らせする、と」

「なにか手がかりでもおありなんでしょうか」

「お話のなかに七つばかりありましたが、むろん、それぞれについてじっくり吟味したうえでなければ、はたして価値のあるものかどうかは申しあげかねます」

「とくにだれかを疑ってらっしゃるとか？」

「疑っていますよ、ぼく自身を――」

「なんですって？」

「あまりにも早く結論に到達してしまったことについて、です」

「でしたら早くロンドンにお帰りになって、その結論とやらを吟味なさったらどうかしら」

「ご提案はまことにごもっともです、ミス・ハリスン」と、ホームズは立ちあがりながら言った。「どうだい、ワトスン、そうするのがいちばんいいみたいだよ。ひとつ忠告させてもらいますがね、フェルプスさん、すぐにでも解決するみたいな誤った期待は持たれないほうがいいでしょう。なにせ、すこぶる入り組んだ問題ですから」

「こっちはまた脳炎にやられてるかもしれませんよ、今度おいでになるころには」外交官が悲痛な声で言った。

「なに、またあしたきますから――おなじ汽車で。もっとも、あまりうれしいご報告はできないかもしれませんが」

「ありがたい、そのお約束だけで、救われた心地です」依頼人はいまにも泣きだしそうな声で言った。「だれかがこの件で尽力してくださってる、そう思うと、蘇生する思いですよ。それはそうと、ホールドハースト卿から手紙をもらいました」

「ほう！　なんと言ってこられました？」

「冷淡だが、冷酷ではない、そんなところですね。ぼくが重病だというので、そうきついことも言えなかったんでしょう。問題はきわめて重大であるとくりかえしたうえで、こうつけくわえています――ぼくの健康が回復して、今回の不祥事をきちんと償う機会が持てるようになるまでは、ぼくの将来について、なんの処置もとらない、と。処置をとるとはつまり、免職にするということでしょうが、それはまだ先のことだということのようです」

「なるほど、まことに妥当な、かつ思いやりもそなえた対応だ」ホームズは言った。「じゃあ行こうか、ワトスン、ロンドンではたっぷり一日分の仕事が待っているんだ」

駅まではジョーゼフ・ハリスン氏が馬車で送ってくれ、私たちはまもなくポーツマス線の列車に揺られていた。ホームズはなにやら深い物思いにふけりはじめ、クラパム・ジャンクションを過ぎたころになって、ようやく口をひらいた。

「ねえ、ロンドンに乗りこんでゆくのに、こんなふうに高架線で上から家並みを見おろしながら行くというのは、じつに楽しいものだね」

私はてっきり冗談かと思った――いま見おろしているのは、なんとも薄汚い街並みでしかなかったからだ。ところがホームズは、すぐさま自分でそれに注釈を加えた。

「見たまえ、ああやってあちこちにかたまって、スレートの家並みの上ににょっきり突きでている大きな建物群を。まるで鉛色の海に浮かぶ煉瓦の島みたいだ」

「たかが学校委員会管理の公立小学校じゃないか」

「とんでもない、灯台だよ！　未来を照らすかがり火があれだ！　種をつつむ莢だと言ってもいい――それぞれに、光り輝く小さな種子が何百、何千と詰まっている。やがて莢がはじけると、わが英国の未来という、より賢く、よりすばらしい種がとびだしてくるんだ。ところであのフェルプスだが、酒は飲まないだろうね？」

「飲むとは思わないけどね」

「ぼくも同意見だ。とはいえぼくらとしては、あらゆる可能性を残らず考慮に入れる必要がある。気の毒にあの男は、目下、深い泥沼に沈みかけているわけだが、はたしてわれわれの力でその泥沼から救いあげてやれるものかどうか、これはちょっとした疑問だな。ハリスン嬢のことは、きみ、どう思った？」

「強い性格の娘さんだね」

「うん。だが彼女の場合、強いのは善のほうにだ――ぼくの目に狂いがなければ、だが。彼女とあの兄とは、どこかノーサンバーランドのほうの製鉄業者の子で、兄妹はふたりきり。フェルプスは去年の冬、旅行ちゅうに彼女と知りあって、婚約した。そしてこの夏、彼女を家族に紹介するためにこちらへ呼び、兄はエスコート役としてついてきた。そこへ今度の思いがけない事件だ。彼女は婚約者を看護するためにそのままこの地に逗留《とうりゅう》し、兄のジョーゼフもおおいに居心地がいいので、そのままいついてしまったという次第。こう見えても、ぼくは独自にちょっとした下調べをやってたのさ。それでもきょうは、これから丸一日を調査にあてなきゃならないだろうな」

「ぼくの本業のほうは――」

「むろん、本業の患者《ケース》のほうが、ぼくの事件《ケース》よりもおもしろいのであれば――」ホームズはいくぶん刺のある口調で言いかけた。

「ぼくはこう言おうとしたんだよ——本業のほうは、一日や二日ならどうにでもなる、いまは一年のうちでもいちばん暇な時期だから、って」

「それはよかった」たちまち機嫌を直して、ホームズは言った。「だったら、これからさっそく調べにかかろう。まずは、フォーブズに会うことから始めるべきだろうな。事件の詳細ならこっちの知りたいだけ教えてくれるだろうから、それを聞けば、どこから手をつけたらいいかもはっきりしてくるはずだ」

「さっき、手がかりがひとつある、とか言ってたようだが」

「うん、いくつかあるさ。ただ、もうすこし詳しく調べてからでないと、はたして役に立つかどうかはわからない。およそ犯罪のうちでももっとも追及の困難なのは、無目的な犯罪だ。だが、今度のこれは、けっして無目的じゃない。では、だれがそれによって得をするか。フランス大使、ロシア大使、だれであれそのどっちかに書類を売りつけようというやつ、さらに言えば、ホールドハースト卿という線もある」

「ホールドハースト卿だって？」

「そうさ。政治の世界では、そのての書類が偶然にもせよ破棄されるということがあれば、立場上、かえって都合がいいという場合だって考えられるんだ」

「しかし、ホールドハースト卿のような、経歴にも非の打ちどころのない政治家にかぎって、まさかそんなことが」

「ひとつの可能性というだけだよ——ただしその可能性をまったく排除してしまうわけにもい

かない。きょうのうちに、さっそく外相閣下に面会して、向こうがなんと言うかを聞いてみようじゃないか。ところで、これからの調査だが、すでにぼくはその一端に着手してるんだ」

「すでに着手してる？」

「ああ。ウォーキングの駅から、ロンドンの夕刊紙ぜんぶに電報を打っておいた。この広告が全紙に載るはずだ」

渡してよこしたのは、手帳から破りとった紙片だった。鉛筆でこう走り書きしてある――

〝謝礼十ポンド――五月二十三日午後九時四十五分ごろ、チャールズ街の外務省前、またはその付近で客を降ろした辻馬車の番号。ベイカー街二二一番地Bまでお知らせを請う〟。

「じゃあ、賊は辻馬車できたと考えるわけだね？」

「かりにそれがまちがっていたとしても、べつに実害はなかろう。ともあれ、フェルプス氏の言葉どおり、部屋にも廊下にも身を隠せる場所などないというのが事実なら、いやでも賊は外部からやってきたと考えるしかないわけだ。さらに、外部からきて、しかも雨降りの晩だったというのに、リノリウムに濡れた靴跡ひとつ残していない――賊の痕跡を探して、ほんの数分後に徹底的に調べてみたというのにだ――それが事実だとすれば、賊は辻馬車できたと見なすのがきわめて妥当じゃないか。だからね、辻馬車という考えは、まずまちがっていないと思うわけだよ」

「なるほど、もっともらしく聞こえるね」

「さっき手がかりと言った、そのうちのひとつがこれさ。ここからなにかにつながるかもしれない。つぎに、むろん、ベルの問題がある——この事件で、なにより注目すべきなのがこの点だ。なぜベルは鳴ったのか。鳴らしたのは賊で、それははったりで鳴らしたのか。それとも、だれか賊といっしょにきたものが、盗みをやめさせようとして、鳴らしたのか。でなくばただの偶発事だったのか。それともまた——？」それきり彼はまた黙りこみ、さいぜんまでの深く思いつめたような黙想に逆もどりしてしまったようだった。けれども、彼の気分の変化なら、すべて知悉《ちしつ》している私の目には、なにか新たな可能性がふいに思い浮かんだのだということが読みとれた。

終着駅に着いたのが三時二十分過ぎ、私たちは駅構内のビュッフェであわただしく昼食をとり、すぐさまスコットランドヤードへ向かった。あらかじめホームズから電報が打ってあったので、フォーブズが迎えに出ていた。小柄な、狐を思わせる風貌の男で、顔つきも機敏そうだが、どう見ても愛想がいいとは言えない。私たちにたいする態度は、氷のように冷ややか、とくにこちらの用件がなにかを聞かされてからは、それがいっそうひどくなった。

「あなたのやりくちはようく聞かされてますよ、ホームズさん」と、辛辣《しんらつ》な口調で言う。「われわれ警察の提供する情報を利用するだけ利用して、それでもって手柄は独り占め、こっちはまるきり顔をつぶされた恰好になる、と」

「おやおや、それは話が逆だよ」ホームズは言いかえした。「最近ぼくの扱った五十三の事件のうち、ぼくの名前が表面に出たのは四件きりだ。残りの四十九件は、ぜんぶ警察の手柄になってる。知らなかったからといって、きみを責める気持ちはないがね。なにせきみはまだ若いし、経験もすくなそうだから。それでも、今度のこの事件をうまくかたづけたいと思うなら、ぼくを敵にまわすのでなく、協力したほうがよほど得になるはずだ」

「でしたら、ひとつふたつヒントをいただけると、たいへんありがたいですね」態度を一変させて、刑事はそう言った。「目下のところ、自慢できるほどのものは、なにひとつつかんではいないのです」

「いままでにどんな手を打っている?」

「タンギー――用務員ですが――彼に尾行をつけています。近衛連隊を辞めるときには、れっきとした人物証明ももらっていますし、本人の不利になるような材料は、なにも見つかっていません。ですが、細君はべつです。あれは食わせ者ですよ。今度の件についても、見かけ以上に多くを知ってるはずだとわたしはにらんでます」

「やはり尾行をつけてあるのかね?」

「婦人警官をつけてあります。あのタンギーのかみさん、酒飲みでしてね――いい気分に聞こし召してるときを狙って、二度ばかり話しかけてみたんだが、なにも訊きだせなかったと言っています」

「たしか、家に取り立て屋が押しかけてきたようだが」

「そのとおりです。ですがその借金は全額返済しました」

「返す金はどこから手に入れたのかな?」

「ああ、それなら問題ありません。亭主の恩給の受け取り日がきたとかで。つまり、手もとに余分な金があることはめったにない、そんな暮らしぶりのようです」

「フェルプス氏がコーヒーを頼もうとして呼び鈴を鳴らしたとき、自分がかわりに用件を聞きにいったことについては、なんと説明している？」

「亭主がひどく疲れていたので、休ませてやりたかったのだ、と」

「なるほど。それならいちおう辻褄は合う——そのちょっとあとで、亭主が椅子にかけたまま眠りこんでいたという事実もあるしね。そうすると、その夫婦にはなんら問題はない。あるとすれば、細君の性格だけか。その晩、ばかに急いでいたわけは訊いてみたかね？　角にいた巡査もそれには気づいていた」

「いつもより帰りが遅くなったので、帰宅を急いでいたのだとか」

「じゃあ、この点はどうだ——きみとフェルプス氏とは、すくなくとも二十分は遅れて彼女のあとを追ったのに、家には先に着いている。このわけは？」

「乗り合い馬車と、二輪辻馬車とのちがいだろうと言っています」

「帰宅するやいなや、大あわてでキッチンに駆けこんでいるが、それについて申しひらきはしたのかね？」

「取り立て屋に返すつもりの金を、そこに置いていたからだ、と」

「なるほど、すべての点で、とりあえず釈明はできるわけだ。じゃあこのことは訊いてみたかね？——帰りぎわに、チャールズ街近辺をうろうろしているだれかに会わなかったか、もしくは、だれかを見かけなかったか」

「巡査のほかには、だれも見かけなかったそうです」

「わかった。きみはかなり徹底的に彼女を問いただしたようだ。ほかにはどんな手を打っている？」

「フェルプス氏の同僚のゴローです——過去九週間、ずっと尾行をつけていますが、成果はないです。本人の不利になるような証拠は、なにも出てきません」

「ほかには？」

「さよう、ほかには捜査の糸口になりそうなものがなくて——証拠もなにも、ぜんぜん」

「ベルが鳴ったことについて、きみとしてなにか考えがあるかね？」

「いや、白状しますが、その点ではまったくお手上げです。だれがやったことにせよ、そんなふうにわざわざベルを鳴らすなんて、よっぽど肝の据わったやつだとは思いますが」

「そうだね、不思議なことをやったものだ。いや、いろいろありがとう。いずれ犯人を見つけたら、きっときみの手に引き渡すことにするから。じゃあ行こうか、ワトスン！」

「今度はどこへ行くんだい？」その部屋をあとにしながら、私は問いかけた。

「相手はホールドハースト卿だ——現外相にして、将来の首相候補、彼に話を聞きにゆくんだよ」

さいわい、ホールドハースト卿はダウニング街の外相執務室にいて、ホームズが刺《し》を通ずると、すぐ私たちは部屋に通された。大臣は持ち前の古風ないんぎんさで私たちを迎え、暖炉の左右に置かれた豪奢《ごうしゃ》な安楽椅子をすすめてくれた。自らは私たちのあいだの敷物の上に立ったが、その姿は、細身の長身といい、彫りの深い、思慮ぶかげな面だちといい、波うった頭髪に早くもちらほらまじりはじめている銀髪といい、そのままひとつの、ざらには見られないタイプ——真に高貴《ノーブル》である貴族《ノーブルマン》というタイプ——を体現しているかのようだった。

「ホームズ君、ご高名はかねがねうけたまわっています」と、ほほえみながら言う。「だから当然のこと、ご来駕《らいが》の趣《おもむき》に気づいていないふりをするわけにはいかない。わたしの周囲で起きた出来事のうち、貴君がとくに関心を持たれるようなこととなると、たったひとつしかありませんからな。そこでうかがうが、いま貴君はだれのために働いておられる？」

「パーシー・フェルプス氏のためです」ホームズは答える。

「ああ、わが不運なる甥ですか！　わかっていただけるだろうが、甥とは近しい間柄であるがゆえに、かえってかばってやるのがむずかしいのです。この出来事があいつの将来にとって大きな不利となるだろうこと、それをわたしは憂えているのだが」

「とはいえ、問題の書類が見つかれば？」

「ああ、それならもとより事情は変わってくる」

「それについて、閣下にひとつふたつおうかがいしたいことがあるのですが、ホールドハースト卿」

「どうぞなんなりと。わたしの知っているかぎりのことはお答えしよう」

「閣下がその書類の副本をつくるようにと指示されたのは、この室内で、でしたか？」

「いかにも」

「でしたら、だれかに立ち聞きされるおそれはまずなかった?」

「言うまでもないことです」

「条約の写しをとらせるため、それを第三者に託すというご意向をだれかにもらされませんでしたか?」

「いや、けっして」

「まちがいありませんか?」

「ぜったいにまちがいありません」

「では、閣下がだれにももらされず、フェルプス氏もまたけっして口外されてはいないのですから、ほかにそのことを知るものは、だれひとりいなかったわけです。ならば、盗賊がその文書の置かれた部屋に立ち入ったのは、まったくの偶然からだったということになる。つまり賊はたまたまそれを目にして、これさいわいと盗んでいった、と」

外相はほほえんだ。「さて、そのへんはわたしの得意分野ではないので、なんともお答えいたしかねる」

ホームズはちょっと考えこんだ。それから言った。「いまひとつ、べつの重要ポイントですが、ぜひ閣下のお考えをお聞かせ願いたい点があります。ぼくの知るところによれば、その条約の細部が広く知られれば、きわめて容易ならぬ事態が出来すると閣下は憂えておられた。そうですね?」

外相の表情豊かな面《おもて》に、一抹の翳《かげ》がさした。「いかにも、きわめて由々しき事態が」

「で、それは出来したのですか？」

「いや、いまだに」

「かりにその条約が、たとえば、そう、フランスとかロシア外務省の手に渡っていた場合、そのことは必ず閣下のお耳にはいるとお考えですか？」

「そのはずです」ホールドハースト卿はこころもち苦い顔で答える。

「では、事件以来すでに十週間近くが経過し、しかもお手もとにはなんの情報もはいっていないとなれば、それはなんらかの理由で、いまだ先方の手には渡っていない、そう考えても、あながち牽強付会《けんきょうふかい》とは申せないのでは？」

ホールドハースト卿は肩をすくめた。

「しかしね、ホームズ君、条約を盗みだした賊が、ただそれを額に入れて飾っておくとも思えないのだが」

「もっといい値段がつくのを待っているとも考えられます」

「だが、いい値段もなにも、あれはもうすこしたつと、まったく価値がなくなってしまうのだよ。二、三カ月後には、全文が公表されて、秘密でもなんでもなくなるのだから」

「なるほど、それがなにより肝心な点ですか」ホームズは言った。「むろん、こういう推定も成りたつわけですが——盗んだ当人が、とつぜん病に倒れるかどうかして——」

「たとえば、脳炎で発作を起こして、とか？」大臣はちらりとホームズに鋭い一瞥《いちべつ》をくれながら言った。

「いやいや、そうは申しておりません」と、動ずる気色もないホームズ。「それでは閣下、貴重なお時間をすでにだいぶ使わせてしまいました。そろそろ失礼いたします」

「心から捜査の成功を祈っていると言っておこう――犯人がたとえだれであろうともだ」そう言いながら、卿は会釈してわれわれを送りだした。

ホワイトホールの通りへ出ると、ホームズは言った。「りっぱな人物だね。だが、ああ見えて、いまの地位を保つのに汲々としてるみたいだ。およそ財力とは縁がないうえに、出費だけはなにかとかさむ。むろん気がついただろうが、靴の底革が張りかえてあったよ。さてと、ワトスン、ここらできみも本業に返してあげよう。例の辻馬車の広告に返事がこないかぎり、きょうはほかに予定もないしね。ただしだ、あしたもまたきょうとおなじ列車で、いっしょにウォーキングまで出かけてくれるなら、こんなにありがたいことはないんだが」

というわけで、翌朝、打ち合わせどおりにホームズと落ちあい、ともにウォーキングへ向かう列車のひととなった。広告への返事はいまだにないと彼は言い、事件に新たな光を投げかけてくれそうな新情報も、ほかにないとのこと。ときに彼はそうする気になりさえすれば、木彫り人形のような完全な無表情を保つことができるのだが、そうなると私には悲しいかな、彼が捜査の現状に満足しているのかいないのか、表情から読みとることすらできなくなる。車中の話題も、いま思いだせるかぎりでは、〈ベルティヨンの人体測定法〉のことにかぎられ、彼はそれについて語りながら、しきりにこのフランスの碩学《せきがく》を褒めたたえてやまないのだった。

私たちの依頼人は、きょうもまだあの献身的な女性に付き添われていたが、それでも、状態は前日よりずっといいようだった。私たちがはいってゆくと、楽々と寝椅子から立ちあがり、挨拶した。

「なにかニュースは?」と、せきこんで訊く。

「せっかくですが、そのご返事は、やはりあまりかんばしいものじゃありません」ホームズが答えた。「フォーブズから話を聞きましたし、伯父上にもお会いしました。ほかにもひとつふたつ追っている線がありますので、そっちからなにか出てくるかもしれませんが」

「じゃあ、まだあきらめてはいないんですね?」

「とんでもない、あきらめはしません」

「ああ、そううかがって、どんなにほっとしたことか!」叫んだのはハリスン嬢だった。「わたしたちさえこのまま勇気と忍耐を失わずにいれば、いつかはきっと真実が明らかになりますもの」

「じつは、そちらのご報告よりも、こちらからお話ししたいことが山とあるのですよ」フェルプスがふたたび寝椅子に身を落ち着けながら言った。

「ぼくも期待していたところです——なにかあるのではないか、とね」

「そうなんです、ゆうべ夜中に一騒動ありまして——それもことによると、重大な結果につながりそうなのが」そう言ううちに、フェルプスの表情がひどく重々しいものに変わり、あまつさえ、目には一抹の恐怖に似たものさえあらわれた。「じつはね、ぼくはひょっとして知らないうちに、なにかとんでもない陰謀に巻きこまれてるんじゃないか、そしてこの身の名誉だけでなく、命までもおびやかされようとしてるんじゃないか、そんな気がしてきたんです」

「ほう！」ホームズが声をあげた。

「ばかげてるように聞こえるでしょう――ぼく自身、敵なんかつくった覚えはないし、この世に敵がいるはずはないんです。なのに、ゆうべの体験以来、どうしても結論はそこへ行ってしまう」

「どうか詳しく話してください」

「まず申しあげておきたいのは、ゆうべはじめてぼくはこの部屋で、看護婦の付き添いなしに寝たということです。だいぶぐあいがよくなったので、付き添いなしでもだいじょうぶと判断したわけです。ただし、常夜灯だけはつけっぱなしにしておきました。さて、夜中の二時ごろでしたか、うつらうつらしていると、ふいにどこからか、かすかな物音が聞こえてきました。ちょうど鼠が壁板をかじってるような音で、しばらくそうして耳をすましながら、音のもとはきっとそれにちがいない、などとぼんやり考えていました。そのうち、音がだんだん大きくなってきたかと思うと、いきなり窓のほうから、鋭いかちっという金属音がしました。びっくりして、ぼくは起きあがりました。もはやその音がなにかは疑う余地がありません。はじめのかすかな音は、何者かが窓枠の隙間に道具をさしこもうとしてる音、そして二番めのは、掛け金がはずれた音です。

　そのあとしばらく間がありました。十分ぐらいでしょうか――いまの物音でぼくが目をさましたかどうか、じっとうかがってるようなあんばいです。やがて、静かに窓を押しあげる、かすかなきしみが聞こえてきました。もうこれ以上は我慢していられません――なにせ病気からこっち、めっきり神経過敏になってるものですから。ベッドからとびだすなり、一気に鎧戸をひらきました。男が窓ぎわにうずくまっています。あっというまに逃げてしまったので、そいつのようすはほとんどわかりませんでした。なにかマントのようなものをはおって、それで顔の下半分を隠していたようです。ただ、ひとつだけはっきりしているのは、手になにかの武器を持っていたということです。長いナイフみたいでした。男が逃げようとして向きを変えたときに、それがぎらりと光るのが見えましたから」

「じつに興味ぶかいお話です」ホームズが言った。「で、それからどうしました?」

「もうすこし元気だったら、当然、あけっぱなしの窓からとびだして、追いかけたでしょう。それがあいにくこういう体ですので、呼び鈴を鳴らして、うちのものを起こしました。ところがなかなかきてくれません。ベルはキッチンで鳴るようになっているのに、使用人たちはみんな二階で寝てますのでね。やむなく、大声で助けを呼びました。それでやっとジョーゼフが駆けつけてきてくれて、彼がほかのみんなを起こしてまわりました。ジョーゼフは馬丁とふたりで窓のあたりを調べ、すぐ下の花壇に足跡らしきものを見つけましたが、このところずっと雨がなくて、地面が乾いているので、芝生から先は、跡をたどるのがむずかしかったようです。それでも、外の道路にそった木の垣根に、一ヵ所、だれかが乗り越えようとして、てっぺんの横木を踏み折ったように見える痕跡がある、と教えてくれました。地元の警察には、まだ届けていません。まずあなたのご意見をうかがってから、と思いまして」

依頼人のこの話から、シャーロック・ホームズはことのほか強い印象を受けたようだった。椅子から立ちあがるなり、興奮をおさえかねるようすで、室内を行ったりきたりする。

「〝不幸はつづけてやってくる〟って言いますが、ほんとですね」と、フェルプスが無理に笑ってみせながら言った。それでも、前夜の体験で、彼がすくなからず動揺していることは、だれの目にも明らかだ。

「いや、それを言うなら、きみはもうじゅうぶんすぎるくらい不運な目にあってますよ」ホームズが言った。「どうです、これからいっしょに家をひとまわりしてみるぐらいの元気、ありますか？」

「え、ええ、だいじょうぶ、すこし日ざしも浴びてみたいし。ジョーゼフもいっしょにきてくれるでしょう」

「じゃあわたしも」ハリスン嬢が言った。

「いや、せっかくですが、それはやめたほうがいい」と、ホームズはかぶりをふりながら言った。「あなたには、どうかそのまま、いますわっているその場所にすわっていてください、そうお願いしたい」

いくぶん不満顔で、ハリスン嬢はすわりなおした。それでも兄のほうは一行に加わり、私たち四人はそろって歩きだした。まず、芝生をまわって、フェルプスの部屋の窓の外にきた。彼の話にあったように、そこの花壇には足跡らしきものがあったが、すっかりぼやけて、輪郭も定かでなく、とても手がかりにはなりそうもなかった。ホームズはちょっとのあいだそのそばにしゃがみこんでいたが、やがて立ちあがると、肩をすくめてみせた。

「これじゃだれが見たってたいした役には立たないね」と言う。「じゃあ、うちのまわりをひとめぐりしてみますか――知りたいのですよ、なぜ侵入盗がとくにこの部屋を狙ったのかを。ぼくに言わせれば、応接間やダイニングルームの大きな窓のほうが、泥棒にはより魅力的に見えるはずなんですが」

「しかしあっちは外の道路から目につきやすい」ジョーゼフ・ハリスン氏が示唆した。

「なるほど、それはそうだ。ところで、ここにもドアがありますね――いかにも泥棒が目をつけそうなのが。これはなんのドアです?」

「出入り商人用の通用口です。むろん夜間は施錠します」

「以前にも、今回のような被害を受けたことはありますか?」

「いや、一度も」と、依頼人。

「金銀の食器とか、その種の泥棒に狙われそうなもの、このお宅には置いてありますか?」

「なにもないですね、値打ちのあるものは」

ホームズは両手をポケットにつっこみ、家のまわりをぶらぶら歩きつづけた。普段の彼にはまず見られない、どこかなげやりな態度だ。

ややあって、ジョーゼフ・ハリスンに言った。「それはそうと、侵入盗が垣根を乗り越えた箇所を見つけたそうですね？　どこですか？　見せてください」

ハリスンが私たちを案内したのは、垣根のてっぺんの横木が割れている箇所だった。小さな刺のような木の裂片がひとつ、そこからぶらさがっている。ホームズはそれをむしりとると、目を近づけて仔細に点検した。

「これ、ゆうべ折れたものだと思いますか？　裂け目が新しくないようですが」

「はあ、そういえばそうですね」

「垣根を越えたところに、だれかがとびおりたような形跡もない。そう、これじゃたいしたことはわかりそうもないですね。寝室へもどりましょう。話のつづきはそこで」

パーシー・フェルプスは、将来の義兄の腕にすがって、そろりそろりと歩いていた。ホームズはさっさと芝生を横切ってゆくので、ひらいたままの寝室の窓のそばまできたときには、後ろのふたりとのあいだには、ずいぶん距離ができていた。

「ミス・ハリスン」と、ホームズがひどく切迫した口調で呼びかけた。「すみませんが、きょうは一日じゅう、そこにいてくださいませんか？　どんなことがあっても、終日そこを離れずにいていただきたいのです。これはきわめて重要なことです」

「わかりました、ホームズさん、あなたがそうしろとおっしゃるなら」ハリスン嬢はとまどいながらもそう答えた。

「夜になって、おやすみのときがきたら、ドアをしめて、外から鍵をかけ、キーはあなたの手もとから離さないようにしてください。お願いします、約束してくれますね？」

「でも、パーシーは？」

「彼氏はこれからわれわれといっしょにロンドンに行きます」

「それでわたしはここに残れと？」

「本人のためなのです。それが彼のためになるのです！　さあ早く！　約束してください！」

ハリスン嬢が承諾のしるしにうなずくのと同時に、ほかのふたりが追いついてきた。

「おいおい、なんでそんなところにひきこもってるんだ、アニー？」と、彼女の兄が呼びかけた。「出てこいよ、日ざしが気持ちがいいぜ！」

「ええ、ありがとう、ジョーゼフ。でもわたし、ちょっと頭痛がするし、このお部屋、とても涼しくて、ほっとするのよ」

「それでホームズさん、これからいったいどうしますか？」私たちの依頼人が訊く。

「それですがね、きょうのこの小さな出来事に気をとられて、おおもとの事件の捜査をおろそかにするわけにはいかない。そこで、これからわれわれがロンドンへ帰るとき、きみもいっしょにきてくれれば、おおいに助かるんですが」

「いますぐ、ですか？」

「まあね、都合がつくかぎり、一刻も早く。そう、一時間以内にでも」

「まあ気分もだいぶ持ちなおしてることですし、ほんとにぼくがお役に立つのなら――」

「それはもう、おおいに」

「そうすると、今夜は向こうに泊まることになりますね？」

「そうお願いしようと思っていたところです」

「だったら、ゆうべのお客さんがまたやってきても、狙った鳥はもう巣から飛びたったあとということだ。ホームズさん、うちのものはみんな、いまではあなたにいっさいをおまかせしてるんです――こうしたいというご意向がおありなら、遠慮なくそうおっしゃってください。出かけるとしたら、ジョーゼフもいっしょにきてもらったほうがいいでしょうね、ぼくの介添え役として」

「いやいや、ご懸念なく。ここにいるワトスンは医者ですよ、ご承知のように。きみの面倒ぐらいはちゃんと見てくれます。もしおかまいなければ、こちらで昼食をごちそうになり、そのあと三人で出かけたいと思います」

すべてはホームズの申し出どおりに運んだ。ただハリスン嬢だけは、これもホームズの指示どおり、口実をもうけて寝室にひきこもったきりだった。彼女をフェルプスから引き離しておくというのが目的でもなければ、友人がどういう思惑からこんな術策を弄するのか、私にはさっぱり合点がいかなかったが、当のフェルプスは、体のぐあいがよくなったのがただうれしいのか、嬉々として私たちとダイニングルームで昼食をとった。ところがホームズは、まだほかにも私たちを仰天させるような切り札を隠し持っていたのだった。というのも、いっしょに駅まできて、私たちを車輛に送りこんでしまったところで、おもむろに自分はウォーキングに残ると言いだしたのだ。

「ここを引き揚げる前に、まだひとつふたつはっきりさせておきたい点があるものでね」と言う。「それにはきみが不在のほうが、なにかと都合がいいのですよ、フェルプスさん。いいかいワトスン、ロンドンに着いたら、そのまま馬車でベイカー街に直行し、いずればくが合流するまで、ぴったりそばを離れないでいてくれ。さいわいきみたちは学校友達なんだから、積もる話もいろいろあるだろう。今夜はフェルプスさんには予備の寝室を使ってもらうといい。ぼくも朝食の時間までにはもどるつもりだ──八時にウォータールーに着く列車があるから」

「でも、そうするとロンドンでするはずだった調査はどうなるんです？」フェルプスが恨めしそうに言った。

「それはあすにでもできます。いま現在は、こっちに残るほうが、いざという場合にぼくの存在が役に立つ、そう思うんです」

「じゃあ、〈ブライアブレー荘〉におもどりになったら、みんなに伝えてください──あすの晩には帰れるはずだから、って」動きだした列車のなかから、フェルプスが呼びかけた。

「〈ブライアブレー荘〉へもどることはないと思いますよ」ホームズはそう答えて、どんどん遠ざかってゆく私たちにむかって、陽気に手をふった。

車中でフェルプスと私はそのことを話しあったが、どちらもこの唐突な新展開について、納得のゆく理由は思いつけなかった。

「おそらく、ゆうべの侵入盗について、なにか手がかりをつかもうとしてるんだろうね──もしあれが侵入盗だとすれば、だが。しかしぼくに言わせると、あれは単純な侵入盗じゃないと思うんだ」

「じゃあなんだと思うんだ？」

「きみはぼくの神経衰弱のせいにするかもしれないけど、ぼくはぜったい確かだと信じてるんだ――ぼくの周囲で、なにやら得体の知れない政治的陰謀が進行していて、知らないうちに、その陰謀を企《くわだ》てた連中から命を狙われているんだ、って。なんだか現実離れした、とっぴな空想に聞こえるだろうけど、実際にあったことを考えてみてくれよ！　金目のものなんかなにもないのに、いったいなんでぼくの寝室の窓から、泥棒が侵入を企てたりするんだい？　しかも長いナイフまで用意してさ！」

「それが侵入盗の使うかなてこかなにかじゃなかったってこと、確かなんだね？」

「確かだとも。あれはナイフだった。刃がぎらりと光るのをはっきり見たんだから」

「それにしても、なんできみがそんな執念ぶかいやつらに、そこまでつけねらわれなきゃならないんだ？」

「それなのさ！　問題はそこだよ」

「ともあれ、もしホームズもきみと同意見だとすれば、この行動も説明がつくんだけどね。そうだろう？　かりにきみの説があたっているとして、ゆうべきみをおびやかしたやつをホームズがもし捕らえられれば、それは同時に、海軍条約を盗んでいったやつをつきとめることにもつながるし、事件の解決にもぐんと近づくことになる。だって、きみにふたりも敵がいて、いっぽうは条約を盗み、もういっぽうは命を狙うなんて、想像するだにばかげてるからね」

「しかしホームズさんは言ってたじゃないか、〈ブライアブレー荘〉にはもどらないって」

「ぼくはね、彼とのつきあいが長いから、わかるんだ――あの男がなにかれっきとした理由もなしに行動することなんて、ぜったいにないんだってこと」そしてそれきり私たちの話題はおのずとべつの方向へそれていった。

だがそれは、私にとって、ひどく疲れる一日となった。フェルプスは長患いからまだ回復しきらず、そのせいでめっきり愚痴っぽく、気むずかしくなっていた。なんとか気をひきたてようと、アフガニスタンやインドでの体験談を聞かせたり、社交上の話題を持ちだしたり、さまざまに手を尽くしてみたのだが、すこしも話に乗ってこない。なにかといえば、なくなった条約のことばかり気にして、ホームズはいまごろなにをしているだろうとか、ホールドハースト卿はどんな処置をとるつもりだろうとか、あすの朝にはどういうニュースが聞けるだろうとか、いちいち思いわずらったり、推測にふけったり、臆測をめぐらしたりしている。夜がふけるにつれて、その落ち着きのなさは、見ているほうがつらくなるほどになってきた。

「きみ、あのホームズに絶対の信頼をおいてるのかい?」と訊く。

「あの男がめざましい手柄をたてるのを、何度か見てきているからね」

「それでも、今度の一件ほど難解な事件を解決したことって、ないだろう?」

「あるさ。きみの一件よりもっと手がかりのすくない難問だって、いくつも解決してる」

「しかし、今度のほど大きな国家的利害がかかわってるのは、いままでなかったろう?」

「それはぼくにもわからない。ただぼくが確かな事実として知ってるのは、ヨーロッパの三つの支配的な王家の、いわば死活問題ともいうべき重大事件にさいして、彼が王家のために働いてるってことだよ」

「つまりワトスン、きみは彼をよく知ってるということだ。しかし、ぼくから見るとあまりに謎めいていて、どう受け取ったらいいのかわからないところがある。ほんとうに彼に期待してもいいんだろうか。事件を成功裏に解決できるという自信が、ご本人にはあるんだろうか」

「そのへんはなんとも言っていない」

「それはよくない徴候じゃないか」

「ところが正反対。ぼくの見てきたかぎりでは、手がかりがなくて迷っているときには、そうだとはっきり口に出す。逆に、牡蠣《かき》のように口をつぐんでしまうのは、有望な手がかりを追ってはいるんだが、それが正しいという絶対の確信は持てずにいる、そんなときなのさ。さあ、もういいだろう、ここでわれわれがいくらやきもきしてみても、それで事件が解決に一歩でも近づくわけでもないんだから。だからね、今夜はひとまず床にはいろうじゃないか。そしてあすの朝、気分を新たにして、なんであれニュースがもたらされるのを待つ、と」

かくして、やっとのことで友人を説得し、こちらの提言を受け入れさせはしたものの、なにさまあれだけ神経をたかぶらせていては、とても眠れるものではあるまいと案じざるを得なかった。それどころか、向こうの気分がこちらにも伝染して、私もその夜はほとんどまんじりともせずに過ごし、この不可解な事件のことをとつおいつ思案して、いくつもの仮説を立てたりこわしたりしてみたが、考えつめればつめるほど、混迷の度はだんだん深まってゆくばかりなのだった。いったいなぜホームズは、ウォーキングに残ったのだろう？　なぜハリスン嬢に終日あの病室を離れぬように頼んだのだろう？　なぜ自分が〈ブライアブレー荘〉の近辺にいるということを、あれほど用心して家のひとたちには知らすまいとしたのだろう？　さんざん頭を悩ませて、これらの疑問すべてに適合するような答えを探そうとしているうちに、いつしか私も眠りに落ちていた。

目がさめたのは七時、すぐにフェルプスの部屋へ行ってみたが、向こうも眠れぬ一夜にげっそりやつれて、憔悴しきったふぜいだ。開口一番訊いてきたのが、ホームズはもう帰ったかということだった。

「約束の時間には帰ってくるよ。それより早くも遅くもならない」そう私は答えた。「はたせるかな、八時をほんのわずかまわったころ、二輪辻馬車が勢いよく乗りつけてくる気配がして、友人が車上から降りたった。窓ぎわに立って見ていると、その左手には包帯が巻かれ、顔はことのほかけわしく、青ざめているとわかった。彼は家にはいってきたものの、二階の私たちの部屋まであがってきたのは、しばらくたってからのことだった。

「なんだか打ちのめされてるみたいだ」と、フェルプスが言う。

私もおなじ印象を受けたことを認めざるを得なかった。「結局のところ、事件の最後の手がかりは、このロンドンにあるということかもしれないな」

フェルプスがうめいた。

「そのへんはどうなのかわからないが、それでもぼくはあのひとの帰りに一縷《いちる》の望みをかけてたんだ。それにしても、あんな包帯、きのうはしてなかっただろう？　いったいなにがあったのかな？」

友人が部屋にはいってくるなり、私は問いかけた。「まさか怪我をしたんじゃあるまいな、ホームズ?」

「なに、ほんのかすり傷だ――しかもぼく自身のどじで、自業自得さ」そう言いながら、彼はおはようと私たちにうなずいてみせた。「ところでフェルプスさん、きみのこの事件、ぼくの手がけたなかでも、まちがいなく最高に難解な部類にはいりますね」

「とても手に負えない、そう見切りをつけられるんじゃないかとびくびくしてましたよ」

「いやまったく、たいへんな経験をしたものです」

「その包帯を見れば、たいへんだったことはわかるよ」私も言った。「いったいなにがあったのか、ぼくらに聞かせてくれる気はないのか?」

「朝飯が先だよ、ワトスン。けさは朝早くから、サリー州で新鮮な空気を三十マイル分も吸ってきたんだ。例の辻馬車についての広告の件だが、やっぱり返事はきてないようだね? まあしかたがないか――そういつもいつも、幸運にばかり恵まれるとはかぎらない」

テーブルの用意はすでにととのっていて、私がベルを鳴らそうとしたところへ、ちょうどハドスン夫人がお茶とコーヒーを運んできた。ほんの二、三分で、今度は料理が運ばれてき、私たちはそろって食卓についた。ホームズはむさぼるように食べ、私は好奇心でいっぱい、そしてフェルプスはといえば、暗い顔で、最悪のふさぎの虫にとりつかれているようだ。

「ハドスン夫人が機転を利かせてくれたようだね」そう言いながらホームズは、チキンのカレー煮の蓋をとった。「つくれる料理の数こそかぎられてるけど、そこはスコットランド女性らしく、朝食のなんたるかをよく心得てる。きみのはなんだい、ワトスン?」

「ハムエッグだ」と、私。

「ああ、それはいい！　で、きみはなんにします、フェルプスさん。鳥肉のカレー煮、でなきゃ卵料理、それとも自分で好きなものをとりますか？」

「ありがとう。でもなにも食べられそうもないので」と、フェルプス。

「おや、そりゃいけない！　せめてその前の皿のものだけでも、どうです？」

「すみません、ほんとに食べたくないんです」

「そうですか、それでは――」と、ホームズは悪戯《いたずら》っぽく目をきらめかせて、「――それではぼくがそれを頂戴しても、かまいませんね？」

フェルプスはしかたなしに蓋をとったが、とたんに、わっと悲鳴をあげ、椅子の上で身をこわばらせた。顔はすっかり血の気を失い、まじまじと見つめている前の皿の白さにも劣らぬ蒼白さだ。その皿に、横に寝かせるようなかたちで置かれているのは、一本の小さなブルーグレイの巻き物だった。やにわにそれをつかんで、むさぼるように目を通すと、フェルプスはそれを胸に抱きしめ、けたたましい歓声をあげながら、部屋のなかを踊りまわった。それから、病後の体で興奮が過ぎたのか、急に精根尽きたように肘かけ椅子に倒れこんでしまい、私たちがあわててブランデーを喉に流しこんで、気絶寸前のところを救ってやる仕儀とはなった。

「さあさあ、落ち着いて！　落ち着いて！」ホームズがその肩を軽くたたいてやりながら、なだめるように言った。「こんなやりかたでいきなり持ちだすのは、ちょっと悪戯が過ぎましたか。しかし、このワトスンならよく知ってますが、ぼくはなにかにつけて、芝居がかったおまけをつけずにはいられない性分でね」

フェルプスはそのホームズの手を押しいただき、キスしてから言った。「あなたに神のご加護があらんことを！　おかげでぼくは名誉を失墜せずにすみました」

「名誉といえば、じつはぼくの名誉だってあやういところだったんです」と、ホームズ。「きみがゆだねられた使命をしくじりたくないのとおなじに、ぼくだって事件の捜査で失敗はしたくないですからね」

とりもどした貴重な文書を、フェルプスは上着の内ポケットの奥深くしまいこんだ。

「これ以上お食事の邪魔をするのは本意じゃありませんが、ぼくもこれをどうやってとりもどされたのか、これがいったいどこにあったのか、それを知りたくてうずうずしてるんです」

カップのコーヒーを飲み干したホームズは、おもむろにハムエッグの攻略にとりかかった。それから、立ちあがって、パイプに火をつけ、お気に入りの椅子に腰を落ち着けた。

「まず最初に、ぼくがなにをしたかをお話しして、そのうえで、どういうわけでそうすることになったかを話すことにしましょう。駅でお別れしてから、ぼくはサリー州の美しい景観のなか、しばし心地よい散策を楽しんだすえに、リプリーというきれいなこぢんまりした村にたどりつきました。旅籠《はたご》を見つけて、お茶を飲んだあと、水筒に水を詰め、サンドイッチを一包みポケットに入れて、出発の用意をととのえます。そのまま夕方までそこにいて、それから再度ウォーキングへむけて出発、〈ブライアブレー荘〉の外を通る街道のところまできたのが、ちょうど日没ちょっと過ぎです。

しばらくそこで人影が絶えるのを待って——といっても、終日、人通りらしい人通りはほとんどないようですがね——そのうえで、やおら垣根を乗り越えて、屋敷内にはいりこむ」

「門はあいていたはずですが」驚いたようにフェルプスが言う。

「たしかに。ただぼくには、こういったことをやるのに、独特の流儀がありましてね。そこを選んだのは、そばに三本の樅の木が立っていて、それが目隠しになってくれるため、家からだれかに見とがめられるおそれがいちばんすくなくてすむからです。垣根を越えると、うずくまって植え込みにもぐりこみ、そこからつぎの植え込みへ、またつぎのへと、這いずりながら進む——まあみっともない恰好で、その証拠が、ほれ、このズボンの膝です——這いずって進んで、やがてようやくきみの寝室の窓のすぐ外、石楠花《しゃくなげ》の茂みまでたどりつく。その茂みのなかに腰を落ち着け、つぎなる展開を待ち受ける。

部屋のブラインドはおろしてなかったので、テーブルの前で本を読んでいるハリスン嬢の姿はよく見えました。彼女が本をとじて、鎧戸をしめ、自分の部屋にひきとったのが、十時十五分過ぎ。部屋のドアをしめるのが聞こえ、つづいて、キーを錠にさしこんでまわした、これもまずまちがいありません」

「キーを?」またフェルプスが声をあげる。

「そうです。あらかじめぼくが頼んでおいたのですよ——自分の部屋にひきとるときには、外からドアに鍵をかけて、キーを手もとから離さずにおいてくれ、と。彼女はその指示を一字一句たがえずに実行してくれましたし、彼女の協力がなければ、問題の書類がいまあなたのポケットにおさまっていることもありえなかった。かくして彼女は退場、部屋の明かりも消され、石楠花の茂みにうずくまったぼくだけが残ります。

晴れた夜でしたが、それでも寝ずの番にはほとほと疲れました。むろん、ある種の高揚する気分もあったことは確かです――ちょうどハンターが水場のそばで、でかい獲物がやってくるのを待ってるときみたいな。だがそれにしても、つくづく長かった――ほら、ワトスン、覚えてるだろう、例の『まだらの紐』の件で、ぼくらがあの無気味な部屋で息を殺して待っていたとき、あれとおなじだよ。ウォーキングでも、教会の時鐘が十五分ごとに鳴るんだが、ひょっとしてそれが止まってしまったんじゃないか、なんて思ったことも、一度ならずあったものだ。それでも、やっとのことで、夜中の二時ごろだったか、ふいにどこかでそっと閂《かんぬき》を抜く音がして、つづいてキーのきしむ音もした。そのあとすぐ、例の使用人用の出入り口があいて、ジョーゼフ・ハリスン氏が月光のなかに姿をあらわした」

「ジョーゼフが！」フェルプスが叫ぶ。

「無帽でしたが、黒いマントを肩にはおっていて、いざとなったら、すぐにそれで顔を隠せるようにしてました。壁ぎわの影を伝って、抜き足差し足で窓にたどりつくと、長いナイフを窓枠のあいだにさしこみ、掛け金をはずした。そして窓をあけると、今度は鎧戸の隙間にナイフをさしこんで、桟を押しあげ、鎧戸を押しひらいた。

ぼくの隠れているところから、室内のようすは手にとるように見えたし、彼の動きも逐一見てとれた。マントルピースに立ててある蠟燭《ろうそく》に二本とも火をともすと、つづいて彼はドアに近いカーペットの端をめくりにかかった。それから、かがみこんで、床板の一部をはずす――配管工がガス管のつなぎ目を点検するときのために、どこの部屋にもたいがい設けてあるものですが、あの部屋のは、ちょうどその下にT形ジョイントがあって、キッチンへ通ずるガス管がそこから分かれている。この隠し場所から、問題の小さな巻き物をとりだすと、床板をもとどおりはめこみ、カーペットをもとにもどし、蠟燭を吹き消し、窓へ歩いてきて、まっすぐ外で待ち構えるぼくの腕のなかへとびこんでくる。

じつをいうと、ぼくもいささかたかをくくっていたんだが、それよりずっと獰猛《どうもう》なやつでしたよ、あのジョーゼフのせんせいは。ナイフをふるってとびかかってきたので、やむなく二度ほど殴り倒してやったし、こっちも指の関節を切られたりしたけど、それでどうにかとりおさえることができたような次第でね。闘いの決着がついてからも、腫《は》れふさがっていないほうの目をぎらつかせて、〝殺してやる〟と言わんばかりにぼくを睨みつけてきたものですが、こっちが諄々《じゅんじゅん》と道理を解いてやると、どうにか聞きわけて、書類を引き渡してよこした。それを受け取ったあと、本人は解放してやりましたが、けさ、フォーブズに電報を打って、やっこさんの特徴を詳しく知らせてやりましたから、警察が機敏に行動して、みごと身柄をおさえられれば、まことに重畳《ちょうじょう》！　しかし、そうはいかずに、行ってみたらすでに巣はからっぽだった、なんてことになったとしても、政府としては、むしろそのほうが好都合なんじゃないかって、これはぼくのこの鼻が教えてくれてますけどね。たとえばの話、ホールドハースト卿にしても、それからきみ、パーシー・フェルプス氏にしても、またその周辺のだれかれにしても、事が裁判沙汰になったりしないほうが、ずっと好ましく思うんじゃないかって気がするんですが」

「なんてこった！」私たちの依頼人があえぐように言った。「すると、ぼくが病床に呻吟《しんぎん》してきたこの長い、長い十週間、盗まれた書類は、終始、寝ているぼくのつい目と鼻の先にあったと、そういうことなんですか？」

「まさにそのとおり」

「しかもジョーゼフが！　ジョーゼフがそんな悪党で、盗人《ぬすっと》だったなんて！」

「は！　言いたくはないですが、あのジョーゼフのせんせい、はたのものが見かけからそう判断するのより、はるかに底の知れない、危険な人物ですよ。けさ、本人の口から聞かされたところでは、株に手を出して、したたか損失をこうむったとかで、その損をとりもどすためであれば、なんだってやってやるといった心境らしい。とことん利己的な男なので、好機と見さえすれば、妹の幸福だろうが、将来の義弟の名誉だろうが、踏みにじって顧みないということなんでしょう」

パーシー・フェルプスは、力なく椅子の背にもたれた。「なんだか頭がくらくらする」と言う。「お話を聞いているうちに、眩暈《めまい》がしてきましたよ」

「この事件でなによりむずかしかったのは」ホームズが持ち前の講義口調でつづけた。「あまりにも証拠がありすぎるということでした。そのため、肝心な点が、がらくた同然の筋ちがいなものに埋もれ、隠されてしまっている。示された多くの事実のうちから、われわれはまず本質的と思えるものを抜きだし、しかるのちにそれをつなぎあわせて、ひとつながりの筋の通ったものに再構築する必要があった。そして再構築した結果がこの、じつに驚くべき出来事の連鎖だったわけです。ぼくは最初にきみの口から、事件当夜はジョーゼフといっしょに帰宅するつもりだったと聞いたときから、彼に疑いを持ちはじめていました。もしそういう予定があるのなら、向こうが帰りがけにきみを誘いに寄ることもじゅうぶん考えられる——庁舎内の勝手はよく心得てることですしね。さらに、だれかがきみの寝室に侵入しようとして、騒ぎを起こした。かりにその部屋になにかを隠したものがいるとすれば、それはジョーゼフを措いてほかにはない——きみが医者に付き添われて帰宅したとき、ジョーゼフがそのとばっちりで急遽、部屋を移らされた、たしかそんなことをきみは言っていたはずです。そう聞いたとき、ぼくの疑いは確信に変わった。とりわけ、その侵入騒ぎが起きたのが、看護婦が夜間の付き添いをやめた、まさにその最初の晩だったと聞けば、侵入盗が家のなかの事情に精通していると見なすのは、理の当然でしょう」

「ああ、ぼくはなんにも見えていなかった！」

「まとめると、ぼくの割りだした事件の真相というのは、こういうことになります——ジョーゼフ・ハリスンは、チャールズ街側の入り口から庁舎内にはいり、勝手はよくわかっているところから、まっすぐきみの部屋へ向かった——それがちょうど、きみが部屋を出た直後。だれもいないので、さっそくベルを鳴らしたが、そのときふと、デスクの上にのっている書類が目にとまった。一目見て、それがはかりしれぬ値打ちを持つ国家の重要書類であり、ひょんなことからそれが、この自分の手のうちにころがりこんできたとわかる。とっさにそれをつかんで、ポケットに押しこみ、早々に逃げだす。覚えているでしょうが、寝ぼけた用務員がベルのことできみの注意を喚起するまでには、ちょっと間があったわけだし、それだけあれば、賊がまんまと逃げおおせるのにはじゅうぶんだった。

彼はその足で駅へ向かい、いちばん先に乗れた列車でウォーキングへとんで帰った。そしてあらためて戦利品の内容をじっくり検討して、これがたしかに莫大な値打ちを持つことを確認すると、ひとまずそれを、このうえなく安全と考える場所に隠した。どうせ一日か二日のうちにはとりだして、フランス大使館かどこか、いちばんいい値をつけてくれるはずのところへ持ちこむつもりだった。ところがあにはからんや、きみが急に帰宅。彼は一刻の猶予も与えられず、身ひとつで部屋を立ち退かされ、しかもそれ以後は、常時ふたり以上の人間が部屋にいて、彼が隠し財産をとりだすのを妨げている。彼にとっては、それこそ気も狂いそうな状況だったでしょうね。それでもようやくここへきて、チャンスが到来した。彼は部屋に忍びこもうとするが、きみが目をさましたため、失敗する。きみ、よく考えてごらんなさい――おそらくその夜はいつもの薬を飲み忘れているはずですよ」

「ああ、そう言われれば、たしかに」

「ぼくの思うに、あの男のことだから、きっと薬にも細工がしてあったはずなんです。だから向こうは、てっきりきみは熟睡していると思いこんでいた。もちろん、危険さえなければ、何度でも侵入を試みるだろうことはわかっている。きみが部屋を留守にしてくれたことで、待ち望んでいた機会が訪れた。ぼくはハリスン嬢に頼んで、一日じゅう部屋を離れずにいてもらいましたが、それも彼に先手を打たれないための用心です。こうして、やっと邪魔者が消えてくれた、やるならいまだ、そう彼に思わせたところで、さっき話したように、ぼくが見張り番に立ち、じっと網を張っていたわけです。書類が室内のどこかにあることはすでにわかっていましたが、さりとてそれを探すために、床板だの幅木だのをひっぱがすことはしたくなかった。そこで、本人にそれを隠し場所からとりださせることにし、ついでにこちらも厖大な手数を省いた。というところで、ほかになにかお訊きになりたいことでもありますか？」

「一回めに侵入を試みたときだが、ドアからはいればいいものを、なぜわざわざ窓をこじあけようとしたんだ？」私はたずねた。

「あの部屋のドアまで到達するためには、ほかに七部屋の寝室の前を通り抜けなきゃならないんだ。それがこっちならば簡単に庭の芝生に出られるんだからね。ほかになにか？」

「まさか殺意なんてもの、彼にはなかったでしょうね？」と、フェルプスが言った。「つまりあのナイフは、ただ侵入用の道具として持っていただけだと？」

「それはまあそうかもしれません」ホームズは肩をすくめながら答えた。「ただ、ぼくとしてはっきり言えるのは、あのジョーゼフ・ハリスンなる御仁、事と次第では、どんなことでもやりかねない人物だということ、これだけですね」

（1）ワトスンが〝公表はむずかしい〟と言っている「第二の血痕」の事件は、最終的に本シリーズの第五巻『シャーロック・ホームズの復活』に収録されることになる。ただし現行の「第二の血痕」の叙述には、〝ホームズがパリ警察のドビューク氏〟以下、〝精力を空費していたのである〃までの部分は含まれていない。

（2）〃きみは決定的瞬間に〃以下は、よく知られた「ホームズ語録」のひとつ。

（3）〈三国同盟〉は、ドイツ・オーストリア＝ハンガリー・イタリアの三国間に結ばれたもので、英国・フランス・ロシア三国間の非公式協定、〈三国協商〉に対抗するものだった。

（4）〃リスト地〃は、織物のへりのかたいところを使った細長い布地。

最後の事件

わが友シャーロック・ホームズ氏の名を天下に知らしめたあの世にもまれな才能について、その最後の記録を書き綴《つづ》るべく、私はいま重い気持ちでペンをとる。かつて『緋色の研究』の事件のころ、ふとしたことから彼と知りあって以来、近くは彼のかかわったかの〝海軍条約〟の一件にいたるまで、つねに彼と行動をともにすることで味わった私の特異な体験のことは、これまでおよそまとまりのない、つたない文章でではあるものの、なんとかわが手でその一端なりともお伝えしようと骨折ってきた。「海軍条約事件」では、その解決にホームズが乗りだしたことにより、確実にひとつの深刻な国際紛争が避けられたのだが、以来、私としては、これを最後に筆を折り、その後に起きたあの出来事――二年後のいまも、私の生活にいささかも埋まらぬ空白を残している忌まわしい出来事――については、いっさい口をとざして語らぬつもりでいた。しかるに、最近になって、ジェームズ・モリアーティー大佐が死んだ兄を弁護しようと、公開状をもって世間に訴えるという挙に出たため、私もやむなくありのままの事実をひとびとの前に提示すべく、ふたたび筆をとることを余儀なくされたのである。あの出来事の真相を余すところなく知るものは、ひとりこの私のみ、そしていまや、真実を秘匿していてもなんの益もない、という時が到来した。それを私は満足に思う。

私の知るかぎりにおいて、この事件のことがおおやけに報道されたのは三度だけである。一八九一年五月六日に《ジュルナル・ド・ジュネーヴ》紙に載った記事、同五月七日にイギリスの各紙に載ったロイター通信、そして最後が前述の公開状である。このうち、はじめのふたつはごく簡潔な記事だったが、最後のものは、これからここで明らかにするように、事実を完全に歪曲《わいきょく》したものだった。あのときモリアーティー教授とわが友シャーロック・ホームズ氏とのあいだにほんとうはなにがあったのか、それをはじめて世に示すことこそ、この私に課せられた責務と心得るのである。

はじめに申しあげておきたいのだが、私が結婚し、ひきつづき医師として開業したことにより、ホームズと私とのあいだにあった親密な関係も、いくらか変化してきていた。あいかわらず、調査にさいして相棒がほしくなったときなど、彼が私を訪ねてくることもけっこうあったが、それも時とともにしだいに間遠《まどお》になり、一八九〇年になると、私が記録にとどめている事件の数も、わずか三件に減ってしまう。この年の冬から翌一八九一年の早春にかけては、彼がフランス政府の委嘱を受けて、あるすこぶる重要な問題の解明にあたっているとの新聞報道に接していたし、ホームズ自身からも、ナルボンヌとニームで投函した二通の手紙が届いたりして、てっきり彼のフランス滞在は長びくものと思いこんでいた。それだから、四月二十四日の夜、彼が前ぶれもなく私の診察室にはいってくるのを見たときには、私もずいぶん驚かされたものだ。しかも、普段よりもさらに一段と痩せこけて、顔色も悪い。

「そうなんだ、このところいささか体を酷使しすぎてね」と、彼は私の言葉ではなく、表情から質問を読みとって、答えた。「最近、ちょっと追いつめられてるのさ。ところできみ、あの鎧戸をしめちゃいけないか？」

室内の明かりは、私が読書をしているテーブル上のランプ以外になかった。ホームズは壁にへばりつくようなかたちで横歩きに移動すると、鎧戸をぴしゃりとしめて、しっかり掛け金をかけた。

「なにかを恐れてるのか？」私はたずねた。

「ああ、そうなんだ、恐れている」

「なにを？」

「空気銃をだ」

「おいおい、空気銃って、そりゃいったいどういうことだ、ホームズ」

「いいかいワトスン、きみはぼくという人間をよく知ってるから、ぼくが神経質な男なんかじゃぜんぜんないことぐらい承知してるだろう。だが反面、危険が身に迫っているのに、それを顧みないというのは、勇気じゃなくて蛮勇、ただの愚か者にすぎない。すまないが、マッチをお願いしてもいいかい？」彼はいかにもうまそうに深々と煙を吸いこんだ。それの与えてくれる慰めこそ、なにものにもかえがたいとでも言いたげなふぜいだ。

「すまないね、こんな遅くにやってきて」と言う。「しかも、迷惑ついでに、もうすこししたら、今度は裏庭の塀を乗り越えて出てゆくことを大目に見てもらわなけりゃならない」

「それはいいが、それにしてもこれ、いったいどういうことなんだ?」私はたずねた。

答えるかわりに、彼は手をつきだしてみせた。ランプの光で、指関節のうちの二ヵ所が裂けて、血が出ているのが見える。

「見てのとおりさ。些細なこととかたづけてしまうわけにもいかなくてね」と、うっすら笑いを浮かべて言う。「それどころか、男一匹、手にこれほどの裂傷を負うというのは、なまなかなことじゃない。奥さんはご在宅かい?」

「いや、知人を訪ねて、留守だ」

「ほんとか! じゃあきみ、ひとりだね?」

「まさしく」

「それなら、こんな頼みもしやすいな——これから一週間ほど、いっしょにヨーロッパ旅行に出かけないか?」

「ヨーロッパの、どこだ?」

「さあね、どこでもいい。どこでもおなじことさ、ぼくには」

この話のすべてに、なにやらばかにおかしなものが感じられた。そもそもホームズは、わけもなく休暇をとるようなたちではないし、その青ざめた、やつれきった顔を見れば、神経を極度に張りつめていることもわかる。口には出さぬ私の質問を目のなかに読みとったのか、彼は膝に肘をつき、指先を山形につきあわせるというお得意の姿勢で、事情を説明しはじめた。

「きみ、モリアーティー教授のことは聞いたことがないだろう?」

「ないね」

「だろうな、じつはそれこそがこの一件の真髄であり、驚異でもあるんだ！」と、声を大にして言う。「その男はロンドンをわがもの顔に支配しているのに、彼のことを聞いたことのあるものは、だれひとりいない。彼を犯罪界における最高峰たらしめているのは、まさにその点なのさ。ぼくはね、ワトスン、あの男を打ち負かし、社会から排除することができたら、そのときこそがわが職業生活の頂点となるだろうし、以後は安んじてもうすこし平穏な生活にひきこもれる、そう思ってもいるんだ。ここだけの話だが、ぼくは最近の仕事で、スカンジナヴィアの王室と、もうひとつフランス共和国の安泰のために尽力した。おかげで、これからは自分の性分にぴったり合った平穏な暮らしをして、好きな化学の研究に打ちこめるくらいのゆとりはできたんだ。だがそうかといって、ここで休むわけにはいかないんだよ、ワトスン。モリアーティー教授のような男が、このロンドンの街を大手をふってのしあるいている、そう思えば、とてものうのうとすわりこんでなんかいられないのさ」

「というと、その男はいったいなにをやったんだ？」

「これがなみたいていの経歴の持ち主じゃないんだ。名門に生まれて、りっぱな教育も受けているし、生まれつき数学では抜群の才能も持っている。弱冠二十一歳で、〈二項定理〉に関する専門書を書いていて、これはその後ひとつの潮流として、ヨーロッパじゅうでもてはやされてきた。その力もあって、ある小規模な大学の数学教授職を獲得し、どこから見ても、前途は洋々たるものだったんだ。ところがこの男、遺伝としてあるおそろしく悪魔的な傾向を体のなかに持っているらしい。もともと血のなかに犯罪者的な性向が流れていて、それが人並みすぐれた知能によって矯正されるどころか、いっそう助長されて、途方もなく危険なものにふくれあがった。勤め先の大学周辺で、いろいろいやなうわさが聞こえてくるようになり、やがてとうとう教授職も辞するはめになって、ロンドンに流れてくると、軍人相手の個人教師となった。とまあ、ここまでは、いちおう世間にも知られている事実なんだが、いまからきみに聞かせようというのは、ぼくが自分で調べあげてきた実態だ。

　このぼくほどに、ロンドンの知能犯罪の世界に通じているものはない、これはワトスン、きみも知ってのとおりだ。で、ぼくは、そうした犯罪の背後に、ある種の力が存在していることを、数年前からくりかえし意識させられてきた。ある種の根深い組織的な力が、つねに法律の前に立ちはだかって、悪事を働いたものたちを保護している。再三再四、じつにさまざまな事件で――たとえば文書偽造、強盗、殺人と、それこそなんでもござれだが――その犯罪の背後に、そうした力の存在を感じさせられてきたし、ほかにも、ぼくが直接には関与していない事件で、いまも発覚していないものの多くに、その力が働いていた痕跡を推論から割りだしたこともある。そうやって、もう何年も前から、それをおおいかくしているベールをなんとか剝ぎとってやろうと手を尽くしてきたんだが、それがここへきて、ようやくある糸口をつかみ、それをたどっていった結果、途中に設けられた無数の巧妙な回り道もなんとか回避して、最終的にこの、元数学界の名士、モリアーティー教授なる人物にたどりついたわけだ。

　彼は犯罪界のナポレオン(1)だよ、ワトスン。およそこの大都会にはびこる悪の半数、そして発覚していない犯罪のほとんどすべては、彼が計画し、準備したものだ。彼は天才であり、哲学者であり、深遠な思索家だ。第一級の頭脳の持ち主だ。彼自身は、蜘蛛の巣のまんなかに陣どった大蜘蛛よろしく、じっと動かない。だがその蜘蛛の巣は、何百、何千もの糸が放射線状に張りめぐらされていて、その一本一本がぴりっとふるえただけで、彼はその動きを感じとる。彼は自分ではほとんどなにもしない。ただ計画をたてるだけだ。だが手先は無数にいて、しかもすばらしくみごとに組織されている。なにかの犯罪を働こうというとき――そう、たとえば書類を盗むとか、家一軒を荒らすとか、ひとひとりを消してしまうとか――そんなときには、教授に話を通じさえすれば、たちまち犯行が仕組まれ、実行される。手先はときにつかまることもある。そういう場合は、保釈金にあてる金、もしくは弁護士費用が用だてられる。だがその手先を動かす本体、つまり黒幕は、けっしてつかまらない――疑われることさえないんだ。こういう組織なんだよ、ワトスン、ぼくがつきとめたのは。そしてその存在をあばき、たたきつぶすこと、そのためにぼくは長らく全精力を傾けてきたんだ。

　ところが、教授が周囲に張りめぐらしている防御網があまりにも巧妙にできているので、どれだけがんばってみても、法廷で有罪をかちとれそうな証拠を手に入れるのは、不可能のように思われた。きみのことだから、ワトスン、ぼくの能力のほどはよく知ってくれていると思うが、そのぼくにして、三カ月が過ぎるころには、ついにこの自分と知的に拮抗《きっこう》する手ごわい敵とぶつかったのだ、そう認めざるを得なかった。相手の伎倆への賛嘆の念が、肝心の犯罪への憎しみすら、つい忘れさせたほどだ。ところがそこで、とうとう相手がちょっとしたへまをやった——ごくごく些細な、とるにたらぬしくじりだが、それでもぼくがここまで身近に迫っているおりだから、向こうも多少は彌縫策《びほうさく》を講じざるを得ない。こっちにしてみれば、千載一遇の好機だ。だから、それを最初の足がかりに、彼の周囲に網の目を張りめぐらし、あとはその網を引き絞るだけ、という段階にまで持ってきた。三日後には——具体的には、来週の月曜日ということだが——いよいよ機が熟して、教授は一味のおもだったものたちともども、官憲の手に落ちることになっている。その後は、今世紀最大の刑事裁判の幕があき、四十件以上の未解決事件が解明され、被告たち全員の首には絞首縄がかかることになるだろう。とはいうものの、ここでほんのわずかでも早まった動きをすれば、やつらは最後の土壇場で、するりとこっちの手のうちから抜けだしてしまうにちがいないんだ。

ところで、こうした手配が肝心の標的であるモリアーティー教授にばれないように進められていたら、万事好都合だった。ところがあいにく、教授はあまりにも狡知《こうち》に長《た》けていて、そこまで望むのはむずかしかったわけだ。ぼくが網を張るためにとってきた手段を、向こうははじめから逐一見抜いていて、再三それを破って抜けだそうとはかったが、こっちもそのつどその機先を制してきた。ねえワトスン、これまでの双方の沈黙の闘いをもし詳細に書き綴ることができたら、それこそ探偵術の歴史上最高の、丁々発止の名勝負物語になっていたはずだよ。今回ほど、ぼくは自分の技をとことん出しきったことはないし、今回ほど敵の技に押しまくられたこともない。彼は深く切りつけてきたが、ぼくもそれよりほんのわずか深く切りつけかえしてやった。そしてついにけさ、最後の手はずがととのって、あと三日あれば、年来の宿願が達成できるまでになったんだ。ところが、そうやってこれまでのことをあれこれ思いかえしながら、ぼくが部屋にすわっていると、いきなりドアがひらいて、モリアーティー教授ご本人が姿をあらわしたじゃないか。

これでもぼくは神経は太いほうだけどね、ワトスン、このときばかりは、正直なところ、ぎくっとした――いままでさんざん考えつめてきたその当の相手が、部屋の戸口に立っているんだから。彼の外見ならよく知っていた。おそろしく長身で、痩せぎす、ひたいが白く弓なりにせりだし、その下の目は、深く落ちくぼんでいる。ひげをきれいに剃った、青白く禁欲的な顔は、かつての教授時代の面影をわずかながらとどめている。かつて勉強に打ちこんだせいか、肩は丸く、猫背ぎみ、顔も前へつきだしかげんだが、その顔がなにか奇怪な爬虫類よろしく、たえずゆっくりと左右に打ちふられている。細めた目は満々たる好奇心をみなぎらせて、まばたきもせずぼくを凝視している。

そのあげくに、『きみは思いのほか前頭葉が発達していないみたいだね』とぬかした。『部屋着のポケットのなかで、装填した銃の引き金に指をかけたままでいるなんて、習慣としても危険きわまりない』

というのも、彼が戸口に姿をあらわした瞬間に、ぼくはわが身に迫っている途方もない危険を認識した。彼にとって、いま考えられる逃げ道といえば、このぼくを黙らすことしかないのは自明の理だ。だから、とっさに化粧台の引き出しからリボルバーを出し、ポケットにすべりこませて、そこから相手に狙いをつけていたのだ。だが、向こうにそう指摘されて、やむなくポケットから銃を出すと、撃鉄を起こしたままテーブルに置いた。彼はあいかわらず薄笑いを浮かべて、目をぱちぱちさせていたが、その目つきから感じられるなにかが、やはり銃を手もとに置いておいてよかったとぼくに思わせてくれた。

『どうやらわたしという人間を知らないようだね？』とのたまう。

『どういたしまして』こっちも言いかえした。『知ってることぐらい、はっきりしていると思うがね。まあかけたまえ。なにか言い分があれば、五分だけなら聞いてやってもいい』

『わたしの言い分なら、先刻承知のはずだ』

『だったら、こっちの返事だって先刻ご承知のはずだ』

『あくまでも邪魔をする気か？』

『いまさら、くどいぞ』

ここで彼がいきなりポケットに手を入れたので、こっちもすかさずテーブルのピストルをつかんだ。だが彼がとりだしたのは、一冊の手帳だった——なにやら日付けらしきものがなぐり書きしてある。

『一月の四日、きみはわたしの邪魔をしてくれた』と読みあげる。『同月二十三日には、またしてもわたしを妨害。二月なかばには、きみのおかげでとんでもない迷惑をこうむり、さらに三月末には、計画を完全に狂わされた。そしていま、四月も終わり近くなって、気づいてみると、きみの絶えざる迫害によって、一身の自由を失う寸前まで追いつめられている。まことに由々しい状況になりつつあると言わねばならんのだよ』

SIDNEY PAGET

『なにか注文でもあるなら、聞こう』ぼくは言った。

『すぐに手をひきたまえ、ホームズ君』相手はあいかわらず首を左右にふりながら言う。『実際、ひくべきだということは自分でもよくわかっているはずだ』

『月曜日以後ならね』と、ぼく。

『ちょっ、ちょっ』相手は舌打ちする。『きみほどの知性の主なら、この結果はひとつしかありえないぐらいのことはわかるだろう。それを避けるには、きみが手をひくしかないのだ。きみがやりすぎたせいなのだよ――われわれが最後の手段をとらねばならぬところまできてしまったのは。きみがこの問題と取り組むようすを見ているのは、わたしとしてもひとつの知的な楽しみだったし、だからこそ、きみの出かた次第で非常手段にも訴えねばならんというのは、まことにつらいし、悲しいことでもある。ほう、笑っているね――しかし、あらためて言わせてもらうが、こちらはあくまでも本気なのだぞ』

『危険はぼくの商売にはつきものでね』ぼくは言ってやった。

『これは危険などというものではない。避けられない破滅なのだ』と、教授。『きみはひとりわたし個人のみでなく、ひとつの強大な組織の邪魔をしている――あいにく、それだけの明敏な頭脳を持ちながら、その組織の力がどれほどのものか、いまひとつ認識しきれていないようだがね。妨害はやめたまえ、ホームズ君。さもないと、容赦なくわれわれの足に踏みにじられるのがおちだぞ』

『お話の途中だが』と、ぼくは立ちあがりながら言ってやった。『せっかくおもしろい話なのに悪いけど、あいにく、ほかに大事な用事があったのを思いだしたんでね』

相手も腰をあげると、悲しげにゆっくり首をふりながら、しばらく無言でぼくを見つめていた。

それからおもむろに言った。『やれやれ、残念だが、こちらとしてもできるかぎりのことはしたんだ。きみの手のうちはすっかり読めている。月曜日までは、きみもなにひとつ手出しはできん。これはきみとわたしとの決闘なんだよ、ホームズ君。きみはわたしを被告人席に立たせたがっている。だがあいにくこっちには、そうされるつもりはこれっぽっちもない。きみはわたしをたたきつぶしたがっている。だがあいにくこっちは、きみにたたきつぶされるのなんかまっぴらだ。かりにきみによほどの才覚があって、このわたしに破滅をもたらすようなことでもあれば、こちらもきみにおなじ運命を背負わせてやると、ここではっきり言っておく』

『聞いていれば、ずいぶんぼくを褒めてくれているようじゃないか、モリアーティーさん。だからこっちも一言だけお返ししよう――いずれきみに破滅をもたらすことができれば、きっとそうしてみせるし、またもしぼくに破滅がもたらされるようなら、公衆の利益のために、甘んじてそれを受けよう、とね』

『そのあとのほうなら、きっとそうすると約束するが、もうひとつのほうは、さて、どうなるかな』ふんと鼻を鳴らしてそう言い捨てると、彼は勢いよく背を向けて、あっというまに部屋から姿を消した。

まあこういったところが、モリアーティー教授との尋常ならぬ応酬の一部始終さ。白状するが、これはじつにいやな後味を残した。教授の穏やかできちょうめんな話しぶりが、ただのごろつきの吐く捨て台詞《ぜりふ》なんかとはちがって、彼が本気であることをいちいち納得させるからだ。むろんきみなんか、どうして警察に対応を頼まないんだ、とでも言うだろうけどね。そうしないわけは、どうせ実際に襲ってくるのが教授本人じゃなく、手先に決まってるからだよ。手先に決まってるといううれっきとした証拠だって、ぼくにはあるんだ」

「というと、すでに襲われたってことか？」

「いいかいワトスン、モリアーティー教授は、ぐずぐずしていて機会を失するほどの鈍物じゃないんだ。昼ごろだったか、ぼくはちょっとした用件でオクスフォード街へ出かけた。ベンティンク街からウェルベック街への四つ角を渡ろうとしていると、二頭立ての荷馬車が猛スピードで角を曲がってきて、稲妻そこのけの勢いで、ぼくをめがけて突進してきた。あわてて歩道にとびあがって、一瞬の差で難をまぬがれたが、馬車はそのままマリルボーン・レーンへ曲がって、あっというまに見えなくなった。以後は歩道だけを歩くように気をつけたんだがね、ワトスン、その後、今度はヴィア街を歩いていると、とある家の屋上から煉瓦がひとつ落ちてきて、ぼくの足もとで砕けた。警察を呼んで、その家を調べてもらったが、なにかの工事のために、資材の瓦や煉瓦が屋上に積んであるとわかっただけで、たぶんそれが風にあおられて落ちたんだろうということにされてしまった。むろんそうじゃないことはわかっているが、さりとて証拠もなにもないしね。その後は辻馬車を拾って、ペルメル街の兄の住まいへ直行し、夜になるまでそこで過ごした。それからここへやってきたわけだが、今度は途中で棍棒を持った暴漢に襲われた。こっちは素手でそいつを殴り倒し、警察に引き渡してやったが、それにしても、そいつの前歯でこのぼくの握りこぶしがこんなふうに裂けた、そのときの相手と、もうひとりの、そう、どこか十マイルも離れたところで、黒板にむかって問題を解いているだろう退職数学教師とのあいだに、なんらかのつながりを見つけるのは、はっきり言ってむずかしいと思うよ。こういうわけだから、ワトスン、きみにもわかるだろう――いましがたここへはいってくるなり、ぼくが真っ先に鎧戸をしめたり、出てゆくときには表口からじゃなく、もうすこしめだたない裏口からにしたい、などと言ってきみの許可をもとめたりしたのも、けっして不思議じゃないってことがね」

これまでにも、しばしば私は友人の胆力に感嘆させられてきたが、いま、その恐怖に満ちた一日の出来事を、ひとつひとつ冷静に数えあげてゆく彼のようすを見ていると、ますますその感を深くせざるを得なかった。

「それなら、今晩は泊まっていくね?」私は言った。

「いや、せっかくだが、きみ、それはやめておこう――きっと迷惑な客になるだろうから。お膳だてはすっかりできてるし、ぼくがいなくても、一味を一網打尽にするうえでは、なんの支障もないようになっている――まあ裁判の段階にでもなったら、ぼくが顔を出さないわけにはいかないだろうけどね。したがって、警察が気兼ねなく行動できるよう、残る数日のあいだ、ぼくが姿を消しているに越したことはないのさ。だからね、きみがいっしょにヨーロッパ旅行にきてくれれば、ぼくとしてはこんなにありがたいことはないんだ」

「いまは本業のほうも忙しくないし」と、私は言った。「ときに診察を肩代わりしてくれる親切な隣人もいる。喜んでお供させてもらうよ」

「あすの朝、すぐにでも発《た》てるかい？」

「必要とあらば」

「必要なんだ、ぜひともそうする必要があるのさ。そうと決まったら、さっそくこれからの行動について、打ち合わせをしておこう。いいかいワトスン、これからぼくの言うことは、どうか一字一句たがえずに実行してもらいたい——というのも、これからきみはぼくと手を組んで、ヨーロッパ一狡猾な悪党と、おなじくヨーロッパ一強力な犯罪者組織、このふたつを相手にまわして闘うことになるんだから。ではよく聞いてくれ！　今夜のうちに、旅行に必要なものを手荷物にまとめて、名札をつけずに、信用できる運送屋にヴィクトリア駅まで運ばせる。朝になったら、使用人に二輪辻馬車を呼ばせる——ただし、最初にきかかったのと、二台めのとは、どちらも見送るように言い含めてくれ。馬車がきたら、すばやく乗りこんで、ラウザー・アーケードのストランド街側のはずれまで行くが、そのさい行く先は紙片に書いて御者に渡し、それを無造作にそこらに捨てさせないように注意する。料金はあらかじめ用意しておいて、馬車が停まったら即座に降り、まっすぐアーケードを駆け抜ける。反対側に出るのは、きっかり九時十五分過ぎになるように、時間を見はからってくれ。そうすると、すぐ目の前の歩道のふちに、小型の四輪箱馬車が待っているはずだ。御者は、かさばった黒地の、上襟だけが赤地になった外套《がいとう》を着た男だ。この馬車に乗りこみさえすれば、あとは黙っていても、大陸連絡急行にまにあうように、ヴィクトリア駅に着くことになっている」

「きみとはどこで待ちあわせるんだ？」

「駅でだ。前から二輛めの一等車に、ふたり分の座席を予約しておく」

「じゃあ、その車中で落ちあうんだね？」

「そうだ」

なおも泊まってゆくことをすすめたが、無駄だった。泊まれば私の家に迷惑がかかると考えているのは明らかだったし、だからこそ、無理にも出てゆこうとするのだろう。あすの予定について、二言三言あわただしく言い残すなり、彼は立ちあがって、私の案内で庭へ出、モーティマー街へ通ずる塀を乗り越えた。すぐさま、二輪辻馬車を呼ぶ口笛が響いて、彼が走り去ってゆくのが聞こえた。

朝になると、私はホームズの指示に一字一句忠実にしたがった。辻馬車を呼ぶのにも、教えられたとおりの手順を踏んで、あらかじめ網を張っているかもしれない敵の罠を避け、朝食後ただちにラウザー・アーケードへ向かうと、アーケードのなかを全速力で駆け抜けた。四輪箱馬車が待っていて、御者は黒っぽいマントにくるまった、ひときわ大柄な男だったが、わたしが乗りこむや、馬に一鞭くれて、勢いよくヴィクトリア駅へむけて走らせた。駅頭で私が降りたつと、御者は即座に馬車の向きを変え、私の向かおうとする方角を見定めることさえせず、一目散に走り去っていった。

ここまでのところは、万事順調に運んだ。荷物はすでに私を待っていたし、ホームズが指定した車輛を見つけるのにも、なんら苦労はなかった――そもそも、〈貸し切り〉の札がさがっている席は、全車輛のなかでそこ以外になかったからだ。唯一、私の心にかかっているのは、肝心のホームズがまだあらわれないことだった。駅の時計は、発車時間まですでに七分を切っていることを示している。私はごったがえす乗客や別れを惜しむひとびとのあいだを、しなやかな友人の姿をもとめてうろうろ探しまわった。どこにもそれらしき姿はない。見るからに有徳のひとらしいイタリア人の司祭がひとり、荷物はパリまで通しで託送したいのだと、片言の英語で懸命に赤帽に訴えているので、見かねてちょっと口添えしてやり、それで数分がつぶれた。それから、あらためて周辺を探しまわり、貸し切りの車室へもどってみると、なんと、赤帽が切符を確認しもせずにここへ案内したのか、いま顔なじみになった老イタリア人が、わがもの顔に座席に腰を落ち着けている。席をおまちがえですよと注意しようとしたのだが、なにぶん私のイタリア語は、先方の英語以上におぼつかないしろものなので、どうにも埒《らち》があかない。やむなくあきらめて、肩をすくめ、いま一度、友人の姿は見えないかときょろきょろしはじめたのだが、そのうち、ふいに背筋を冷たいものが走った。友人がいまだにあらわれないということは、もしやゆうべのうちになにかの凶事に遭遇したあかしではないか、ふとそう思いあたったのだ。すでに車室のドアはとじられ、汽笛が鳴りわたっている。と、そのとき――

「なあ、おい、ワトスン」と、声がした。「おはようの挨拶もしてくれないつもりかい?」

驚愕をおさえきれぬまま、私はふりむいた。老いた聖職者がこちらを見ていた。一瞬、顔の皺《しわ》が消え、たれさがっていた鼻が上を向き、つきでていた下くちびるがひっこんで、口がもぐもぐ動くのもやんだ。どんよりした目が輝きをとりもどし、縮こまっていた背中も伸びた。だがそう思ったときには、顔つきも体の線もふたたびくずれて、ホームズはあらわれたときと同様に、瞬時にして消えてしまった。

「なんてこった！」私は思わず声をあげた。「ずいぶん驚かせてくれるじゃないか！」

「まだまだ用心が肝要だよ」彼は声をひそめて答えた。「やつらはまだ躍起になってわれわれのあとを追っている――そう考えてまちがいない。そら、あらわれたぞ、モリアーティご本人だ」

ホームズがそう言っているうちに、汽車は早くも動きだしていた。そっとふりかえってみた私は、ひとりの長身の男が懸命に人込みをかきわけて進もうとしながら、汽車を停めようとでもするように、腕をふりまわしているのを認めた。だが、すでに遅し。列車はぐんぐん速度を増して、あっというまに駅は背後に遠ざかっていった。

「あれだけ用心したつもりなのに、それでもあやういところだったな」ホームズが笑いながら言った。そして立ちあがると、変装用に身につけていた黒い司祭服《カソック》と帽子を脱ぎ捨て、それらを丸めて手さげ鞄に押しこんだ。

「ワトスン、けさの新聞は読んだか？」

「いや」

「じゃあベイカー街の件は知らない？」

「ベイカー街だって？」

「ゆうべ、やつらに放火された。たいした被害はなかったようだが」

「それは一大事じゃないか、ホームズ！　けしからん」

「棍棒で襲ってきたやつが逮捕されたあと、どうやら完全にぼくの足跡《そくせき》を見失ったらしい。そうでなければ、ぼくがベイカー街にもどったなんて、夢にも考えるわけがない。とはいえ、きみを見張るくらいの用心はしていたようだな。だからこそ、いまああしてモリアーティーご本人がヴィクトリア駅にお出ましになったのさ。くるときは、ぬかりなくやってくれたんだろうね？」

「きみに言われたとおりにしたさ」

「四輪箱馬車はいたかい？」

「ああ、ちゃんと待っていてくれた」

「御者に見覚えはなかったか？」

「いや」

「兄のマイクロフトだよ。こういう場合、金で雇われる連中に頼らなくてもすむのはありがたい。しかし、こっちの動きをモリアーティーに知られてしまった以上、今後あいつをどうするかが問題だな」

「この列車は急行なんだし、連絡船直通でもあるんだから、まんまとふりきったと見てもいいんじゃないかな」

「あのねえワトスン、あの男はぼくと知的に同水準にある、そう言っただろう。その意味がまだよくわかっていないようだな。かりにぼくが追う側だったら、この程度の障害であきらめてしまうなんて、きみだってまさか思やしないだろう？　それじゃあんまりあいつを見くびりすぎてるというもんだ」

「ならば、彼ならどうするっていうんだ」

「ぼくならそうするだろうのとおなじことをやるさ」

「じゃあ、きみならどうするっていうんだ」

「臨時列車を仕立てるね」

「それにはもう遅すぎるだろう」

「どうしてどうして。この列車はカンタベリーで停車する。おまけに、船との連絡では、いつも最低十五分は遅れが出ると決まっている。きっとそこでぼくらに追いつくよ、あいつは」

「まるでこっちが犯罪者みたいだな。彼が追いついてきたところで、逮捕させたらどうだ」

「それじゃ三カ月の苦労が水の泡じゃないか。大魚は釣りあげても、小魚はいっせいにささっと逃げ散って、巣はからっぽになっちまう。月曜日まで辛抱すれば、一網打尽にできるはずなんだよ。だからこのさい逮捕は問題外さ」

「じゃあどうするんだ」

「カンタベリーでこっちは降りる」

「それから？」

「そうさな、クロスカントリーでニューヘイヴンまで行くしかないだろう。そこからディエップへ渡る。ここでもまたモリアーティーは、ぼくならそうするだろうのとおなじことをするはずだ。パリまで直行して、ぼくらの荷物に目星をつけたら、そのまま二日ほど、荷物の積み降ろし場で網を張る。そのかんにぼくらのほうは、絨毯地の手軽な鞄をふたつ調達したり、沿線で駅ごとにご当地の産業奨励に励んだりしながら、ゆるゆると旅をつづけ、最終的にはリュクサンブール、バーゼルとまわって、スイスにはいる」

旅慣れている私としては、荷物がなくてもさほど不自由とは感じないが、それにしても、正直なところ、言語に絶する真っ黒な履歴にいろどられた大悪人に追われて、逃げ隠れしながらの旅を強いられるというのは、まことに理不尽で、腹だたしいことではあった。とはいえ、ホームズのほうが私よりも明確に状況を把握しているのは知れたことだ。というわけで、われわれはカンタベリーで下車したが、そこで知らされたのは、ニューヘイヴン行きの列車は一時間後でなければ出ないということだった。

私の着替えを入れた鞄を乗せた列車は、みるみる遠ざかっていったが、それをいまだに多少の恨めしさをこめて見送っているとき、ホームズが私の袖をひいて、いまきた方向をゆびさした。

「見たまえ、早くもやってきたよ」と言う。

はるか遠くのケントの森のかなたから、一筋の煙が立ちのぼっていた。一分後には、機関車がたった一輛きりの客車をひいて、この駅までのひらけたカーブを驀進《ばくしん》してきた。急いで手近の荷物の山のかげに身を隠したか隠さないうちに、たちまち近づいてきたその列車は、轟音《ごうおん》と地響きもろとも、私たちの顔に熱風を吹きつけながら通過していった。

「乗ってたぞ、たしかに」ごとごと揺れながらポイントの上を通過してゆく汽車を見送って、ホームズが言った。「要するに、われらが畏友《いゆう》の知力にも、おのずから限界があるということかな。ここでもう一歩進んで、ぼくならこう考えるだろうというようにあいつも考え、それにもとづいて行動していたなら、それこそ大手柄だったんだけどね」

「で、いまやわれわれを追い抜いてしまったとなると、このあとせんせい、どう出てくるだろう？」

「まちがいなく、ぼくを抹殺しにかかってくるだろうね。だが向こうがそうくるなら、こっちだって手をこまぬいてるつもりはない。それよりも、さしあたっての問題は、昼食をここで早めにすませるか、それとも、ニューヘイヴンの駅のビュッフェまで、空きっ腹覚悟で突っ走るかということさ」

私たちはその晩のうちにブリュッセルまで足をのばし、そこで二日間過ごして、三日めにはストラスブールまでたどりついた。ホームズは月曜の朝にロンドンの警察に電報を打っておいたが、この日にホテルに着いてみると、返信が私たちを待っていた。ホームズはもどかしげに封を切ったが、やがて、いまいましげに舌打ちして、それを暖炉にほうりこんだ。

「もしやとは思ってたけど」と、うめくように言う。「まんまと逃げられたよ！」

「モリアーティーにか？」

「一味の全員をひっとらえたのに、彼だけは取り逃がしたそうだ。警察の目をくらまして、いちはやく逃げ去った。もちろん、こうしてぼくが国外にいる以上、あいつと互角に勝負できる人間はだれひとりいなかった、とも言えるわけだが、それにしても、お膳だてはすっかりととのえて、はいどうぞと獲物を目の前にさしだしてやったつもりなんだがね。さてこうなると、ワトスン、きみはもう帰国したほうがいいだろう」

「なぜだ？」

「なぜならばだ、これからはいよいよぼくが危険な道連れになるだろうからだよ。狙った相手は、いまや職を失った。ロンドンへ帰っても、身の置きどころはあるまい。あいつがぼくの見るとおりの性格だとすれば、今後はぼくへの復讐に全精力を傾けてかかるだろう。こないだ短時間だけ対決したおりにも、必ずそうしてみせるといきまいてたし、本気でそう言っていたこともまちがいない。だからね、悪いことは言わない、ここはやはりぼくの言うとおり、帰国して、医者の本業にもどりたまえ」

長年の友であると同時に、長らくともに闘ってきた同志でもある私としては、おいそれとこんなすすめに応じるわけにはいかなかった。私たちはストラスブールの食堂《サラマーンジェ》にすわりこんで、半時間にもわたってその問題を論じあったが、結局、その夜のうちに旅を再開して、ジュネーヴまでの道程をかなりのところまでこなした。

それから一週間近く、私たちはローヌの谷のあちこちを気の向くままに逍遙《しょうよう》して過ごし、やがてロイクで谷筋からそれると、いまだ雪深いゲミ峠を越えて、最後はインターラーケン経由でマイリンゲンに向かった。下を見ればやわらかに青む春の渓谷、上を見れば冬の処女雪、じつに心楽しい旅ではあったが、そのかん一瞬たりともホームズの念頭から、前途にひそむかもしれぬ危険の影が消えたことなどないということ、これは私にもよくわかった。アルプスの山ふところに隠れた素朴な村々にいようと、あるいは人里離れた山の峠道にいようと、彼のすばやい目の動きや、すれちがってゆく顔という顔を鋭く一瞥《いちべつ》するようすなどから、私たちがたとえどこへ行こうとも、執拗にあとを追ってくる危険から完全にのがれさることはできない、そう覚悟していることがありありと読みとれるのだった。

一度はこんなこともあった。ゲミ峠を越えて、物寂しいダウベン湖のほとりを歩いているときだったが、とつぜん右手の尾根の上から、くずれた大石ががらがらところがりおちてきて、すさまじい轟音とともに、背後の湖水に没し去った。即座にホームズは一息に尾根の上まで駆けあがると、そそりたつその頂《いただき》に立って、四方を睥睨《へいげい》した。春先のこの季節、この地点ではよく落石があるのだとガイドが口を酸っぱくして説いたが、彼は耳を貸そうともしない。なにも言わずに、ただにんまりと私に笑いかけてきたが、それは、かねてから予想していたことが実際に起こるのを見たときの、どんなものだいとでも言わんばかりの笑顔なのだった。

だが、こうした油断のなさとは裏腹に、彼が沈みこむことは一度としてなかった。いや、それどころか、これほど意気軒昂としているところは、私にしても見た覚えがない。そして、なにかといえばこうくりかえすのだ――社会からモリアーティー教授を取り除いたことが確固たる事実になりさえすれば、そのときこそ自分は、喜んでこれまでの職業人としての一生に幕をおろす覚悟があるのだが、と。

「ねえワトスン、これまでのぼくの一生は、まるきり無為に過ぎたわけでもなかった――自分でもそう言ってさしつかえないと思ってるんだ。たとえ今夜かぎりでぼくの人生の記録に終止符が打たれたとしても、なおぼくはそれらを心平らかにながめられると思う。ロンドンの空気は、ぼくがいたおかげでずいぶん清められた。一千にも余る事件を扱ってきながら、一度としてこの自分の知力を、まちがった方向には使わなかったという自負もある。近ごろつくづく思うんだが、できるものなら今後は、人工の度がきわまったいまの社会状態から生まれる浅薄な問題よりも、〈自然〉によって提起される問題をこそ究めてみたい。いつの日かぼくが、このヨーロッパに生まれた最凶、かつもっとも腕のいい犯罪者をとらえるか、滅ぼしさるかして、わが職業人生を有終の美で飾るとき、そのときにはワトスン、きみの事件記録にも終止符が打たれることになるだろうね」

もはや語るべきことも残りずくなになった――あとは手みじかに、だがあくまでも正確に語ろう。あまり気の進まない話題ではあるのだが、それでも、どんなに些細な点でも省かずに語ることこそ、この私に課せられた責務であると心得るから。

私たちがマイリンゲンの小さな村に着き、ペーター・シュタイラー老人の経営する〈英国《エングリッシ》旅館《ヤー・ホーフ》〉なる旅荘に投宿したのが、五月三日のことである。宿のあるじは、なかなかのインテリで、英語を流暢《りゅうちょう》に話した。かつてロンドンの〈グローヴナー・ホテル〉で、三年ほどウェイターとして働いていたことがあるという。このあるじのすすめで、翌四日の午後、私たちは丘を越えてローゼンラウイという小村まで行き、そこで一泊する予定で宿を出た。ただし、途中で多少回り道をしてでも、斜面を半分ほどのぼったところにある〈ライヘンバッハの滝〉だけは、ぜったいに見ておくべきだというのが、あるじのたってのすすめだった。

行ってみると、そこはじつにぞっとするような場所だった。雪解け水を加えてふくれあがった奔流《ほんりゅう》が、すさまじい深淵へむけてまっさかさまに流れくだり、滝壺からは、炎上する建物から噴きだす煙さながら、しぶきが霧となって立ちのぼってくる。川が轟音とともになだれこんでゆくその先は、石炭のように黒光りする岩にかこまれた巨大な裂け目であり、それがしだいに先細りになって、はかりしれぬ深みにある滝壺に吸いこまれてゆく。クリームさながらに泡だち、沸きかえる滝壺の水は、ぎざぎざのふちからあふれでて、遠くまで飛沫《ひまつ》を飛ばし、飛んだ飛沫がまたひとつひとつ細流となって、さらにその先へと流れをひろげる。巨大な緑色の水柱が、永遠に止まることなく轟々と音をたてて落ちつづけ、はためく分厚いしぶきのカーテンは、しゅうしゅうと渦を巻きながら、たえず上へ、上へとふくれあがり、見ていると、つい酔ったような気分になって、そのたえざる回転と轟音とにのみこまれそうになってくる。私たちは、崖の端近くに立って、下をのぞきこみ、たえまなく黒い岩にぶつかっては砕け散る水のきらめきをながめ、深淵から地鳴りのような音とともに噴きあがってくるしぶきの、なかば人声にも似たとどろきに耳を傾けた。

滝の全容が見られるようにと、断崖の中腹にはぐるりと狭い切り通しが切ってあったが、これも途中で唐突にとぎれて、観光客はそこからひきかえさねばならなかった。私たちもひきかえそうと踵《きびす》をめぐらしかけた、ちょうどそのとき、ひとりのスイス人の若者が手に手紙をかざし、息せききって駆けつけてきた。いま出てきたばかりの旅荘のマーク入りのその手紙は、宿のあるじからこの私に宛てたものだった。どうやら、私たちが出立《しゅったつ》した直後に、イギリス人の女性客がひとり到着したのだが、その女性は末期の肺結核をわずらっていて、一冬をダヴォス・プラッツの保養地で過ごしたあと、ルツェルンにいる友人のもとに向かう途中、突然の喀《かっ》血《けつ》に見舞われたのだという。おそらくはあと数時間の命と思われるが、ここでイギリス人の医師に看とってもらえれば、病人にとっては大きな慰めになるだろうし、もしもどっていただけるなら、うんぬん。さらに追伸として、善良なシュタイラー老はこうつけくわえていた——じつは自分自身、枉《ま》げて私に承諾してもらいたいと強く望んでいる。というのも、病人はスイス人の医師に看とられるのを激しく拒んでいて、立場上この自分が、なにか大きな責任を負わされたように感じずにはいられないからである。

むげに断わりにくい依頼というのがあるとすれば、これこそまさにそれだった。異境に病み、いまや瀕死の床にあえぐ同胞女性の頼みとあらば、無視することは不可能に近い。とはいえ、私のほうにも、ホームズをひとり残してゆくことへのためらいがある。結局、双方協議のすえにまとまったのは、私がマイリンゲンにもどっているあいだ、ホームズの道案内兼道連れとして、いま手紙を届けてきたスイス人の若者をこのままそばに残す、という案だった。友人は私に、自分はあともうすこしこの〈滝〉にいて、それからゆっくりと丘を越え、ローゼンラウイに向かうつもりだから、きみは夜までにそこで合流してくれればよい、そう言った。行きかけてふりかえってみると、ホームズは絶壁の岩に背をもたせかけ、腕組みをして、泡だちつつ眼下を流れる奔流をじっと見おろしていた。そしてそれこそがこの私の、この世でホームズを見た最後となったのだった。

坂道を降りきったところで、私はもう一度ふりかえってみた。この角度からでは〈滝〉は見えなかったが、山の肩のところをくねくねとのびている切り通しは目にはいった。いましもその道を、ひとりの男がばかに足早に歩いてゆくところだった。丘の緑を背景に、男の黒っぽいシルエットがくっきり浮かびあがっている。ふとその姿に目をとめて、その歩きぶりに精力がみなぎっているのを強く感じたが、こちらも病人のもとへ急ぐ身、いつしかその男のことは念頭から拭い去られていった。

マイリンゲンに帰り着くまでには、たぶん一時間とすこしかかったはずだ。シュタイラー老が旅荘のポーチに立っていた。

「やあ」私は急ぎ足に近づいてゆきながら声をかけた。「その後、病人は落ち着いてるんだろうね？」

驚きの色が彼の顔をよぎり、眉の端がぴくりと動くのを目にしたせつな、私の心臓は胸のなかで鉛のかたまりと化した。

「これはきみが書いたんじゃないのか？」ポケットから手紙をとりだしながら、私はたたみかけた。「重病のイギリス人女性がいるんじゃなかったのか？」

「いませんよ、そんなかたは」あるじは叫んだ。「しかしこの便箋、たしかにうちのマーク入りだ！　ああ、わかった！　これはあのお客さんが書きなすったものにちがいない。おふたりが出発なさったあとに到着されたイギリスのかたです。おっしゃるには――」

だが私は、それ以上あるじの言葉を待ってはいなかった。不安におののきながら、夢中で村の通りを駆けだし、いましがた降りてきたばかりの山道をたどった。下りに一時間かかった道だった。急ぎに急いだが、ふたたび〈ライヘンバッハの滝〉のほとりに立ったのは、二時間以上もたってからだった。〈滝〉を見おろす絶壁の、さいぜん別れたときにホームズのいた地点には、いまだに彼の登山杖《アルペンストック》が立てかけられていた。だが本人の姿はどこにもなく、呼べど叫べど答える声はなかった。返ってくるのはただ、周囲に連なる絶壁に、むなしくこだまする私自身の声のみだった。

そこにぽつんと残されているアルペンストック、その光景があらためて私をおののかせ、身内を凍りつかせた。それでは彼はローゼンラウイへ行ったわけではないのだ。あのままここの幅わずか三フィートの切り通しにとどまっていたのだ。いっぽうは垂直の断崖、もういっぽうは垂直に落ちこむ絶壁、その中間に立って、仇敵が追いついてくるのを待っていたのだ。スイス人の若者も、やはり姿を消していた。おそらくはモリアーティーの手下であり、ふたりの男をその場に残して、ひとり立ち去ったものと思われる。で、そのあと、いったいなにが起きたのだろう？　そのとき起こったことを、いったいだれが語ってくれるだろう？

一、二分そこに立って、気をとりなおそうと努めた。自ら想像した事の成り行きの恐ろしさに、頭がくらくらする心地がしたからだ。それから、徐々に、ホームズ自身の方式のことを思いだし、それを用いてこの悲劇を読み解いてみることにした。それは、悲しいかな、おそろしく容易な推理だった。さいぜんここで話していたとき、私たちは道の行き止まりよりも先へは行っていないし、なによりアルペンストックが私たちの立っていた位置を示してくれている。黒っぽい土は、たえず滝壺から舞いあがるしぶきを浴びて、やわらかく湿っているから、たとえ小鳥が一羽でも、この土なら跡が残るはずだ。その土に、切り通しをさらに先へと進む二条の足跡が、くっきりと残っている。二条とも、こちらから向こうへ向かったきり、ひきかえしてくるものはひとつもない。道の行き止まりから数フィート手前で、土が泥田さながらにめちゃめちゃに踏み荒らされ、崖っぷちに生えた茨《いばら》や羊歯《しだ》の類《るい》も、一面に踏みにじられて、ちぎれたり、泥まみれになったりしている。私はそこに腹這いになり、下をのぞきこんだ。滝のしぶきが全身に降りかかる。さいぜん村へひきかえしたころから、日が落ちかけて暗くなってきていたから、いまどれほど目を凝らしてみても、見えるのは、そこここでちかちか光っている黒く濡れた岩と、はるか下の滝壺に砕ける水のかすかなきらめきしかない。私は声をかぎりに呼んでみた。だが、耳に届いたのは、先刻とおなじ、なだれおちる滝の、なかば人間の叫びにも似た咆哮《ほうこう》だけだった。

とはいえ、その私も結局のところ、友であり同志であった男からの最後の挨拶だけは、どうにか受け取れる定めになっていたのだ。先に語ったごとく、切り通しの道に突きでた岩に、彼のアルペンストックだけがぽつんと立てかけられていた。いまその岩の上から、なにかきらりと光るものが私の目を射た。手をのばしてみると、光のもとは、ホームズがいつも持ち歩いている銀のシガレットケースだとわかった。手にとったところ、その下に置かれていた小さな平たい紙包みが、ひらりと地に落ちた。ひろげてみると、なかには手帳を三ページ分ちぎって書いた手紙がはいっていて、私宛ての表書きがついている。いかにもこの男らしく、表書きできちんと私を受取人に指定しているし、筆跡もしっかりとして、明瞭そのもの、まるで書斎で書いたかと思われるほどだ――

わが親愛なるワトスン、

モリアーティー氏の好意により、とりいそぎこれをしたためることにする。氏はいま、かねてわれわれのあいだに横たわっている問題を最終的に論じあうため、ぼくの手があくのを待ってくれている。自分がいかにしてイギリス官憲の網の目をすりぬけ、いかにして終始われわれの動静を把握してきたか、その点もざっと話してくれた。この話は、彼の知力についてかねてからぼくのくだしてきたきわめて高い評価を、たしかに裏づけてくれるものだった。このような人物の存在が及ぼすこれ以上の害から、自分のこの手で社会を解放することができる、そう思うと、ぼくも本望だが、反面、その代償として、これが周囲の親しい友たち、とりわけ、ぼくの親愛なるワトスン、きみにつらい思いをさせるだろうことを考えると、やはり心が痛む。それでも、かねがねきみにも聞いてもらっているとおり、職業人としてのぼくは、いまどっちにしても転機にきているのだし、幕をひくとしたら、いまほどそれにふさわしいときはあるまいとも思う。いや、このさいだから、いっそきみにはなにもかも打ち明けてしまうが、ぼくは最初からあのマイリンゲンから届けられた手紙が、食わせものであることは察していたし、きみがひきかえすときにも、いずれこういう展開になるだろうという強い確信があって、そのうえで送りだしたのだ。パタースン警部に伝えてくれたまえ――一味を有罪に追いこむのに必要となるだろう書類は、ひとまとめにして青い封筒に入れ、〝モリアーティー〟と表書きしたうえで、分類棚のMの棚に入れてある。ぼくの個人的な資産は、イギリスを出る前にすっかり処分して、兄のマイクロフトに託してきた。くれぐれも奥さんによろしく。そして親愛なる友よ、ぼくはつねにきみとともにあることを忘れずにいてくれたまえ。

きみの忠実なる友、
シャーロック・ホームズ

以後のことは、ほんの数語で足りるであろう。専門家による検証を通じて、ふたりの男のあいだにつかみあいの争闘があったことは疑う余地なしとされた。その場の状況からして、この争いは必然的に、双方が取っ組みあったまま滝壺に転落するというかたちで終わっただろう。遺体を収容しようとする試みは、まったく絶望的であり、かくしてその、うずまく滝の水と泡だつ奔流との恐ろしい坩堝《るつぼ》の底深く、当代随一の凶悪な犯罪者と、他に比類なき輝かしい法の戦士とは、永遠《とわ》に恩讐を超えて横たわることになったのだ。スイス人の若者も、その後ついに発見されなかった。彼がモリアーティー子飼いの手下だったことは、まずまちがいないと思われる。一味のほかのものたちについて言えば、ホームズの積みあげた証拠がものをいって、組織の実態が余すところなくあばきだされ、いかに重い処断がいまは亡き友の手によって彼らのうえにくだされたか、そのへんはいまだ世間の記憶に新しいところであろう。一味のおそるべき首魁《しゅかい》については、経歴・罪状、その他、個人的な背景がうんぬんされることは裁判ちゅうにもほとんどなかった。だから、いまさら私がそれをここで明らかにせざるを得ないとすれば、それはもっぱら、彼の犯罪者としての汚名をすすがんとする思慮なき輩《やから》が横行して、私がこの世で知った最良の、そしてだれよりも賢明な男として永遠に記憶されるであろう人物を誹謗中傷することにより、その目的を遂げようとしているからにほかならないのである。

（1）〝彼は犯罪界のナポレオン〟は、よく知られた「ホームズ語録」のひとつ。

SIDNEY PAGET
1893

解題

戸川安宣

本書はシャーロック・ホームズ譚の第二短編集 *The Memoirs of Sherlock Holmes* の全訳である。

原著の初版は、一八九三年十二月十三日、ロンドンのジョージ・ニューンズ社からストランド・ライブラリの第三巻として刊行された。シドニー・パジェットの挿絵九十葉入り。定価六シリングで初版一万部だったという。アメリカ版の初版は、ニューヨークのハーパー&ブラザーズ社から一八九四年二月二日、定価一ドル五十セントで刊行された。この版には「ボール箱」という作品が二話目に収録されていて、イギリス版より一編多い十二編が収められていたが、同年九月同社より、「ボール箱」を削除した改訂新版が上梓された。

『シャーロック・ホームズの冒険』の最後に収められた「橅《ぶな》の木屋敷の怪」を書き上げたコナン・ドイルは、母親の説得もあってホームズを殺しはしなかったものの、もうこのシリーズの筆をふたたびとるつもりはなかった。そして、好きな歴史小説や舞台用の戯曲の執筆・構想に没頭していた。だが、その間も〈ストランド・マガジン〉からはホームズものの続編の依頼が絶えなかったのが、ドイルの悩みの種だった。ドイルはニューンズ社に対し、一ダース千ポンドであれば、とふっかけてみた。『冒険』のときにご紹介したように、最初の六編でやめようと考えたドイルが出した一編五十ポンドという条件の約一・七倍で、こう言えばさすがに相手も諦めるだろう、と思ったのだが、案に相違して（というより、理の当然か）その条件はいとも容易《たやす》く承諾され、ドイルはまたもやホームズ譚を書き続けざるをえなくなった。

かくて一八九二年の十二月号より「〈シルヴァー・ブレーズ〉号の失踪」をもって再開された新ホームズ譚の二回目が、問題の「ボール箱」だったのだ。ドイルは約束通り十二編のホームズ譚を書き上げたが、第二短編集を纏《まと》めるという段になって、この「ボール箱」を外すように指示したのである。不義密通をテーマにしたことを気にしての決断だったといわれている。だがその際、「ボール箱」の冒頭に書いたきわめて印象的なホームズの推理場面を、「寄留患者」の冒頭に移植したのである。そして、一度は削除された「ボール箱」は、後年、第四短編集の『シャーロック・ホームズ最後の挨拶』が刊行されたときに、その第二話として復活を遂げた。そういう経緯があって、第二短編集の『回想』には「ボール箱」を含む十二編が収められた版と、そうでない十一編収録の版が存在し、また、有名

The Memoirs of Sherlock Holmes 初版本（成蹊大学図書館蔵）

なホームズの推理場面に差し替えられた「寄留患者」とそうでないヴァリアントが存在する、というややこしいことになってしまったのだ。たとえば、今手許にある *The Penguin Complete Sherlock Holmes* というホームズ譚全編を収めた大部な一冊を見ると、「ボール箱」は『最後の挨拶』の二つ目に収まっているが、件《くだん》の推理場面は「寄留患者」と「ボール箱」の双方の冒頭に鎮座している、という具合で、混乱の痕跡は思いのほか深い。なお、創元推理文庫では、収録作品に関しては本国版初版に倣《なら》い、ホームズの推理場面は初出に従って「ボール箱」の冒頭に置き、「寄留患者」は初出の形に戻した。

さて、第二短編集となる本書を具《つぶさ》に見ていくと、第一集の『冒険』とは微妙に異なった様相を見せ始めている。たとえば、「寄留患者」の冒頭で、ワトスンはホームズの事件簿の中からどういう事件を公にし、あるいは発表を控えてきたか、その判断の基準について述べているのだが、それによると、「友人シャーロック・ホームズ氏の知的な特性のいくつかを実例をもって世に知らしめ」ることが目的だが、「彼独特の捜査法」と、「およそ類例のない、すこぶるドラマティックな性質」という、二つの要素がともに揃った事件を選ぶことはなかなか難しく、どちらかが傑出している事件を採り上げざるを得ないと、弁解がましく述べている。これはホームズ譚を書き続ける上で、ドイル自身の味わっていた「苦衷」だったのではないか。

そして、『回想』に収められた物語も、ワトスンが綴《つづ》る事件簿である点は前作『冒険』と変わらないが、ホームズ自身がワトスンに対し事件の話を語って聞かせる、という体裁の物語が混じるようになった。つまり、記述者はあくまでワトスンだが、ワトスン自身はその事件になんの関わりも持っておらず、ホームズが単独で関わった事件の話を聞かせてもらっている立場に過ぎない。このワトスンの立ち位置の後退は何を意味するのだろうか。

「〈グロリア・スコット〉号の悲劇」で、ホームズが「ここにこういう書類があるんだがね」と言って、引き出しから「封印のテープ」をした「わずかに錆の浮いた円筒形の缶」を取り出してくる。さらに、「マズグレーヴ家の儀式書」では、ホームズの寝室に「大きなブリキの櫃《ひつ》」があって、それには束にして赤いテープでくくった書類などがはいっていた。過去にホームズが扱った事件の関係物件である。後世の作家が、ホームズもののパロディやパスティシュを書く場合、この櫃に秘蔵されていた書類、という体裁をとるのは、ここに由来する。

もう一つ、どの物語でも、ホームズの推理はある結論を提示しているが、「背の曲がった男」や「ギリシア語通訳」「寄留患者」等々、事件の当事者が捕まらないままで終わったり、「ライゲートの大地主」などのように、疑問の一部が未解決のままで終わる事件が目に付くようになった。実際は、事件にまつわる事柄がすべて明らかになることはまれで、解明されないままに終わる部分は必ずあるはずだ。ドイルもそのほうが現実的だと考えたのではないだろうか。

この『回想』にはホームズの伝記的考察の上で欠かせない材料を提供する作品が多い。そしてまたワトスンのパーソナル・データを考える上でも見逃せない作品が数多く収録されている。その一例が、ワトスンの結婚に関するエピソードである。

「株式仲買店員」では、「私は結婚後まもなく、パディントン地区で医師を開業する権利を買いとった」とある。そして「医院を引き継いでから三カ月ほど」した「六月のある朝」ホームズが不意にやってきて、「奥さんもお見受けしたところ、例の『四人の署名』事件で受けた打撃からは、すっかり立ちなおられたようだね」と言っている。「背の曲がった男」も、「結婚して二、三カ月たったある夏の夜」の事件だし、「海軍条約事件」では、「私が結婚してまもない七月には、興味ぶかく、また忘れがたい事件が三つ」起こったといって、「第二の血痕」「海軍条約事件」「疲れたキャプテンの事件」を挙げている。「最後の事件」には、「私が結婚し、ひきつづき医師として開業したことにより」ホームズとの関係もしだいに間遠になり、一八九〇年には「私が記録にとどめている事件の数も、わずか三件に減ってしま」い、その冬から一八九一年の早春にかけてはフランスに捜査のため赴《おもむ》いていると新聞報道で知ったので、ホームズはてっきりフランスにいるものと思っていたところ、「四月二十四日の夜」突然、ワトスンの診察室に現れた――とある。これらの記述を額面通り受けとれば、ワトスンの結婚は一八八九年であり、「最後の事件」は一八九一年四月ということになるのだが……。

以下に収録作品の解題を付す。(各原題の頭に付いているThe Adventure ofは省略した)

〈シルヴァー・ブレーズ〉号の失踪　Silver Blaze

〈ストランド・マガジン〉一八九二年十二月号にシドニー・パジェットの挿絵を付して掲載された。以下、『回想』所収作品の挿絵はすべてパジェットによる。因《ちな》みにアメリカでは〈ハーパーズ・ウィークリー〉一八九三年二月二十五日号にW・H・ハイドの挿絵付きで掲載された。同誌には、本書収録作品中、「最後の事件」を除く全編が、ハイドの挿絵を付して載っている。

「ねえワトスン、いよいよ出かけなきゃいけなくなったようだよ」というホームズの言葉で始まる。第一短編集に収められた最終話「橅の木屋敷の怪」以来半年ぶりに再開することになった新シリーズへの意気込み——というか、半ば諦観気味の宣言のように感じられる。

ホームズ譚の中でもとりわけ印象に残る作品だが、それはウェセックス・カップの一番人気馬の失踪と調教師の死という、派手な事件のせいというより、蠟燭、マッチ、白内障手術用のナイフ……といった小道具、あるいはマトンのカレー煮の夕食や、吠えなかった犬、脚をひきずる羊、被害者が所持していた他人名義の請求書等々、伏線がきちんと張ってあって、謎解きミステリとして首尾が整っていることに由来する。

ドイルの自伝『わが思い出と冒険』によると、本編は、スポーツ紙上で酷評されたようだ。

「〈シルヴァー・ブレーズ〉号の失踪」挿絵

> 私はときに、正しい知識なしに筆を執って、危地に陥ったことがある。一例を挙げれば、競馬に精通していないのに敢《あ》えて「〈シルヴァー・ブレーズ〉号の失踪」を書き、調教とレースにおける決まり事にからむ謎を主題にした。話はよくできて、ホームズものとしては最上位に位置するものとなったと思う。ところが、私はおのれの無知を天下に喧伝《けんでん》する結果となった。さるスポーツ紙に載った優れた書評によって叩きのめされたのだ。明らかに斯界《しかい》の権威と思われるその書評子曰く、私の描い

た行為に及んだ者は処罰を免れない。逮捕されるか、さもなくば競馬界から永久追放されるだろう、と。だが、私は細部に拘泥《こうでい》しない。人はときには傲慢にならねばならないのだ。

なお、この作品でホームズは「耳おおいのついた旅行帽」を被っている。シドニー・バジェットの挿絵のお蔭で、やがてインバネス・コートとともにホームズのトレードマークになったのが鹿撃ち帽だが、それに近い原作の描写というとこれくらいしかないようだ。

「黄色い顔」挿絵

黄色い顔　The Yellow Face
〈ストランド・マガジン〉一八九三年二月号掲載。

ホームズの失敗談である。実際、本編のホームズはまったくホームズらしくない。依頼人の話から誰でも考えそうな推理を開陳して聞かせ、その挙げ句にワトスンからさえ「なにからなにまで臆測ばかりじゃないか」と言われる始末である。それが案の定、みごとに的外れなのだ。ホームズは「中量級であれば、彼にかなうものにいまだお目にかかったためしがない」という実力を持つボクサーである一方、「依頼される事件がすくなく、新聞にも興味ある事件が見あたらないようなとき、日常の退屈をまぎらすために」コカインを嗜《たしな》む悪癖がある、と記されている。

株式仲買店員　The Stockbroker's Clerk

〈ストランド・マガジン〉一八九三年三月号に発表された。

好条件に釣られて採用の決まっていた会社への転職をキャンセルし、別の怪しげな会社に入ることになった男が、バーミンガムに連れ出され、手間仕事を押しつけられる。その経緯に不審を抱いた青年がホームズの許に相談にやってくるのだが、ここまで読んで前集『冒険』に収められた「赤毛組合」を想起し、何らかの理由で青年をロンドンから引き離しておこうという意図を読み取る読者は少なくあるまい。そこをもう一ひねりしてあるところが本編のミソである。土曜の内に金庫に収められたものを盗みだし、時間を稼いでその間に逃走を図ろうというところも、「赤毛組合」のグループと同一である。

〈グロリア・スコット〉号の悲劇　The "Gloria Scott"

初出は〈ストランド・マガジン〉一八九三年四月号。

「株式仲買店員」挿絵

ホームズが生涯で初めて探偵的な能力を発揮した記念すべき事件。

次の「マズグレーヴ家の儀式書」の冒頭でホームズは、治安判事のトレヴァー氏と交わした会話が、「最初にぼくの目を、いまでは一生の仕事となっているこの職業に向けさせてくれた」と言っている。この事件のとき、ホームズは大学生。大学名など一切のデータが明示されていないが、シャーロッキャンにとっては僅《わず》かな手がかりからホームズの在籍していた大学を推理する恰好の作品となっている。ケンブリッジかオックスフォードかという論争が囂《かまびす》しく、たとえば、トレヴァーの愛犬がホームズに嚙《か》みつくが、ペットをキャンパス内で飼えたのはどちらだ、といった論争が戦わされてきたのである。

　そのトレヴァーの愛犬に嚙まれたのは、ホームズが「礼拝堂へ向かおうとしていた」ときだった。ホームズの信仰心に関する描写はほとんどないので、これも貴重な記述と言えるだろう。

　ごく初歩的な暗号と、事件の背景に横たわる過去の経緯《いきさつ》を解明する物語だが、これも明快な解決は明示されない。

「〈グロリア・スコット〉号の悲劇」挿絵

　なお、第五短編集『シャーロック・ホームズの事件簿』に収められている「サセックスの吸血鬼」の冒頭で、ホームズは索引帳のVの項目を読みかえして、「《グロリア・スコット》号の航海《ヴォイッジ》か。これはいやな事件だったな。たしかきみも書いていたはずだが、出来はあまりかんばしくなかったようだぜ」と言っている（創元推理文庫版一七五ページ）。

マズグレーヴ家の儀式書　The Musgrave Ritual

〈ストランド・マガジン〉一八九三年五月号に掲載された。

前の「〈グロリア・スコット〉号の悲劇」と同様、ワトスンと知り合う以前の、ホームズ最初期の活躍譚である。

　ホームズは、「頭脳のうえでは全人類ちゅう随一ともいうべき精緻で組織だった頭の持ち主であり、また服装のうえでも、いくぶん気どった、とりすました感じのものを好んで身につける趣味がありながら、日ごろの生活習慣のうえでは、ときに同居する下宿人を半狂乱すれすれにまでおとしいれかねないほど、とてつもなくだらしのない男だということである」といって、葉巻を石炭入れのなかにしまったり、肘かけ椅子にすわってピストルで向かいの壁に女王ヴィクトリアの頭文字を射貫いたりしている。そしてため込んだ書類を捨てられず、それをきちんと整理するエネルギーを奮い起こせるのは年に一、二度——といった描写を読むと、妙に親近感が湧いてきて、ぼくなどは嬉しくなるのだが、それにしてもホームズの奇癖はすさまじい。

また、「はじめてロンドンに出てきたころ、ぼくはモンタギュー街に下宿していた——大英博物館からひとつ角を曲がった、すぐのところ」だという。そこに「大学でぼくとおなじ学寮《コレッジ》にい」て、卒業後四年間会わなかったレジナルド・マズグレーヴがある朝やってくる。ホームズの許に持ちこまれた三つ目の事件になったのが本編の一件だった。

「マズグレーヴ家の儀式書」挿絵

「代々のマズグレーヴたちが、成年に達したとき、いやでも踏襲させられてきた面倒な手続き」を記した「風変わりな教理問答《カテキズム》」風の文書——ポオの「黄金虫」の解読後の文章と同種の暗号である。江戸川乱歩の『大金塊』や『怪奇四十面相』の暗号も同工異曲である。

ライゲートの大地主　The Reigate Squires

〈ストランド・マガジン〉一八九三年六月号に発表されたときの題名は The Reigate

「ライゲートの大地主」挿絵

Squire だったが、単行本に収められた際、Squires と複数になった。なお、〈ハーパーズ・ウィークリー〉一八九三年六月十七日号に掲載時のアメリカ版タイトルは The Reigate Puzzle であった。

「八七年の春、わが友シャーロック・ホームズ氏は、働きすぎからくる無理がたたって病に倒れ、回復するまでにしばらく時間がかかった」とある。「オランダ＝スマトラ会社とモーペルテュイ男爵による大胆不敵な陰謀がらみの一件」だという。それらは「直近の出来事であって、ひとびとの記憶にまだ新しい」のと、「国の政治や経済にあまりに深くかかわっている」ため、「この回想録の題材としてとりあげるのには不向き」だというのである。実際、「全ヨーロッパが彼の名声に沸きかえり、祝電が文字どおりくるぶしまで埋まるほどの山になって舞いこんできている」といった有様だった。ということは、ワトスンが公表する事件簿は、ホームズの手柄として世に喧伝されていないような事件、ということになるのだろうか。

ドイルは一八九一年の五月に悪性のインフルエンザに罹《かか》り、十日間ほど寝たきりの生活を余儀なくされた。一時は死線を彷徨《さまよ》ったこともあるという。これがきっかけで、ドイルは開業医をあきらめ、筆で立つ決意をするのだが、この闘病生活が本編を思いつかせたのかもしれない。

この事件のホームズは、自らの手法について実に多弁だ。「ぼくは、これまでずっと、自分の手法はいっさい隠さないことを習慣にしてきました」と言い、「探偵という技術においてなにより大事なのは、数多くの事実のなかで、どれが付随的なもので、どれが決定的なものであるかを見きわめること」だと言っている。

シャーロッキャンの牽強付会《けんきょうふかい》には感心させられるばかりだが、なかでもホームズが手がかりの文書を分析し、「ほかにも二十三通りの推論が可能」と言っているのを受けて、ジョン・ボール・ジュニアという人が、その二十三通りの推論を“The Twenty-Three Deductions”というエッセイで推測している。

背の曲がった男　The Crooked Man

〈ストランド・マガジン〉一八九三年七月号に載った作品。

この事件には〈ベイカー街少年隊《ベイカー・ストリート・イレギュラーズ》〉がちょっと顔を見せる。ホームズが浮浪児を集めて捜査の手伝いをさせていたグループだ。『緋色の研究』と『四人の署名』に登場するが、短編では本編にしか姿を見せない。江戸川乱歩の少年ものに明智や少年探偵団を助けて活躍するチンピラ別働隊というグループが何作かに登場するが、それのモデルとなった。

「背の曲がった男」挿絵

寄留患者　The Resident Patient

〈ストランド・マガジン〉一八九三年八月号掲載。

「開業医として看板を掲げたい」と願う医師に、資金を提供しようという人物が現れる。夢のような話には裏がある、という「赤毛組合」に通じる物語だが、本編のミソは、そのうまい話を持ってきた男が医院内に寄留し、毎晩、その日の儲けの一部を持ち去って自室の金庫にしまいこむ点だ。ドイルならではの開業医のインサイドストーリーとして甚だ興味深い。

「寄留患者」挿絵

ギリシア語通訳　The Greek Interpreter

〈ストランド・マガジン〉一八九三年九月号に発表された。

『回想』収録作品中、最もすぐれたアイディア・ストーリーである。外国語通訳、という行為の中に直接会話を取り交わしている両人だけに通じるコミュニケーションを挟む、という思いつきは秀逸だ。一種の暗号伝達の手段である。暗号とは、伝達者Aが受け手Bに対し、他人Cに悟らせない形で情報を伝達する手段を言う。この他人Cというのが不特定多数の場合、元になる言語（英語とか日本語とか）に様々な変化を与えて、AB同士にしかわからない（ないしは、わかりづらい）形にする必要があるが、たとえばAとBが直接会話するような場合は、そこに立ち会う（あるいは立ち聞きできる）立場の人間Cに気づかれない形でコミュニケーションをとればよい。この場合、他人Cが理解できないことが明らかな外国語は、細工をする必要がなく暗号として使用できる。たとえばABCがすべて日本人であっても、AとBがCに理解できない方言で話せば、その方言は立派な暗号となる。

　ホームズの七つ年上の兄マイクロフト初登場の物語だが、それ以外にもホームズの先祖が地方の郷紳《きょうしん》であり、祖母はフランスの画家オラス・ヴェルネ（一七八九―一八六三）の妹だといった親類縁者の話が出てきて、ワトスンを驚愕させる。マイクロフトは「政府のどこやらの部局で会計監査の仕事について」おり、ホワイトホールの官庁街にほど近いペルメル街に住まいがあって朝晩歩いてかよっている。その住まいの真ん前に自身創設者のひとりであるロンドン一非社交的な〈ディオゲネス・クラブ〉があって、彼はここの常連である。ホームズによると、兄は「観察および推理にかけてはぼくよりすぐれてい」るのだが、それは「兄にとってはたんなる好事家《こうずか》の道楽にすぎない」という。そして、「探偵術というものが、安楽椅子にかけたまま推理を働かすことで始まり、かつ終わるものであるのなら、それなら兄は古今に比類ない大探偵になっていただろう」というのだ。これはホームズという探偵の性格を表す重要な証言である。すなわち、彼は所謂《いわゆる》安楽椅子探偵ではない。観察し、推理を働かせるが、そのためには足を使って証拠を集め、また裏付けを取るための調査を怠らない。この発言は考えるだけの思考機械ではすぐれた探偵にはなり得ない、というホームズの所信表明なのである。

「ギリシア語通訳」挿絵

海軍条約事件　The Naval Treaty

〈ストランド・マガジン〉一八九三年十、十一月号に分載された。

国家の重要機密書類が盗まれる事件で、ワトスンの学友から依頼を受け、ホームズが捜査に乗り出す。事件の規模にしてはこぢんまりとした話だが、伏線も過不足なく張られており、ホームズ譚の中でも本格短編として整った出来

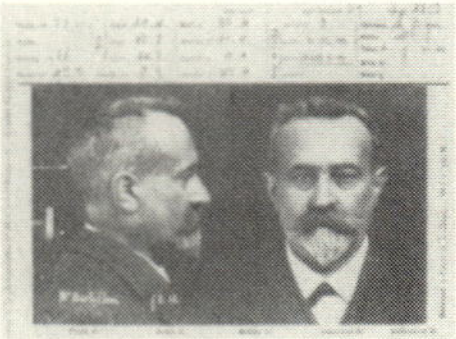

ベルティヨン本人がモデルとなった人体測定法

の佳品と言えよう。犯人自身に隠し場所から盗み出した文書を取り出させる、というのは、「ボヘミアの醜聞」と同じ手である。

作中、ワトスンも驚くホームズの一面が紹介される。苔薔薇の枝垂れた茎を手にとって言う。「推論をなにより必要とするのは、宗教を措《お》いてほかにありません。（中略）理論家の手にかかれば、宗教も精密科学さながらに緻密に構築されうるのです。神の恵みの確かさも、ぼくにはなにより花の美のなかにこそ宿ると思える」

ホームズはまた、〈ベルティヨンの人体測定法〉を褒めたたえてやまなかったという。これは、著名な人類学者で、パリ警視庁の鑑定局長を務めたアルフォンス・ベルティヨン（一八五三―一九一四）が作り上げた身許を確定するシステムで、指紋が犯罪捜査に導入される以前、犯罪捜査に活用された。ドイルは『バスカヴィル家の犬』でもこの測定法に言及している。

最後の事件　The Final Problem

〈ストランド・マガジン〉一八九三年十二月号に発表された第二シリーズの最終話。この物語でとうとうドイルはホームズを抹殺してしまう。因みにアメリカ版は『回想』収録作品中これだけ〈ハーパーズ・ウィークリー〉ではなく、〈マクルアーズ・マガジン〉一八九三年十二月号にH・C・エドワーズの挿絵を付して掲載された。

第二シリーズのドイルは、兄マイクロフトにしてもそうだが、いきなり新しい、しかも重要なキャラクターを創造して、ろくに活躍の場を与えないうちに物語を打ち切りにしてしまっている。ロンドンの悪の帝王モリアーティー教授がまさにそうだ。これほどの人物であれば、ホームズがこれまで言外にその存在を匂わせることすらなかった、とは考えがたい。それがワトスンでさえ全く知らなかったという紹介のされ方をし、そしてこの一編で慌ただしく退場することになる。唐突の感は免れない。

たとえば、グラナダテレビのドラマでは、「赤毛組合」などの主要事件の背後には必ずモリアーティーがいた、という設定にしているし、パリのルーヴル博物館からモリアーティー一味が盗み出した「モナリザの微笑」をホームズが取り戻すエピソードを加えて、二人の敵対関係が極点にまで達していたことを強調している。それは当然の演出と言えるだろう。

ホームズからワトスンへの最後の手紙に、「職業人としてのぼくは、いまどっちにしても転機にきているのだし、幕をひくとしたら、いまほどそれにふさわしいときはあるまいとも思う」とある。これを作家ドイルに当てはめると、ホームズものへの訣別の辞と読めなくもない。

「最後の事件」挿絵

本稿を書くにあたって参考にした文献は、『シャーロック・ホームズの冒険』の解題を参照していただきたい。また、ホームズ譚からの引用（深町眞理子訳）以外は、拙訳による。

ホームズと鉄道

小池　滋

スピードへの関心

ホームズが登場する最初の小説は長篇『緋色の研究』で、一八八七年十二月に発表された。ホームズ物語で最後に発表されたのは短篇「ショスコム・オールド・プレース」で、一九二七年三月のことである。この間の四十年というのはイギリスの鉄道の黄金時代と言ってよい。イギリスの鉄道は世界の鉄道の最高水準を誇っていて、鉄道の斜陽化など誰も予想していなかった。現在のイギリス鉄道の実情を知る人なら驚き、そして悲しむような栄光に包まれていた。

というわけで、ホームズ物語の中で鉄道がかなり重要な役割を果たしているのも当然のことだった。例えば、ホームズとワトスンはイギリスのあちこちに事件調査で呼ばれるが、その時の交通機関は必ず当時としては最速で、もっとも便利な鉄道だった。そして面白いことに、列車に乗っているところは事件と関係ないのだから、省略してもいいはずなのに、かなり詳しく書かれていることがある。時には、事件とは全く無関係な発言が、はっきり記述されている。

よく知られている例をあげよう。本書のトップに置かれている「〈シルヴァー・ブレーズ〉号の失踪」の冒頭の部分で、イングランド西部ダートムアで起った事件の調査を依頼されて、ロンドンのパディントン駅から西行きの列車に乗るのだが、その車内でホームズは、窓の外の風景と自分の懐中時計を見比べながら、いまこの列車は時速五十三マイル半（約八十六キロ）で走っていると言う。

線路の脇には起点からの距離を示す短い柱が四分の一マイル毎に立っているのだが、ワトスンはそんなもの見かけなかったので、どうしてわかるのかと不審がると、ホームズは、線路ぞいの電信柱は六十ヤード（約五十五メートル）おきに立っているのだから、単純な計算さとうそぶく。

後世のいろいろな人が、ホームズがどういう数式を頭の中で作ったかを研究して発表したが、それはともかくとして、ホームズの頭のはたらきの素晴らしさを示すエピソードとして、なぜ作者ドイルは列車のスピードを材料に使ったのだろうか。それに、もう一つ疑問が生まれる。『シャーロック・ホームズの冒険』の中の「ボスコム谷の惨劇」で、やはりイングランドの西部で起きた事件の調査のため招かれた時、ホームズは車内で、「ふたりの中年紳士が（中略）時速五十マイルで西へ突っ走っている」と言っていた。またしても列車のスピードについて余計なことをつけ加えているのだ。しかも、この時もパディントン駅発の列車だった。当時の読者なら、別に鉄道に興味を持って知識の深い人でなくても、両方とも当時のイギリスの大手私鉄のひとつ、グレイト・ウェスタン鉄道の列車だとわかったはずだ。なぜ、この会社の列車に乗った時だけ、スピードについての話題が出るのか。

他の鉄道の場合はミスも

まさか作者のドイルが、グレイト・ウェスタン鉄道に頼まれてスピードの宣伝を作品中でやったわけではあるまい。ドイルがそんな卑《いや》しい気質の人間でなかったことは、誰もが知っている。では、ドイルが鉄ちゃん――こんな言葉はなかったろうが――で、鉄道のスピードに特別の関心を持っていたのだろうか。これも考えられない。

ホームズはイギリスのあちこちへ事件調査のために出かけているのだから、他の鉄道会社の列車にもしばしば乗っているはずだが、他の鉄道の旅に関しては、スピードはもちろん、詳しいことについての記述は見られない。いや、それどころか、明らかに間違いと誰にでもわかるようなミスを犯している。

「株式仲買店員」では、ホームズとワトスンが依頼人と一緒に、イングランド中部の大都市バーミンガムに向かう列車に乗るが、そこで、事件の詳細をワトスンに話してくれるようにと依頼人に頼む前置きとして、「これからたっぷり七十分間はここにすわっていることになる」とホームズが言う。これがロンドンを発って何分後のことか、はっきりした記述はないが、常識的に考えれば、出発後それほど時間がたっていたとは思えない。三人の乗った馬車が始発駅に着いたのは、列車出発前ぎりぎりだったらしいから、列車に乗る前にゆっくり話す暇はなかったはずで、客車に腰を落ち着けてから、ほどなく事件の話に入ったことだろう。

というわけで、列車出発五分後くらいのことだったと仮定しよう。すると、ロンドンからバーミンガムまでの列車の所要時間は七十五分となる。バーミンガムにはロンドンからの列車が到着する駅は二つ、ニュー・ストリートとスノー・ヒルがある。後の記述によると三人が到着したのはニュー・ストリート駅だから、この列車はロンドンのユーストン駅を出発した、ロンドン・アンド・ノースウェスタン鉄道（これも大手私鉄のひとつ）の列車であることは間違いない。

この鉄道のルートによると、ロンドン、バーミンガム間の距離は百十三マイル半（約百八十三キロ）だから、七十五分で走った列車の平均時速は九十一マイル（約百四十六キロ）ということになる。今ならこんなスピードは当たり前だが、この物語が発表された一八九三年三月に、蒸気機関車が引く列車がこんな高速を出せるはずがないと、鉄道のことをよく知らない読者でもすぐにわかっただろう。

ホームズの部屋には、イギリス中の全旅客列車の駅発着時刻を明記した『ブラッドショー』と呼ばれる時刻表――当時でも千ページ近くの大冊――が置いてあったことは、「橅《ぶな》の木屋敷の怪」（『シャーロック・ホームズの冒険』の最後に置かれている）でわかるが、それはしばしば出張せねばならぬ探偵にとって必須の資料であったろう。それなのにホームズがこんな愚かな発言をするとは、誰もが首をかしげたくなる。意地悪な人は、「時刻表を調べるのはいつもワトスンに任せていて、自分で見ることはなかったのだろう」と言うかもしれない。

このようなミスをするところを見ると、作者ドイルは鉄道について、特にスピードについてはそれほどの関心も知識も持ち合わせていなかったと言わざるを得ない。それなのにグレイト・ウェスタン鉄道のスピードについては、よく知っていて、それを二度も作品中で披露したとは、いったいどうしてなのだろうか。

「ゲージ戦争」

そこで、この二つの物語が発表された当時のイギリスの一般読者になったつもりで考えてみよう。「ボスコム谷の惨劇」の初出は一八九一年十月号の『ストランド・マガジン』、「〈シルヴァー・ブレーズ〉号の失踪」の初出は同じ雑誌の一八九二年十二月号である。この当時のイギリスの一般読者にとって、グレイト・ウェスタン鉄道の列車スピードが、何か特別の関心となり得たのだろうか。

答えはイエスなのである。そこで、ミステリ小説から少し脱線することになるが、十九世紀、イギリス鉄道の、特にそのゲージ（左右のレールの内側の間隔）の話に移らねばならない。

イギリスの——ということは、世界の、ということになる——最初の公共鉄道は一八二五年開業のストックトン・アンド・ダーリントン鉄道だが、そのゲージは四フィート八インチ半（一メートル四十三センチ五ミリ）という半端なものだった。この数字はとくに技術的・学問的に根拠があって定められたわけではなかった。この鉄道の技術の責任者ジョージ・スティヴンソンが、それ以前にイングランド北部の炭坑の専用軌道のために蒸気機関車を何両か製造したことがあったが、その軌道のゲージがたまたまこの寸法だったのである。

スティヴンソンという人は、新しく何かを創造発明するという天才肌ではなく、経験主義者、それまでのものの欠点を少しずつ改良して行く主義の人だったから、一八二五年に新しい鉄道の機関車製造を依頼された時も、ゲージについては、とくに欠点がなかった以前のものをそのまま踏襲した。そして、それでうまく行った。

一八三〇年開業のより大規模なリヴァプール・アンド・マンチェスター鉄道の技術責任者になったスティヴンソンは、やはり同じゲージの機関車を作り、この鉄道は技術的にも経営的にも大成功を収めた。これでイギリスのあちこちで鉄道建設ブームが起り、どれも同じ寸法のゲージを採用したので、いつしかこれが標準ゲージと見なされるようになった。

ところが、これに反逆したのが、フランス人のエリート技術者の息子で、子供の時からよい教育を受けたイザムバード・キングダム・ブルネル（一八〇六―五九）だった。彼はスティヴンソンが無批判に決めたゲージには、何の学問的根拠もないとして拒否した。彼が技術面を任されて創立したグレイト・ウェスタン鉄道では、何と七フィート四分の一インチ（二メートル十三センチ九ミリ。以下七フィートと記す）という、日本のJR在来線や多くの私鉄のゲージの約二倍というゲージを決めて世間を驚かせた。

確かに、理論的にはブルネルの言い分の方が正しかった。当時は蒸気機関車しか動力車がなかったのだから、そのスピードと引張る力を増すためには、より大形の機関車にするしかないし、そのためにはゲージを広くしないと車体の安定を確保できなかったのである。

理屈の上ではブルネルに賛同したくなるが、既存の多くの鉄道経営者・技術者にとっては、傲慢不遜な異端児としか思えなかった。また一般の旅客も賛否両論にはっきり分裂した。サービスの進歩、スピードや乗心地の向上と評価する者もいたが、ゲージが異なると車両の相互乗り入れができなくなるから、境界の駅で客は乗り換えを、貨物は積み換えを強いられ、サービスの低下、時間と人手と金の無駄であると否定する者もいて、真っ二つに分かれた。

というわけで、一八四〇年代中頃のイギリスでは、「ゲージ戦争」と呼ばれる激しい論争が世間を騒がせた。プロの技術者や経営者はもちろん、一般の市民もまたこれに関心を示し、上流《セレブ》社交界のレディまでが話題にしたとか。ブルネルは単なる鉄道技術者ではなく、当代の有名人となった。民営企業間の問題に政府は口出し無用というのが、イギリス政治の原則だったが、これだけ火勢が激しくなると黙ってはいられないと特別委員会が設置されて、一八四六年に結論を出した。

これがまた、いかにもイギリスらしいところなのだが、イギリス鉄道の標準ゲージは四フィート八インチ半とする、以後新設する鉄道はこれに従わねばならない、しかし既存の七フィート・ゲージの線路はそのまま存続を認めるという、両方の顔を立てたものとなった。はっきり言ってしまうと、多勢に無勢ということだ。

もちろん、これ以後も多くの鉄道路線が新設されたから、グレイト・ウェスタン鉄道はますます少数派となって行く。他線と接続する同鉄道の支線は次第に標準ゲージに改めることとなり、親方のブルネルはさぞ口惜しかったろう。しかし誇り高き彼は勝てば官軍の錦の御旗に敬礼しようとはしなかった。この決定以後、最後まで七フィート・ゲージで残ったのは、ロンドンのパディントン駅からブリテン島西南端に近いペンザンス駅までの幹線だけ、しかもそれの大部分は標準ゲージの車両も走れる三本レール路線となったが、その幹線の上で、当時としては驚異的な高速七フィート・ゲージの列車を走らせることで、自分の理論が正しいと実証することにしたのだ。ロンドンのパディントン駅からディドコットまでの五十三マイル（八十五キロ）を、途中ノン・ストップで五十六分で走る特急列車が新設された。平均時速は五十六・八マイル（九十一・四キロ）、他に類を見ないスピードで、後にこの列車は一八四九年ダービー競馬優勝馬の名を貰って、「フライング・ダッチマン」という愛称をつけられた。

その後ブルネルは一八五九年に五十三歳の若さで死んだが、自分が生んだ広軌線路の臨終に立ち会わずに済んだのは幸せと言うべきかもしれない。一八九二年五月二十日限りで、最後に残った幹線も一時運休となり、標準ゲージへの変更工事を二日でやり終えた。

7フィート・ゲージの改軌工事。W・ヒース・ロビンソンの漫画。イギリス人らしいのんびりした仕事ぶりを誇張している。お風呂までついている。

消えた栄光へのノスタルジア

もうおわかりいただけたと思うが、一八九一年から九二年に

7フィート・ゲージの埋葬。『パンチ』1892年6月4日号。中央に立っているのがブルネルの亡霊。

かけては、広軌とその上を走る超高速列車最後の日が迫っていたわけで、イギリスの多くの一般人、普段なら鉄道に特別の関心を持たない人びとまでが、強い哀惜の情を抱くことになった。日本のSLが消え去る直前の日々のことを思い出して下されば、その辺の事情を理解できるだろう。新聞や雑誌、とくに世相諷刺で評判の高いマンガ週刊誌『パンチ』に、これを話題にした絵入りの記事がしばしば掲載され、大きな反響を呼んだ。

コナン・ドイルが自分の生まれた年がブルネルの死んだ年であることに格別の思いを抱いていたかどうか、いまとなっては確かめる手段はない。しかし、かりに彼がブルネルに対して何か特別の感情を持っていなかったとしても、「ボスコム谷の惨劇」を書いた一八九一年には、多くの一般人と同じように、パディントン駅から出る広軌超高速列車が近く消えることは知っていたから、スピードについて触れることで挽歌を捧げる気になったのも理解できる。

「〈シルヴァー・ブレーズ〉号の失踪」を書いたのは、一八九二年五月二十日の記憶がまだ新鮮だった頃だから、物語をそれ以前に起ったものとして書き、それを十二月に読んだ読者の方も、そのように受け取ったとしても当然だろう。ホームズがグレイト・ウェスタン鉄道に乗った時だけ時速のことを口にしたのは、現在の読者には奇妙に思えるかもしれないが、当時の一般読者にとっては別に不自然ではなかったはずだ。ある種のノスタルジアを作者と読者が共有できたわけである。

ホームズ物語と鉄道については、他にもいろいろ注目すべき話題があるが、与えられた紙数に限りがあるので、興味ある本をおすすめして終りにしよう。

松下了平『シャーロック・ホームズの鉄道学』(二〇〇四年、JTB刊、「マイロネBOOKS」というシリーズの一巻)

発行所とシリーズの名前を見て、鉄ちゃんでないと近寄りがたい本ではあるまいか、などの心配はご無用。一般の読者でも充分楽しむことができ、いろいろ教えられるところが多い。

検印
廃止

訳者紹介　1931年生まれ。1951年，都立忍岡高校卒業。英米文学翻訳家。ドイル「シャーロック・ホームズの冒険」，クリスティ「ABC殺人事件」，ブランド「招かれざる客たちのビュッフェ」など訳書多数。著書に「翻訳者の仕事部屋」がある。

回想の
シャーロック・ホームズ

2010年7月30日　初版
2019年1月11日　5版

著者　アーサー・コナン・ドイル

訳者　深《ふか》町《まち》眞《ま》理《り》子《こ》

発行所（株）東京創元社
代表者　長谷川晋一

162-0814／東京都新宿区新小川町1-5
電話　03・3268・8231-営業部
03・3268・8204-編集部
URL　http://www.tsogen.co.jp
振替　00160—9—1565
暁印刷・本間製本

乱丁・落丁本は，ご面倒ですが小社までご送付ください。送料小社負担にてお取替えいたします。

ISBN978-4-488-10117-6　C0197

ホームズとワトスン、出会いの物語

A STUDY IN SCARLET◆Sir Arthur Conan Doyle

緋色の研究

新訳決定版

アーサー・コナン・ドイル
深町眞理子 訳　創元推理文庫

◆

アフガニスタンへの従軍から病み衰え、
イギリスへ帰国した、元軍医のワトスン。
下宿先を探していたところ、
偶然、同居人を探している風変わりな男を紹介され、
共同生活を送ることになった。
下宿先はベイカー街221番地Ｂ、
相手の名はシャーロック・ホームズ――。
ホームズとワトスン、永遠の名コンビの誕生であった。
ふたりが初めて手がけるのは、
アメリカ人旅行者の奇怪な殺人事件。
いくつもの手がかりからホームズが導き出した
真相の背後にひろがる、長く哀しい物語とは。
ホームズ初登場の記念碑的長編！

あの名探偵が還ってきた！

THE RETURN OF SHERLOCK HOLMES ◆ Sir Arthur Conan Doyle

シャーロック・ホームズの復活

新訳決定版

アーサー・コナン・ドイル

深町眞理子 訳 創元推理文庫

◆

名探偵ホームズが宿敵モリアーティー教授とともに〈ライヘンバッハの滝〉に消えてから３年。青年貴族の奇怪な殺害事件をひとりわびしく推理していたワトスンに、奇跡のような出来事が……。名探偵の鮮烈な復活に世界中が驚喜した「空屋《くうおく》の冒険」、暗号ミステリの至宝「踊る人形」、奇妙な押し込み強盗事件の謎「六つのナポレオン像」など、珠玉の13編を収めるシリーズ第３短編集。

収録作品＝空屋の冒険，ノーウッドの建築業者，踊る人形，ひとりきりの自転車乗り，プライアリー・スクール，ブラック・ピーター，恐喝王ミルヴァートン，六つのナポレオン像，三人の学生，金縁の鼻眼鏡，スリークォーターの失踪，アビー荘園，第二の血痕

巨匠カーを代表する傑作長編

THE MAD HATTER MYSTERY◆John Dickson Carr

帽子収集狂事件

新訳

ジョン・ディクスン・カー

三角和代 訳　創元推理文庫

◆

《いかれ帽子屋》と呼ばれる謎の人物による
連続帽子盗難事件が話題を呼ぶロンドン。
ポオの未発表原稿を盗まれた古書収集家もまた、
その被害に遭っていた。
そんな折、ロンドン塔の逆賊門で
彼の甥の死体が発見される。
あろうことか、古書収集家の盗まれた
シルクハットをかぶせられて……。
霧のロンドンの怪事件の謎に挑むは、
ご存知名探偵フェル博士。
比類なき舞台設定と驚天動地の大トリックで、
全世界のミステリファンをうならせてきた傑作が
新訳で登場！

英国ミステリの真髄

BUFFET FOR UNWELCOME GUESTS◆Christianna Brand

招かれざる客たちのビュッフェ

クリスチアナ・ブランド

深町眞理子 他訳 創元推理文庫

◆

ブランドご自慢のビュッフェへようこそ。
芳醇なコックリル印《ブランド》のカクテルは、
本場のコンテストで一席となった「婚姻飛翔」など、
めまいと紛う酔い心地が魅力です。
アントレには、独特の調理《レシピ》による歯ごたえ充分の品々。
ことに「ジェミニー・クリケット事件」は逸品との評判
を得ております。食後のコーヒーをご所望とあれば……
いずれも稀代の料理長《シェフ》が存分に腕をふるった名品揃い。
心ゆくまでご賞味くださいませ。

収録作品＝事件のあとに，血兄弟，婚姻飛翔，カップの中の毒，
ジェミニー・クリケット事件，スケープゴート，
もう山査子摘みもおしまい，スコットランドの姪，ジャケット，
メリーゴーラウンド，目撃，バルコニーからの眺め，
この家に祝福あれ，ごくふつうの男，囁き，神の御業